La presidenta

Alicia Giménez Bartlett

La presidenta

Papel certificado por el Forest Stewardship Council®

Primera edición: abril de 2022

Printed in Spain – Impreso en España

ISBN: 978-84-204-6118-2
Depósito legal: B-3086-2022

Compuesto en Arca Edinet, S. L.
Impreso en Unigraf, Móstoles (Madrid)

AL61182

Advertencia al lector

Aunque algunos elementos de esta novela se inspiran en la realidad, la autora ha dado rienda suelta a su imaginación mediante unos personajes y una intriga de ficción, que no se corresponden en ningún caso con personas ni hechos reales.

Capítulo 1

—¿Ustedes han visto las imágenes de una ballena, hermoso animal, varada y muerta en la playa? Boca arriba, monstruosa por el tamaño, pero que impacta porque tiene la dignidad de un gigante. Es curioso, nos sentimos un poco culpables, como si hubiéramos contribuido a matarla por la historia del cambio climático, el planeta hecho trizas y todo lo demás. Aparece como de la nada y la gente se entera enseguida y va a contemplarla, le hacen fotos, se preguntan cómo ha llegado al lugar y por qué.

»Bueno, pues esa es exactamente la impresión que me dio cuando entré en su habitación del hotel. Estaba completamente vestida, no vayan a pensar, con su collarón de grandes perlas en el cuello, que no se lo quitaba ni para dormir. Los ojos abiertos mirando al techo. ¡Dios!, sé que no debía haberla tocado para nada, pero lo primero que hice fue cerrárselos. No lo podía soportar. Aquellos ojazos suyos, que igual se reían que se convertían en los de una fiera a punto de atacar. Y de la boca saliéndole aquella espuma rara..., esa boca que daba una orden y te entraban ganas de cuadrarte como un militar. Todos le tenían miedo, yo también, ¿para qué negarlo?, era una fuerza de la naturaleza y eso está muy bien, pero ya sabemos que un ciclón se te lleva por delante sin preguntar. Aún no puedo creérmelo, disculpen.

Al testigo le flaqueó un poco la voz. Se apretó los párpados por debajo de las gafas, que al elevarse le enmarcaron la frente dándole el aspecto de un insecto.

—Tranquilícese, por favor.

—Estoy un poco alterado.

—No es para menos. Mejor lo dejamos, ya tendrá tiempo de testificar con calma. Señor Badía, estamos ante un tema muy delicado. Usted ha sido jefe de prensa de la señora Castellá durante los últimos seis años que estuvo en activo.

—Sí. Poco antes yo había dimitido por ella, en cuanto vi que el partido la dejaba tirada como una colilla. No pertenezco al partido y además soy una persona leal.

—Está bien, está bien, de acuerdo. Pero ahora no me interrumpa, por favor. Lo que voy a decirle es muy importante. ¿Ha hablado con alguien de todo esto?

—Con nadie en absoluto. Avisé al director del hotel y él les llamó a ustedes.

—¿En algún momento entró el director del hotel en la habitación de la señora Castellá?

—No. Cuando le dije cómo la había encontrado se puso muy nervioso, cogió el teléfono para avisarles a ustedes y no quiso ver nada.

—Muy bien, muy bien, perfecto. ¿Por qué tenía usted la llave de la habitación de la señora Castellá?

—Vine a acompañarla desde Valencia para que no estuviera sola frente a su declaración ante el Supremo. Cuando trabajábamos juntos yo siempre me quedaba otra tarjeta de su puerta por si..., por si no oía el despertador.

—¿Solía pasarle eso?

Cabeceó con incomodidad, visiblemente remiso a responder.

—Bueno..., en ocasiones..., si se había celebrado alguna cena la noche anterior..., ella podía sentirse un poco mal.

—Se pasaba con el alcohol. ¿Es eso lo que quiere decir?

Asintió dolorosamente. El comisario continuó:

—No es necesario que le diga, señor Badía, que todo esto no es confidencial. Sí, ha oído bien, no es confidencial sino absolutamente secreto, una especie de secreto de Estado. No sabemos qué saldrá de todo este terrible asunto, pero, dada la personalidad pública y política de la finada, el secreto es básico, crucial hasta que no se aclaren las cosas. Me ha entendido, ¿verdad?

Badía asintió repetidamente con la cabeza. Estaba confuso, estaba asustado, pero entendía a la perfección lo que acababa de escuchar, aun cuando ni siquiera sabía con quién hablaba. Su interlocutor acabó de inquietarlo cuando añadió a sus palabras anteriores:

—No comente con nadie este tema. Con nadie, y aquí incluyo a su familia o personas allegadas. Si cometiera alguna indiscreción, podría caer sobre usted todo el peso de la ley. Espero que no le haya quedado ninguna duda.

—No, ninguna duda. ¿Puedo saber con quién estoy hablando, señor?

—Juan Quesada Montilla, director de la Policía Nacional. En días sucesivos le informaré de lo que debe hacer.

Juan Quesada Montilla no era un hombre que se amilanara con facilidad. No se llega a un cargo como el suyo sin un carácter fuerte, resolutivo, audaz. Sin embargo, soltó para sus adentros casi todos los denuestos que conocía. Luego, empezó con silenciosas imprecaciones divinas: «¡Dios eterno, me queda un año hasta la jubilación!, ¡Virgen santa!, ¿por qué ha tenido que tocarme a mí?». Aun desgranando aquellas letanías mentales, que solo buscaban una cierta relajación momentánea, fue capaz de ponerse a pensar muy en serio antes de que empezaran a lloverle las piedras. Se entrevistó con quien debía, hizo todo lo que era necesario hacer, dio todas las órdenes que se requerían, repitió unas cien veces la palabra «urgente» y, cuando todo estuvo en marcha, desconectó su teléfono móvil y se fue al parque del Retiro para pasear. Había comprobado en su larga carrera que era maravilloso ausentarse en los momentos de máxima tensión. Aplicar aquella estrategia le había funcionado siempre. Uno enciende la maquinaria, seguro de encontrar preparado lo que necesita, y se esfuma en el aire durante un tiempo prudencial. El evitar reacciones viscerales, broncas improductivas y preguntas imposibles de responder resultaba básico para su competencia profesional.

Como el mediodía era claro y de temperatura agradable, en el parque había niños jugando, jóvenes parejas que paseaban, ancianos sentados plácidamente al sol. Todas aquellas personas a las que veía dependían en cierto modo de él, o al menos eso le gustaba creer. La seguridad de la gente, su bienestar, su paz, todo eso le había sido encomendado. Siempre fue un policía vocacional. A lo largo de los años sus ascensos sucesivos lo convencieron de haberlo hecho razonablemente bien. Era cierto que, a medida que se iba incrementando su responsabilidad en los diferentes puestos, llegó a la conclusión de que para velar por el bienestar general no siempre se podía transitar por el camino de la ortodoxia. No, obviamente había que saltarse pasos de cebra, acelerar en trechos de velocidad limitada, adelantar en cambio de rasante y dejarse desabrochado el cinturón. Pero nunca antes se había encontrado en una situación como la que ahora se le presentaba. ¿Qué infracción debería cometer para salir airosamente de este trance? Los símiles que le venían a la cabeza incrementaban su inquietud: sentarse al volante con los ojos cerrados, o sin tener el carnet de conducir, o incluso atropellar a un peatón. ¡Basta!, se dijo. Estaba allí para relajarse, así que desvió la mirada desde las personas hasta los pájaros que oía trinar entre las ramas. Mucho mejor. Se sentó en un banco y, al cabo de un rato, se durmió.

Al despertar tenía frío. Miró el reloj. Demasiado pronto. Salió del parque, buscó un restaurante cercano y se fue a almorzar. Escogió una mesa desde la que no se avistara la televisión. Estaban dando las noticias, había que prevenir cualquier foco de tensión. Tras una lenta comida, postre, café y una copita de ron, volvió a consultar la hora. Ahora sí. Encendió el teléfono móvil y sonrió. Por lo menos lo de encontrarse con una llamada perdida que se repetía hasta la saciedad ya no lo cogía desprevenido.

El ministro del Interior saltó literalmente de su asiento al verlo. Él sabía que su papel era dejarlo hablar y eso fue lo que hizo.

—¡Por todos los demonios del infierno, Quesada! Me habían dicho que era cierto, pero no llegué a creérmelo. Ahora veo que es verdad. Está la situación al rojo vivo, saltan chispas por todos lados, nos caen rayos y truenos, ¿y qué haces tú? Desaparecer como si se te hubiera tragado la tierra. ¿Quién te crees que eres, el mago Merlín, el Espíritu Santo? ¿Me equivoqué dándote el cargo que ocupas? ¿Dónde coño te has metido? Tenemos delante un marrón que no se lo salta un gitano; más que eso, estamos con el agua, por no decir la mierda, hasta el cuello, y al señorito le da por ausentarse del mundo terrenal. ¿Sabes cuántas veces te he llamado personalmente?

Juan Quesada escuchó sin cambiar de expresión. Le dolía la cabeza de tanto oír lugares comunes en el discurso de su jefe. Realmente hablaba como un patán. Bajó la voz cuanto pudo para preguntar:

—¿Puedo sentarme, ministro?

—¡Adelante, siéntate, túmbate si quieres! ¿Has estado haciendo *footing* para mantenerte en forma? ¿Te has dado un chapuzón en la piscina?

—No. He estado haciendo muchas cosas y traigo resultados.

—¿Cosas tan secretas que no podías informar ni a tu jefe?

—Todo en esta historia tiene que ser secreto, ministro.

—Bueno, ahí te doy la razón. Desembucha de una vez.

—Tengo los primeros resultados de la autopsia que ordené hacer con urgencia, a unas horas donde casi no hay personal trabajando en el Anatómico Forense.

—¿Y...? —se anticipó el ministro con angustia.

—Malas noticias. Vita Castellá fue envenenada con cianuro.

—¡Hostia puta! ¿Y cómo pasó?

—Se lo metieron en el café que había pedido sobre la una de la madrugada al servicio de habitaciones.

—¡Joder!, entonces en la cocina del hotel sabrán algo.

—No saben nada. Eso también lo he arreglado durante mi... desaparición. La camarera que le llevó el café recibió una llamada telefónica cuando estaba en el pasillo y dejó la bandeja frente a la puerta de la víctima para ir al almacén que tienen en la planta. Se olvidó por completo de lo que estaba haciendo y, pasada media hora, fue a recoger el servicio. El café se había enfriado y fue a cambiarlo por otro en condiciones, pero no le dio tiempo, la víctima debió de oírla trajinar, abrió la puerta en ese momento y le dijo que le diera el café tal y como estaba.

—O sea que cualquiera pudo disolverle el veneno en la taza durante la media hora que estuvo allí.

—Exactamente.

—Pero la camarera sabe que...

—La camarera no sabe nada porque nada le comenté. Los restos del café obran en mi poder y, por supuesto, nadie está informado más que tú.

—Muy bien, cojonudo, pero tenemos al juez.

—El juez que levantó el cadáver es de tu cuerda, ministro. Se avendrá a muchas cosas menos a una: tiene que haber una investigación.

—¡Coño, pues...!

—También he pensado en eso, ministro; pero para dar más pasos necesitaba tu autorización.

—¿Qué pasos son esos que debo autorizar?

—Hay que enfriar el tema de cara al exterior, eso está claro. Hay que dilatarlo en el tiempo y alejarlo de Madrid. Es necesario pedirle al juez que intente derivar el sumario a Valencia, lugar donde vivía la víctima y donde pueden hallarse de facto el mayor número de pruebas incriminatorias. Lo del juez lo dejo en tus manos. Ni sabemos quién ha sido ni nos interesa saberlo. Fue un infarto y en paz.

El ministro se quedó callado. Su gesto se contrajo y llegó a ser una mueca dolorosa cuando dijo:

—Quesada, no la llames «la víctima», por tus muertos. No lo puedo soportar —hizo una pausa—. Y ahora sigue hablando, te escucho.

—Habrá secreto del sumario o, mejor dicho, el propio sumario será un secreto. Pero el juez insiste en la investigación. Lógico por otra parte, es lo mínimo que puede hacer para guardarse las espaldas. Ni que decir tiene que la investigación de la policía valenciana debe ser absolutamente secreta también. Y me aseguraré de que no lleguen a ninguna conclusión.

—¿Y eso cómo se come? Nuestras investigaciones siempre tienen más agujeros que un queso gruyer. Habrá filtraciones.

—Pedro Marzal López es el jefe superior de la Comunidad Valenciana. Hombre de mi absoluta y total confianza. Un auténtico trueno, el tipo más capaz que hoy engrosa nuestras filas. Si me das tu autorización, tomaré un AVE inmediatamente e iré a hablar con él en persona. Algo se le ocurrirá.

—Haz lo que tengas que hacer.

El ministro había empezado a masajearse la cara con ambas manos. Se las llevó luego a las sienes. Apretó.

—¡Dios mío, Quesada, no sé cómo vamos a salir de esta! Si trasciende a los medios de comunicación que Castellá ha sido asesinada, estamos jodidos, el partido entero caerá. No te digo nada de mí mismo, ni de ti.

—No tiene por qué trascender. Le diremos a la prensa que Vita Castellá ha muerto de un infarto. No es ninguna mentira, en realidad, su pobre corazón falló. Ya estaba mal últimamente. No pudo soportar la presión de ser juzgada al día siguiente. Es natural en una mujer tan emblemática, con tanto carácter y que tuvo tanto poder. Punto final.

—¡Dios santo, Quesada, ojalá no te equivoques! Esto puede convertirse en el juicio final. Márchate a Valencia en cuanto puedas. Del asunto del juez me encargo yo.

—No te quedes preocupado, ministro. Todo saldrá bien. Solo podría explotar la bomba si no hubiera una investigación, y una teórica investigación habrá. Una investigación sin presión de la prensa ni de la política. ¿Es posible algo más justo y más legal?

—¡Hombre, dicho así...!

—Hay algo que me veo obligado a preguntarte, ministro. Es mi deber. Además, necesito conocer el terreno que piso.

—Adelante, déjate de prolegómenos y mandangas.

—¿Tú sabes algo de este caso que yo no pueda saber?

El ministro lo miró a los ojos fijamente. Su boca estaba abierta por el asombro.

—No, Quesada, no. Yo no soy un asesino ni un cómplice. Te doy mi palabra de honor. No tengo ni la más mínima idea de quién ha podido matarla.

Salió del despacho con paso firme. Aquel juego resultaba peligroso para todos, pero nunca se había considerado un hombre timorato y no era momento de acobardarse. La condición básica de cualquier buen policía consistía en estar seguro de sí mismo. En el instante en que uno duda o teme, se acabó. Ni dudar ni temer. Eso no le impedía percatarse de que la situación se presentaba peliaguda. Daba igual, la fórmula que le había propuesto al ministro no iba a fallarle: alejar, delegar, enfriar.

Llamó a su esposa por teléfono para decirle que no llegaría a tiempo para cenar porque se disponía a iniciar un pequeño viaje de ida y vuelta. Su esposa, su querida esposa, lo comprendió y disculpó enseguida. Toda una vida junto a él la había predispuesto a comprender y disculpar sin hacer preguntas o exigir explicaciones. Sin embargo, no era la experiencia lo que más contaba. Ella se había mostrado así desde el principio de su relación. Era, al menos para él, la mujer ideal. Se dio cuenta al poco de conocerla y ya no la dejó escapar. Curiosamente, la máxima del buen policía era también aplicable al buen matrimonio: ni dudar, ni temer. Acto seguido, pidió a su secretaria que gestionara los billetes de AVE y suspiró profundamente. Esperaba con toda el alma que lo que parecía un principio fuera en realidad un final.

Pedro Marzal López era habitualmente calificado por sus compañeros como un auténtico fenómeno. Sin duda lo era, porque con cuarenta y siete años había llegado a ocupar el puesto de jefe superior de la Policía en una zona tan importante como la Comunitat Valenciana. Al principio de su ascensión no tuvo más remedio que ir aceptando destinos lejanos a su lugar de nacimiento, pero desde hacía un par de años había conseguido dos de sus mayores aspiraciones: ser jefe superior y, por fin, poder trabajar en su reino. Nunca se había acostumbrado al frío de Castilla, ni a las brumas gallegas, donde también estuvo destinado. El calorcillo levantino, el aire del Mediterráneo y el modo abierto de vivir que caracterizaba a su tierra le habían devuelto la alegría. Aun así, jamás se había quejado oficialmente de nada. Era consciente de que uno de sus principales cometidos consistía en no crearles problemas a sus superiores e incluso solucionarles los que pudieran tener. Como a medida que iba subiendo en el escalafón cada vez había menos superiores por encima de él, su trabajo se desarrollaba dentro de una más que envidiable placidez. Le gustaba comer, charlar, beber cerveza, disfrutar de la vida, bromear, todas ellas actividades que componen el retrato tópico del valenciano tradicional.

El jefe Quesada lo conocía muy bien. Se habían encontrado muchas veces en el ejercicio profesional y apreciaba su talante expansivo, su simpatía y su modo desprejuiciado de abordar las investigaciones. Sabía a la perfección que Marzal, aun sin ser un veterano, estaba al tanto de todos los estamentos policiales y judiciales, de todas las triquiñuelas, sabía cómo abrir todas las puertas traseras y todos los vericuetos a los que estas conducían. Aunque lo más llamativo en él era su imaginación: rápido, decidido y a veces arriesgado hasta la irresponsabilidad, Quesada lo había visto resolver situaciones difíciles utilizando resortes impensados y fuera de lo común, y justo eso es lo que le hacía confiar en él y por lo que Quesada había ideado todo aquel complejo artificio. Estaba convencido de que el sumario sería trasferido. Sabía que llevar la investigación a su origen geográfico era indispensable, porque la alejaba de Madrid pero, además, la providencia había querido que hubiera alguien como Marzal con quien contar.

La recepción que le hizo Marzal a Quesada nada tuvo que ver con la del ministro. Abrió los brazos de par en par en cuanto vio a su jefe máximo y exclamó:

—¡Paso al emperador!

Quesada, morigerado y prudente, temía un poco las efusiones del valenciano, si bien las consideraba inherentes a su modo de ser y las esquivaba como podía, incluso intentando ponerse a su mismo nivel.

—¡Pedro, sigues estando como una jodida cabra! ¿Cómo te encuentras?

—¡Como una mata de claveles!, ¿tú qué crees? Solo me fastidia que vengas a unas horas en las que no toca una paella, ni un allipebre, ni nada de nada. ¡Las cinco de la tarde! ¿Pero qué quieres, que te invite a tomar el té?

—No quiero tomar nada, Pedro.

—Voy a pedir dos whiskitos, que mi secretaria ya sabe de qué pie cojeo. Espero que no se sienta demasiado impresionada porque estés tú presente.

Mientras ordenaba la bebida por su telefonillo, Quesada dio gracias a Dios. Se tragaría el whisky, no quería afrentar tanta hospitalidad, pero una paella o una anguila picante le hubieran dado dos patadas a su estómago sensible, que su esposa solía cuidar con absoluta dedicación.

Entró la secretaria, saludó con respeto y cierta prevención antes de dejar sobre la mesa la botella y dos vasos cargados de hielo. Luego volvió a salir sin hacer ningún ruido. Marzal escanció, canturreó y propuso un brindis alzando la mano:

—¡Por nosotros y por el imperio de la ley!

Después del primer trago paladeó, como si aquel placer fuera el último que le concediera la vida, y miró a su jefe sin dejar de sonreír. Quesada pensó que no podía perder ni un minuto. Empezó a hablar.

—Te noto de ánimo festivo, Pedro, pero por desgracia no puedo compartirlo. Ya has visto la que nos ha caído encima con lo de Vita. El ministro está de los nervios.

—Pobre Vita, no se merecía semejante final, aunque su tiempo ya había pasado, por supuesto, y era como una especie de bomba ambulante que campaba por ahí. El juicio que le esperaba no se celebrará, pero asesinarla... ¿Tú crees que se la han cargado los del propio partido para que se estuviera calladita?

Quesada dio un respingo y el whisky que tenía en la boca casi salió despedido.

—Por Dios, Pedro. ¡¿Cómo se te ocurre pensar una cosa así?!

—Bueno, jefe, tú y yo somos policías, no políticos.

—Más a mi favor. Nada está probado y va a iniciarse una investigación. Además, ciertas cosas uno puede pensarlas, el pensamiento es libre, pero en ningún caso decirlas en voz alta. Y, de todas esas cosas, la que tratamos es la más silenciosa. ¿Me comprendes?

—A la perfección. No hay problema, jefe, no te me alteres, que lo tengo ya todo solucionado. En cuanto esté listo el tema del juez, me pongo en acción.

Quesada sintió como si una brisa de aire fresco le diera en la cara, pero acto seguido un pinchazo de inquietud le atravesó las meninges. Cuidado con Marzal, a veces se creía tan sobrado de recursos que podía equivocarse de pe a pa. Le pegó un buen sorbo a su whisky, que, súbitamente, había empezado a apetecerle de verdad.

—Te escucho, Pedro.

Marzal se sintió investido del protagonismo que sin duda creía merecer. Para que no existiera duda de que había cambiado su registro bromista, se puso serio como un monaguillo frente al altar.

—Juan, cuando me diste por teléfono todos los datos, fuiste muy claro sobre las tres cosas básicas a las que hay que atender: alejar el caso de Madrid, lo cual ya está en camino. Enfriarlo y dilatarlo en el tiempo hasta que llegue a esfumarse de la opinión pública. Siempre y en todo caso, teniendo abierta una investigación aparente. ¿Voy bien?

—Como una seda. Yo solo añadiría que esa investigación debe ser sumamente secreta.

—Lo sé. ¿Qué puedo hacer yo para que todas esas condiciones se cumplan? Cabe la posibilidad de poner al mando a agentes de la cuerda ideológica del partido, que los hay, y contarles la verdad. Pero eso entraña muchos riesgos: la gente siempre habla demasiado, alguien puede arrepentirse de colaborar en el momento más inoportuno, no se sabe a cuántos tíos hacerles el encargo. ¿Estás de acuerdo conmigo?

—Por completo.

—Descartada esa opción no quedan muchas, pero para eso están las ideas originales. Lo que he pensado hacer es poner al mando de la investigación a un novato, digamos dos, para que no parezca sospechoso. Un par de tíos recién salidos de la academia que no tengan ni puta idea de lo que están haciendo, que piensen de buena fe que su trabajo es básico para esclarecer quién asesinó a Vita Castellá, cosa que por supuesto no deseamos que suceda. Un comisario, el único que se entera del asunto y por lo tanto fácilmente controlable, les encarga el caso y, dadas las circunstancias especialísimas de este, les dice que, como se vayan de la lengua lo más mínimo, se puede declarar la tercera guerra mundial. Los tíos se sienten más importantes que 007 con licencia para matar. ¿Me vas siguiendo?

—Con bastante inquietud. Ya se me ocurren muchos inconvenientes. El primero: ¿y si se ponen a investigar muy en serio y llegan a alguna conclusión inconveniente?

—Son dos novatos, te recuerdo. No tienen contactos en el interior del cuerpo policial, no pueden comunicarse abiertamente con sus compañeros por el secreto impuesto y cualquier información que necesiten vendrá filtrada por el propio comisario. En una palabra, se les ponen todos los palos en las ruedas que podamos imaginar. Y adelante con los faroles, que investiguen lo que puedan o lo que sepan. De cara al interior se inventa cualquier cosa: el caso que llevan es la muerte de un mendigo, de un torero, lo que quieras... De cara a la opinión pública, tal investigación no existe. Para eso tenemos la versión del infarto. Puede pasar un año, pueden pasar dos, te apuesto el cargo y doscientas paellas a que todo quedará tal cual, en agua de borrajas.

Quesada había empezado a notar que las manos le sudaban, algo insólito en él.

—¡Joder, Pedro!, ¿y si se van de la lengua? Hasta los novatos tienen amigos, esposas, y dada la importancia del caso comentarán cosas, especularán, se querrán dar pisto para demostrar que son los mejores, ¡qué sé yo! Te estás olvidando del factor humano.

—Para nada. El factor humano estaría muy controlado en estos tíos.

—¡Cojonudo!, ¿y cómo encontrar a semejantes joyas?

Marzal se sirvió otro dedito de whisky, hizo ademán de hacer lo mismo en el vaso de su jefe pero este negó con la cabeza. Bebió despaciosamente. Habló cargando de misterio sus palabras:

—¿Y si te dijera que los he encontrado ya? Con una salvedad: no son dos tíos sino dos tías.

Quesada le alargó su vaso ya vacío, había cambiado de opinión sobre otro whisky. Marzal continuó, punteando esta vez su discurso con pausas animadas:

—Dos hermanas, Berta y Marta Miralles. De treinta y dos y treinta años. Recién licenciadas como inspectoras en la academia, con buenas notas. El mismo núcleo familiar. Viven juntas y están solteras. Aún no tienen destino. Si me das el OK, las reclamará el comisario Pepe Solsona, que es mi hombre de confianza, de la comisaría de Russafa. ¿Cómo se te ha quedado el cuerpo?

—Destrozado. Hacen falta muchos huevos para ir cargando mentira sobre mentira.

—¿Y a la familia de Castellá le habéis dicho la verdad sobre su muerte?

Quesada resopló, miró al techo, se pasó las manos por la cara con la misma desesperación que había visto anteriormente en el ministro.

—No —musitó—. Solo está al tanto un cuñado, que es del partido y ha asumido la responsabilidad de cargar con la mentira. Al resto de la familia la superioridad les ha dado la versión oficial del infarto.

—¡Pues para eso sí que hacen falta huevos, y de dos yemas, además!

—Supongo que llevas razón —dijo desmayadamente Quesada.

—Si lo que he pensado no te gusta, jefe..., lo voy a sentir, porque te aseguro que mi caletre no da para más.

—Si lo que has pensado sale mal, Pedro, que Dios nos ampare.

—Bueno, mejor la Virgen de los Desamparados, que para eso está.

Quesada regresó a la capital. Pocos días después, el juez de instrucción de Madrid se inhibió de conocer el caso por falta de competencia territorial. Dictó resolución y acordó remitir las actuaciones al Juzgado Decano competente. Este, a su vez, hizo un turno de reparto en Valencia que recayó en el juez Adolfo García Barbillo. Como la casualidad siempre actúa en beneficio de quien la manipula, el tal juez era ideológicamente muy afín al partido, estaba a punto de jubilarse y su discreción se basaba en la poquísima gente que se avenía a charlar con él. Tenía un carácter infernal.

Capítulo 2

Se habían sentado en la terraza de un bar en la plaza de la Reina. Llegaron hasta allí caminando desde la comisaría de Russafa. La una junto a la otra, despacio, hicieron el trayecto sin intercambiar ni una sola palabra. Se encontraban conmocionadas. El encargo que acababan de recibir, el primero que debían desempeñar en su nuevo puesto de inspectoras, las había dejado en un estado de confusión del que no les resultaba fácil salir. Pidieron dos cervezas y, aún sin hablar, empezaron a beber, a observar a los numerosos turistas que se movían por el lugar. La luz solar era tan potente que Berta, la mayor de las hermanas Miralles, buscó sus gafas de sol en el bolso con ademanes de urgencia. Se las puso.

—A partir de ahora siempre tendremos que ir así —dijo Marta.

Berta la miró sin comprender. Marta aclaró:

—Con gafas de sol, para que nadie nos reconozca. Como todo va a ser tan secreto...

No hubo respuesta, así que la benjamina continuó:

—De verdad te digo que todo esto me recuerda a una película de espías. ¿No estás emocionada?

Berta le pegó un largo trago a su cerveza y por fin dejó oír su voz, que sonó malhumorada y grave.

—No estoy emocionada en absoluto. Te recuerdo que en ese tipo de películas lo primero que le dicen al protagonista es que, si el enemigo lo descubre en acto de servicio, allá se las apañe él solito, porque nadie va a salir en su defensa.

Marta cogió un cacahuete de un platito que les había servido el camarero. Lo masticó como si hiciera falta una gran concentración para ello. Su hermana siguió hablando:

—¿Tú tienes idea de toda la mierda que hay acumulada en la Generalitat, en la alcaldía, en la Diputación, en todos lados? ¡Corrupción a paladas! Todo el mundo lo sabe pero nadie lo dice. Ahora se cargan a Castellá y ni siquiera se hace público, pero, eso sí, se abre una investigación secreta y nos la encargan a nosotras dos.

—¿Y qué tiene eso de malo? ¡Somos inspectoras!

—¡Pero no tenemos ni puta idea, Marta! ¡Acabamos de licenciarnos!

—¡Hemos sacado muy buenas notas! Además, necesitan a alguien que no esté metido en la corrupción y, para eso, ¿qué mejor que dos personas que no hayan estado nunca involucradas en nada, que ni siquiera estén maleadas por esa manera de hacer las cosas?

—Cabe esa posibilidad, no te lo niego, pero ¿para qué tanto secreto?

—Por la misma razón. Nadie tiene que sospechar y nosotras no levantamos sospechas.

—Todo eso suponiendo que de verdad haya interés oficial en saber quién mató a Vita Castellá.

Bebieron ambas en un gesto coordinado. Marta preguntó con aire compungido:

—¿Tienes miedo?

—Miedo, no. Pero habrá que mantener los ojos bien abiertos.

—Berta, todavía estamos a tiempo de renunciar. Le decimos al comisario que no nos sentimos preparadas para esa investigación y ¡a otra cosa!

—¿Y empezar así nuestra carrera profesional? ¡Ni hablar!

—¿Entonces qué hacemos?

—¡Pues investigar, tía, investigar! ¿No es eso lo que nos mandan los superiores? Cumplir órdenes es lo más importante que nos han enseñado en la academia, y eso es justo lo que vamos a hacer: descubrir quién y por qué asesinó a la presidenta. ¿Tienes miedo tú?

—¿Yo, miedo yo? ¡Debes de estar alucinando! ¿Quién se subía a los columpios y les arreaba con tanta fuerza que casi se daba la vuelta? ¿Quién se embalaba en la bicicleta? ¿Quién soltaba a los perros que veíamos atados cuando paseábamos por el campo?

—Tú, querida Marta, tú. Solo espero que este perro no sea tan fiero que no podamos ni siquiera acercarnos.

En comisaría les habían habilitado un pequeño despacho donde apenas cabían dos mesas. Al principio, los compañeros las miraron con curiosidad, pero advertidos por el comisario de que nadie debía hacerles preguntas porque estaban en «prácticas secretas», algo que no sabían en qué podía consistir, pronto dejaron de interesarse por su presencia.

Ellas no reclamaron más material extra que una pizarra de las que funcionan con rotulador. Pensaban que era un sistema más eficaz que el ordenador para aclarar ideas y dibujar esquemas. También pidieron que todo el dosier de las primeras investigaciones realizadas en Madrid les fuera entregado por partida doble, ya que no estaban autorizadas a fotocopiarlo o enviarlo por correo electrónico. Así podrían estudiarlo a la vez y ganar tiempo. Ganar tiempo en el esclarecimiento de un asesinato estaba considerado en sus estudios como una baza importantísima para llegar a una solución. Sin embargo, cuando habló con ellas el comisario, no recalcó la urgencia en ningún momento. Por el contrario, sus palabras fueron: «Dada la importancia del asunto, procuren no equivocarse, no dar pasos en falso. Tienen todo el tiempo del mundo. Mejor andar seguros». Todo el tiempo del mundo es mucho tiempo, pensaron. Sin embargo, eran conscientes de que una investigación secreta que implicaba a las altas esferas no admitía errores que pudieran levantar la liebre sin poder cazarla. Tiro disparado, presa abatida, esa era la única alternativa a la que debían aspirar.

Una vez en el minúsculo despacho, Berta se dedicó a poner en marcha su ordenador, dotándolo de una clave privada que solo podía conocer el comisario. Marta había traído varios objetos que personalizaran su rincón: una foto de Adam Driver, un perrito de papel maché que puso sobre la mesa y la reproducción de una naranja de metal que le había regalado su padre. Los padres de ambas vivían en Càlig, un pueblecito pequeño de la provincia de Castellón, y siempre se habían dedicado al cultivo del campo. Solo su hermano mayor, Sebastiá, había continuado con la ocupación familiar. Las dos chicas, por designios quizá del más allá, pues su bisabuelo había sido guardia municipal, se inclinaron desde muy jovencitas por el oficio. Querían ser policías de carrera, policías de verdad. Semejante decisión había causado no pocos disgustos entre los suyos. La vida de un policía no es cómoda, no es fácil, se tiene una perspectiva del mundo desde lo más bajo de la sociedad, desde el delito, desde la maldad. Nada más ajeno a la vida rural, que, si bien comporta muchas dificultades y durezas, viene siempre acompañada de una cierta paz, del contacto con la naturaleza, de la compañía de personas de bien.

Berta fue la primera en dar la voz de alarma sobre su vocación. Siempre tuvo un carácter disciplinado, un gran aprecio por la justicia, una considerable capacidad de adaptación y, sobre todo, detestaba profundamente el campo. Formar parte de la Policía Nacional la liberaba de acabar trabajando en un pueblo pequeño. Pero, incluso estando segura desde siempre de lo que quería hacer, perdió dos años en el camino. Cuando apenas había acabado el bachillerato, se enamoró locamente de un tipo mayor que ella y acabaron conviviendo en la capital. Dos años después, se produjo una traumática ruptura de la que Berta nunca quería hablar, y empezó sus estudios de policía. Justo esos dos años propiciaron que coincidiera en la academia con su hermana menor.

Marta era otro cantar. Alegre, inconsciente, apasionada, lista como una ardilla, no cargaba como su hermana con el fardo de la decepción amorosa. Le gustaba bailar, le gustaban los hombres, la vida, la diversión, y cada vez que podía volvía a su pueblo, donde pasear entre naranjos y comer los arroces de su madre eran sus más apreciadas actividades. Cuando hubo acabado de fijar la foto del actor en la pared, se volvió hacia su hermana.

—¿Y tú no piensas poner nada en tu escritorio? ¡Eres de una sosería! Por lo menos una maceta con un cactus pequeño, dicen que absorbe las radiaciones del ordenador.

—Eso es una gilipollez. No quiero que me tomen por tonta.

—Teóricamente en este despacho no puede entrar ni dios. ¡Anda, no seas boba y dale un toque personal a tu mesa!

—Ya me traeré unas bragas de casa.

—¡Eres una burra de cuatro patas!

—¿Por qué no empiezas a leer el expediente de Madrid y te dejas de colgar momios por todas partes?

—Porque sabes perfectamente que leo más rápido que tú.

—Perfecto. Pues ve anotando cosas que te llamen la atención o que creas que debamos hacer y dentro de mil horas lo contrastamos con lo mío. ¿De acuerdo?

Marta hizo el gesto de desestimar las provocaciones de su hermana, conocía demasiado bien la aridez de su carácter. «Ni caso», solía pensar.

Pasaron muchas horas absortas en la lectura de los dosieres. Contaban con los resultados de la autopsia, con la transcripción de los interrogatorios, con fotografías de la habitación de Castellá y de cómo su cuerpo fue hallado. Aparentemente toda la información obraba en su poder. Sin embargo, cuando hubieron acabado, ambas llegaron a la misma conclusión: se imponía un nuevo interrogatorio de la camarera que dejó frente a la puerta la bandeja con el café. Finalmente, era la última persona que había visto con vida a la víctima. Además, toda aquella historia de que alguien había echado el veneno en la taza justo en el tiempo que la chica se largó no dejaba de ser extraña, poco convincente. Pidieron audiencia con el comisario, que enseguida las recibió en su despacho.

—¡Vaya, las hermanas Sisters! ¿Siempre van de dos en dos?

Se quedaron en el quicio de la entrada, sin atreverse a dar un paso más. Berta pensó que el comisario Solsona llevaba razón. ¿Adónde iban juntitas y cogidas de la mano para hablar con él? Aunque nadie les había indicado cuál de las dos estaba al mando de la investigación.

—¿Podemos pasar?

—¡Adelante! No se queden ahí, hay corriente y estoy resfriado. ¿Qué puedo hacer por ustedes?

Tomó la palabra Berta:

—Verá, señor, el caso es que hemos estado poniéndonos al día con los informes y nos ha llamado la atención el interrogatorio de la camarera del hotel.

—¿Ah, sí? ¿Y por qué?

—Porque es incompleto y no se ha repetido. Nos da la impresión de que esa persona debería haber sido sometida a un poco más de presión. Su testimonio presenta lagunas, y ella fue la última persona que vio con vida a la víctima.

—Comprendo, pero se da el caso de que esa chica lleva muchos años trabajando en el hotel y, habiendo investigado su entorno, no presenta ningún perfil que la haga sospechosa. Es una trabajadora normal, casada y con hijos. De hecho, continúa en su puesto, no ha pedido el traslado ni abandonado la empresa. De cualquier modo, si creen que debemos interrogarla de nuevo, pediré a Madrid que lo hagan y nos envíen con urgencia la transcripción de su testimonio.

—¿Y no cabría la posibilidad de trasladarnos nosotras a Madrid para interrogarla personalmente? —apuntó Marta en tono sumiso.

—¿Es que no confían en sus compañeros madrileños?

—¡Por supuesto que sí!

—Entonces no veo la razón por la que hayan de viajar. Somos una comisaría pobre, toda la policía, en realidad, estamos obligados a apretarnos el cinturón y evitar gastos innecesarios. Además, la cooperación entre colegas es la base de nuestra filosofía.

—Como todo ha de ser tan secreto, señor... —se descaró Marta levemente.

—Descuiden, ya me encargo yo. Tomo nota. En otro orden de cosas: ¿han ido ya a entrevistarse con el juez?

—Todavía no.

—Pues no sé a qué están esperando. Tienen que estar en contacto permanente con él, pasarle un informe diario, consultarle, pedirle permisos. El juez instructor es crucial en cualquier investigación. No necesito recordarles que estamos en un Estado de derecho.

Salieron a toda castaña, atropelladas, impelidas por una prisa que no se justificaba en realidad. Volvieron a su despacho, aunque lo que de verdad les apetecía era tomar aire fresco. Mientras tanto, el comisario se puso a pensar, incómodo: «¡Joder, la primera en la frente! ¡Quieren viajar a Madrid, sacar datos por ellas mismas! ¿No iba a ser todo tan simple y superficial? Dos novatas, sin ni puta idea de nada... Pedro lo ve todo muy sencillo, pero de momento soy yo el que se come el marrón».

No estaban seguras de si el juez García Barbillo estaba aquel día de mal humor, o estaba malhumorado porque le habían caído mal, o de si había sido así desde que su madre lo trajo al mundo, hacía mucho tiempo ya. Era viejo, malcarado, gruñón. Llevaba lamparones en la ropa, el pelo enmarañado y olía fuertemente a alcohol si cometías la temeridad de acercarte un poco a él. Las miró como si fueran dos moscas que le hubieran caído en el café, aunque, bien pensado, hubiera soportado mejor a dos moscas que a dos mujeres. «¡Peste de chicas! —exclamó para sí—, ¡están por todas partes, han invadido la profesión! Son abogadas, fiscales, juezas. Ahora también policías. No sé dónde vamos a ir a parar. Está bien que la mujer ocupe puestos de responsabilidad, pero ¿todos? Creo que las cosas deberían tener una lógica y un límite. Y ahora encima ¡estas dos!, que no sé qué coño tengo que hacer con ellas. ¡Menos mal que pronto me jubilo y estaré tranquilo en mi casa con mi gato Marcelino!».

—Muy bien, inspectoras, muy bien. Ya me pedirán las órdenes que puedan necesitar, y, si se ajustan a la ley, yo se las firmaré. Y no hace falta que me pasen un informe diario, con uno semanal bastará. ¿Hay algo más que añadir?

Salieron del juzgado bastante desanimadas. Hacía sol.

—¿Tenemos tiempo de dar una vueltecita? —preguntó Marta.

—Todo el tiempo del mundo —respondió Berta en un susurro.

—Pues vamos a entrar en Zara. Quiero ver si hay trapos nuevos.

—¿Vas a comprarte más ropa?

—Te recuerdo que este mes recibiremos nuestro primer sueldo. ¡Me hace tanta ilusión! Además, ahora somos inspectoras, y no podemos ir vestidas como unos adefesios.

—Total, para lo que vamos a lucirnos... encerradas en ese despachito delante del ordenador...

—Ya saldremos, la cosa no ha hecho más que empezar.

Caminaron en silencio disfrutando del aire fresco. Marta iba distraída, mirándolo todo al pasar. A Berta se la veía reconcentrada y seria. Llegaron a la tienda. La hermana pequeña empezó a moverse de un expositor a otro con gran agitación. Tomaba una percha en la mano, observaba la prenda que colgaba de ella y pasaba a la siguiente sin ningún comentario. Berta se limitaba a ir detrás. De vez en cuando Marta soltaba alguna frase apreciativa, hasta que por fin exclamó:

—¡Mira esta blusa!, ¿no es divina? Vamos a mirar si está en otro tono, el amarillo es muy traidor. Sí, allí la veo en azul. ¡Joder, es una monada, con tejanos me quedará genial y con falda ni te digo! Voy a probármela.

Berta la esperó mientras su hermana estaba en unos cubículos separados por cortinas, de los que entraban y salían chicas con ropa en la mano. Por fin la vio emerger con una sonrisa.

—Me sienta como un guante. Me la compro ahora mismo. ¿Tú no miras nada para ti? ¡Joder, Berta, eres de un aburrido! Voy a pagar.

—Pero hay cola.

—Una cola pequeña.

—Te espero fuera fumando un cigarrillo.

—Sí, eso, tú sigue fumando, que es algo muy sano —rezongó por lo bajo.

Desde que Berta había sufrido su decepción sentimental, se había aficionado al tabaco. Le había servido de agarradero en algunos momentos. Su carácter había cambiado, sus hábitos también. Más hosca, más desencantada, más amarga, nunca tenía deseos de mantener largas conversaciones o salir de juerga. Con solo treinta y dos años, parecía haber dejado atrás la juventud. Raramente contaba nada personal. Ni siquiera su hermana conocía los motivos por los que había roto con su novio, era algo que guardaba para sí, igual que guardaba muchos de sus pensamientos y opiniones. Los únicos proyectos que la emocionaban eran los profesionales. Había puesto mucha esperanza en su recién estrenado destino. Entrar en Homicidios significaba para ella hacer una inmersión total en lo que la ocupaba, en algo que requería de su mente y su cuerpo, de todas sus atenciones. Algo que la liberaba de pensar en las cosas que ahora juzgaba más frívolas y banales: vivir la vida alegremente, divertirse y, sobre todo, volver a enamorarse otra vez. Resolver un crimen, encontrar al culpable, era reintegrar el orden en la sociedad, y también implicaba la posibilidad de castigar a quien lo merecía. No siempre en la existencia de un ciudadano normal sucedía algo así.

Aquella noche le tocaba a Marta preparar la cena. Muy influenciada por las nuevas teorías sobre nutrición y vida saludable, los platos que cocinaba eran a veces motivo de discusión entre las dos hermanas. El turno que habían establecido para ocuparse de la cocina era siempre nocturno, a mediodía comían un menú en algún restaurante económico.

Al principio pensaron en repartirse las semanas, pero incapaces de aguantar tanto tiempo la una los guisos de la otra acabaron en «un día tú y otro yo». Los contrastes estaban servidos, porque a Berta los consejos dietéticos le importaban bien poco. Solía recurrir a un simple plato de pasta, croquetas congeladas y algún que otro pollo al horno cuando las quejas de su hermana se hacían notar demasiado. En cualquier caso, Marta salía bastantes noches a cenar con sus amigos, o con algún ligue que se hubiera agenciado.

—Ensalada de quinoa y rollitos de primavera. Hoy es el día del «todo vegetal».

Se inquietó bastante al ver que Berta no estallaba en protestas. Era clásico un cierto pataleo la noche del «todo vegetal». Se sentaron a la mesa. Nadie hablaba. Marta miró a su hermana.

—¿Quieres que te lea la vida de los santos mientras cenamos?

La otra la miró sin comprender.

—Como esto parece el refectorio de un puto convento de cartujas... ¿Se puede saber qué te pasa? ¿Estás preocupada por algo?

—No sé qué decirte, Marta. El comisario, el juez..., parece que nadie tenga mucho interés en vernos trabajar.

—Bueno, chica, debe de ser siempre así, ¿o te crees que andan detrás de los inspectores para reírles las gracias? ¿Qué ha hecho hoy nuestro inspectorcito, un interrogatorio? ¡Bien, muy bien!, ¡adelante, muchacho, que vas fenómeno!

—No seas simplona. Investigamos la muerte de un personaje de la máxima importancia.

—Pues será por el secretismo con el que pretenden llevar la historia, o porque quieren probarnos a ver cómo nos las apañamos. En cualquier caso, pensar en el curro cuando se come es fatal para la salud. Hay que concentrarse en los platos, disfrutarlos. De lo contrario, te limitas a tragar sin enterarte.

—Mira, pues tratándose de quinoa no está tan mal.

Marta se echó a reír.

—¡Menos mal, por lo menos alguna broma, alguna ironía de las tuyas! Si no te veo borde, me preocupo. Por cierto, ya que quieres hablar de trabajo. ¿Por dónde empezamos mañana?

—Hay que interrogar a los testigos. Empezaremos por Salvador Badía, el que fue jefe de prensa de Castellá.

—¿Y por qué justamente por él, hay alguna razón?

—Sí. Es el único testigo que tenemos en la lista. Estaba en Madrid el día del crimen. Él fue quien encontró el cuerpo de la víctima.

—Eso ya lo sabía. He leído el expediente igual que tú.

—Entonces ¿por qué preguntas?

—Para ver si, distraída, te acabas la quinoa de una puta vez.

Recogieron la mesa, limpiaron la cocina y se fueron cada una a su habitación. Marta se metía en la cama con un pequeño ordenador portátil donde solía ver alguna serie de ficción, algún programa de la tele. Si no, se ponía los cascos para oír música y hojeaba revistas de moda o actualidad. Berta leía siempre un libro. Su amor frustrado le dijo un día que era una inculta, que necesitaba leer mucho para tener criterio, y resultó que los libros le parecieron maravillosos, la mejor compañía, y esa opinión no cambió tras la ruptura. Leía con avidez, leía con placer. Por lo menos, algo había sacado en limpio de aquella relación.

Abrió el volumen, que ya llevaba por la mitad. Hilary Mantel. Aunque la historia era terrible: decapitaciones, traiciones, torturas, la Torre de Londres y su infame prisión, resultaba en el fondo consoladora. En el siglo XXI ya no existían semejantes horrores. Ya no reinaban cabrones como Enrique VIII y el poder no era tortuoso y corrupto. ¿O sí? Decidió dejar la novela y apagar la luz. Aquella noche no se sentía con ánimos para leer, o quizá mientras durara aquella investigación lo más prudente sería cambiar de título, buscar algo más ligero. ¿Narrativa de viajes? Era una posibilidad.

Capítulo 3

Badía ya se había imaginado que lo llamarían para declarar de nuevo, era lo lógico. Aun así le sorprendió, porque ¿qué estaba siendo lógico en todo aquello? ¡Por Dios bendito! Decir que Vita había sufrido un infarto, investigar el asesinato de modo secreto, trasladar la instrucción a Valencia..., ¿qué ignominia les faltaba por hacer? Encima, los muy cabrones del partido ni siquiera se habían dignado aparecer por el entierro. Sí había ido Pepita Sales desde Zaragoza y Andrés Viso desde Madrid, pero todo a título personal, delegación oficial ni una. ¡Con lo que ella había representado para el partido! ¡Con las victorias que les brindó durante tantos años y el beneficio que tantos obtuvieron gracias a ella! Vergonzoso, irritante, inmoral. Claro que hablar de moralidad tratándose de Vita no tenía demasiado sentido, tampoco había que exagerar. De todos modos, ¿tanto costaba personarse en el sepelio, hacer cuatro declaraciones de duelo a los periódicos, llenarle de flores la capilla ardiente? ¡Qué barbaridad, el muerto al hoyo y el vivo al bollo! Claro que los vivos que quedaban de su época estaban casi todos imputados por corrupciones varias y desfalcos. No había que exhibirlos demasiado. Aunque eso parecía dar igual, silencio del sumario y vuelta al ruedo, hasta que a todos los imputados les tocara el juicio y entonces ya veríamos si había pruebas concluyentes o no. Pero sus compañeros de profesión ¿en qué pensaban?, ¿dónde había quedado el tan cacareado periodismo de investigación? ¡En el sótano de los periódicos, con miedo a querellas, bajo cientos de intereses económicos, con el canguelo de los curritos a ser despedidos y no poder hacer frente a la hipoteca y el colegio de los críos! ¡Qué país, qué sociedad, qué género humano! Podía encogerse de hombros y pasar de todo, sería muy fácil para él, al fin y al cabo ya tenía otro trabajo, en una revista musical, así que Vita Castellá significaba el pasado. Sin embargo, algo muy potente bullía en su interior cuando surgían las injusticias, cuando tenía frente a sí a alguno de los desagradecidos que abundan en el mundo y que, por desgracia, seguirán siendo muchos hasta el final de los días.

Por supuesto que guardaría el más absoluto secreto, tal y como le habían mandado, pero ya que se abría una investigación colaboraría con la policía, ¡vaya que sí! A lo mejor entre los policías no existía tanta corrupción e imperaba el miedo en menor medida. Haría cualquier cosa por desenmascarar a aquellos canallas.

Se quedó un poco sorprendido cuando vio que el lugar donde lo convocaban no era una comisaría sino un bar. ¿Secretismos otra vez? Quizá no, la policía no es tan oficialista como la judicatura, en las películas se usaban mucho los bares como salas de interrogatorio. Su segunda sorpresa se produjo cuando vio quién iba a interrogarlo: ¿aquellas dos chicas que le hicieron un gesto con la mano eran la policía? Pues sí, una de ellas iba vestida con tejanos y un jersey, la otra llevaba una llamativa blusa azul y el pelo teñido de naranja. Se habían sentado en una mesa apartada. Cuando fue hacia ellas, ambas se pusieron de pie, le enseñaron la placa y se presentaron. Pidieron cada uno un discreto café.

—Hoy le hemos citado aquí para preservar la confidencialidad que requiere esta investigación. En futuras ocasiones le convocaremos en comisaría —empezó Berta un tanto abochornada por la situación.

—Muy bien, pues ustedes dirán.

—Según usted, ¿quién mató a Vita Castellá? —soltó Marta a bocajarro.

Badía abrió mucho los ojos, quizá en la misma medida que lo hizo también Berta.

—¡Jo, inspectora, eso es muy fuerte como primera pregunta! —exclamó, anonadado, el testigo.

—Lo que la inspectora Marta quiere decir es que, según usted, ¿quién podía tener motivos para matarla? —corrigió Berta, asustada por la temeridad de su hermana.

—Pues no sé. Matar no es algo que se haga todos los días, es una salvajada, muy brutal. No se me ocurre que pueda haber un asesino en el entorno de la señora Castellá al que yo conociera.

—¿No tenía enemigos?

—¡Hombre, la palabra «enemigo» es muy radical!

Marta se impacientó:

—Oiga, Badía, yo creo que más o menos ya nos entiende, así que haga el favor de contestar.

—Sí, las entiendo, pero es que no sé cómo expresarme. Digamos que la señora Castellá, que era una política importante y una mujer de mucho carácter, tenía su club de fans, pero también había personas a quienes les caía mal, gente que le guardaba rencor porque no había atendido alguna petición de favores, o a quienes no había promocionado profesionalmente. Esas son cosas inevitables cuando se está en el poder. Pero de ahí a cargársela... No veo yo a muchos candidatos capaces de eso.

—Vale, descartemos el crimen en sí mismo. ¿Había tenido la víctima alguna discusión seria últimamente o, mejor dicho, cuando todavía ejercía su cargo? —preguntó Berta.

—¡Ah, esa es otra cuestión! La presidenta tenía discusiones con mucha gente..., gente que estuviera a su nivel, claro, porque si eras un subordinado te pegaba la bronca y en paz. Tuvo desencuentros con políticos de la oposición, pero también con los de su partido. Piensen que, en su época, el partido ocupaba todos los puestos clave. Y, por cierto, ahora también.

—Pero su exjefa hacía bastante que no era presidenta. Un enemigo solo espera tanto tiempo para actuar si lo hace como venganza.

—Bueno, el día después del crimen la señora Castellá iba a ser juzgada.

Hubo un momento de silencio absoluto. Badía bebió un sorbo de café mientras las inspectoras se miraban de soslayo. Marta preguntó:

—¿Está apuntando la posibilidad de que Castellá haya sido asesinada para impedir que declarara en el juicio?

Badía dio un respingo que casi fue un salto. Se aferró a su tacita para decir:

—¡Noooo...! ¡Nada de eso! Yo no apunto ninguna posibilidad.

—Vale, pero, aunque usted no lo haga, ¿cree que esa posibilidad puede existir?

De repente, el testigo se dirigió a las inspectoras en otro tono, dejó de hablarles de usted.

—Supongo que no estaréis jugando conmigo, ¿verdad?

Acto seguido, señaló con el dedo la pequeña grabadora que Marta había colocado sobre la mesa y le hizo una indicación para que la apagara. Hubo un momento de duda pero, en un impulso, Marta la apagó.

—Oídme bien. Yo estoy dispuesto a colaborar y hablar con vosotras todas las veces que sea necesario. Esta investigación es tan secreta que nadie sabe que la estáis llevando a cabo. ¿Es así?

—Lo sabe el juez que instruye el caso, y el comisario y...

—Y espero que nadie más. Yo solo os digo que si a Castellá se la han cargado los de las altas esferas para tapar lo que hubiera podido decir..., pues en ese caso yo estoy en peligro. Y, si me apuráis, vosotras también. De manera que voy a ser muy prudente y os pido que no me presionéis por ese lado porque de verdad os juro que no sé nada. No tengo ni la más remota idea de quién quitó de en medio a mi exjefa.

—Pero eres prácticamente nuestro único testigo y es tu obligación declarar.

—Y lo haré, ya digo que lo haré. Pero os pido que me mantengáis en un segundo plano. No quiero llevar la voz cantante ni figurar en ninguna parte, y tampoco quiero que me grabéis.

—Eso es completamente irregular.

—También es irregular toda esta investigación secreta. ¿De verdad no lo habéis pensado? La oferta que os hago es esta: os ayudo contando lo que pueda saber, vosotras investigáis y, si encontráis pruebas concluyentes y mi testimonio resulta necesario, me comprometo a declarar ante un tribunal. Yo también quiero que pague el que lo ha hecho, pero no quiero pagar yo.

El desconcierto fue evidente en ambas hermanas, y aumentó todavía más cuando vieron que Badía se levantaba.

—Y ahora me voy.

—Aún no hemos terminado.

—Yo sí. No podéis obligarme a seguir tomando café con vosotras. Porque eso es lo que hacemos, ¿no? No estamos en comisaría ni esto es un interrogatorio oficial. Llamadme cuando queráis si aceptáis mis condiciones. Y, si la cosa va a ir de encuentros en bares, mejor que no sea siempre el mismo.

Pasó por la barra y pagó las consumiciones. Luego salió observando de reojo si alguien lo estaba mirando. Marta y Berta se quedaron donde estaban, presas de la consternación. Cuando Marta fue a hablar, su hermana la disuadió con un gesto. Salieron del bar.

—¿Rumbo a casa? —preguntó Marta.

—Ahora, no.

Entraron en otro bar. Encontrar bares no es muy difícil en la ciudad de Valencia. En el interior, buscaron de nuevo la ubicación más recóndita posible. Volvieron a pedir café.

—¿Has oído lo que ha dicho ese tipo?

—Marta, no ha dicho nada diferente de lo que hemos estado pensando y sospechando tú y yo.

—Sí, ya lo sé. —Bajó la cabeza con preocupación—. ¿Aún podemos renunciar?

—¿Es eso lo que quieres hacer?

—Estamos en un lío.

—Pues solo hay dos maneras de salir de él: tirando la toalla o investigando de verdad, y yo apuesto por la segunda.

—¿Y qué me dices del peligro del que nos ha advertido Badía?

—El comisario, el juez, vete a saber tú quién más, han estado jugando con nosotras. Lo que quieren es que no descubramos una mierda. ¿Nos dan largas?, pues nosotros se las daremos a ellos. Pero, mientras tanto, vamos haciendo calladamente nuestro trabajo hasta encontrar la verdad. Ocultaremos datos, nos meteremos en las alcantarillas sin levantar sospechas.

—¿Y quién nos protegerá?

—Nuestra placa de policías. ¿Estás de acuerdo?

—No sé, Berta, no sé. ¡Todo es tan desquiciado!

—Si tienes dudas, puedo hacerlo yo sola. Tú te inhibes.

—Mujer, dejarte sola...

—¿Tienes miedo? ¿Quién le arreaba al columpio hasta que casi se daba la vuelta, quién ponía la bicicleta a cien por hora, quién...?

—Yo. Y soltaba a los perros atados cuando íbamos de paseo. Estoy contigo, Berta. No se hable más.

Lo primero que debían hacer por su cuenta y riesgo era viajar a Madrid e intentar entrevistarse con la camarera del hotel. Tanto la cuenta como el riesgo les preocupaban. Si empezaban a asumir gastos de su bolsillo, podían acabar arruinadas. Marta era especialmente crítica con la idea de sacar un par de billetes de tren y alojarse en Madrid. Ni siquiera habían cobrado todavía su primer sueldo como inspectoras y ya pensaban en gastarlo de manera altruista. Según la hermana menor, así no iban bien. ¿Qué pretendían, acabar ellas solas con la corrupción del país? Berta insistió, llegó incluso a prometer que sería ella quien financiaría la expedición. Finalmente era la menos caprichosa, no necesitaba comprarse vestidos para ir a la moda, y sus salidas de esparcimiento se limitaban a comer con sus amigas en algún restaurante como máximo una vez al mes, alguna sesión de cine y poco más.

Marta aceptó a regañadientes, representándose mentalmente las cenas que su hermana prepararía con poco dinero. ¿Cómo acabarían, comiendo una sopa de sobre y patatas hervidas? A pesar de esos resquemores alimentarios aceptó el trato, pero aún quedaba por dilucidar el tema del riesgo. Y el riesgo era evidente. Si se largaban a Madrid y dejaban de acudir a su trabajo en comisaría, estarían autoseñalándose con el dedo. Mucho peor: si el comisario se enteraba de que habían contravenido sus órdenes y campaban por la capital del reino haciendo preguntas a una testigo, ni siquiera se imaginaban lo que pudiera pasar. ¿Degradación de su cargo, expulsión del Cuerpo? Menos en el fusilamiento, pensaron en cualquier posibilidad, y ninguna resultaba halagüeña. Pero Berta no estaba dispuesta a abortar el que sería el primer acto serio de su investigación, así que propuso viajar un sábado. El fin de semana les pertenecía.

—¿Y no podíamos llamarla por teléfono?

—Pero, tía, ¿tú dónde has visto que un interrogatorio como Dios manda se haga por teléfono? ¿Así cómo jugamos con el factor sorpresa, cómo analizamos la tensión en su cara, los ojos huidizos, el sudor...?

—Lees demasiados libros, hermana. ¿Y qué hacemos si la testigo se ha largado a pasar el *weekend* en la sierra?

—Las camareras de hotel no pueden permitirse esos lujos.

—Pero puede tener una amiga que la haya invitado.

—Me estás poniendo la cabeza como un bombo.

—Solo estoy diciendo que podemos no encontrarla en su casa. ¿Y qué haríamos entonces, eh?

—Es un riesgo que hay que correr.

—¿Otro?

—Dejemos de discutir, Marta, no lleva a ninguna parte. Iré yo sola y se acabó. Cuando vuelva, te lo cuento.

—¡Eres una chantajista emocional! ¡Ahora no me vengas con el columpio y la puta bicicleta! Iré a Madrid, a ver qué remedio me queda. Pero te advierto que quiero comer en una tasca típica, y pasarme por el barrio de Salamanca para ver las tiendas, ¿entendido?

El primer viernes después de aquella conversación ya habían preparado su viaje. Dos billetes, no de alta velocidad porque era más caro, rigurosa clase turista y una reserva en un hotel económico. Compartirían habitación, naturalmente. La estricta intimidad personal quedaría aparcada, no estaban como para derrochar en gastos evitables.

El sábado bien temprano arribaron a la estación, habían ido a pie desde el barrio céntrico donde vivían. Arrastraban con estrépito sus dos pequeñas maletas. La de Marta iba repleta de todo tipo de prendas que había incluido en su equipaje aun estando segura de que no tendría tiempo de lucirlas. La de Berta contenía lo imprescindible. Las recibió el ambiente ajetreado de toda estación ferroviaria. La de Valencia, un edificio modernista decorado con vistosas cenefas de naranjas cerámicas, tal vez la única en el mundo con tan colorista decoración, estaba a reventar de gente aquella mañana. Marta se sintió emocionada en cuanto pisó el lugar, su corazón se expandió como si se dispusiera a iniciar una aventura. Grupos de jóvenes hablando en voz muy alta, parejas de ancianos moviéndose con indecisión y nerviosismo, familias con niños, el olor a café y comida de los bares, las luces brillantes de las tiendas. Llevaba tanto tiempo sin emprender ningún viaje que tanta animación le pareció mágica. Berta, por el contrario, nunca se había sentido a gusto en sitios muy concurridos. Aunque tenían tiempo suficiente, insistió en quedarse de pie frente al panel informativo electrónico. Marta no aguantó en esa posición ni cinco minutos. «Me voy a dar una vuelta», anunció. Regresó cuando el andén de su tren ya se leía el primero de la lista. Ante el control de seguridad se había formado una larga cola, lo cual le valió una pequeña reprimenda de su hermana, que Marta decidió ignorar. Se colocaron las últimas, sin hablar.

Cuando iban a acceder a sus asientos se vieron sorprendidas por la presencia de dos señoras mayores que los ocupaban. Comprobaron los billetes y recibieron mil disculpas de las señoras, que enseguida se levantaron para rectificar su error. Una vez solas y aposentadas, Berta comentó con mal humor:

—La gente parece imbécil. ¿Tan difícil es mirar dónde demonio te toca sentarte?

Marta la miró con cara de paciencia infinita.

—¡Pobres, eran dos viejecitas! ¿Por qué no te relajas un poco? No estamos bajando a la mina para sacar carbón, se supone que vamos de viaje.

—Pero no de placer, te recuerdo.

—¿Y qué más da? Es un viaje de trabajo, de acuerdo, pero eso no significa que tengamos que estar jodidas todo el tiempo. Mientras no llegue el momento de ponerse en marcha podemos disfrutar de las cosas, ¿o no?

Berta no respondió. Sacó el libro que había comprado: *Estrellas sobre Tauranga*, de Anne Laureen. Trataba sobre la vida de una doctora en Nueva Zelanda, allá por el final de 1800. Se lo había recomendado la propia librera, y le pareció que Nueva Zelanda estaba lo suficientemente lejos como para que nada le recordara su complicada situación actual. Se puso a leer. Mientras ella se abismaba en las antípodas, su hermana mandaba y recibía wasaps con los consiguientes ruiditos de aviso. También se levantó varias veces de su asiento: para ir al lavabo, para estirar las piernas, para acercarse al vagón-restaurante a por un café. Berta pensó que una cosa era convivir pautadamente en un mismo apartamento, donde cada una tenía su espacio y sus rutinas, y otra muy distinta pasar juntas el día completo en estrecho contacto. Comprendió que eso iba a ser algo casi imposible de soportar.

El hotel estaba situado en la calle del Arenal. No era caro, pero les pareció estupendo. Les asignaron una habitación con dos camitas que enseguida concitó recuerdos en Marta.

—¿Te acuerdas? Parece nuestro cuarto de cuando éramos pequeñas, en casa de mamá y papá.

—Sí, me acuerdo muy bien. Era un sufrimiento dormir contigo. Hacías ruidos, te movías, se te olvidaba apagar tu lamparita y me tocaba levantarme a media noche, un horror.

—Tienes buena memoria, ¿eh?, sobre todo para las cosas agradables.

Berta se dio cuenta de que había ido demasiado lejos y miró a su hermana, que estaba guardando su ropa en el armario con cara disgustada.

—Perdóname, Marta, no quería decir eso. Es que estoy un poco nerviosa. Llega el momento de encontrarnos con esa mujer y no sé bien por dónde tirar.

—¿Cómo que llega el momento, a qué hora vamos a su casa?

—A la hora de comer, así la pillamos seguro. Y, si está trabajando, nos plantamos en el hotel.

—¿Y nosotras?

—¿Nosotras qué?

—¿Cuándo vamos a una tasca?

—Por la noche, a cenar. Ahora no tenemos tiempo de comer nada.

Marta no protestó. Había ocupado todo el espacio del pequeño armario con sus cosas, y el sentimiento de culpa que sentía la hizo callar.

Capítulo 4

Tomaron un taxi hasta el barrio de Vallecas. Puede que Valencia hubiera crecido mucho en los últimos tiempos, pero Madrid se había convertido en un monstruo descomunal. Se lo contó el taxista, muy hablador, en conversación animada con Marta. Ni se imaginaban la de barrios nuevos que habían proliferado, habitados casi en su totalidad por gente trabajadora, por inmigrantes que se habían instalado en la capital. Berta observaba los bloques entre los que transitaban, pero su mente ya estaba enfocada hacia la dirección de la testigo que figuraba en los informes. Esperaba que, al menos eso, correspondiera a la verdad, aunque su mayor preocupación era que Manuela Pérez Valdecillas estuviera en su casa aquel mediodía.

Llamaron al interfono y contuvieron la respiración. Nunca habrían pensado que una expresión tan desabrida como «¿quién es?» les sonaría a música celestial. «Somos de la policía», respondió Marta. Subieron hasta al tercero en el ascensor. El edificio era muy modesto, remozado quizá con una simple capa de pintura que evitaba bastante la sensación de sordidez. Manuela las estaba esperando en el rellano. Le mostraron sus identificaciones. Marta pensó que era la primera vez que hacían algo así y se sintió investida de una gran dignidad.

—¿Qué ha pasado? —preguntó la camarera antes siquiera de saludar.

—Queremos hablar un momento con usted. ¿Podemos entrar?

Manuela les abrió paso con un gesto y las siguió hasta el interior.

—¿Ha pasado algo? —volvió a preguntar.

—No se preocupe, solo queremos hacerle unas preguntas. Es sobre la señora Vita Castellà.

La mujer hizo ademán de comprender. Pasaron a un pequeño salón donde había un sofá y una mesa preparada con un solo cubierto. Les indicó el sofá para que se sentaran. Ella cogió una silla y se puso enfrente. Berta arrancó con suavidad, toda precaución era poca.

—Lamentamos llegar a una hora tan mala, pero el servicio es así.

—No se preocupe, aunque ¿esa señora no murió de un infarto?

—Sí, así fue. Solo se trata de unas verificaciones rutinarias.

La mujer, cercana a los cincuenta, de aspecto corriente, vestida con tejanos y un jersey, debió de dar por buena la clásica explicación, porque enseguida dijo:

—Pues ustedes dirán.

—¿Puede contarnos lo que ocurrió la noche en que la señora Castellá murió?

—Bueno, no pasó gran cosa. La señora pidió café al servicio de habitaciones. Era casi la una de la mañana. El servicio se lo subí yo, pero cuando iba a llamar a su puerta me sonó el móvil. Como era una llamada privada, me fui al almacén de la planta.

—¿No la llamaron desde el hotel por algún tema de trabajo?

—No, qué va, ¡era mi madre! Por eso me metí en el almacén. Si te pescan en conversaciones privadas en pleno turno, te puede caer una bronca muy gorda.

—¿Su madre la llamó a la una de la madrugada? —inquirió Marta.

—Sí, ¡el colmo de los colmos, ya lo sé! Pero es muy mayor y vive sola. Como yo soy soltera, los latazos me los pega a mí. Llama por cualquier chorrada. Aquella noche ni sé qué me preguntó; si sabía dónde había dejado sus gafas de ver la televisión, no sé, algo así. Como sabía que estaba de guardia...

—Manuela, ¿no vio usted a nadie por los pasillos esa noche?

—A nadie. A esas horas ya queda poca gente.

—Siga, por favor.

—Bueno, el caso es que me cabreó bastante la llamada de mi madre. Le tengo dicho mil veces que no puedo estar pendiente de ella mientras trabajo. Entre unas cosas y otras se me olvidó que tenía la bandeja en la puerta de la habitación de la señora Castellá y, cuando caí en la cuenta, había pasado más de un cuarto de hora, así que volví enseguida a recogerla para cambiar el café. Debí hacer un poco de ruido porque la señora abrió la puerta, le conté lo que estaba haciendo y me soltó que le daba igual, que casi mejor el café frío. Me quitó el servicio de las manos y se metió para dentro otra vez.

—¿Se fijó usted en su aspecto?

—No demasiado. Iba vestida por completo y enjoyada. Estaba un poco blanca, eso sí.

—¿Usted sabía de quién se trataba?

—Para nada. Me enteré al día siguiente, con todo el follón, de que era una política importante de Valencia.

—¿Sería posible que alguien se colara en el hotel sin ser huésped a esas horas de la noche?

Se quedó un momento mirando el aire sin ninguna expresión.

—Sí, supongo. Nunca nos ha pasado, pero sería posible. El que está en recepción por las noches ve entrar y salir a la gente y casi nunca pregunta nada. Pero, si se cuela alguien, poco podrá robar, ni siquiera las lámparas del pasillo. Seguro que valen una pasta, pero pesan cien kilos.

—¿Cuánto tiempo hace que trabaja en el hotel?

—Va para dos años, y me gusta el trabajo; además, pagan bien.

—¿Dónde trabajaba antes?

—No era camarera, hacía limpieza en casas particulares. Eso sí que era una mierda, con perdón. Aguantar a las señoras, sin Seguridad Social..., pero entonces vivía con mi madre, hasta que me harté.

—¿Ahora vive sola?

—¡Y tan ricamente que estoy!

—¿No tiene novio?

—De eso no gasto. Salgo con el que me gusta, me divierto y a otra cosa. Supongo que no es delito, ¿verdad?

—¡Por supuesto que no!

—¿Su madre vive en Madrid?

—En Carabanchel, que menuda gracia me hace tener que llegar hasta allí cuando voy a verla.

No había mucho más que decir. La mujer las despidió sin demasiadas ceremonias, incluso con un poco de frialdad. Era muy probable que la pregunta del novio le hubiera molestado. «Tanto peor para ella», pensó Berta.

Ya fuera, caminaron por calles poco transitadas a aquellas horas. Marta puntualizó rápidamente:

—¿Comemos un bocadito por aquí o volvemos al centro?

—Antes de cualquier bocadito hay que pasar por el hotel Victoria.

—¿Por el hotel, para qué?

—Para ver si esta chica nos ha mentido o no.

—¿Has notado que mentía en algo?

—Los datos que nos dio el comisario no coinciden con lo que ella cuenta. Muchos años trabajando en el hotel, familia e hijos...

—Pues entonces el que ha mentido es el comisario, porque en su casa no había ni dios...

En el hotel no las recibió el director, sino el responsable de relaciones públicas. Iba ataviado como un figurín, con todos los detalles que marca la modernidad: pantalón estrecho, americana pegada al cuerpo y corbata filiforme. Cuando le dijeron que eran policías decidió pasarlas a un despacho. Luego, hizo lo convencional: lamentar el desgraciado óbito de tan ilustre clienta y preguntarles por qué estaban allí. Ellas volvieron a acogerse al patrón clásico: una investigación rutinaria. Era curioso constatar cómo los clásicos siempre tienen vigencia, porque la explicación aplacaba cualquier duda y abría sin problemas la charla.

—Solo queremos contrastar los datos de una camarera: Manuela Pérez Valdecillas.

—Sí, la pobre estaba de guardia en planta la noche del deceso. Sus compañeros ya la investigaron y todo estaba OK. Lo recuerdo perfectamente.

—¡Por supuesto! Pero para escribir los informes necesitamos saber un poco más —se inventó Marta a bote pronto—: su filiación, su experiencia pasada, su estado familiar...

El figurín buscó en el ordenador, seguro de que todo eso podía encontrarlo en la ficha de contratación de la chica.

—A ver... Sí, aquí está. Es soltera, hace dos años que trabaja con nosotros. Su rendimiento se considera muy satisfactorio. Tenía experiencia adquirida en un hotel de Benidorm.

Berta lanzó una mirada fulgurante a su hermana.

—¿Y cuándo fue eso?

—Trabajó en el hotel Meridiano, durante tres años. Veamos la fecha..., hace de eso más de cinco años ya. Después se trasladó a Madrid, donde no figuran actividades laborales hasta su entrada en nuestro hotel. ¿Quieren que les dé su dirección?

—La tenemos. ¿Hay algo más en su ficha?

—No, si ya tienen sus datos básicos... ¿Necesitan que la haga venir? No sé si le toca trabajar hoy.

—No hace falta. ¿Tiene usted alguna referencia de por qué estuvo en un hotel de Benidorm?

—Pues no, sinceramente, pero eso es algo bastante normal. Son ciudades con una oferta hotelera enorme que tienen mucha contratación. Hace tiempo muchos cerraban en invierno, pero después, con las estancias del Imserso, las ofertas para personas mayores y todo eso, casi todos están siempre en activo. Necesitan mucho personal.

—¿Sabe si Manuela vivía por entonces en la Comunitat Valenciana?

—No lo sé, pero podemos preguntárselo.

—Mire, para los informes que debemos hacer es imprescindible guardar un cierto secreto. Es muy valioso para nosotros que no comente con Manuela que le hemos visitado. Ni con ella ni con nadie, en realidad.

Como era inevitable, llegados a ese punto el figurín sintió la presencia de una mosca tras su oreja.

—Oigan, inspectoras, no pasará nada con esa chica, ¿verdad? Nuestro hotel no puede permitirse el lujo de tener entre su personal a nadie sobre quien haya la más mínima sospecha de su honorabilidad.

—Puede estar tranquilo. Ya le digo que estos asuntos deben...

Marta interrumpió a su hermana:

—Mire, vamos a decirle la verdad. Todo esto teníamos que haberlo hecho la inspectora y yo hace tiempo y... se nos pasó. Somos un poco novatas aún. Redactamos unos informes chapuceros y ahora intentamos enmendarlos. Pero, si se llega a saber que andamos en esas, pues los jefes nos van a meter un puro del copón.

El hombre se quedó un momento en suspenso, luego empezó a sonreír, y al final soltó una carcajada.

—Sí, ya lo entiendo. Los jefes son a veces muy poco comprensivos, sin ir más lejos nuestro director...

Tomó la resolución rápida de no seguir con la frase. Las miró con simpatía, hizo un gesto de asentimiento.

—No diré nada a nadie de su visita.

—Mejor así, como no hemos encontrado nada extraño...

Se había encariñado tanto con ellas que hasta las acompañó a la salida. En España la gente es bastante intolerante, pero existe hacia los novatos una actitud de piedad incontestable. Alguien que no es capaz de aguantar cinco minutos en una cola espera durante media hora si hace falta cuando se entera de que es el primer día de trabajo de la cajera. Forma parte de la idiosincrasia nacional.

Una vez en la calle, Berta resopló. Estaba nerviosa, lo había pasado francamente mal. Su excusa de que los informes deben ser secretos no se sostenía. Afortunadamente Marta había estado brillante, casi genial.

—Te felicito. Lo de los informes chapuceros ha sido un golpe maestro.

—Bueno, una tiene sus recursos, su imaginación... Es que la historia de los informes secretos, tía, como si fuéramos del KGB...

—Ya te he dicho que has estado muy bien. ¿Qué quieres, que te adore y te eche incienso?

—No, solo que reconozcas tu cagada.

—¡Está bien, soy torpe, soy mema, peor que el inspector Gadget, peor que Mortadelo y Filemón haciendo de detectives! ¿Eso te basta?

—No está mal para empezar. Ahora supongo que tendremos que volver donde la camarera para que nos aclare lo de Benidorm.

—¿Y ponerla en alerta, si es que nuestra visita no la ha puesto ya? ¡Muy pronto se te ha pasado la brillantez! Además, pudo no haber mentido, ella hablaba de los últimos años en Madrid.

—¿Y qué coño vamos a hacer? Si pudiéramos quedarnos aquí, la seguiríamos, le pondríamos vigilancia, pediríamos una orden para intervenir su teléfono, pero desde Valencia y de tapadillo...

—No me agobies, Marta, por favor. No nos vamos de vacío. Por más que ese pingüino diga que todos los camareros de España pasan por Benidorm, hay otros muchos sitios de turismo masivo. La tal Manuela debe de tener alguna conexión con nuestra tierra.

—¿Por qué le llamas pingüino? ¡Pero si era muy majo!

Berta empezó a contar hasta diez. Necesitaba serenarse, salir del tema un segundo, descansar. Antes de llegar a diez se le ocurrió una idea prometedora.

—¿Tú no tenías hambre?

—¿Yo? Me comería un buey empezando por las pezuñas.

—Vamos a buscar una de esas tascas a las que quieres ir.

—He seleccionado unas cuantas en Google.

La tasca estaba a reventar de gente. Marta sonrió nada más poner un pie en el interior. Pidieron jamón, buñuelos de bacalao, tortilla de patatas, garbanzos estofados. La cerveza helada les hizo olvidar un poco aquel día tan largo. Los clientes hablaban en voz muy alta, se reían, brindaban. Los camareros iban y venían a toda velocidad, gritaban las órdenes a pleno pulmón. Parecía que el local fuera a explotar de animación en cualquier momento. Junto a las inspectoras, una pareja de americanos tomaba una tapa de callos plácidamente y se hubiera podido inferir que todo aquel ambiente los tendría un poco sobrepasados, anonadados. Pero no, se comportaban como si todos los restaurantes de Wisconsin fueran exactamente así.

Tras la experiencia gastronómica, Marta aún no había cumplido todas sus expectativas madrileñas. Lo que según ella tocaba en aquel momento era tomar una copa y seguir disfrutando del jolgorio. Berta, a quien los jolgorios habían dejado de hacerle ilusión tiempo atrás, accedió de mala gana. Sabía que al día siguiente le dolería la cabeza si continuaban tomando alcohol, y que el viaje de vuelta se le haría pesado, pero su compromiso de hermana mayor debía ser cumplido sin rechistar.

Sentadas en la mesa del pub, la menor observaba el entorno con ojos alegres mientras la mayor se hallaba concentrada en las entrañas de su *gin tonic*. Salió un momento del ensimismamiento para preguntar:

—Según tu criterio, ¿cuál es el próximo paso que debemos dar?

—Lo tengo muy claro: arrearnos otro *gin tonic.*

—Sabes perfectamente a qué me refiero.

—Sí, pero estoy intentando pasarlo bien, fijarme en todos los tíos guapos que hay en el local. No quiero pensar en el trabajo.

—Dichosa tú. Yo no consigo quitármelo de la cabeza.

—Berta, ¿te acuerdas de lo que nos decían en la academia? Obsesionarse con los casos que se investigan es contraproducente. Hay que enfriar los temas, alejarse de ellos lo suficiente como para que se pueda pensar con claridad.

—¿Qué más distancia quieres? Ni siquiera podemos seguir físicamente a una sospechosa. Mañana volveremos a Valencia mientras ella se queda en Madrid.

—¿Has visto a aquel chico que está solo en la barra? No es que sea un diez sobre diez, pero tiene clase, su poquito de morbo también. Si no fuera porque estás tú aquí, y encima compartimos habitación, intentaría ahora mismo un abordaje.

Berta comprendió que no desviaría la atención de su hermana ni un ápice. Además, llevaba razón. Recordaba muy bien los consejos de los profesores en la academia. Las obsesiones eran malas, dificultaban la visión de conjunto, la capacidad de análisis, podían conducirte a un estado de confusión, si no a cometer errores irreparables. Sí, todas esas teorías estaban muy bien, pensó, pero ¿cuándo en la academia se había planteado que los propios superiores jerárquicos entorpecieran una investigación? Jamás, no se contemplaba esa posibilidad, y, si algún alumno la hubiera siquiera insinuado, habría sido tratado de loco o traidor. ¿Así era la policía en la que con tanta fe había ingresado? ¡Amarga decepción! Solo esperaba que hubieran topado con algo excepcional, que no todos los jefes fueran así. De lo contrario, más les hubiera valido escoger otra profesión. Como bibliotecaria, médica o farera no lo hubiera hecho mal.

Una vez en el hotel, y mientras Berta se lavaba los dientes ya en pijama, Marta miraba la ropa que seguía colgada en el armario y protestaba sin parar.

—¡No he podido ponerme nada! ¡Claro, me has llevado de culo de un lado a otro! No he tenido tiempo ni de pensar en mi *look*.

La dejó dar rienda suelta a su mal humor sin contestar ni una palabra. Dos minutos más tarde entró en la habitación y la descubrió encima de la cama, completamente vestida y dormida como un tronco. La pobre no había podido siquiera lucir su camisón nuevo. La abrigó como pudo con las mantas. «¡Qué suerte tiene!... —pensó—, contar con un carácter alegre e inconsciente es lo mejor que te puede pasar». Luego se metió en la cama, segura de que le costaría conjurar el sueño.

Capítulo 5

Comprendieron que una de las ventajas de su trabajo era que la comisaría estaba calentita a primera hora del lunes. La actividad había continuado durante el fin de semana, y al sentarse a su mesa ellas también tenían la sensación de haber estado de guardia todo el tiempo a pesar de haber descansado durante el domingo. Abrieron los cajones y descubrieron que su único material disponible para arrancar seguían siendo los dosieres de Madrid que les habían facilitado al principio de su «no investigación».

—¿Escribimos un informe para el juez? —preguntó Marta—. Tendremos que ir dándole algo de vez en cuando.

—De momento, ni hablar del asunto. Y cuando le reportemos habrá que inventarse algo.

—Pues de eso te encargas tú, que siempre estás leyendo libros. Alguna idea te vendrá a la cabeza.

—Lo primero es largarnos a Benidorm en cuanto podamos.

—¡Joder, vamos a hacer más viajes que el Gulliver aquel de los cuentos de nuestra infancia! ¿Y eso se le puede decir al comisario?

—No. En caso de que pregunte, le diremos que estamos explorando el entorno de la víctima.

—¿Y eso qué significa?

—Nada en particular, pero seguro que cuela.

—¿Y eso es lo primero que vamos a hacer?

—Sí, ¿no te parece lo mejor?

—Es que yo tengo un mensaje de Salvador Badía.

—¡No me jodas! ¿Desde cuándo?

—Desde ayer por la noche. Se me pasó decírtelo. En realidad, no tiene ninguna importancia. El tío solo escribe: «Os recuerdo que aquí estoy para lo que queráis».

Berta se quedó pensativa, luego reaccionó como su hermana esperaba.

—¡Todo tiene importancia, todo! El hecho mismo de que deje un mensaje así tiene importancia. Deberías haberme avisado.

—Vale, tía, ya lo sé. No soy perfecta.

—Llámalo inmediatamente y queda con él. Necesito enterarme de por qué quiere meterse a toda costa en la investigación.

—¿Dónde quedo? Te recuerdo que el tipo no quiere que nos encontremos en un bar.

—Dale nuestra dirección. ¿Qué tal hemos dejado la casa esta mañana?

—Bastante ordenada. Lo único las tazas del desayuno, que están sin recoger.

—Eso es un mal menor.

Marta llamó a Badía. Su hermana la oyó decir:

—Sí, vale, lo que tardemos en llegar.

Añadió su dirección y, cuando interrumpió la llamada, Berta ya la esperaba con el abrigo sobre los hombros.

Tuvieron el tiempo justo para desembarazar la mesa del desayuno. A Berta no le gustaba nada la solución de utilizar su casa como sala de interrogatorios. Una vez más, se trataba de un procedimiento absolutamente irregular. Aquel caso, el primero de su carrera, poco iba a servirles de cara a acumular experiencia. ¿Cómo iba a ser así si todo lo que hacían era justo lo que no debían hacer? Además, si las sospechas del testigo eran ciertas y alguien podía estar siguiéndolo, no parecía lo más conveniente que ese alguien conociera su domicilio. Aun con todos aquellos inconvenientes, necesitaban saber por qué Badía mostraba aquel interés desmedido en ayudarlas.

Fue Marta quien le abrió la puerta y enseguida cometió el error (según el criterio de su hermana) de ofrecerle un café.

Salvador Badía no estaba en absoluto intimidado por el lugar. Se comportaba como si las conociera desde siempre y, mientras el café llegaba, se puso a comentar las bellezas del barrio y lo mucho que le gustaba la ubicación de aquel piso.

—Yo estuve buscando para alquilar por esta zona, pero me pedían mucho dinero. Esta placita de Guillem del Rei me encanta. Si yo viviera aquí, bajaría todos los días a desayunar en las terrazas de esos barecitos. Tienen mucho encanto.

Berta iba cargándose de indignación ante el parloteo intrascendente del testigo. ¿Qué coño se había creído aquel tipo? No estaba allí en calidad de amigo. Y, si su hermana no hubiera sido tan descerebrada de ofrecerle aquel detalle de hospitalidad, no hubiera dado lugar a que se comportara de esa manera. Por fin la descerebrada emergió de la cocina con la bandeja de los cafés. Badía interrumpió el acto de echar azúcar en su taza para preguntar tan fresco:

—¿Qué tal vais con el caso, chicas?

Berta sintió el impulso de estrangular a aquel individuo. Para serenarse encendió un cigarrillo y le soltó a bocajarro:

—Me gustaría saber por qué tienes tanto interés en este asunto.

Badía aparentó sorprenderse.

—Ya os lo dije el otro día. Quiero que paguen los culpables.

—¿En tan gran estima tenías a tu jefa?

—Tú no te fías de nadie, ¿verdad?

—No.

—Yo encontré el cadáver de Vita. Le toqué la mano y estaba helada, con ese frío especial que solo tiene la muerte. Los ojos vidriados, medio abiertos. La piel blanca, un poco amarillenta, como la cera. ¿Has visto alguna vez el cuerpo de un animal muerto? ¿Te has fijado de verdad en él? No respira, no vive, no hay el más mínimo calor en su piel.

Marta tomó la palabra con aire alarmado:

—Yo sí. En la casa de nuestros padres, en el campo, una vez encontré un gatito que parecía muy enfermo. Lo cogí entre las dos manos e intentaba darle calor, pero no había manera. El frío le salía de dentro, suspiraba. Fue horrible, se me quedó muerto al cabo de un rato. Me acordaré siempre.

Berta desvió sus ganas de estrangulamiento hacia su hermana. Badía y ella se habían quedado mirándose, compungidos, como si compartieran un gran duelo.

—Mira, inspectora —dijo Badía—. Si de verdad no quieres que me meta en esto, dímelo ahora y me iré. No volveré a insistir más. Tampoco me va la vida en esta historia.

Berta se mordió el labio. No contaban con ningún otro testigo. Nadie había conocido a Vita Castellá como aquel hombre. Claudicó. Al fin y al cabo, escucharlo no las comprometía a nada.

—Muy bien, adelante. El otro día dijiste que no tenías idea de quién puede haber asesinado a Castellá. Cuéntanos qué enemigos tenía.

Badía apuró el café, sonrió.

—Ahora ya empezamos a entendernos. Vita tenía muchos muchos enemigos. Había estado tanto tiempo en el poder y lo ejercía de tal manera que se ganó la animadversión de mucha gente importante.

—¿Como Felipe Sans, el exalcalde? —preguntó Marta.

—No, él siempre estuvo a su lado, siempre la defendió. Vita usaba un montón de apodos para referirse a él: «el monaguillo», «el mariconet», «el santito», lo primero que le pasaba por la cabeza.

—Que te llamen «el santito» no es suficiente motivo para matar.

—Claro que no. Yo pienso en gente a quien ella había beneficiado políticamente o enchufado en algún puesto de relevancia y que, cuando empezó a hacerse pública la corrupción generalizada, fue imputada por el juez. Entonces, por las presiones del partido, ella los dejó caer.

—¿Con qué pruebas podríamos contar?

—No lo sé exactamente, pero ahí la venganza sí es una posibilidad muy clara. Voy más allá, quizá alguno de esos «descontentos» fue utilizado por el partido como brazo ejecutor. Al fin y al cabo, eso les saldría más barato que pagar a un sicario, y más seguro también.

Un silencio tenso los envolvió a los tres como el paso de un banco de niebla. Berta dijo por fin:

—Lo que dices es muy grave.

—Y difícil de demostrar. Pero quiero que tengáis siempre presente la manera de actuar de Vita. Ella nombraba a gente de su predilección y, aunque no promoviera personalmente prácticas económicas corruptas, a sus elegidos les dejaba hacer. Los tres monos, ya sabéis: no ver, no oír, no hablar. Si en el juicio que le esperaba al día siguiente de su asesinato hubiera decidido por fin dejarse de monos y hablar sobre todo lo que había visto y oído, la hecatombe habría sido total.

—De acuerdo, ese es un móvil que puede llevar al asesinato, pero...

—El otro es la venganza —interrumpió Badía—. Aquel al que muchos aman, muchos lo odian también.

Berta se levantó de un salto, fue en busca de su bolso y sacó de él un paquete de cigarrillos. Encendió uno, visiblemente nerviosa.

—Mire, Badía —había vuelto a hablarle de usted—. No nos está contando esto como una teoría que acabe de ocurrírsele. Le ruego que no nos haga perder el tiempo. Si tiene algo en mente, suéltelo, pero antes diga por qué no lo contó en su día a la policía de Madrid.

—Lo entenderás enseguida. Una de esas personas que tengo en mente, como tú dices, sufrió un accidente que nunca fue aclarado. Se cayó desde una altura de tres pisos, en su propia casa, unos días antes de ser llamada a declarar. El forense dijo que se había dado un golpe en la base del cráneo que le causó la muerte. La versión oficial fue que se suicidó. No quiero saber nada de la policía de Madrid. En vosotras confío, en ellos no. La última cosa que me apetece es salir disparado por una ventana. Soy bastante normal, ¿no?

Ninguna de las dos hermanas respondió. Badía se puso en pie.

—Pero ya comprendo que esa confianza no es mutua, y contra eso no puedo hacer nada. Me marcho. Os doy las gracias por haberme escuchado, por recibirme y por el café. Que tengáis mucha suerte y llevad cuidado, de verdad.

Marta, que no había abierto la boca en todo el rato, elevó una mano con decisión, apuntó con el dedo a Badía.

—¡Siéntate, no vas a ninguna parte! Confiamos en ti, te pasaríamos el número de nuestra cuenta corriente, te dejaríamos a cargo de nuestra madre enferma, lo que se te ocurra en materia de confianzas, pero haz el favor de completar lo que has venido a hacer a nuestra casa: ¡canta!

El testigo reaccionó mirando a Berta fijamente, aún sin tomar asiento. Berta estaba en estado de máxima tensión. Apagó el cigarrillo en el cenicero y asintió con los ojos. Solo entonces Badía ocupó su silla otra vez.

—Yo tengo mis ideas sobre el caso. Vita tenía un enemigo muy serio, con motivos lo suficientemente graves como para vengarse de ella con un asesinato. La mujer que teóricamente se suicidó estaba casada con Ricardo Arnau, que había sido un protegido de Vita. Se convirtió en su mano derecha, hacía y deshacía en la Generalitat. Como había sido ella quien le otorgó todo el poder, no era bien visto en el partido. Naturalmente el tal Arnau siguió con la corrupción y la acrecentó cuanto pudo. Lo cazaron y tuvo problemas legales. El partido lo obligó a dimitir. Pero Vita era muy amiga de sus amigos, eso ya lo sabéis, así que colocó a su esposa, Amparo Briones, en un cargo importante, con un par de cojones, si me permitís la expresión. Como la tal Amparo, que continuó con los negocios sucios de su marido, no era la más lista del mundo, tenía el teléfono intervenido y le interceptaron una conversación de la que se inducía con claridad su gestión hipercorrupta. ¿Me vais entendiendo?

—A la perfección —dijo Marta.

—Cuando el juez la imputó se le vino el mundo encima. Pidió ayuda a Vita, lo sé porque la vi entrar en su despacho deshecha en lágrimas. Pero Vita se desentendió. Aquello ya era demasiado para ella. Los había protegido cuanto había podido, salir en su defensa ya no tenía sentido y era suicida, además. Dos días antes de prestar declaración sucedió el desgraciado accidente. ¿No leísteis todas estas noticias en los periódicos?

—Nosotras estábamos en Ávila, estudiando en la academia de policía tan ricamente. No hacíamos mucho caso de las informaciones —tomó Marta la palabra de nuevo.

—Bueno, da igual. Podéis consultarlo en internet. En cualquier caso, Arnau perdió a su mujer, ya fuera por suicidio o... ya me entendéis. Vita no movió un dedo ni por él ni por ella cuando las cosas se pusieron feas. Los dejó caer. Y lo peor de todo: siguió en el partido y en su puesto oficial. Por medio de un amigo periodista que entrevistó a Arnau, pude saber que echaba pestes del partido, y de Vita también. Amparo era su segunda esposa, no hacía ni un año que se habían casado, estaba enamorado de ella, la quería.

Berta se pasó las manos por el pelo en un ademán mecánico. Su voz sonó clara y contundente:

—O sea que, según tu sospecha, Arnau se plantificó en el hotel de Madrid y aprovechó un descuido para envenenar a Vita. Pero esa posibilidad tiene sus puntos débiles. Por ejemplo, ¿cómo demonios lo hizo?

—Pudo recibir la ayuda de algún gerifalte del partido. Tener un brazo ejecutor les venía de maravilla.

—¿Se alió con sus enemigos?

—El partido es un ente abstracto, pero dentro de la organización pudo haber alguien que le dijera que con él se había cometido una barbaridad, que se mostrara comprensivo con su historia, que lo engañara.

—¿En qué situación se encuentra ahora el tal Arnau?

—Está en su casa, pendiente de juicio. Ya sabéis lo lenta que es nuestra justicia. Ya estuvo en la cárcel con una sentencia anterior.

—¿Y tú crees que un hombre a quien van a juzgar de nuevo se atreve a cometer un asesinato?

—Un hombre desesperado y marcado por el dolor, sí.

—¿Nos estás resolviendo el caso antes de empezar?

—Para nada. Yo solo os señalo una posibilidad. Ahora sois vosotras quienes tenéis que poneros en marcha, encontrar pruebas, trabajar sobre la hipótesis que os doy, si es que la consideráis aceptable.

—Es sin duda una línea de investigación que exploraremos, junto con otras.

—Os he escrito todos los datos que tengo sobre Arnau. Dónde vive, cuál es su coche y el nombre de su asistenta. Es lo único que he podido reunir. No creo que use el mismo teléfono que tenía.

Las dos hermanas se quedaron mirándolo sin saber qué más añadir. Badía se levantó.

—Y ahora me voy. Llamadme para cualquier cosa que necesitéis. ¡Ah, y llevad cuidado, por favor! Ya veis que todo esto es peligroso.

Marta lo acompañó a la salida y le dio las gracias. Berta se quedó sentada sin variar de posición. Estaba ensimismada, miraba al suelo. Su hermana intentó rescatarla de sus pensamientos ofreciéndole más café. Aceptó. Se colocaron la una frente a la otra, disolviendo el azúcar en sus tazas con movimientos mecánicos.

—¿Qué te parece? —preguntó la pequeña.

—No sé qué decirte. El hecho de que no hayamos sido nosotras quienes hayamos deducido o encontrado todo eso me da una sensación extraña.

—Muchas investigaciones empiezan por el testimonio de alguien.

—Pero ese alguien no intenta darte el caso resuelto.

—Él solo nos pone en antecedentes sobre cosas que no sabemos y que nos hubiera costado muchísimo descubrir.

—Que esta tierra ha sido un nido de corrupción durante la época dorada del partido es sabido por todos.

—Quizá lleves razón, y en ese caldo de cultivo cualquier cosa es posible. Seguiremos la pista que nos indica.

—¿Se puede saber cómo?

—Ni puta idea. ¿Este tío nos ayudará?

—Yo en este tío confío bastante.

—Supongo que no tenemos otra opción.

—Berta, ¿tú crees que intentarán asesinarnos?

—¿Para qué? De momento no tenemos ni maldita idea de nada. Más adelante, quizá.

—¡Joder, buenos ánimos me das!

—No te preocupes. Resolveremos el caso. Nos defenderemos. Pagarán los que nos han tomado por imbéciles.

—Eso me tranquiliza más.

—Ahora mismo cogemos el coche y nos vamos a Benidorm. Llevaremos adelante las dos líneas de investigación, y si aparecen más, también.

—¡Así se habla! Por cierto, ¿comeremos allí? Estoy dispuesta a dar la vida por la ley y el orden, pero que me hagas pasar hambre me sienta fatal.

Capítulo 6

Comieron un bocadillo en el coche, no había tiempo para más. Mientras masticaban y compartían una botella de agua, Berta se iba negando sistemáticamente a todos los planes que su hermana le proponía desarrollar en Benidorm. La razón principal de su actitud era que tales planes nada tenían que ver con la investigación. Tomar una cervecita en la playa, dar un paseo por la zona comercial... Berta se escandalizaba al comprobar la necesidad asombrosa que sentía Marta por divertirse o, al menos, pasarlo bien. ¿Acaso no era consciente de la importancia de lo que se traían entre manos? ¡Era su primera misión policial!, y, aunque se viera deslucida por la nula confianza que se había depositado en ellas, debían dar lo mejor de sí mismas, anteponer su trabajo a cualquier placer personal. El carácter alocado de su hermana menor la había sacado muchas veces de estados de ánimo indeseables, pero en aquellos momentos hubiera dado cualquier cosa por verla madurar, centrarse, consagrarse a la investigación. Tenían al mundo en contra, nadie apostaba a su favor, y ¿en qué estaba pensando la muy inconsciente? ¡En tomarse unas cervecitas mirando al mar!

—Marta, de verdad me gustaría que te dieras cuenta de que eres una inspectora que se ocupa de un asunto muy grave.

—Eso ya lo sé. ¿Qué te pareció cuando le dije a Badía: «¡Canta!»? No me digas que no quedó muy profesional.

—Profesional del todo, pero ahora ya estamos en la etapa siguiente. Busca en internet datos sobre lo que nos contó, cerciórate de que es cierto, de que ocurrió exactamente como él dijo.

—Espera un momento a que acabe de comer; no quiero que el portátil se me llene de migajas.

Berta siguió conduciendo y solo de reojo podía ver cómo su copilota tecleaba y escribía de tanto en tanto. Por lo menos la mantengo ocupada, pensó.

Benidorm es como un extraño monstruo que hubiera surgido del mar. Rascacielos y bloques de pisos de alturas diferentes se extienden a lo largo de una extensísima y maravillosa playa de arena blanca. Con la mayoría de calles en pendiente y formando curvas y cruces sinuosos entre sí, carece de una estructura lógica. Es como si no la hubiera construido nadie, sino que los diferentes hoteles y apartamentos hubieran aflorado de la nada por generación espontánea sin comunicarse entre sí.

No había demasiada gente aquel mediodía. Era temporada baja y, aunque se veían turistas, el conjunto daba la impresión de estar medio deshabitado. El hotel Meridiano se alzaba en segunda línea de mar y su característica principal radicaba en no tener señas de identidad. Con cinco pisos, la fachada pintada en blanco, pequeños balconcitos impracticables en cada habitación, podía haberse tratado tanto de un hotel como de una residencia de ancianos. Solo las banderas internacionales en la entrada daban pistas sobre su utilidad.

Las dos inspectoras aparcaron como pudieron en un callejón adyacente. Entraron hasta recepción y preguntaron por el director. Mientras esperaban, se entretuvieron observando una colección de fotos enmarcadas que colgaban de la pared. En ellas se veían toda clase de motivos marineros imposibles de encontrar en Benidorm en los tiempos actuales: mujeres reparando redes, pescadores calafateando barcas de madera, niños jugando a la pelota con los pies desnudos, niñas con vestidos desarrapados saltando a la comba... El pasado pobre de Benidorm, que se exhibía en la actualidad como lo único bello que la ciudad podía mostrar.

El director del hotel, un hombre joven y apuesto, de nombre Jorge Peris, las sorprendió por la espalda. Oyeron su risa antes que su voz, que sonó alegre y simpática:

—Eso era Benidorm. Felizmente ahora disfrutamos de mayor fortuna. ¿A qué debo la presencia de la policía en mi hotel?

Berta tomó la iniciativa, le explicó que solo querían hablar un momento con él.

—Si quieren pasamos a mi despacho, o si lo prefieren podemos tomar algo en la cafetería. A estas horas suele estar vacía.

Marta, que no le había quitado la vista de encima, se precipitó a contestar.

—Sí, mucho mejor en la cafetería, será más íntimo.

El joven se echó a reír de nuevo.

—¿La policía necesita intimidad?

—Mi hermana quiere decir confidencialidad.

—¡Ah! ¿Son hermanas e inspectoras las dos? ¡Increíble, nunca me había encontrado con un caso así!

—Es curioso, ¿verdad?, estamos tan compenetradas que hasta tenemos la misma vocación —exclamó Marta con un mohín encantador.

Berta, que había cometido el estúpido error de revelar el mutuo parentesco, observó a su hermana sin poder creer lo que estaba segura de haber entrevisto. ¿Estaba Marta coqueteando con aquel tipo dos minutos después de tenerlo delante por primera vez? Atajó el inicio de familiaridad que había adquirido la conversación con su estilo más cortante.

—Señor Peris, no queremos hacerle perder el tiempo. Necesitamos algunos datos sobre alguien que trabajó en su hotel hace unos años.

—Muy bien, entonces pasaremos a mi despacho. Pero eso no impide que tomemos algo. Haré que nos lleven allí un agua de Valencia. Nuestro barman borda ese cóctel. Porque supongo que esa historia de que la policía no bebe alcohol cuando está de servicio es una especie de leyenda urbana.

—Un tópico sin ningún fundamento —se apresuró a decir Marta con una mirada arrebatadora.

Si los ojos de Berta hubieran emitido rayos láser, Marta habría caído fulminada. Incluso mientras caminaban por el pasillo, precedidas por Peris, llegó a propinarle un par de incisivos codazos que su hermana esquivó sin darles importancia.

Sentados los tres en el cómodo despacho, el agua de Valencia no tardó en llegar. La jarra de cristal transparente dejaba ver el precioso color de las naranjas exprimidas, que no había perdido intensidad a pesar del bautismo con cava. Berta tenía prisa por plantear el motivo de su visita.

—Se trata de Manuela Pérez Valdecillas. Sabemos que trabajó en este hotel hace no menos de cinco años.

—¿Cuál era su puesto de trabajo?

—No lo sabemos con certeza, quizá camarera de planta.

Peris se puso por fin muy serio y tecleó en su ordenador. Al cabo de un rato exclamó:

—Aquí está. No, no era camarera de planta. Se la contrató como personal de limpieza.

—¿Qué datos tiene sobre ella?

—Estuvo con nosotros durante tres años, antes de trasladarse a Madrid. Buena empleada. Hacía el turno de mañana. Venía de un hotel pequeño de Altea, el Sol y Mar. Es un hotelito de dos estrellas, un poco apartado de la costa. Allí también había trabajado como personal de limpieza.

—¿No tiene ningún dato más?

—No, conservamos las fichas de los trabajadores que han pasado por aquí con la información mínima. Cada diez años se destruyen.

—¿Hay alguien entre su personal de ahora que la conociera, que fuera su amigo, cualquiera que pudiera aportar más información?

—Bueno, yo no puedo acordarme de eso, pero está el jefe de personal. Lo malo es que hoy no entra hasta las siete. Tendrán que esperar si quieren verle.

—Oiga, ¿y no puede llamarle por teléfono? Piense que estamos en una investigación oficial.

—Creo que no serviría de nada. Suele salir todas las mañanas en bicicleta con un grupo de amigos y nunca se lleva el móvil, aunque si quieren lo intento.

Berta escrutó nerviosamente su reloj. Cuando volvió sus ojos al director, comprobó que interrumpía una larga mirada entre él y su hermana. No se inmutó.

—Inténtelo, por favor. Tenemos que regresar hoy mismo a Valencia y haremos una parada en Altea. No tenemos tiempo para esperarlo.

Peris cogió su teléfono y, encontrado el contacto, marcó, aguardó un instante, cortó la comunicación y volvió a marcar.

—No, ya se lo he dicho. Lo conozco muy bien. Se ha dejado el teléfono en casa.

Berta se removió, inquieta, en su asiento. Peris adoptó una sonrisa enigmática.

—Pero, si les parece bien, a mí se me ocurre una solución. Vaya usted a Altea, haga su trabajo y, mientras tanto, su hermana puede esperar aquí. En cuanto haya acabado de hablar con el jefe de personal, yo mismo la acerco en mi coche a Altea y después siguen viaje tranquilamente hasta Valencia.

—Me parece una solución estupenda —dijo Marta soñadoramente.

Berta contraatacó, titubeando un poco.

—Pero eso..., usted..., no queremos molestarle tanto.

Marta se encaró a su hermana y repitió la misma frase, si bien esta vez en un tono firme y decidido.

—Me parece una solución estupenda.

Peris se puso en pie de golpe.

—Pues no hay más que hablar. Yo siempre colaboro con la policía, no crean que es la primera vez. En alguna ocasión hemos alojado a delincuentes sin saberlo y luego han venido colegas suyos a preguntar. Hay que facilitar el trabajo a los agentes de la ley, nos conviene a todos.

Berta salió del despacho sin saber muy bien lo que sentía. ¿Vergüenza, indignación? Fuera lo que fuere, notaba la sangre agolparse en su cara. Fue al aparcamiento, tomó su coche, marcó en el navegador la dirección del hotel Sol y Mar. Cuando empezó a conducir, su mente apenas reparaba en la carretera. ¿Aquello era posible, era real? ¿Cómo habían ligado aquellos dos en sus propias narices, pero, sobre todo, cuándo? Intentó serenarse. Encendió la radio, y una balada romántica hizo que la apagara enseguida. Le apetecía locamente fumar. No lo hizo. Eso implicaba parar y buscar los cigarrillos en su bolso, que había dejado en los asientos traseros. «Calma», se dijo. Al fin y al cabo, en aquellos momentos estaba en el ejercicio de su deber, y sola en la tarea de llevar adelante su misión. No perdería el tiempo ni se distraería con pensamientos ajenos al caso.

El hotel Sol y Mar, eslabón de la cadena en la que presuntamente había iniciado su ascenso laboral Manuela Pérez Valdecillas, era pequeño y modesto, pero también estaba limpio y arreglado. El director era a su vez el dueño y se sorprendió de que una policía de Valencia se acercara hasta allí para preguntar. Recordaba claramente a Manuela porque la había contratado él. Sin embargo, los datos que podía aportar eran mínimos: su domicilio y su carnet de identidad. Berta echó un vistazo a la dirección donde Manuela vivía por aquel entonces y permaneció silenciosa.

—¿Manuela vivía aquí, en Altea?

—Sí, pero no podría decirle nada más. Voy a llamar a Lola, sé que hicieron muy buenas migas cuando trabajó en el hotel. Lola hace más de treinta años que está con nosotros, y aquí se jubilará. Es una especie de jefa de limpieza, aunque, como no somos un gran establecimiento, a su cargo solo hay tres personas que se turnan. ¿Le parece bien que la llame? Seguramente ella le podrá contar algo más, tiene una memoria espléndida.

La tal Lola rondaba la sesentena. Llevaba el pelo recogido en un moño y sus manos gastadas daban testimonio de su ocupación durante treinta años. Lo primero que hizo fue interesarse por la suerte de Manuela. ¿Por qué la policía quería saber de ella?, ¿le había ocurrido algo, se había metido en algún lío? Berta la tranquilizó como pudo y le endilgó el manido tópico del asunto protocolario, que tenía la ventaja de que daba lo mismo si se lo creía o no. Más o menos mosqueada, la mujer empezó a hablar.

—Sí, Manuela vivía aquí con su madre.

—Pero Manuela era de Madrid —objetó Berta.

—Sí, su madre se había casado con un madrileño y allí nació Manuela, pero toda su familia materna era originaria de aquí, valencianos de pura cepa. Ella vivió en Madrid sus primeros años, pero luego su madre enviudó relativamente joven y junto con la niña regresaron a la Comunidad, porque es más barato vivir en esta tierra. Aquí pasó Manuela su infancia, aquí fue a la escuela... La madre era ya muy mayor cuando yo las conocí. No se movía de su casa para nada. La pobre Manuela la cuidaba muy bien, era muy buena chica y continuamente estaba pendiente de ella. Siempre tuvo en la cabeza irse a trabajar a Benidorm, sabía que allí ganaría más dinero y además, como era soltera, en Benidorm tendría más diversiones, más ambiente. En Altea su madre la tenía muy controlada: de dónde vienes, adónde vas..., ya sabe. Lo típico de las personas mayores, que se vuelven egoístas y solo miran por ellas. Pues bueno, por mucha ilusión que le hiciera marcharse, no lo hizo hasta que su madre murió.

Berta sintió cómo todo su cuerpo se galvanizaba.

—¿Su madre murió?

—Sí, del corazón. Una mañana fue a levantarla de la cama y ella no reaccionaba...

—¿Está segura de eso?

—¡Pues claro! Yo fui a su entierro.

—¿Sabe si Manuela tiene aún familia en Altea?

—No, seguro que no. La madre era hija única y Manuela también. Como habían estado tantos años en Madrid ni siquiera tenían amigos en el pueblo. Manuela me había dicho muchas veces que no tenía a nadie con quien dejar a su madre ni siquiera un ratito. Además, en el entierro solo estábamos sus dos compañeras de trabajo y ella. ¡Daba una pena!

—¿Tampoco tenía novio?

—¡Uy, Manuela no era para nada de novios! ¡Y con una madre tan pesada, menos aún! No sé si en Benidorm llegó a arreglarse con algún chico, de eso no tengo ni idea.

—En el tiempo en que trabajó en Benidorm, ¿nunca se vieron?

—Sí, una vez vino a visitarme. Luego nos llamamos por teléfono de tiempo en tiempo, pero al final... ya sabe cómo son estas cosas, lo vas dejando. Encima yo tengo lo mío: cuatro hijos, uno que aún vive en casa, y un marido dependiente. Así que ya me dirá si puedo estar para salidas con amigas.

La mujer hizo un gesto que era tanto de impotencia como de aceptación del destino. Luego miró a Berta fijamente.

—¿De verdad no le ha pasado nada a Manuela?

—Lola, lo que voy a decirle es muy importante. No llame a Manuela ni le diga que he estado aquí. Ella no ha hecho nada malo, pero está implicada en una investigación policial. Es mejor que ella no sepa nada, eso la protegerá.

Lola ponía cara de no entender gran cosa, pero adoptó enseguida un aire de gravedad.

—Yo no hago nada ni digo nada. Por eso no tiene que preocuparse.

—¿Me lo promete?

—Le doy mi palabra de honor.

Intercambiaron sendos números de teléfono y la palabra de honor de Lola quedó ampliada con la afirmación de que, si Manuela se ponía en contacto con ella, la avisaría inmediatamente. Quizá se debía a su bisoñez, pero había algo en aquella sencilla empleada que le granjeó ante Berta una confianza absoluta.

Salió del hotel. Estaba oscuro y había empezado a llover suavemente. Pensó en su hermana y su mente la asoció a varias maldiciones encadenadas. ¿Qué demonios estaría haciendo? Ahora le tocaría esperar a que llegara. La llamó, y Marta no le permitió ni siquiera hablar. Le espetó antes de colgar: «Ya estamos en camino. Jorge dice que llegamos en veinte minutos». ¿Jorge? Una oleada de irritación la invadió al comprobar cómo Marta ya se refería a él con la mayor familiaridad. Siguió acumulando maldiciones fraternas mientras iba a buscar su coche. La esperaría en el interior, frente a la entrada del Sol y Mar.

El cálculo del tal Jorge había resultado preciso. Veinte minutos más tarde, unos faros la deslumbraron por el retrovisor. También por ese espejo pudo ver cómo Marta cerraba la portezuela e, intentando evitar la lluvia, llegaba corriendo hacia ella y se sentaba a su lado. Traía una amplia sonrisa en el rostro.

—*Bona nit!* —canturreó en valenciano.

Berta la observó detenidamente. Su pelo estaba húmedo y olía profusamente a colonia o gel de baño. Le preguntó con sequedad.

—¿Te lo has pasado bien?

—Bien no, muy bieeen —respondió enfatizando la última sílaba.

—No puedo creerlo, Marta. ¿Te has acostado con él?

—Quizá —dijo su hermana muerta de risa.

—Pero eso no puede ser, no se trata solo de ti misma, piensa un poco: ¿a qué altura dejas el pabellón policial?

Marta adoptó un aire soñador.

—Pues mira, en el pabellón policial no he pensado, pero te aseguro que este tío ha dejado muy alto el pabellón de los directores de hotel.

—¡Es inconcebible!

—Mira, Berta. Yo no me meto en el tema de con quién no te acuestas tú. Haz lo mismo conmigo, pero al revés. Mi moral y mi conciencia son mías y de nadie más.

No volvieron a hablarse en todo el trayecto de regreso a Valencia. Dejaron el coche en el aparcamiento y alcanzaron su casa a pie. La plaza se veía despoblada. Era tarde y la lluvia había arreciado. Al entrar en el recibidor, Berta susurró un desabrido «buenas noches». Marta, sin atisbos de estar enfadada, exclamó.

—Yo voy a comer algo. Me ha entrado hambre —y añadió con ironía—: Será por el mal tiempo.

Berta ya se dirigía a su dormitorio cuando oyó la coda final de su hermana, que estaba en el dintel de la cocina.

—Buenas noches. Ya te contaré mañana lo que he descubierto.

La mayor se quedó quieta, dio un paso atrás, se volvió.

—Espero que no sea otra de tus bromas de mal gusto.

Marta desapareció en la cocina. La otra la siguió.

—¿Te preparo un bocata? Yo me voy a hacer uno de queso. Por cierto, tenemos que ir a comprar, no queda casi nada en la nevera.

—¿Quieres soltar de una vez lo que has descubierto?

—Primero dime lo que has descubierto tú.

—Está bien. Manuela nació y se crio en Madrid pero su familia es originaria de Altea, y ella vivió algunos años allí con su madre. Y, por si hubiera alguna duda de que nos mintió, te diré que su madre hace un montón de tiempo que está muerta. Ahora tú.

—El jefe de personal con el que he hablado asegura que Manuela es lesbiana. Lo sabe porque él es gay y existía cierta simpatía entre ellos. Dice que frecuentaba los ambientes nocturnos del gremio cuando estaba en Benidorm. Así que ya hay un punto en común con Vita Castellá, las dos eran lesbis.

Berta bajó la cabeza, meditó, dijo al fin:

—¡Bien, dos piezas nuevas en el rompecabezas!

—¿Bien? Te recuerdo que, cuantas más piezas hay en un rompecabezas, más difícil es de resolver.

—En eso llevas razón.

Una vez puestas en claro sus pesquisas, se prepararon un bocadillo. Como no había suficiente queso para las dos, Berta abrió una latita de atún.

Capítulo 7

El siguiente paso que debían dar estaba muy claro, pero volvía a chocar frontalmente con su situación en comisaría. Impensable ir a contarle al comisario que se iban de nuevo a Madrid. Marta intentaba buscar soluciones intermedias que evitaran el ocultamiento total. Podían decirle que habían hablado por teléfono con la camarera y que, investigando sus declaraciones, se comprobó su falsedad. Pero Berta se negaba en redondo, aquella línea de investigación que habían iniciado de ninguna manera podía ponerse en conocimiento de sus superiores. Aunque su hermana conservara un poco de fe en ellos, Berta seguía convencida de que no jugaban en el mismo equipo. Por el momento, callar era lo más prudente.

La estrategia del silencio las obligaba a perder el tiempo en su despacho para hacer acto de presencia y que nadie pudiera sospechar. Aprovechaban para redactar imaginativos informes dedicados al juez. Berta nunca hubiera pensado que su gusto por los libros llegaría a ayudarla en su labor profesional, pero así era. Por supuesto no inventaba libremente, como si estuviera escribiendo una ficción, pero había aprendido a llenar espacio dando giros casi literarios, haciendo comparaciones a mansalva e incluso introduciendo alguna metáfora que solía permitirse de vez en cuando para dar más color. De cualquier modo, estaba segura de que ni el juez ni el comisario leían sus florituras. Tanto era así que, de modo un poco infantil, se le había pasado por la cabeza meter entre la prosa alguna frase fuera de contexto para ver qué pasaba. Su seriedad habitual la privó de hacerlo.

Aquella mañana estaban ambas dedicadas a la labor presencial cuando de pronto entró el comisario.

—¿Qué tal, inspectoras, cómo va la cosa?

—Aquí con los informes, ya ve —contestó Marta.

—Sí, los estoy leyendo. Son muy interesantes, de verdad. ¿Y ahora en qué andan metidas?

Berta guardó un silencio absoluto mientras su hermana improvisaba a placer.

—Entorno de la víctima y sus últimos pasos en la ciudad. Ya sabe, movimientos, encuentros, rutina personal.

—Muy bien, muy bien. Veo que aprovecharon las horas. Eso es justo lo que hay que hacer. Confío mucho en su sagacidad y, además, el otro día me puse en contacto telefónico con el juez y me dijo que lo tienen informado y contento. Sigan, sigan trabajando, nuestro árbol policial necesita de savia nueva. Es imprescindible para el futuro.

Soltó un par de risotadas vacías y salió de la habitación con aire de general romano que acaba de revisar sus legiones.

—¡Será capullo! —exclamó Berta en un arrebato de mal humor.

—¿Tú crees que sospecha algo?

—¡Qué coño va a sospechar! Nos toma por dos floreros decorativos. Me va a gustar mucho ver la cara que se le pone cuando resolvamos el caso.

—Sí, desde luego. Incluso me gustará ver la cara que se me pone a mí.

—De cualquier manera, deberíamos abrir alguna línea más de investigación que nos obligue a departir con alguien del partido. Así lo despistamos y vemos cómo reacciona. De verdad no puedo concebir que nos crea tan estúpidas como para no sospechar la jugada que están intentando hacer con nosotras.

—¿Crees que es prudente lo de esa línea de investigación?

—La prudencia es asunto de cobardes.

—¡Joder, vaya frase! Puedes aprovechar y metérsela al juez en algún informe.

—De momento, me voy a administración. Mañana pediré el día completo para asuntos propios. Ida y vuelta a Madrid. Tú te quedas aquí quietecita y con los ojos abiertos.

Marta no protestó, si bien se preguntó para qué tener los ojos abiertos si había tan poco que ver. Encogiéndose de hombros, sacó su teléfono móvil del bolso y se dispuso a abrir su correo personal. Así la encontró su hermana al volver, enfrascada en la consulta y con una sonrisa en la boca. Enseguida le dijo:

—Mira, Berta, qué detalle tan bonito ha tenido Salvador. El otro día le di mi dirección de e-mail y ahora me manda un escrito sobre Vita y me dice que nos pasará otros para que tengamos más clara cuál era su personalidad.

—Este tío parece tonto.

—¡El pobre, encima que se toma la molestia! A mí me parece buena idea el ofrecimiento, ¿o es que te has olvidado de lo importante que es la psicología en las investigaciones? ¿Te leo lo que ha enviado?

Berta aceptó sin ningún entusiasmo. La voz de su hermana, clara y limpia, empezó a sonar en el despacho.

«Vita era alegre y amiga de las bromas. Eso no significa que luego no soltara rayos y truenos cuando llegaba la tormenta. ¡Nunca he visto unos enfados como los suyos! Pero era de natural vitalista y agradable. Reconocida como buena política por sus resultados en las urnas, comprendió que la parte festiva de la vida era muy importante para la gente. Por eso se implicó mucho en todas las comisiones falleras de la ciudad y les ayudó en lo que pudo. Estas comisiones tenían una influencia política innegable y ella la aprovechó. La recuerdo perfectamente tirando petardos en la época de Fallas, tomando cañas con el personal y, por supuesto, anunciando el inicio de las fiestas desde el balcón de la plaza junto al alcalde. Su atuendo, siempre lleno de color, contribuía a la animación general. En esas ocasiones se la veía radiante, hasta bella diría yo, aunque padeciera de un evidente sobrepeso. Tenía unos ojos grandes y bonitos, siempre enmarcados con rímel abundante. Por eso me impresionó tanto verlos sin vida cuando la encontré. Le gustaba reír, comer buñuelos y es sabido que disfrutaba con las partidas de dominó, que solía jugar con sus amigos los fines de semana».

—¿Ya está? —preguntó Berta.

—Sí, no escribe nada más, pero es interesante.

—¡Seguro!, apuesto algo a que saber que se atiborraba de buñuelos nos ayuda mucho en la investigación.

—¡No seas sarcástica! Todos dicen que las comisiones de las fallas importantes son nidos de influencias y negocios.

—Es lo que nos faltaba, un poco de sabor regional. A ver si conseguimos convertir este caso en un pastiche *valencià*. Mira, Marta, dile a Salvador que escriba uno de esos textos maravillosos sobre la vida sentimental de su exjefa. Eso nos vendrá bien, y, si no la idealiza tanto, mejor aún.

—Vale. ¿Y qué hago mientras tú estás en Madrid?

—Pásate unas horas sentada donde estás para hacer bulto en comisaría y, de paso, a ver si averiguas más cosas sobre Ricardo Arnau y su mujer.

—Vale. Zámpate unas buenas tapas en la capital, a mi salud.

—Pensaré en ti.

Al día siguiente Berta tomó el primer AVE camino a Madrid. Estaba cansada, tenía sueño, pero, aun así, pensamientos de todo tipo se agolpaban en su mente. Ni siquiera sabía cómo le plantearía el asunto a Manuela. ¿De modo agresivo, algo parecido a «sabemos que nos mintió y ahora me va a decir por qué»? ¿O sería mejor cogerla en un renuncio y freírla a preguntas hasta que entrara en contradicción? Iba a echar de menos la presencia de su hermana. En el tiempo que llevaban trabajando juntas, Marta había demostrado tener decisión en los momentos clave. No sabía de dónde había sacado aquella manera suya de dirigirse a un testigo, soltándole simplemente el imperativo «¡canta!», pero debía reconocer que había funcionado. A ella no le salía espontáneamente hacer lo mismo, le daba la impresión de irrealidad, casi le entraban ganas de echarse a reír. Era evidente que todavía no había interiorizado su condición de policía. Y, sin embargo, cada vez estaba más convencida de que aquella era su auténtica vocación. A pesar de aquel maldito caso que les habían encomendado, a pesar de aquel doble juego que estaban arriesgándose a llevar a cabo, sentía palpitaciones de excitación y placer cuando pensaba en desbrozar la senda hacia la verdad. Quizá buena parte del mundo estuviera carcomido por la corrupción, pero policías jóvenes como ellas serían capaces de devolver cierta decencia a su entorno. Tenía fe en las convicciones, fe en la fuerza de la juventud, seguridad en sí misma. Podía ser que hubiera fracasado en lo sentimental, que jamás volviera a confiar en el amor, pero justamente por eso no se permitiría nunca que le sucediera lo mismo en su vida profesional. Aquellos razonamientos la tranquilizaron y poco a poco se fue adormeciendo hasta caer en un sueño profundo.

Marta, mientras tanto, había puesto en marcha sus propias ideas sobre la investigación. Si debía averiguar cosas sobre Ricardo Arnau, lo más práctico era acudir a su única fuente de información. Invitó a Salvador Badía a comer. Tenía además la intuición de que, sin la presencia de Berta, Salvador hablaría con más libertad, como así fue.

Aprovechando que hacía un sol esplendoroso, quedaron en un restaurante de la Malvarrosa. El barrio marítimo de Valencia había permanecido durante muchos años prácticamente destrozado y casi sin habitar. La larga playa, siempre desierta, se hallaba a menudo llena de residuos que acumulaba el mar. En medio de aquel paisaje un tanto fantasmal, enclavada en plena zona de arena, se alzaba la otrora lujosa mansión de Blasco Ibáñez, completamente en ruinas. El éxito internacional del escritor le había permitido construirse una casa colonial al estilo de Hollywood, donde también había triunfado, con altas columnas y mármoles blancos.

Todo aquel aspecto de devastación y abandono ya no era ni siquiera un recuerdo para los más jóvenes. La Malvarrosa se había convertido en un lugar urbanizado, lleno de restaurantes y terrazas, de jardines y zonas de ocio. Marta había escogido un sitio no demasiado caro. Estuvo renegando un buen rato por tener que hacer aquellos trabajos en la sombra que la obligaban a rascarse el bolsillo.

Llegó antes que su invitado, se sentó en una mesita exterior y pidió una cerveza para esperar adecuadamente. Dándole los primeros sorbos, cerró los ojos y se dejó acariciar por la brisa y el sol. Si la auténtica vida no era aquello, pensó, debía de ser algo parecido. Compadeció a nórdicos y centroeuropeos, que estarían todavía condenados a los rigores del invierno. Al notar que alguien le hacía sombra, abrió los ojos y descubrió a Badía frente a ella. Llevaba puestas unas historiadas gafas de sol con montura verde fosforescente. Se sentó en la silla libre y enseguida preguntó:

—¿Y tu hermana?

—Está investigando por otro lado.

—Le caigo fatal, ¿verdad?

—No especialmente, es que tiene un carácter raro.

Pidieron el menú y una botella de vino blanco. Marta no le había citado para charlar, de modo que interrumpió sus comentarios sobre el delicioso clima, sacó su tableta y rápidamente empezó a preguntarle todo lo que había pensado y apuntado.

—Oye, no quiero parecerte grosera por ir tan al grano, pero necesitamos saber más cosas sobre Ricardo Arnau. Supongo que tú lo conocías bien.

—Ya me imaginaba que no me habías invitado para hablar del tiempo. Bueno, pues Ricardo era un arribista de mucho cuidado. Nunca había estado en política, pero cuando vio la posibilidad de forrarse no lo pensó dos veces.

—Y esa posibilidad se la dio Vita.

—Le entró por el ojo derecho desde el principio. Mi jefa era así, esquiva con todo el mundo, pero cuando alguien le caía en gracia le abría todas las puertas. Y a este se las abrió, ¡vaya que sí! Cuando se pasó de la raya y lo cazaron, Vita siguió confiando en su mujer, y cuando cazaron a la mujer, que era tonta del bote, aún siguió un tiempo apoyándolos. Se la jugó por ellos en plan suicida.

—Algo sacaría ella de todo eso.

—Ni un euro, te lo aseguro. Su manera de obrar era así, dejaba hacer. Todos a su alrededor se volvieron millonarios y ella siguió como siempre, con la casa familiar en Gandía y viviendo de alquiler en la ciudad. Lo que le gustaba era que la adoraran como a una diosa, que todo el mundo dependiera de ella para prosperar, pero no necesitaba lucrarse para ser feliz. Supongo que tenía alguna carencia emocional.

—¿Arnau sí se lucró?

—Desvió dinero a punta de pala hasta su bolsillo. Le gustaba además exhibirlo. El matrimonio se hizo un casoplón en la costa de un mal gusto tremendo, pero que les gustaba enseñar a los amigos para presumir.

—¿Tú estuviste allí?

—Sí, daba algunas fiestas y yo a veces iba con Vita. Se acostumbró a que, al margen de mis deberes como jefe de prensa, la acompañara a algunos sitios.

—Tú también le caías bien, por lo que veo.

—Bueno, a veces sí y otras no. Me tenía confianza.

—¿Y tú no aprovechaste la ocasión para meterte pasta en la cartera?

—¿Yo? ¡Para nada! Había que estar en el partido y tocar poder para eso. Me pagaba de puta madre, eso es verdad. Desde que dejó de ser presidenta y yo perdí mi trabajo, he bajado mucho el nivel de vida.

—¿De verdad crees que Arnau pudo pagar a un sicario para que matara a Vita?

—Lo creo muy capaz, y además habría podido contactar con uno fácilmente, en la cárcel se hacen muchas amistades interesantes.

Marta miró su tableta, la colocó al lado del plato de calamares que estaba comiendo y tomó varias notas.

—Empezaremos a investigarlo desde hoy mismo. ¿Dónde está ahora?

—Salió de la cárcel en libertad condicional. Te paso su dirección en Valencia, no sé si ahora va a su casa de Altea, quizá le recuerda demasiado a su mujer.

Badía tecleó en su móvil y leyó en voz alta la dirección de Arnau, que Marta enseguida apuntó.

—Necesito otra información, la dirección personal del exalcalde.

—¿Del mariconet? La tengo, no hay problema, pero me temo que no hay nada que rascar por ahí.

—Es igual, tú dámela.

Badía buscó de nuevo y de nuevo leyó.

—Te repito que al exalcalde no lo veo con cuajo como para matar o hacer matar a Vita.

—¿Ah, no? ¿En cuántas fechorías estuvieron juntos?

—¡En un montón! El mariconet ha sido imputado por varias causas, algunas aún pendientes de juicio. Fraudes acojonantes, que se presentaron ante la opinión pública como mejoras y oportunidades fantásticas para la Comunitat. Eventos multitudinarios que pondrían Valencia en el mapa del mundo: la organización del Campeonato Mundial de Fórmula 1, la Semana de la Alta Costura, la Feria de Muestras Internacional, y lo más increíble de todo: la visita del papa a la ciudad. La cantidad de millones de euros que se embolsillaron unos y otro fue desmedida, brutal. Pero en ninguna de esas malversaciones se pudo demostrar que Vita estuviera implicada.

—Todo eso está muy bien, pero te recuerdo que Vita debía declarar ante el Supremo el día siguiente de su muerte. ¿Qué hubiera podido salir de ahí? Tú mismo estás diciendo que Felipe Sans está pendiente de juicio.

—Sí, es verdad, pero entonces las sospechas pueden recaer sobre más gente del partido, no solo Arnau.

—Algunos ya están juzgados y sentenciados. Oye, ¿de verdad quieres ayudarnos a encontrar al culpable?

—Pues claro, os lo he dicho muchas veces, me ofrecí a hacerlo desde el principio.

—En ese caso, tú que tienes tantos datos, hazme una lista con los acusados de fraude que han sido ya juzgados y los que no. Así me ahorro búsquedas en internet.

—Me pongo a ello esta misma tarde, pierde cuidado. ¿Puedo ir a vuestra casa para comentaros el resultado? Ya no me fío ni del teléfono.

—Sí, no hay problema.

—¿Estás segura?

—La otra vez te recibimos bien, ¿no?

—Tu hermana no confía en mí.

Marta se quedó cortada, sin saber muy bien qué decir. Repetir lo del carácter raro de Berta no le pareció una respuesta rigurosa. Decidió inclinarse por la verdad.

—Debes entender que tu interés en el caso de Vita está bastante fuera de lo normal. Vale que apreciaras a tu jefa, aunque arreara unas broncas infernales. Vale que quieras que salga la verdad a relucir y paguen los culpables, pero, tío, algo que puede convertirse en peligroso... ¿por qué te interesa tanto?

Salvador Badía dejó de comer como si su excelente apetito lo hubiera abandonado de repente. Bajó la vista, la clavó en su plato y luego la levantó para posarla intensamente sobre Marta.

—Marta, soy gay.

La inspectora se quedó un momento en suspenso. ¿Aquí todo el mundo es gay?, pensó tontamente. Nunca lo hubiera pensado de un hombre como Salvador. La idea tópica del chico gay se correspondía para ella con alguien atractivo, y el físico de Badía, regordete y de corta estatura, no iba en absoluto por ahí. Solo las gafas fosforito hubieran podido darle una pista. Reaccionó con absoluta normalidad.

—Bueno, ¿y eso qué?

—Para ti es normal, ¿verdad? Pues te aseguro que no lo era para los hijoputas del partido. Son unos cavernícolas, siguen en otro mundo, como si Franco estuviera vivito y coleando todavía. Cuando ya Vita me había contratado, se corrió la voz de mi condición sexual y los gerifaltes empezaron a presionarla para que me echara. Le decían que un gay no es de recibo en un puesto de tanta confianza. Ella siempre me defendió, siempre. Me dio todas las competencias de mi cargo y aún unas cuantas más. Y muchas veces llegó a mis oídos que había abortado comentarios y gracias de mal gusto a mi costa. Daba igual quién los hiciera o a qué altas esferas perteneciera, Vita los mandaba callar. Tú pensarás que, al ser lesbiana, estaba reivindicándose a sí misma, pero me gustaría que vieras cuántos gays representan otro papel en público. No, Vita me respetó e hizo que se me respetara, por lo que yo siempre le estaré agradecido.

—¡Joder con el partido!, pensé que a estas alturas nadie se cuestionaba si eres gay o del Rayo Vallecano para confiar en ti.

—No se trata de una derecha europea y civilizada, son lo peor de lo peor: juergas con putas, borracheras, comilonas, tirar el dinero que no es suyo por la ventana, alardear... Son machistas, homófobos, racistas, defensores de la educación religiosa y del Estado confesional, pero luego viene el papa y no le robaron la mitra porque se la había dejado en el Vaticano.

Marta se echó a reír a carcajadas. Badía salió de su exaltación hipnótica y sonrió mirando a su contertulia.

—Sí, ríete, pero sabes que llevo razón.

—Algo habrá cambiado en la actualidad.

—Ni lo sé ni me interesa. Los que yo traté eran así.

—Mira, Salvador, para que no haya ninguna duda: yo a estos tíos no pienso votarlos ni de coña. Para mí no hay ninguna diferencia entre quien es gay y quien no lo es. Juzgo a las personas por lo que hacen y solo mirando si me caen bien o mal. Y tú, decididamente, me caes muy bien.

—Gracias, Marta. Mis amigos me llaman Boro. Puedes hacerlo tú también si quieres

—Bien, pues oye, Boro. Hablando de estos temas, ¿qué me dices de la vida sentimental de Vita?

—Nunca vivió con ninguna mujer. Siempre estaba sola o con su familia. Era discreta a más no poder, pero como todo el mundo sabe tenía un amor: Mari Cruz Sanchís. Eran pareja, sin duda alguna, y, por si algo le faltaba a la pobre Vita en los últimos tiempos, Mari Cruz murió de cáncer hace un par de años. Fue un golpe terrible para ella.

—¿Nadie la sustituyó?

—Últimamente parece que veía a menudo a una chica bastante más joven que ella, una psicóloga que alguien le presentó. Se llama Brenda Mascaró.

—¿Puedes pasarme también sus datos?

—Solo tengo el teléfono, en alguna ocasión Vita me hizo llamarla, pero no sé si la cosa cuajó ni si llegaron a tener escarceos siquiera. Igual era una de esas almas perdidas que a Vita le daba de pronto por adoptar y proteger. No tengo ni idea. Como además empezaron a salir a la luz pública todas las mierdas de la corrupción, Vita se amargó mucho y dejó de ser una persona normal. Siempre estaba muy apagada, irreconocible diría yo.

—¿Nos tomamos un chupito, Boro? Así le ponemos un punto y final a esta comida tan amistosa.

—Venga, vamos allá. Y pídele a tu hermana que no sea tan borde conmigo.

—Lo intentaré, aunque en cuestiones de bordería siempre se lleva la palma, claro que sin mala intención, eso sí.

Berta se despertó sobresaltada. La gente a su alrededor recogía sus cosas para bajar del tren. Durante un momento no supo por qué ni para qué se encontraba allí. Luego recapacitó hasta comprender que estaba en su nueva vida, cumpliendo con su deber.

Tomó un taxi e hizo el mismo trayecto de días atrás. La luz de Madrid era distinta de la valenciana, ambas esplendorosas y rutilantes, pero en Valencia la cercanía del mar proporcionaba un halo denso al ambiente, mientras que el aire madrileño no estaba teñido de nada, era de trasparencia absoluta, inclemente, total. Aunque no sabía qué hacía pensando en aquellas cosas cuando se acercaba a lo que quizá sería el final del caso. Quizá se vería obligada a detener a la sospechosa, tal vez se encontrara con que esta tenía una coartada perfecta, a pesar de haber mentido. Si hubiera sido una mujer religiosa, se habría santiguado en aquel mismo instante. Si hubiera sido supersticiosa, habría cruzado los dedos. Como no era ninguna de las dos cosas se limitó a acopiar aire en los pulmones y soltarlo de golpe, buscando recobrar la tranquilidad.

Llamó varias veces al interfono de Manuela, pero no obtuvo respuesta. Optó por pulsar el timbre del piso de al lado y responder «¡policía!» cuando una voz femenina le preguntó qué quería.

Una señora mayor la esperaba en el rellano, bastante alarmada.

—¿Pasa algo? —fue lo primero que le dijo.

Berta le mostró su placa, aunque no hubiera sido necesario. Le preguntó por Manuela, y la mujer, sin dudarlo un momento, repitió su pregunta.

—¿Pasa algo?

—La buscamos para una identificación.

—¡Ah! —dijo la buena señora, como si aquello explicara algo—. Pues no la van a encontrar porque se ha mudado.

—¿Cuándo?

—Hace unos días. Lo sé muy bien porque el piso es nuestro, de mi marido y mío, quiero decir. Se lo teníamos alquilado. Siempre lo tenemos alquilado, es una ayuda económica que no está mal.

—¿Qué explicación le dio para marcharse?

—Ninguna. Dijo que tenía que dejar el piso por fuerza mayor y yo no le pregunté qué fuerza mayor era esa. Llevaba aquí dos años. Nunca nos dio motivo de queja. Pagaba puntualmente y vivía sola. No hacía fiestas ni armaba follón. Parecía una chica muy formal. Pero al final la gente no para quieta en ningún sitio. Antes, cuando yo era joven, los que estaban de alquiler se quedaban toda la vida, casi hasta que los echaban porque los dueños querían vender, pero ahora..., más de dos años nunca hemos conservado un inquilino. Son estos tiempos que corren, la gente se cambia cada dos por tres de trabajo, de casa, de marido o mujer. Ya nada es igual.

—No le dijo adónde iba, ¿verdad?

—Ni yo quise saberlo, ¿para qué? Se va, no deja deudas, el piso está en buenas condiciones, pues vaya bendita de Dios. Ya estoy acostumbrada al trasiego de los que llegan y los que se van.

—¿Cómo le pagaba?

—Ingresaba el dinero en nuestra cuenta. Todo legal, si es lo que le interesa saber. No será usted de Hacienda, ¿verdad?

—No. Soy policía.

—Seguro que esa chica que parecía una santa ha hecho algo horroroso. ¡Ni me lo diga! Me da un soponcio si me entero de que hemos tenido aquí al lado a una ladrona o una asesina. ¿No sería terrorista, eh? ¡Que si lo es me caigo muerta ahora mismo!

—No, ya le he dicho que solo la buscamos para una identificación.

—¿Quiere ver el piso? Hasta el mes que viene lo tenemos vacío, pero poca cosa va a encontrar, no se dejó ni un papel y encima ya han pasado a limpiarlo.

—No es necesario. Le dejaré mi teléfono y me llama si Manuela pasa por aquí o si se entera de algo. ¿De acuerdo?

—Bien, pero supongo que no corremos ningún peligro mi marido o yo.

—Ningún peligro, tranquilícese.

El corazón le latía desbocado cuando salió a la calle. En el taxi, un incómodo dolor se le instaló en las cervicales. Temía lo que iba a encontrar en el hotel donde Manuela trabajaba o, hablando con propiedad, lo que no iba a encontrar.

Capítulo 8

Desaparecida, esfumada en el aire, tragada por la tierra. Manuela Pérez Valdecillas había sido borrada del mapa. El director del hotel Victoria le confirmó su sospecha: se había despedido, ya no trabajaba allí y la única dirección que había dejado era la del piso que Berta acababa de visitar. Le facilitaron la cuenta corriente en la que su sueldo era ingresado mensualmente y Berta fue a la sucursal. La interesada había dejado veinte euros en la cuenta y se había llevado mil en metálico. Pidió que le consiguieran los números de serie de los billetes y ya no pudo hacer gran cosa más. Con todos los datos que había recopilado aquella mañana, más diez llamadas no operativas al móvil de Manuela que había muerto de muerte no natural, se encaminó a la primera comisaría que encontró en Madrid para cumplir con su deber. Tras dar a conocer su filiación y proporcionar muchas explicaciones, se cercioró de que la orden de busca y captura nacional que iba a pedir sería gestionada desde allí.

Cuando le contó la historia completa a su hermana, ya en su piso de Valencia, esta no lo podía creer.

—¡No me jodas, Berta, nos va a caer la de dios! Te has presentado en una comisaría de Madrid, te has dado a conocer y has pedido una orden de busca y captura de la sospechosa en todo el territorio nacional. ¿Lo he entendido bien? ¡Debes de estar completamente loca!

—¿Y qué querías que hiciera, dejar que una posible asesina ande suelta por ahí? No, somos policías y nos debemos a nuestra obligación, que es atrapar delincuentes.

—Eso cuéntaselo mañana al comisario, verás qué contento se va a poner.

—Le diré que había hablado por teléfono con Manuela hace días, que dijo algo que no cuadraba y que, aprovechando que estaba en Madrid por asuntos propios, se me ocurrió ir a verla a su domicilio.

—¿Y por qué no le clavas el de Blancanieves, a ver si le gusta más?

—Tranquila, Marta, colará. Y la sospechosa está en busca y captura, que a fin de cuentas es lo que interesa. Cuéntame qué tal te ha ido a ti con Badía.

—¿Para qué te lo voy a contar? Cualquier cosa que haya descubierto no va a servir para nada. Nos quitarán el caso, nos degradarán. Con un poco de suerte me veo poniendo orden en la cola de los carnets de identidad.

—No se atreverán.

—¿Ah, no? ¿Por qué?

—Primero, porque se darán cuenta de una vez por todas de que no somos imbéciles, y alguien que no es imbécil es difícil de manipular. Y segundo, porque podemos hablar, difundir nuestras sospechas de que se está entorpeciendo la investigación por motivos muy graves. No estamos tan indefensas como tú piensas, tenemos poder.

—Poderes sobrenaturales nos harán falta para salir bien de esta.

—De todos modos, quien está metida en el lío soy yo, no tú.

—Si saltas tú del caso, yo voy detrás.

—Quizá no, a lo mejor te ponen otra pareja de baile.

—¡Sí, a Travolta con su pelucón!

—Vamos a serenarnos un poco. Por una vez en la vida confía en mí. Y ahora cuéntame de una maldita vez lo que hablaste con Badía.

Marta puso cara de innegable resignación.

—Badía me ha pasado todas las direcciones que nos hacen falta. Según él, la sospecha principal recae sobre Arnau, una venganza. Cree que pudo conocer a un sicario estando en la cárcel y contratar sus servicios al salir en libertad condicional. Descarta casi por completo al mariconet Sans. ¡Ah, y una coincidencia! Arnau tiene una casa en la costa alicantina, una auténtica mansión que se hicieron construir él y su mujer con la pasta defraudada.

—¡Bien, no has perdido el tiempo! ¿No te dijo nada más?

—Me rogó que te pidiera que no fueras tan borde con él.

—¡Vaya por Dios!

—¡Berta, tienes que reconocerlo, al pobre Boro siempre lo has tratado fatal!

—El pobre Boro, ¿cuándo ha pasado Badía a ser Boro?

—Congeniamos bastante, me hizo confidencias, me confesó que es gay.

—¡Coño, estamos rodeadas!

—El *gay power valencià,* que tiene potencia. Pero no creas que nos pusimos en plan íntimo, me lo confesó para dejar claro por qué quería tanto a Vita Castellá, que siempre lo protegió, y por qué odia a los del partido, que eran unos machirulos del copón e iban a por él. Boro es un buen chaval.

—Todo lo que quieras, pero sigo sin fiarme de él.

Intercambiadas todas las informaciones profesionales, fueron a la cocina. Berta estaba muerta de hambre, no había comido nada en todo el día. Comprobaron que la despensa daba signos de ser un desierto de arena, y la nevera, una estepa siberiana. Pasara lo que pasara con el caso y con su amenazada carrera policial, empezaba a ser imperativo ir al supermercado.

A la mañana siguiente en comisaría, antes de que Berta hubiera podido quitarse la americana, ya vinieron a avisarla: el comisario la esperaba en su despacho. Fue hacia allí muy tranquila, no había perdido la seguridad mostrada el día anterior frente a su hermana. Tenía bazas en la mano, por supuesto que sí. Solo había que ir jugándolas hacia arriba hasta llegar al ministro del Interior. Quizá solo se trataba de que había perdido el respeto por sus superiores, y eso le daba fuerza moral.

Pepe Solsona tardó un poco en contestar a la pregunta de rigor: «¿Da usted su permiso?». Aparentó estar completamente embebido en los documentos que tenía ante sí. Por fin dijo, como distraído:

—¡Ah, sí, inspectora Miralles, siéntese!

Volvió a la lectura con pretendido interés pertinaz. Berta le obedeció y esperó sin inquietarse a que acabara aquella no muy convincente representación. Por fin, el comisario se quitó las gafas y la observó.

—¿Puede decirme, inspectora, qué hacía usted en Madrid?

—Voy de vez en cuando. Tengo amigos. Pedí el día libre por asuntos propios.

—Eso ya lo sé. Y dígame, ¿Manuela Pérez Valdecillas se encuentra entre las amistades que iba usted a visitar?

—No, señor. Pero, considerando que había pagado el viaje de mi bolsillo, no causaba ningún gasto a la policía y tenía un gran interés en hablar con ella, pensé que era una buena idea pasar por su casa en un rato libre. Convenía a nuestra investigación.

—¿Y por qué no me lo comunicó?

—Fue algo improvisado, en un principio no tenía intención de hacerlo. Me presenté en su casa y una vecina me comunicó que había abandonado el domicilio definitivamente. Eso me sorprendió mucho y me acerqué hasta el hotel donde trabajaba. Se había dado de baja como camarera. También había dejado su cuenta bancaria casi sin fondos. Deduje de todos estos hechos que se trataba de una huida, y nadie huye de un lugar sin algún motivo. Por eso me personé en la primera comisaría que tuve cerca y di la alarma.

Solsona la contemplaba con sonrisa benévola. Berta pensó que inmediatamente variaría su expresión y la fulminaría con una ráfaga de improperios. No fue así, el comisario adoptó un tono melifluo y, como si le estuviera hablando a su hija, exclamó:

—¡Hizo usted muy bien, Miralles, muy bien! Lo único que falló es el método, el protocolo, digámoslo de esa manera. Tanto usted como su hermana están a mis órdenes en esta investigación. Eso significa que es a mí a quien tienen que reportar. Usted debió haberme llamado no solo para preguntarme qué hacer ante la desaparición de esa mujer, sino en el mismísimo momento en que se le ocurrió ir a verla. ¿Comprende?

—No se me pasó por la cabeza, comisario. Pensé que era muy urgente y como estaba en Madrid...

Solsona pasó de tratarla como a una hija a hacerlo como a una disminuida mental.

—Mire, Berta. Ya comprendo que esta investigación es muy difícil siendo la primera para ustedes, pero la instrucción de un caso no se hace en plan aquí te pillo, aquí te mato. Hay que informar al superior directo, pedir permisos, trabajar en equipo, confiar en los compañeros, en este caso los de Madrid.

—Ellos no se habían percatado de la desaparición de esa mujer, señor.

—Lo sé, lo sé, y probablemente serán apercibidos por ello; pero centrémonos en lo que le digo: tiene toda la libertad del mundo para hacer pesquisas, por supuesto, faltaría más. Solo hay que informar y reportar, ¿de acuerdo?, no es tan difícil si lo piensa bien. Informar y reportar.

—Creí que con los informes escritos era suficiente.

—¡Pues creyó mal! —dijo el comisario empezando a impacientarse—. De manera que quédese tranquila, la orden de busca y captura ha sido autorizada y ya está en activo. Si la encontramos, se lo comunicaremos. Aunque piense que, después de todo, no hay pruebas contra ella. Pudo marcharse por una decisión personal sin nada que ver con el caso, no lo descarte. En este trabajo las conjeturas no son buenas, la mayor parte de las veces conducen a error. Ahora puede volver a su despacho, y en adelante ya sabe lo que tiene que hacer: informar y reportar a sus superiores directos.

—Sí, señor. A sus órdenes, señor.

Berta salió sumisamente de la habitación. No se había producido bronca alguna. Pensó que eso confirmaba su idea: tenían más poder del que pensaban.

La bronca más que efusiva fue la que le llovió al comisario por parte de su jefe, Pedro Marzal.

—¿Se puede saber a qué coño estamos jugando, Pepe? —le había espetado como primer saludo.

—Sí, ya lo sé, ya lo sé, las Miralles. Pero...

—¿Qué cojones hacía esa mindundi en Madrid? ¿Es que estamos todos locos, agilipollados? ¿Qué has hecho, mandarla a que se diera una vuelta por la capital a ver qué pescaba?

—¡Un momento, Pedro, por favor! ¡Yo no sabía nada! La chica estaba en un viaje personal y se le pasó por la cabeza ir a hablar con la camarera. ¿Cómo demonios...?

—¡Déjate de hostias, Pepe! ¿Pero es que no tienes controladas a esas nenas? ¿Es que nos van a meter en un brete dos pipiolas recién salidas de la academia? ¡Por Cristo resucitado!

—¡Para el carro, Pedro! Al fin y al cabo, a las mindundis las pusiste tú ahí.

—¡Sí, pero no para que camparan por sus respetos! ¡Están bajo tu tutela, te lo recuerdo!

—A ver, jefe, un poco de serenidad. ¿Es que hay algo que yo no sepa sobre la mujer huida?

—¡*Collons*, Solsona! ¡Y yo qué sé! ¿Qué te crees, que yo me he cargado a la Castellá? Lo que tenemos que hacer nosotros es poco ruido, es lo único que nos han pedido... Los demás ya se apañarán si los cazan. Y esto ha sido un bocinazo que no debe repetirse: ¡una orden de busca y captura en todo el país. ¡Menuda confidencialidad! Te lo advierto por última vez, que no se vuelva a repetir.

El comisario Pepe Solsona resopló con fastidio. Marzal le había colgado.

Berta, en cambio, entró contenta en su despacho. Su hermana levantó la vista de su ordenador y preguntó:

—¿Nos vamos a la puta calle?

—Ni hablar. Solsona ha estado muy suave.

—¡Joder, yo que iba a recoger de la mesa hasta el cactus!

—Pues déjalo donde está. Nos tienen miedo, ya te lo dije.

—Si de verdad nos tienen miedo, a partir de ahora no nos permitirán ni mover un dedo.

—Hay que extremar las precauciones, eso es todo.

—¿Y eso qué significa?

—Ocultar y mentir.

—No está mal. ¿Y qué profesor de la academia de Ávila nos enseñó a hacer eso?

—Ninguno; pero el partido nos lo enseñará aquí mismo, en Valencia, son unos especialistas.

Debido a la corta experiencia que ambas llevaban en sus cargos, no se podía afirmar que se crecieran frente a las dificultades, pero sí era bien cierto que aprendían con celeridad de lo que iba sucediendo y cada vez se sentían más seguras en su posición. Al final, la situación era más cómoda de lo que parecía: si resolvían el caso, sus superiores no tendrían más remedio que aceptar una verdad probada. Si no lo conseguían, estarían en línea con lo que se esperaba de ellas. No tenían nada que perder. A pesar de estas consideraciones de corte optimista, a ninguna de las dos se les ocultaba que aquella investigación conllevaría un doble esfuerzo. Por un lado, encontrar al culpable. Por otro, no cometer errores llamativos que pusieran en guardia a la oficialidad. Pero ¿acaso no eran jóvenes, no estaban llenas de fuerza, no se fundamentaba su voluntad en serias convicciones de cuál era su deber? En ese aspecto cabría decir que Berta era más categórica que su hermana. Marta albergaba dudas todavía, se preguntaba íntimamente si valía la pena luchar por una justicia que nadie, excepto ellas, parecían perseguir. Claro que también estaba Boro, aquel tipo sincero y amable por el que empezaba a sentir algo cercano a la amistad. Y, además, se decía la pequeña de las Miralles, era cierto que toda aquella corrupción resultaba insoportable, una lacra que ensuciaba la reputación de los valencianos. Alguien debía dejar constancia de que no todos estaban cortados por el mismo patrón.

—¡Venceremos! —exclamó Berta al ver que el gesto de su hermana no era todo lo firme que ella esperaba.

—Te veo muy eufórica —contestó Marta—. Y aprovecho tu estado de ánimo para decirte que ha llamado mamá.

—¡No jodas! ¿Y qué quería?

—Lo de siempre, que vayamos a pasar un fin de semana con ellos. Hace más de dos meses que no ponemos un pie en casa.

—Pero es que ahora..., con todo este follón. ¿No podrías ir tú sola?

—¡Ah, no! Me dará la matraca contigo, que ya me lo sé: ¿qué le pasa a tu hermana, por qué no ha venido, está bien, está mal, está preocupada, tiene novio, come lo suficiente?

—De acuerdo, iré contigo.

—Te sentará bien, el campo es el campo. Nos rebajará la tensión nerviosa que llevamos encima. Además, puedes llevarte el ordenador y trabajar un poco allí.

—¿Y en qué sugieres que trabaje?

—Hay que trazar un plan, ¿o es que vamos a investigar a salto de mata?

Berta reflexionó. Desaparecida la principal sospechosa del crimen, se extendía ante ellas una planicie cubierta de caminos entrecruzados. Dar un paso en cualquiera de ellos significaba meterse de lleno en un laberinto. ¿Un plan? Recordaba los consejos de sus profesores: los planes demasiado rígidos pueden perjudicar una investigación, pero la ausencia total de ellos lleva a pérdidas de tiempo a veces cruciales para encontrar pruebas. Las teorías, ¿para qué sirven en algunos trabajos? Los planes, ¿para qué sirven en la vida? Ella había hecho los suyos en el amor y habían salido mal. El día a día, el enfrentarse a nuevas realidades, el no dejar escapar ni un detalle, el relacionarlo todo con todo, patear fuerte el suelo para que saltaran los insectos y se dejaran ver. Ese era un buen plan en el trabajo. En el amor mejor ni pensar. Quizá algún día se daría de bruces con un hombre maravilloso que la amaría por siempre jamás. Aunque en este caso no daría ni una sola patada alrededor; si de ella dependía, el insecto amoroso podía quedarse oculto entre las hierbas por toda la eternidad. ¿Estaba desvariando? Puede que no fuera mala idea acudir a la llamada de su familia, dormir en la cama de su infancia, oír ladrar a los perros de su padre, acumular cierta calma para utilizarla después. Suspiró.

—Llama a mamá y dile que vamos el fin de semana. Me apetece un *arròs al forn.*

Olía de maravilla aquel arroz. Aunque vivieran en una finca a las afueras de Càlig, un pequeño pueblo del Maestrat castellonense, el aroma se extendía entre los olivos, la huerta y llegaba hasta la plantación de naranjos, al final de la propiedad. Los padres de las inspectoras eran una pareja tradicional. Nunca habían sentido la necesidad de salir de su tierra y el único viaje que habían realizado y que recordaban aún había sido el de su luna de miel, a Mallorca. La vida era sencilla allí y las únicas complicaciones a las que se habían enfrentado provenían indefectiblemente de sus hijos. Siempre les había preocupado el futuro que les esperaba, su educación y, como a casi todos los padres de este mundo, también su felicidad. Habían aceptado el impacto de las costumbres modernas en el devenir de los tres, pero eso no significaba que las comprendieran en profundidad, ni mucho menos que las aprobaran. Carmen, la madre, había llorado hasta quedarse sin lágrimas al conocer la vocación profesional de sus dos hijas. ¿Qué pintaban dos chicas sanas y de buen carácter engrescándose todo el tiempo con maleantes y asesinos? Resulta lógico pensar que la televisión no había hecho ninguna labor tranquilizadora en su mente. Todo lo contrario, cada vez que pensaba en Berta y Marta ejerciendo su trabajo, la imagen que se le representaba era más propia del Bronx que de una comisaría valenciana. Por eso se había jurado a sí misma no preguntarles jamás a sus hijas en qué andaban metidas concretamente. Jacinto, su marido, procuraba ni siquiera acordarse de que las chicas eran policías. Apartaba semejantes pensamientos con absoluta decisión, internarse en ellos le hubiera hecho sin duda mucho daño. De hecho, en cierto modo culpaba a su mujer de aquella insólita elección de hacerse inspectoras. ¿Por qué demonios les había puesto aquellos nombres: Berta y Marta? Nadie en su familia se llamaba así, no pertenecían a su entorno ni a su tradición. ¿No hubiera sido mejor llamarlas Vicenta, Asunción, Amparo, Dolores o Juana? Berta y Marta le hacían al buen hombre remitirse a ciudades lejanas o incluso a lugares infames como salas de fiesta y bares de alterne. Convencido de que el nombre propio imprime carácter, nunca había aprobado la elección de su mujer. Por eso, en el caso de su hijo varón, sobre cuyo nombre sí tuvo poder, fue Sebastiá, el patrono de Vinaròs, lugar del que era originario. El tiempo le dio la razón, y ahora su hijo se ocupaba de la finca familiar, como estaba escrito que debía ser; mientras que sus hijas transitaban territorios desconocidos.

Las chicas sabían muy bien la opinión de sus padres sobre su ocupación. A Marta le daba igual que les pareciera bien o mal. Berta era diferente, se tensaba ante cualquier insinuación paterna y en cualquier comentario intuía censura o rechazo. Su reacción solía ser bastante brusca. Nadie tenía derecho a cuestionar su modo de vida. No toleraba ninguna intromisión en su intimidad.

Cuando la cazuela con el arroz estuvo en la mesa con su aspecto imponente: morcilla, salchicha, garbanzos, lajas de tomate y patata, todo coronado por una cabeza de ajos como joya imperial, Marta se puso a dar grititos de placer. En la casa familiar regresaba a la niñez, no le importaba cantar a voz en cuello, dar saltos, enredar y charlar por los codos. Se sentía feliz, tenía la impresión de que podía aparcar su vida adulta, que para ella consistía fundamentalmente en hacer las cosas que todo el mundo hacía. En Càlig no, recuperaba los pasatiempos infantiles que la habían cautivado: jugar con los perros y los gatos de la casa, recolectar pimientos y pepinos, sentarse bajo un olivo a dormitar. Le encantaba volver a oír a su madre reprendiéndola: «¿No puedes estarte quieta ni un minuto?».

La comida transcurrió sin incidentes, quizá porque era la primera del fin de semana. Las invectivas de Carmen a su hija mayor fueron suaves, apenas alguna alusión a su delgadez y la consiguiente pregunta sobre su alimentación en la ciudad. Marta estaba igual de delgada, quizá más, pero su madre consideraba que sabía cuidarse sola, mientras que Berta siempre le causaba inquietud. Desde que había sufrido su desengaño amoroso, la veía tan frágil como un cristal y temía que cayera en el autoabandono. El padre fue el único que las informó sobre las tareas del campo, sobre cómo habían ido las ventas de cítricos aquel año, sobre cuántos kilos de aceitunas habían llevado a la cooperativa para prensar. Sebastiá guardaba silencio y no lo rompió hasta que los tres hermanos pudieron quedarse solos en la sobremesa. Los padres se retiraron para seguir trajinando, nunca los habían visto más de una hora completa sin trabajar.

—¿Habéis traído la pistola? —Fue su primera curiosidad.

—Yo sí —respondió Marta.

—Supongo que no estará cargada —objetó Berta con alarma en la voz.

—¡Pues claro que no, tía! ¿Crees que soy tonta? Venga, Sebastiá, vamos a mi habitación y te la enseño.

Se levantaron como dos balas y Berta los siguió. El dormitorio de la pequeña no había variado en absoluto: una cama alta con colcha de cretona floreada, un armario más grande de lo normal y el escritorio de madera bajo la ventana. Se sentaron sobre la cama. Sebastiá sujetó la pistola con las manos extendidas, como si fuera un pájaro muerto.

—¡Qué impresión llevar este bicho en el bolsillo! —dijo. Marta respondió con aire superior:

—No es para tanto, te acostumbras.

—¿Ya le habéis disparado a alguien?

Berta saltó inmediatamente:

—¡No seas bestia! La pistola no se usa si no es en caso de máxima necesidad, y, aun así, antes de disparar a nadie se pega un tiro al aire como disuasión.

—¡Ah! Pero por lo menos un caso chulo sí os habrán encargado.

—¡Y no veas qué caso, de los más importantes y complicados! —se aventuró Marta.

—Pero no podemos hablar de él —atajó Berta.

—Exacto, ni una palabra podemos decir porque es secreto total.

—¡Pues vaya frustre! Pensé que podríais contarme algo.

—Mejor cuéntanos cosas tú —animó Berta a su hermano—. ¿Qué tal todo por aquí, cómo te va la vida?

—Bueno, ya sabéis, el trabajo y nada más. Los viejos están cada día más metidos en su rollo. A papá nadie lo puede convencer de que deje de currar ni un minuto. Nos lleva a todos de culo, como siempre. Ha cogido a dos ayudantes más, de Marruecos, pero no damos abasto. Para él la vida es eso, el currelo de la mañana a la noche. Si acaso algún *esmorzaret* los sábados por la mañana con sus amigos. Mamá por lo menos va al Centro Cultural del Ayuntamiento.

—¿Y qué coño hace allí?

—Macramé, bolillos, modela barro... ¡Yo qué sé, esas cosas de viejas! Pero por lo menos sale un rato de la finca.

—Tío, pues, si no eres feliz, tendrías que plantearte la cuestión de pirarte —dijo Marta.

—No, si feliz sí que soy. No me acostumbraría a trabajar en una fábrica de muebles, ni mucho menos a meterme en una oficina, encerrado todo el día entre cuatro paredes. Pero el campo es jodido, eso ya lo sabéis.

—¿Tienes novia? —inquirió Berta.

—Bueno, hace un tiempo que salgo con una chica de Vinaròs.

—¡No nos lo habías contado!

—Porque no sabía si iba a cuajar la cosa, y todavía no lo sé.

—¿Pero tienes la impresión de que va a cuajar?

—Es justo lo que os digo, que el campo es muy jodido. Ella trabaja de recepcionista en la consulta de un médico de Vinaròs y yo estoy aquí.

—¡Pero si no hay ni veinte kilómetros de distancia!

—Sí, pero si la cosa cuajara en serio, ¿cómo le digo que se venga a vivir a este pueblo? Ella está acostumbrada a Vinaròs, donde hay tiendas, restaurantes, discotecas ¡y la playa! Encima aquí viven nuestros padres, que estarían demasiado cerca aunque nos hiciéramos otra casa para nosotros. De manera que así estamos, nos vemos, salimos, pero nadie se atreve a hablar del día de mañana.

—¡Joder! —soltó Marta sin especificar los porqués de su exclamación.

—Esta noche he quedado con ella en Vinaròs para tomar una copa. ¿Me acompañáis y os la presento?

Al poco de que sus hermanas aceptaran la invitación, Sebastiá tuvo que regresar a sus quehaceres. Marta miró a su hermana y solo dijo:

—¡De buena nos hemos librado largándonos del pueblo!

Berta, que estaba un poco adormecida, miró cómo el sol se filtraba a través de la cortina, oyó el rumor de la brisa que empezaba a levantarse y susurró:

—No lo sé.

Por la noche se fueron a Vinaròs, pueblo grande o ciudad pequeña, como se quiera denominar, con la estructura típica de las poblaciones de costa levantinas: un centro alejado del mar y un paseo marítimo bordeando una gran playa. En un bar, de los innumerables que existen en el paseo, habían quedado con Yolanda, la presunta novia no cuajada de Sebastiá. A las hermanas Miralles las visitas a Vinaròs les recordaban su primera juventud. Allí habían estudiado en el instituto y allí habían ido a divertirse como tantos chicos que vivían en pequeños pueblos del interior.

Yolanda era simpática, atractiva y locuaz. Marta pensó si alguien así le convenía a su hermano, que siempre había sido bastante soso, y concluyó que podía ser la mujer ideal para él. Tomaron una copa, rieron, y Sebastiá enseguida presumió de tener dos hermanas policías. Afortunadamente no todo el mundo en la familia se avergonzaba de su profesión, pensó Marta de nuevo.

—Pues me alegro de que hayáis venido a ejercer de polis a Valencia. Esta comunidad no es como vosotras debéis recordarla —comentó la novia—. Ahora hay mucha droga, mucho sexo raro y mucho desmadre.

Nadie se atrevió a preguntarle qué entendía ella por «sexo raro», pero el único varón en la asamblea se encargó de romper una lanza por su patria chica.

—Eso no solo pasa aquí. En todas partes las cosas han ido degenerando.

—¡Pero mucho más en los sitios de turismo! —replicó ella.

—Por eso es mejor vivir en un pueblo tranquilo, como vivo yo.

La frase quedó flotando en el aire. Las hermanas la interpretaron como un intento de reivindicar el entorno agrícola con una clara segunda intención. ¡Pobre Sebastiá!, pensó Berta, se ha topado con el absurdo de la vida moderna. En veinte kilómetros de distancia cambia el modo de vivir de las personas tanto como si habitaran en las antípodas. Pero así era, el mar había traído a los turistas extranjeros, los turistas extranjeros aportaron sus costumbres, lo que eran huertas se convirtieron en apartamentos y el dinero empezó a fluir. Los ríos de dinero siempre cambian los cauces por los que discurren.

Por la noche, mientras Berta estaba poniéndose el pijama, oyó unos golpecitos en la puerta. Al entreabrir vio a su hermana pidiéndole por gestos que la dejara entrar. Le franqueó el paso de mala gana. Hablaron en susurros. Marta preguntó:

—¿Qué te ha parecido la chica?

—No sé, bien, normal.

—A mí me ha parecido lo bastante anticuada como para que se lleve bien con mamá. Todo eso de las drogas, el sexo raro y el desmadre me ha olido a naftalina un montón.

—¡Vete a saber a qué se refería!

—¿Y a qué se va a referir una tía tan joven que aún no ha salido del cascarón? Pues a fumarse un par de porros y follar con el novio. Me gustaría saber si se han estrenado ella y Sebastiá.

—Marta, ¡¿quieres hacer el favor de largarte?! Estoy muy cansada y quiero dormir. Además, esta conversación no me parece correcta, es más bien un cotilleo de baja estofa.

Salió rezongando, ¡un cotilleo de baja estofa!, nunca antes había oído esa expresión. Su hermana buscaba palabras raras cuando quería tocarle las narices. ¿No le parecía suficientemente elevada la conversación? Por supuesto, se le había olvidado que Berta era más antigua que nadie, más antigua que la propia antigüedad.

Era cierto que Berta estaba cansada y tenía sueño, pero cuando se metió en la cama sus ojos se negaron a cerrarse. Mañana regresaban a Valencia y todo continuaría como lo habían dejado tras aquel parón en la realidad. Fue en busca de su ordenador y abrió el expediente del caso. El cursor palpitaba sobre un espacio vacío. No, los duendecillos no habían venido en su ayuda para aclarar nada; y, si lo habían hecho, no habían sido capaces de encontrar ni una maldita prueba que condujera a una resolución.

Capítulo 9

Para hacer saltar liebres hay que salir al campo y, a falta de perros rastreadores, patear fuerte el suelo. Eso fue lo que hicieron las hermanas Miralles de vuelta en la ciudad, patearon las inmediaciones del piso de Felipe Sans, de mal nombre el mariconet. Hablaron con el dueño del bar situado justo enfrente de su edificio. Al parecer, salía poco de casa en los últimos tiempos. Después de haber pasado por el primero de los juicios y en espera de los que aún le aguardaban, el acoso de la prensa había sido continuo al principio; más tarde, cesó.

—A mí me venía bien —dijo el propietario del bar—. En esa temporada vendí más cafés de los que se sirven en un año. ¡Hay que ver cómo le dan al café los periodistas! Claro, todo el día ahí parados en la calle, pues de vez en cuando cafelito que te crio.

—¿Y ahora el exalcalde no sale nunca?

—A pie, nunca, y eso que ya no lo espera nadie. Sale en coche desde el aparcamiento del edificio. Será que no quiere que lo vean ni los vecinos. Se comprende, habiendo sido quien era, el mismísimo alcalde, siempre colgado del cuello de la presidenta, y que te acusen de ladrón... no tiene que ser plato de gusto. ¿Y ahora por qué lo buscan ustedes?

—No lo buscamos por nada, es simple rutina. Detalles que quedaron pendientes.

Salieron a la calle. No tenían cita con Sans, ni una idea muy clara de lo que pensaban preguntarle, pero lo importante era seguir pateando. Aun así, se quedaron cortadas ante la puerta, mirándose la una a la otra.

—¿Vamos o qué? —preguntó Marta.

—Adelante.

Por fortuna no había portero ni se cruzaron con nadie en el ascensor. Llamaron al timbre y quien fuera que debiera abrirles tardó en comparecer. Finalmente, ¡oh, sorpresa!, Felipe Sans en persona las observó desde el quicio. Lo habían visto mil veces en fotografía, pero su aspecto actual las dejó sin palabras. Había adelgazado mucho y su rostro, siempre macilento, estaba más desvaído aún. Causaba la impresión de un caracol fuera de su concha.

—Somos de la policía —dijo Berta.

—¿Y qué quieren?

—Hablar con usted.

—Ya he hablado en muchas ocasiones con la policía. ¿Tienen orden de un juez?

Entonces Marta, con aquel tono autoritario que empleaba en los momentos culminantes y que dejaba boquiabierta a su hermana, le espetó:

—Estamos investigando la muerte de Vita Castellá. ¡Déjenos pasar!

Sans se hizo a un lado y ellas entraron en la casa. Las hizo pasar a un amplio salón.

—Tomen asiento —les dirigió Sans aquella fórmula desfasada—. ¿Por qué investigan la muerte de la señora Castellá?

—Aquí las preguntas las hacemos nosotras —siguió Marta en plan dominante.

—Pero Vita Castellá murió de un infarto.

—¿Dónde estaba usted el día de su muerte?

—Aquí, en mi casa, ¿dónde iba a estar? Pero no entiendo nada. ¿Por qué me hacen estas preguntas? Yo...

Berta lo miró con ojos gélidos.

—Señor Sans, tenemos serias sospechas de que Vita Castellá fue asesinada. ¿No lo sabía?

Sans se replegó visiblemente sobre sí mismo, como un gusano al que le hubieran aplicado una gota de ácido.

—Acabarán con todos nosotros —masculló.

—¿Quiénes, quiénes van a acabar con todos ustedes?

No respondió, estaba demudado, había fijado la mirada en el suelo, abismado en sí mismo. De repente dijo, como despertando de un mal sueño:

—Quiero hablar con mi abogado.

—Señor Sans, ¿sabe usted quién lo hizo? Hable, por favor, diga lo que sepa. Nosotras le protegeremos.

Una mueca parecida a una sonrisa irónica se le grabó en el rostro.

—Sí, ustedes me protegerán, pero no necesito protección. Yo no he hecho nada, no sé nada. Nadie me había dicho que habían asesinado a Vita. Éramos colegas, amigos, militábamos en el mismo partido, ¿en qué cabeza cabe que yo...?

Marta aprovechó lo que parecía un momento de debilidad.

—No pensamos que usted la matara, pero sabemos que tenía enemigos, gente capaz de acabar con ella antes de que pudiera hablar en el juicio. Si sabe algo, aunque no esté seguro de ello, por favor, ¡hable!

Saliendo por completo de aquella especie de ensoñación que lo había paralizado hacía unos instantes, Sans se puso de pie y empezó a pasarse las manos por la cara de modo compulsivo.

—¡Márchense, márchense de mi casa, fuera, fuera!

Les señalaba la puerta y daba grititos de rata histérica. Las inspectoras se movilizaron inmediatamente. Aquel tipo estaba fuera de sí, daba la impresión de que iba a darle un ataque cardiaco. Marta dejó caer una tarjeta con su teléfono sobre el aparador y se apresuraron a salir de la casa.

En la calle lucía el sol y ambas reaccionaron de la misma manera: se pararon y, acercándose a la pared, dejaron que los rayos les lamieran la cara.

—¡Qué estrés! —musitó Marta.

—Más estrés ha sido para él.

—Sí, joder, se ha puesto como una moto.

—No estaba actuando, nadie actúa así de bien. El tío no sabía nada del envenenamiento de su amada colega.

—Sí, pero ya ves de quién sospechó primero. «Acabarán con todos nosotros».

—¡El partido!

—¿Quién si no?

—Pero el partido, hermanita, es un ente abstracto sin capacidad para envenenar.

—Buscaron de sicaria a la camarera.

—Sigues utilizando el plural: ellos. El tema es ponerles nombre propio.

—Ahora seguro que el mariconet va a chivarse a nuestro comisario.

Berta miró a su hermana. No, Sans no sabía cuál era su comisaría ni de dónde habían salido ellas. El terror que sintió ante la noticia del asesinato le impidió preguntar, pensar, reaccionar adecuadamente. Tampoco iría a pedir ayuda a sus antiguos conmilitones. El partido actual había relegado a cualquier excompañero imputado a un ostracismo total. Habían dejado de existir; probablemente pasaron una orden interna para que nadie ayudara a un imputado.

—¿Y ahora? —inquirió Marta.

—Ahora a esperar por si hace algún movimiento.

—Habrá que seguirlo.

—Bastará con pincharle el teléfono.

—Nos hará falta la orden del juez, y ese sí puede llamar al comisario.

—Le mentiremos. Diremos que el teléfono que nos interesa es el de la prima de Manuela Pérez Valdecillas.

La expresión de Marta fue lo suficientemente significativa como para que su hermana la interpretara sin palabras.

—Sí, ya sé que da mucho corte mentirle a un juez, pero aquí todo el mundo miente. Por lo menos nosotras lo hacemos por una buena razón.

—Vale, pero al juzgado vas tú sola. Estoy hasta las narices de que ese vejestorio nos mire como a dos moscas cojoneras a las que le gustaría pegarles una rociada de espray.

Caminaron por las calles de fachadas color pastel. Palmeras, aire tibio..., llegaron a su barrio. Se imponía una cerveza que les hiciera relajarse, pero evitaron la plaza de la catedral en aquella ocasión. Los turistas que visitaban la ciudad eran cada vez más numerosos y eso, que hasta aquel momento les había parecido hasta agradable, empezaba a antojárseles espantoso ahora que sus nervios estaban más a flor de piel. Se decidieron por una de las terrazas que ofrecían los bares de la plaza del Miracle del Mocadoret. Era un lugar recoleto que a muchos aún les faltaba por descubrir. No tenía nada de especial, pero bebía de esa especie de paz bañada en luz que tiñe las pequeñas plazas del barrio antiguo. Nada que ver con el esplendor un tanto «gigantista» de los nuevos museos, la Ciudad de las Artes y las Ciencias, el cauce rehabilitado del río Turia. Berta se había preguntado muchas veces que autoanálisis hacían las ciudades: Barcelona se consideraba a sí misma un sitio moderno, Madrid un centro universal, ¿y Valencia? Valencia pugnaba por no perder su aureola agrícola, la llamada popular de sus ancestros. Se enorgullecía de su origen rural, de sus modismos lingüísticos, de las costumbres que se resistían a desaparecer. Era una extraña ciudad, donde modernización y corrupción habían ido de la mano en el pasado reciente. Quizá no se trataba de ninguna contradicción, quizá otras muchas urbes en el mundo habían procedido de igual manera, pero la corrupción valenciana había contado con episodios especiales. No era usual sino incluso paródico que se aprovechara la organización de una multitudinaria visita del papa para desviar millones hacia bolsillos *non sanctos*. Todos, absolutamente todos los eventos públicos de masas estaban cortados por el mismo patrón corrupto. El caso que las dos inspectoras estaban investigando de manera tan singular no era sino una consecuencia de todo aquello.

Una vez que Berta hubo comprobado que su hermana llevaba razón: el juez García Barbillo la había mirado como a una mosca y había estado tentado de rociarla con insecticida, se metió la orden fraudulenta en el bolsillo y habló con sus compañeros para que pincharan el teléfono de Sans. Ahora solo cabía esperar, si esperar hubiera sido una opción. No lo era, debían seguir insistiendo en un movimiento febril, levantar más liebres, tener los fusiles listos para disparar, abrir más frentes, no sentarse buscando descanso, caminar aun sin estar seguras de hacia qué destino señalaba la flecha. Un auténtico follón.

Marta insistió en que aquella tarde, después de salir de comisaría, se citaran con Badía. Si estaban planteándose una gran batida, solo él podía ampliar el campo. El bueno de Boro accedió a que se encontraran en un discreto bar alejado de su casa. Parecía menos aterrorizado que al inicio de la investigación, pero aun así lanzaba miradas imprevistas hacia todos lados como suelen hacer los gatos. Dio unos sorbitos a su cerveza y exclamó ante su primera pregunta:

—¿Enemigos en su vida privada? Lo dudo, Vita tenía serios enemigos políticos, eso ya os lo conté, pero en su vida personal... Ya os dije que era reservada y familiar. En su ámbito íntimo no entraba casi nadie. Podría decirse que solo yo estaba al tanto de muchas cosas. Había depositado mucha confianza en mí.

—¿Y su vida amorosa? —se le ocurrió a Marta de nuevo esa opción.

—También de eso hemos hablado; pero, si vais por ese otro lado, os lo diré con claridad: no creo que nadie la haya asesinado por amor.

—Eso es algo que debemos determinar nosotras —afirmó Berta.

Boro se echó a reír tontamente, se masajeó los ojos.

—Perdonad, pero la idea de un crimen pasional me parece de lo más absurda tratándose de ella. Era muy apasionada en su trabajo, pero la cosa quedaba ahí. Vita disfrutaba de una partidita de cartas con sus hermanas, una paellita aquí y allá, pero su vida amorosa tiraba a pobretona. Sabéis que estuvo liada muchos años con Mari Cruz Sanchís, lo sabía todo el mundo, aunque lo llevaban con discreción. Ni siquiera vivían juntas, pero su relación era *vox populi*, porque tampoco la ocultó. Vita podía ser lesbiana, pero no os la imaginéis saliendo del armario ni haciendo ningún tipo de reivindicación de su condición sexual. Y en cuanto a una amante despechada, alguien tan apasionada como para cargársela... ¡Por favor!, las coordenadas de su vida no pasaban por ahí. Mari Cruz murió de cáncer hace más de dos años. Es la única vez que he visto a Vita llorar. Tampoco es que montara una escandalera, unas cuantas lágrimas que enseguida contuvo, y eso estando los dos solos; si hubiera sido en presencia de alguien más, tampoco se lo habría permitido. Era así.

—¿Después no hubo más relaciones?

—No lo creo.

En cuanto hubo pronunciado esa frase volvió atrás.

—Ya le dije a Marta que había una chica que la visitaba, una chica bastante joven. Hablo del último año, no más. Alguna vez la vi entrar cuando yo salía, y Vita me habló de ella y me hizo llamarla en un par de ocasiones. Un día me pidió que le buscara información sobre el cuadro de dirección de la Universidad Laboral de Cheste. Esta chica trabajaba allí como psicóloga.

—¿Te lo pedía siendo un tema privado?

Soltó una carcajada.

—¡Yo hacía muchas cosas para ella, públicas y privadas! ¡Cuántas veces le había reservado restaurantes para toda la familia y sacado entradas para sus sobrinos cuando había espectáculos de Navidad! Su secretaria era buena, pero ella en quien confiaba era en mí.

—¿Y la prensa la llevabas tú solo?

—¡También la llevaba yo, naturalmente! Ya sé que estoy gordito y que puedo parecer medio gilipollas, pero en realidad soy un crack, aunque a Berta le caiga fatal —soltó, echándose a reír.

Por alusiones Berta respondió.

—A mí no tienes que caerme ni bien ni mal. Eres un testigo y yo una policía; de modo que te agradezco la colaboración y ya está.

—Usted perdone —dijo Badía irónicamente.
—Perdonado está usted —contraatacó la inspectora.
Marta se apresuró a despejar el nubarrón.
—¿No habría algún periodista que se la tuviera jurada?
—Muchos, pero como para matarla no.
—¿Y cómo se llamaba esa joven de Cheste?
—¡Pero si ya te lo dije! Brenda, se llamaba Brenda. Brenda Mascaró.
—¿Y tú crees que entre ellas podía haber algo sentimental?
— ¡Me obligáis a repetir siempre lo mismo! Acabaré por pensar que soy un sospechoso. Pero da igual, no me parece que entre ellas hubiera algo sentimental, a la edad de mi exjefa... Para mí que era una chica que conoció y a la que le dio por proteger, ella era proclive a esas cosas. Claro que tratándose de Vita Castellá, ¡vete tú a saber! Era tan imprevisible, tan libre, tan amante de llevar la contraria...
—¿Podrías pasarnos más datos sobre ella?
—No demasiados. Nunca tuve su dirección. A no ser que la llame y quedemos con ella... El número de teléfono todavía lo guardo.
—Si nos das ese número lo haremos nosotras, no te preocupes.
—Usted perdone.
Berta se tensó.
—¿Puedes dejar de decir esa frase tan boba?
—Procuraré ser más inteligente la próxima vez.
—Te costará.
La pequeña de las Miralles no sabía cómo cortar la dinámica de antipatía que se había creado entre aquellos dos. Como era poco partidaria de las sofisticaciones, explotó:
—¡Dejad de lanzaros puyas, joder, que parecéis un par de subnormales!
Sin embargo, la discusión continuó después de que Badía se hubiera marchado. Fue Berta quien mantuvo la llama de la controversia inflamada.

—¡Nunca vuelvas a insultarme delante de ese tarado!, ¿me oyes?, ¡nunca más!

—¡No le llames tarado, la tarada eres tú! ¡Es el único testigo que tenemos, el único que puede ayudarnos, entérate de una vez! Y, si continúas sin fiarte, tendrás que apechugar, no nos queda otra.

De pequeñas discutían en algunas ocasiones, es lo normal. Su padre recurría al sistema ancestral del Tribunal de les Aigües para acabar con la pendencia. *«Calle vosté i parle vosté».* A la segunda repetición de la fórmula se cansaban de enumerar los argumentos a su favor o se daban cuenta de que era absurdo seguir con el rifirrafe. Nunca los enfrentamientos habían tenido la más mínima seriedad. Luego, a lo largo del tiempo, se habían enzarzado a veces en alguna pelea verbal. Sin embargo, desde que Berta había sufrido su desengaño sentimental, su carácter cambió y, cuando surgían disensiones, raramente contestaba a los improperios de su hermana. Prefería sumirse en un mutismo resentido y desaparecer. Esta vez fue Marta quien decidió marcharse. Antes de hacerlo, echó su parrafada final.

—Me largo. No me busques, voy a quedar con algún amigo. Desde que nos encargaron el caso no he parado de trabajar. ¡Estoy harta! Si la vida de un policía nacional es así, me cambio a la Policía Local. ¡Estás obsesionada, no piensas en nada más que en el maldito asesinato y la madre que lo parió! Creí que siendo inspectora cambiarías, pero no. Eres una amargada, Berta, y si sigues así, vas a serlo toda la vida.

Berta no respondió. Pagó las cervezas y salió sola del bar, anticipándose a su hermana.

Capítulo 10

Según el criterio de Berta, que Marta enseguida aceptó, a Ricardo Arnau no había que acosarlo con visitas ni preguntas. El «gran enemigo» de Vita, en opinión de Badía, requería un tratamiento especial. Lo primero que hicieron las inspectoras fue acudir a los servicios de hemeroteca. Pasaron toda una mañana en su despacho consultando las noticias, y pudieron comprobar que la información de su testigo particular era exacta y veraz. Allí estaba Arnau en los tiempos gloriosos en los que la protección de Vita lo había hecho todopoderoso; y allí estaban su decadencia, su imputación, el suicidio de su segunda esposa, su comparecencia frente a la justicia, su entrada en la cárcel, los delitos aún pendientes de juicio. *Ascenso y caída de un corrupto*, podía titularse el resumen de la cuestión. Encontraron fotografías de Ricardo Arnau tanto en la época de subida a los cielos como en la de bajada al infierno. La diferencia de su aspecto llamó la atención de ambas policías. Cuando tenía poder se le veía como el típico lechuguino de derechas: cabello engominado con ondas pronunciadas, traje gris y corbata color pastel. Sonreía en todo momento, con un rictus de suficiencia y felicidad. Entrando en el juzgado, en cambio, parecía otro hombre. Aunque ataviado exactamente igual, su rostro acusaba el impacto de la humillación. Serio, malhumorado, ni siquiera se molestaba en disimular. En una instantánea que lo mostraba en el entierro de su mujer, era un tipo devastado. Estaba más delgado, con la cara arrugada, los ojos hundidos y el pelo revuelto.

—¡Qué fuerte!, ¿no? Por muy corrupto que fuera, hasta da pena —comentó Marta.

—Sí.

—Es comprensible que, si le echaba la culpa de sus desgracias a Vita, se convirtiera en su enemigo mortal.

—Sí.

—¿Cuánto tiempo piensas pasarte sin dirigirme la palabra?

—Te he dicho que sí.

—¡Ya está bien, Berta, eso son monosílabos!

—Soy una amargada, y los amargados nos comunicamos así.

—Ya te pedí disculpas ayer.

—No hay que pedir disculpas por lo que uno piensa de verdad.

—Yo no pienso que seas una amargada, pero es cierto que no hay razón para que solo te dediques a trabajar. No sales con nadie, no te diviertes, todo te parece negativo, siempre pones cara de tragedia... Vale, estabas enamorada y te salió mal, pero esas cosas le suceden a todo el mundo. ¿Qué harías si te hubiera pasado como a este tío, que se le suicida la mujer?

—Matar a Vita Castellá.

Marta se quedó sin palabras, incapaz de saber si su hermana hablaba en broma o en serio.

—¿Crees que ha sido él?

—Tiene motivos. Y, además..., una cosa... ¿Dónde nos había dicho Badía que estaba la mansión que se hizo construir Arnau para él y su mujer?

Marta buscó entre sus notas y, cuando encontró el dato, miró a su hermana con los ojos agrandados.

—Altea.

—¡Bingo! Justo donde Manuela vivió y trabajó varios años. Pudo reclutarla en algún momento y contratarla como sicaria.

—No sé, tía, no sé qué pensar. Una chica de pueblo que se convierte en una asesina de altos vuelos. Me cuesta creerlo.

—Porque hemos visto demasiadas películas. En el cine los sicarios son bestias despiadadas que hacen de la maldad su oficio. Pero un sicario no deja de ser alguien que cobra dinero por matar, a lo mejor una sola vez. No tiene por qué tratarse de un monstruo sediento de sangre.

—¿Y para qué quería dinero Manuela?

—No lo sé. Estaría hasta las narices de ser camarera de hotel, o después de aguantar toda la vida a su madre querría darse buena vida. Conoció a Arnau en Altea por alguna razón que no puedo imaginar y decidió aceptar su oferta de cargarse a la presidenta.

—¡Pero ella estaba trabajando en el hotel de Madrid!

—Arnau lo sabría y por eso contactaría con ella.

—¿Daba la casualidad de que Manuela trabajaba en el mismo hotel donde Vita solía alojarse? ¡No me cuadra, no me cuadra! No es lo lógico, no es lo normal.

—Ricardo Arnau tiene un móvil para quitar de en medio a Vita. Aparte de la venganza, quizá se dispusiera a dar datos sobre él en su declaración frente al Supremo. Y su vínculo común con Manuela es la ciudad de Altea. Se enteraría de que la chica trabajaba en el hotel donde los del partido solían quedarse cuando iban a Madrid, y la llamó para hacerle una oferta.

—¡Ay, Berta, no está claro!

—Ya lo sé, pero hay que seguir a Arnau, volver a Altea, indagar... Llama a tu amigo Boro, queda con él. Necesitamos que nos dé más datos sobre la mansión de Arnau. Y también necesitamos saber cuándo se reservó la habitación del hotel donde se cargaron a Castellá. Eso lo sabrá seguro.

Se citaron con él y Boro lo sabía, había escogido y reservado él mismo el hotel Victoria un mes antes de la fecha en que Vita debía ocupar la habitación. En un mes daba tiempo a contratar a una sicaria accidental como Manuela, pero ¿cómo podía Arnau haberse enterado con toda seguridad de los datos de la reserva?, ¿una indiscreción por parte de Badía?

—No, yo no lo comenté con nadie, pero es más fácil que todo eso. Ya os dije que el Victoria es el hotel que le gustaba a Vita cuando paraba en Madrid, y eso cualquiera podía saberlo en el partido.

—¿Se arriesgó entonces a que hubiera cambiado de alojamiento, a que no hubiera plaza para esa fecha y hubieras reservado en otro hotel?

—Hombre, de tanto como eso no estoy seguro. ¿Podéis decirme por qué me preguntáis otra vez sobre el hotel?

—Pensamos que alguien contrató a la camarera de planta como asesina —respondió Marta, al tiempo que su hermana le tocaba el brazo para impedir su parlamento. Badía fingió no ver el gesto.

—¿Quién?

Ambas inspectoras guardaron silencio. Badía hizo un gesto desesperado.

—¿Otra vez estamos en las mismas? Vosotras me habéis llamado para que os ayude, pero para ayudar necesito saber qué os lleváis entre manos. ¿Hasta cuándo voy a esperar para que confiéis en mí? Si no confiáis en mí, me voy a mi casa y en paz. No tengo nada que ganar ni que perder en este asunto.

—Sospechamos de Ricardo Arnau —dijo Marta con tono decidido—. Es quien tenía más motivos para cargársela.

—¡¡Bien, os lo dije!! Ese hombre es capaz de cualquier cosa, es un trepa, un tipo sin escrúpulos. Y el partido seguro que lo instigó, que lo animó. ¡Son todos una panda de cabrones!

—No te embales —repuso Berta—. Se trata de una hipótesis. Tenemos que investigar. Sin pruebas no hay acusación.

—Os ayudaré.

—¿No tenías mucho miedo de que te vieran con nosotras? Hoy estamos en un bar de tu barrio.

—El miedo se me ha pasado. No se puede quedar uno debajo de la tierra como un gusano. Además, conmigo no se atreverán, estoy demasiado significado.

—¿Tienes alguna idea de lo que ha estado haciendo Arnau desde su salida de la cárcel?

—No, pero sabemos dónde vive, ¿no? Todo consiste en plantarse allí. Así husmeamos a ver si sale algo.

—¿También sabes dónde está su casa en Altea?

—Pues claro. Estuve allí en más de una fiesta con Vita.

—Está bien, pero voy a decirte una cosa, Salvador. No hables con nadie de esto, ¿me oyes? ¡Con nadie! Si me enterara de...

—Guárdate la amenaza de guripa, Berta, no hace falta y me puede ofender. No voy a hablar con nadie. ¡Ah!, y puedes llamarme Boro, así me llama la gente que me quiere bien.*

En efecto, Boro había perdido el miedo. Salieron juntos del bar y caminaron por el barrio de Russafa: bloques de pisos de escasa altura y una cierta antigüedad, bares viejos sin ningún glamur, todo ello junto al florecimiento de un barrio alternativo con galerías de arte, pequeños teatros, locales de diseño..., una mezcla original. Al pasar frente a un edificio esquinero, Badía señaló el ático como su domicilio y se despidió no sin antes fijar una cita. A casa de Arnau solo podía acompañarlas la primera vez. Ellas apenas hubieran podido reconocerlo por las fotos que habían visto en la prensa, así que Boro se lo señalaría. Pero Arnau conocía a Boro, de modo que no podían correr el riesgo de que el sospechoso llegara a verlo en más ocasiones. Para más adelante también programaron una visita a la casa de Altea. Bien, todo parecía bastante organizado, aunque, como siempre, a las inspectoras se les planteaba la cara B del asunto. Debían buscar una excusa para ausentarse de comisaría. La excusa que encontraron fue tan peregrina como peregrina fue la respuesta del comisario: «¿Investigarán a los criados y allegados de la víctima? Me parece muy bien si es en eso en lo que están. No se pueden dejar cabos sueltos en ninguna investigación. Incluyan las tiendas que frecuentaba, nunca se sabe dónde se puede hallar oro aunque escarbes en el carbón, pero ya saben, no vayan diciendo que la señora Castellá fue asesinada, en ese aspecto mareen la perdiz, no

* Boro es el apelativo cariñoso que reciben los llamados Salvador en la Comunitat Valenciana.

es difícil». Eso significaba que no consideraba peligrosos los movimientos de las Miralles. Vía libre para la acción.

Arnau vivía en la calle Jacinto Benavente, en una de las zonas más exclusivas de la ciudad. Era evidente que, aun caído en desgracia, su patrimonio no había sufrido grandes quebrantos. Su casa tenía portero, pero era pronto para abordarlo. Decidieron apostarse en el coche los tres y esperar. Solo al cabo de dos horas empezaron a darse cuenta de que aquella estrategia comportaba perder mucho tiempo, demasiado quizá. Berta bajó del coche solo diciendo: «Esperadme». Sus dos sorprendidos compañeros la vieron entrar en el edificio. Salió cinco minutos después, llegó hasta el coche.

—El portero vive al final de la avenida del Cid. Tengo su dirección. Su horario aquí es hasta las cinco, luego vuelve a su casa.

—¿Y eso qué significa?

—Lo abordaremos en su vivienda, eso lo acojonará. Ganaremos tiempo. Él nos contará las entradas y salidas del sujeto. Esperando aquí nos haremos viejos.

—¿Has entrado ahí dentro y el portero te ha dado su dirección y su horario por las buenas? —se admiró Marta.

—Le he enseñado la placa. Le he dicho que investigo el robo de un coche. No ha hecho falta nada más.

—¡Joder, nunca hubiera pensado que una placa fuera tan poderosa!

—A mí lo que me ha gustado es eso de «el sujeto», queda muy profesional —intervino Badía. Berta se volvió bruscamente hacia él.

—Cachondeos ni uno, ¿comprendes? No estamos aquí para jugar.

El interpelado puso cara de enfado, pero se encogió de hombros y calló. Berta siguió hablando en tono firme:

—Esta tarde a las seis nos plantamos en casa del portero. Subirás tú sola, Marta, no quiero que sospeche al verme. De todas maneras, a ti se te dan mejor que a mí los interrogatorios. La idea es acojonarlo a tope para que, después de hablar contigo, ni se le ocurra contárselo a nadie.

—Déjamelo a mí. En cuanto abra la puerta le pego dos hostias para ir empezando.

Badía se echó a reír, pero temeroso de la reacción de Berta enseguida atajó su hilaridad.

Dejaron a Badía cerca de su casa y al cabo de un rato enfilaron la amplia y larga avenida del Cid, donde los edificios de viviendas habían crecido hasta una altura considerable. Hacia el final, casi en los confines de la ciudad, estaba la dirección que el portero les había dado. Aparcaron y Berta se quedó en el interior del coche. Consensuaron lo que Marta debía hacer: preguntar cuál era el modo de vida de Arnau, adónde solía ir y quién lo visitaba con asiduidad. Luego, resultaba absolutamente necesario meterle el miedo en el cuerpo al pobre hombre para que se mantuviera callado sobre aquella irrupción policial. Berta, que no acababa de fiarse de los métodos recién adquiridos de su hermana, le recalcó: «Pero sin ningún tipo de agresión». Marta sonrió, segura de que empezaba a labrarse una reputación de mujer dura que no la incomodaba en absoluto. Partió con andares firmes de zancada larga. Berta la observó desde el coche. Su hermana estaba convirtiéndose en una policía de verdad, quizá, se dijo, más auténtica que ella misma, aunque teóricamente su vocación fuera menor. ¿Estaba ella ejerciendo su profesión del modo adecuado? Demasiadas dudas, reconoció, las líneas de la investigación se atropellaban en su cabeza y nunca sabía a ciencia cierta a cuál debía dar prioridad. Y, sin embargo, tenía el pálpito de que estaban haciéndolo bien. Se encontraban en un desierto en el que nada ocurría y donde quizá estuvieran sufriendo ocultaciones concretas por parte de sus superiores. Ante semejante desolación de pruebas que pudieran ayudarlas, solo cabía moverse continuamente, agitar las aguas del pantano, no parar. El sonido de recepción de un mensaje en su móvil la sobresaltó. Lo había mandado su compañero Juan, y decía: «Te he dejado la cinta del teléfono interceptado encima de la mesa de tu despacho. Cuarenta y ocho horas de grabación. Mañana me dices si quieres continuar. Me voy a casa».

Volvió a sobresaltarse cuando Marta abrió la puerta del coche y se dejó caer en el asiento delantero.

—¿Qué tal?

—Aparte del gustazo de enseñar la placa y que funcione como un «ábrete, Sésamo», nada de nada, tía.

—¿Por qué?

—Estamos siguiendo la pista de un monje trapense. Arnau sale poquísimo de casa, como su colega Sans. Solo va al gimnasio un par de horas tres veces por semana. Los miércoles, que es el día del espectador, va al cine en la sesión de tarde. No recibe visitas, ni femeninas ni de otro tipo. Bastantes fines de semana se larga a su casa de Altea. Según la versión del portero, le afectó mucho su estancia en la cárcel y la muerte de su esposa acabó de rematarlo. Ya no es el que fue.

—No me creo nada. Seguro que en la cárcel de Picassent contactó con algún hijoputa que luego le hizo de introductor de Manuela como sicaria, por eso ahora está tan tranquilo y tan en paz. Iremos a meter las narices a la cárcel. ¿Te has asegurado de que el portero se mantenga calladito?

—Le he dicho que, si abre la boca y estropea una investigación que llevamos entre manos, le mandaré a uno de la secreta para que lo raje y me traiga sus tripas de recuerdo.

—¡Joder, qué desagradable!

—¡Pues ha funcionado, al tío hasta le temblaba el mentón!

—Espero que así sea, como le dé por ponerte una denuncia, igual pringas por brutalidad policial.

—Confía en mí. ¿Nos vamos para casa?

—Ni hablar. Rumbo a comisaría. Hay que recoger la grabación del pinchazo telefónico, no quiero que esté encima de mi mesa, donde alguien la pueda pillar. Te recuerdo que la autorización del juez era para pinchar el teléfono de la prima de Manuela.

—Ya no debe de quedar nadie en los despachos.

—¿Vas a protestar por seguir trabajando un ratito más? Es por no hacerte ni caso.

—No eres mi jefa.

—Pero soy la voz de tu conciencia.

Berta no quiso comprobar con qué cara recibía su hermana semejante declaración. Puso la marcha atrás y salieron de aquel barrio donde ya no tenían nada que hacer.

Capítulo 11

La grabación de las conversaciones de Sans era, casi en su totalidad, de un aburrimiento supino. Había utilizado el teléfono con gran moderación: petición de una cita en el dentista, llamada familiar rutinaria a uno de sus hijos..., y eso propició que encontraran fácilmente lo que era de su interés.

—¿Ricardo?

—Hola, Felipe, ¿cómo estás?

—Ha venido a verme la policía.

—Otra vez, ¿y ahora qué querían?

—Han venido a decirme que Vita no murió de muerte natural. Que la asesinaron.

Seguía un largo silencio.

—Ricardo, ¿estás ahí?

—Sí.

—¿Cómo se come eso, lo sabes tú?

—¿Yo?, ¿qué coño voy a saber yo? Te están tendiendo una trampa, tío. Te sueltan esa barbaridad para que te pongas nervioso. Volverán para preguntarte más veces, por si acaso tienes pasta guardada en alguna parte, te acojonas y les dices dónde está.

—No digas gilipolleces. ¿Cómo van a soltarme una cosa así si no es verdad?

—¡Hostia!, ¿tú crees que tendrían el cuajo de decirle a todo el mundo que Vita sufrió un infarto si fuera verdad que se la han cargado? Es un poquito fuerte, ¿no?

—De esos cabrones del partido me creo cualquier cosa.

—¡Hombre, tampoco son la mafia calabresa!

—¿Y si es verdad?, ¿y si la han matado ellos y quieren cargarme el muerto?

—No, no puede ser; me parece demasiado bestia incluso para esas alimañas. Mira, no te pongas histérico. Tú siempre has tenido tendencia a dramatizar.

—Vinieron dos chicas policías y me dijeron que a Vita la asesinaron. Están haciendo una investigación secreta. Eso ni lo dramatizo ni me lo invento.

—¿Tienes coartada?

—¡Pues claro, no me he movido de casa desde hace tiempo!

—Entonces vete al jefe superior de la poli y protesta.

—¿Pero estás loco? ¿Quién está de nuestra parte? ¡Nadie! ¡Nos han dejado más solos que la una! ¿De qué sirve que vaya a protestar? ¡Será peor, la mano del partido siempre ha sido muy larga!

—La mano del partido es una puta mierda. Si es verdad lo que te han dicho, me parece perfecto que se maten entre ellos, y, si esa zorra de Vita ha sido la primera, me alegro de corazón.

—Ricardo, no sé qué pensar.

—No pienses nada. Y no te molestes en llamarme más. Voy a cancelar inmediatamente este teléfono. Si te están buscando las cosquillas, solo falta que la emprendan conmigo. Adiós, muchacho.

Las dos inspectoras se miraron intensamente, pero ninguna parecía tener nada que decir. Berta rompió el mutismo:

—¡Vaya gentuza, no tienen el menor sentido de la moral!

—Eso está muy bien dicho, pero a mí lo que me interesa es saber cómo coño interpretamos esa conversación.

—Demuestra que Sans está asustado.

—Saber eso no nos sirve de mucho.

—También demuestra que él no fue el asesino.

—Vale, ¿y el otro?

—Del otro no sé qué pensar. Enterarse del asesinato no diría que le haya sorprendido demasiado, y miedo tiene menos que Sans, o eso parece.

—Incordiar otra vez a Sans ya no creo que valga la pena. ¿Y si pedimos ayuda en comisaría para investigar qué teléfono nuevo se agencia Arnau?

—Hay que tener mucho cuidado con la ayuda que pedimos. El comisario no suele mirar las órdenes de seguimientos telefónicos que se hayan podido solicitar, pero si le pedimos una para Arnau se enterará, y además saldrá a relucir la trampa que le hemos tendido al juez con la supuesta prima de Manuela. Yo creo que, si Arnau es culpable, no usará nunca un teléfono para algo comprometido. No soy partidaria de aflorar nada aún. Como de costumbre, nos faltan pruebas.

—Ya sé lo que tienes en la cabeza. Aparte de lo que dices, no quieres levantar polvareda por si ha sido alguien del partido quien se ha servido de Arnau como ejecutor.

—Tú lo has dicho.

—Pues yo de ti me tranquilizaría. Si el partido está detrás, aunque trinquemos a Arnau no pasará nada, echarán tierra encima.

—Te equivocas, iré a las más altas instancias de la policía, al Ministerio del Interior, al Parlamento Europeo, convocaremos una rueda de prensa. Te lo dije una vez y estoy dispuesta a cumplirlo.

—Me canso solo de oírte, déjalo ya. Este caso es una trampa donde vamos a pringar sí o sí. Igual amanecemos tiroteadas en la Albufera.

—Gracias por tus ánimos. Mañana nos vamos de excursión.

—¿A la Albufera?

—No, a Altea. Llama a tu enamorado y dile que lo recogeremos a las diez.

—¿Mi enamorado es Boro? ¡Menos mal que es gay o no me hubieras dejado en paz ni un solo minuto!

Hacía un día espléndido cuando iniciaron la excursión. Cada uno de los tres participantes afrontaba el viaje de manera distinta: Berta pensaba en los pasos siguientes que debían dar en cuanto llegaran, Marta habría deseado que aquella hubiera sido una excursión de verdad, con tranquilo paseo y almuerzo copioso incluidos. Solo Boro Badía estaba contento, casi eufórico por salir de su casa y dejar de sentirse esclavizado por un trabajo poco atractivo tras la muerte de su jefa. Charlaba por los codos, tarareaba canciones e incluso contaba algún sucedido jocoso. Sin embargo, ninguno de esos estímulos conseguía animar a sus compañeras de coche. Por fin dijo:

—Hablo, canto, os cuento un anecdotario completo y cada vez estáis más amuermadas.

—¿Por qué no pruebas a hacer lo contrario? —le espetó Berta.

—Está bien, recibido el mensaje. Me callaré.

El resto del trayecto lo hicieron en silencio y el resultado de aquella paz fue que Boro y Marta se durmieron. Cuando estaban entrando en Altea, Berta tuvo que gritar para que se espabilaran. Ahora era Badía quien debía llevarlas hasta la casa de Arnau. Como no recordaba la dirección, cualquier ayuda del GPS quedó anulada. Le costó un buen rato orientarse hasta que finalmente dio con ella. La mansión, el casoplón, como quiera que se la denominara, era una casa de dos pisos y un estudio superior. La rodeaba un jardín bastante amplio y una tapia que más que ver solo permitía atisbar el interior. Su estilo arquitectónico era extraño. La mayor parte obedecía al gusto actual de bloques geométricos, pero los techos a distintos niveles estaban coronados por cúpulas no demasiado grandes que recordaban a los fuertes del ejército inglés en la India durante la época colonial.

—¡Vaya horterada! —soltó Berta.

—Ya os lo dije. Esta gente tiene un gusto espantoso, de lo más vulgar —dijo Boro.

—¿Vosotros dos vais de finos? ¡Ya me gustaría a mí tener una horterada como esta! ¡Los fiestorros que montaría! —replicó Marta.

Dieron la vuelta alrededor. Un jardinero cortaba el césped con un ruido considerable. Llamaron al timbre y solo al tercer intento el hombre quedó alertado. Abrió una portezuela lateral.

—Somos de la policía.

Las Miralles enseñaron las placas en un movimiento casi coreográfico. El jardinero se rascó la cabeza en la mejor tradición gestual del desconcierto. Les franqueó el paso inmediatamente. Era un hombre bastante mayor y estaba asustado. Berta inició el interrogatorio sin esperar a que se tranquilizara.

—¿Me puede decir su nombre?

—Miguel Roig Santaolaya. ¿Quiere mi número de carnet? Me lo sé de memoria.

—No será necesario. ¿Desde cuándo trabaja para el señor Arnau?

—Desde hace muchos años, exactamente no le sé decir.

—¿Hay más trabajadores en la casa?

—Sí, mi mujer.

—¿Están aquí todos los días?

—No, ya no. Desde que el señor viene solo algún fin de semana nos avisa, acudimos y lo dejamos todo arreglado. Luego, nos vamos. Yo sí me paso muchos días a cortar el césped y cuidar las plantas. Al señor Arnau le gusta que todo esté perfecto.

—¿Y, cuando venía con más asiduidad, vivían ustedes en la casa con él?

—No, pero entonces sí trabajaba mi mujer cada día allí, hacía la limpieza y se iba. Cuando tenían fiestas, se quedaba el día entero preparándolo todo y al día siguiente venía a recoger los restos de la fiesta y ordenar.

—¿No estaba presente durante las fiestas?

—No, a los señores no les gustaba. Como los invitados eran gente muy importante decían que querían discreción total.

—¿El señor Arnau ha dado más fiestas últimamente?

—¡No, qué va! Desde que murió la señora y pasó todo lo que pasó ya no recibe a nadie.

—¿No tiene nunca visitas?

—No lo sé. Las fiestas, desde luego, se han acabado.

—Últimamente, ¿han visto usted o su esposa a alguien a quien no conocieran?

—Yo no he visto a nadie y mi mujer seguro que tampoco. Me lo hubiera comentado.

—¿Sabe si ha merodeado alguien por la casa?

—No. Yo..., perdonen, pero ¿puedo preguntar qué ha pasado?

—Nada especial. Hemos localizado a un sospechoso de robo que hubiera podido estar en alguna fiesta del señor Arnau. Es importante que no le comente a él que hemos estado aquí. Sin darse cuenta podría estropear nuestra investigación.

—Descuiden, que yo no abro la boca.

Marta abrió la suya por primera vez en toda la conversación.

—Más le vale. Aquí mi compañera la inspectora ha sido muy suave, pero yo se lo diré de otra manera: si se le ocurre contarle a su señorito o a cualquier otra persona que hemos estado aquí, vendré personalmente a darle de hostias y después lo detendré por obstaculizar la labor de la policía. ¿Está claro?

El pobre jardinero dio varios cabezazos espantados con la intención evidente de asentir. Desfilaron hacia el exterior y, cuando todavía no habían alcanzado el coche, se abrió la puerta del jardín contiguo al de Arnau. Una señora les hacía señales de que se acercaran. Sus gestos no solo no se detuvieron cuando llegaron hasta ella, sino que añadió otro más: pedir silencio con el índice cruzándole la boca. Los hizo pasar hasta el recibidor de su vivienda. Debía andar por los sesenta años, aunque su aspecto presentaba todos los detalles de haber sido cuidado con bastante dedicación. Con desparpajo notable soltó:

—He estado oyéndoles cuando hablaban con el jardinero. Cualquiera hubiera podido oírles porque hablaban muy alto.

Marta, que aún no había descendido de su pequeña ola violenta, replicó de malos modos:

—Perdone, pero ¿no será que estaba cotilleando?

—¡Ah, pues nada, si piensan que soy una entrometida ya pueden marcharse! Creí que les interesaba tener información.

Berta tomó la iniciativa sin dudar ni un instante:

—Pues claro que nos interesa, señora. La escuchamos, y muchas gracias por dejarnos pasar.

—Vale, eso está mejor. Quieren saber sobre las fiestas de mi querido vecino, ¿verdad? Como les ha dicho el jardinero, hace mucho tiempo que ya no las celebra, pero en su día fueron un auténtico escándalo. Llamé a la policía local un montón de veces, pero nunca venía. ¿Cómo iba a venir si en la casa estaban las máximas autoridades valencianas?

—¿Por qué motivo llamaba usted?

—¿Por qué motivo? Ruidos, follón, música a todo trapo hasta altas horas de la madrugada, la calle llena de coches aparcados..., guardaespaldas esperando y orinando donde les venía bien..., un escándalo. Mi padre era el propietario de todas estas fincas y, cuando las vendió para que se hiciera la urbanización, su idea era que fuera un lugar selecto, tranquilo, habitado por gente distinguida y pacífica. Pero no, tuvieron que llegar todos esos nuevos ricos, horteras, maleducados, convencidos de que podían hacer cualquier cosa porque tenían el poder. ¡Gente de la política, que debía dar ejemplo a los demás!

—¿Nunca se lo dijo personalmente al señor Arnau?

—Claro que se lo dije, y siempre me atendía con muy buenas palabras, pero a la hora de la verdad las fiestas seguían. Hubo una época más reciente en la que las fiestas que daba de vez en cuando eran de muy poca gente. No sé dónde dejaban los coches, pero venían a pie y entraban por la puerta de atrás. Entonces no había música ni jaleo. Creí que las cosas habían cambiado, pero ¡qué va!, al cabo de un tiempo se celebraban los dos tipos de fiestas, las más privadas y las de máximo follón. Seguro que a las privadas venían altos cargos de Madrid, ministros, ¡hasta el presidente del Gobierno debía de estar ahí!

Las dos jóvenes abrieron los ojos de par en par.

—¿Usted vio al presidente?

La vecina de Arnau habló por primera vez sin la seguridad que había exhibido hasta el momento.

—No, no. Yo no vi nada ni a nadie. Es una manera de hablar. Lo único que quiero dejar bien claro es que ese hombre se merece todo lo que le ha pasado. Es un tipo sin moral.

—Bueno, ¿también el suicidio de su mujer? Que se te suicide la esposa es muy fuerte —opinó Marta.

—La esposa lo hizo para que no salieran a la luz pública sus asuntos de malversación. No fue capaz de aguantar el castigo que se le venía encima. No me da ninguna lástima.

Prolongaron el interrogatorio con las mismas preguntas que le habían hecho al jardinero, pero la mujer, de la que ni siquiera conocían el nombre, respondió a todas negativamente. No había visto que nadie viniera a visitar a Ricardo Arnau en los últimos meses, ni mucho menos había advertido a ningún merodeador. Se despidieron sin el más mínimo atisbo de cordialidad. Y, en cuanto subieron al coche, Marta completó el cuadro de mal humor espetando:

—¡Menudo pedazo de zorra, no quisiera tenerla como vecina jamás!

Berta reaccionó como aguijoneada por una avispa, se volvió hacia su hermana y, olvidando que tenía un testigo en el asiento de atrás, casi vociferó:

—¡Has estado a punto de fastidiar los dos interrogatorios con tu grosería, el del jardinero y el de la señora! ¿Quién te crees que eres, Harry el Sucio?

Marta no se inmutó en absoluto y sin levantar la voz respondió:

—Nada de eso, al jardinero solo le he dado un recordatorio final y esta señora... Esta señora es la típica pija que lo único que quería era que también la invitaran a las fiestas, cosa que nunca sucedió.

—¡Pero, Marta, son buenos ciudadanos que solo quieren ayudar!

—¡Dios nos libre de los buenos ciudadanos!

Badía se echó a reír y Berta giró completamente la cabeza hacia su asiento para lanzarle una mirada asesina. En el coche se instaló un incómodo silencio mientras salían de la urbanización. De repente, Badía propuso en tono muy alegre:

—Mira, cortemos los malos rollos. Os invito a comer. Así podéis comentar entre vosotras el resultado de las entrevistas de esta mañana.

Marta aplaudió y Berta siguió conduciendo sin asentir ni negar, pero cuando ya llevaban una hora de camino paró a la altura de Gandía y entró en la ciudad. Buscaron un restaurante junto al paseo marítimo. Hacía sol y, aunque el invierno aún se notaba en el aire, decidieron comer en una mesa del exterior. Una cerveza les ayudó a despejar cualquier resto de enfado que hubiera podido flotar entre ellos. El camarero les recomendó varios arroces y Marta, que confesó tener un hambre canina, convenció a sus dos compañeros de mesa para que pidieran un caldoso con galeras y alcachofas. Badía añadió a la orden unos entrantes de chipirones fritos y ensalada. Mientras esperaban y bebían sorbitos de cerveza, se dejaron acariciar por la brisa, por el olor del cercano mar, cerraron los ojos para recibir el sol suave sobre los párpados. Marta dijo lo que tanta gente suele decir en esas circunstancias: «¡Qué bien se está aquí!».

—Yo no podría vivir en ningún sitio más que en Levante —afirmó Badía. Marta abundó:

—Imaginaos viviendo en Madrid, una ciudad tan enorme, con un tráfico brutal, contaminación, sin playa, sin este airecito marino.

Berta no tardó en aportar su opinión crítica:

—Sí, estamos en el cielo, el reino absoluto de la corrupción.

—Bueno, tampoco es eso, mujer —exclamó el periodista.

—No hagas caso a mi hermana, Boro, ella es así. Si hay algo malo que pueda estropear el cuadro, para ella pasa a ser el tema principal.

Boro, temeroso de que las Miralles volvieran a enzarzarse, pegó un berrido de placer cuando vio acercarse los chipirones de aspecto crujiente, la ensalada fresca y olorosa. Empezaron a comer, regando las viandas con un vino blanco de Alicante.

—¿Habéis llegado a alguna conclusión con el trabajo de hoy? —preguntó el orondo joven.

—Nada que no supiéramos en realidad. Hubo una época de desmadre para Ricardo Arnau y después le llegó la hora de pagar por sus pecados —comentó Marta.

—Lo de los pecados suena fatal, ¿no podrías decirlo de otra manera? —objetó Boro.

—En una investigación no solo hay que descubrir sino también confirmar —sentenció Berta muy seria—. De modo que no ha sido un viaje inútil.

El arroz caldoso les pareció el mejor que habían probado hasta la fecha. El vino casi había desaparecido de la botella.

—Estando de servicio no deberíamos beber —soltó Marta muerta de risa.

—Pues yo estaba dispuesto a pedir otra.

—No para mí —le espetó Berta.

—Pues entonces para nosotros dos —dijo Boro llamando al camarero.

Berta no bebió más, mientras que sus contertulios dieron buena cuenta del vino. Como quizá era la única que seguía pensando en el caso, preguntó:

—Oye, Salvador, ¿tu jefa estaba invitada a esas fiestas más minoritarias de las que hablaba esa señora?

—Bueno, yo estuve con ella en dos o tres, y no debían de ser minoritarias porque había un montón de gente, música, mogollón de coches aparcados en la calle... Lo que ha contado la vecina es la pura verdad. Pero yo no estaba enterado de todos los sitios a los que iba. Pudo haber estado en una de esas fiestas vip sin que yo lo supiera.

—Comprendo. Y dime, ¿qué más nos falta por hacer de la lista que le pasaste a mi hermana?

—Yo no le pasé ninguna lista.

—La hice yo con lo que me contaste en nuestra comida privada —intervino Marta.

—¿De verdad escribiste una lista? ¡Eres una profesional!

—Lo soy. Y además me acuerdo de todo. Nos falta por investigar la vida sentimental de Vita. Su amor formal se llamaba Mari Cruz Sanchís y murió de cáncer. Por esa parte no hay nada que rascar. Y luego está la joven psicóloga misteriosa que apareció en su vida casi al final.

—Brenda Mascaró —apuntó Boro.

—Habrá que localizarla —dijo Marta.

—¿Ella te conoce, Salvador?

—La llamé algunas veces de parte de Vita.

—¿La has visto?

—Solo en una ocasión que vino al despacho.

—¿Cómo es?

—No hablé con ella. Solo la recibí y la hice pasar.

—¿Y físicamente?

—Pues... la recuerdo como una chica delgadita, pequeñita, un tanto apocada. Pensé que si mi jefa le tiraba los tejos es que había cambiado de gusto, porque Mari Cruz era muy robusta.

—¿Pensaste de verdad que podía estar tirándole los tejos?

—No, sinceramente me hubiera extrañado. A veces llegué a creer que la Castellá era asexuada. Hasta dudaba de que hubiera asuntos de cama con Mari Cruz, quizá solo era una amiga especial y por eso nunca compartieron vivienda. De manera que no me parece realista pensar en un nuevo ligue.

—¡Vaya! ¿Me vas a decir que una mujer como Vita, tan aguerrida, tan valiente y decidida, se comportaba en lo íntimo como una monja de la caridad?

—Lo digo muy en serio. Ella tenía el poder y eso era lo único que le importaba. El poder la llenaba, colmaba cualquier deseo humano que pudiera sentir.

—¡Era una monstrua! —rio Marta.

—Cualquiera que se dedique a algo con un empeño del cien por cien de sus fuerzas es un monstruo, ¿no? Artistas, empresarios, políticos..., supongo que los genios, los fuera de serie, los más brillantes son así.

—Como Napoleón —rio Marta de nuevo. Berta, en tono reflexivo, contestó a Badía.

—Sé lo que quieres decir.

Marta siguió bromeando.

—Mi hermana también es una monstrua, solo piensa en ser policía y en este jodido caso.

—Marta, déjalo ya. Será mejor que volvamos a Valencia.

El aire había comenzado a notarse un poco fresco. Eran los últimos en abandonar el local. Al entrar en el coche Berta puso en marcha la calefacción. Se dio cuenta de que sus pasajeros se mostraban bastante achispados. Encendió la radio para evitar que siguieran diciendo tonterías y riendo, pero fue peor, porque ambos se pusieron a cantar. La apagó al cabo de un rato pretextando que le molestaba para conducir. Marta dijo que se diera prisa, había quedado para salir de copas con sus amigos aquella noche. Suspiró, ¡vaya manera de trabajar que tenían aquellos dos! De repente la sorprendió su pensamiento: ¿«aquellos dos»?, ¿estaba considerando a Badía como un policía del equipo? Deseaba con todas sus fuerzas no necesitar más de su presencia, llevarlo de acompañante no era reglamentario. De hecho, le parecía algo completamente irregular: un testigo participando en todos los pasos de una investigación. Nunca le habían enseñado algo parecido en la academia. De pronto, le sorprendió el silencio que reinaba. Sus pasajeros se habían dormido. Sintió alivio, ahora podría ponerse a pensar con calma en la investigación, atar cabos. ¿Atar cabos, dónde estaban esos cabos? El alivio que había empezado a experimentar desapareció de golpe.

Capítulo 12

Pasaron un día entero encerradas en comisaría. Sabían que quizá no hiciera falta disimular sus ausencias puesto que nadie se ocupaba de lo que hacían o dejaban de hacer, pero, según les habían enseñado sus padres, la prudencia es una muy importante virtud. La gente de campo es así, piensa que el riesgo nunca depara nada bueno. Berta escribió uno de sus informes oficiales, cada vez más falsos y por tanto más imaginativos, mientras Marta confeccionaba una lista aproximada de la información que teóricamente podía proporcionarles Brenda Mascaró.

La mañana pasó con relativa celeridad, pero la tarde se les hizo eterna. Al salir de la oficina regresaron a casa a pie y pararon en la plaza de la Reina a tomar una cerveza. Después de tanto aislamiento, les apetecía ver a la gente pasear, moverse, comprar en las tiendas, vivir la costumbre valenciana de estar en la calle.

—¿Qué vamos a hacer con Boro mañana? —preguntó Marta.

—Que nos localice a esa chica por teléfono y que desaparezca después.

—No me parece bien. Si quedamos citadas con esa chica, tendrá que venir con nosotras. Imagínate que la tal Brenda es culpable de algo y que al verse frente a dos policías que no esperaba se cierra en banda o incluso le da por huir. Además, solo él puede reconocerla.

—Está bien, lo pensaré.

—Te recuerdo que...

—Sí, ya lo sé, es la única ayuda con la que contamos y no estoy al mando de la investigación. Por cierto, hoy te toca a ti hacer la cena. ¿Qué vas a cocinar?

—Algo sencillo, un puré de verduras y hamburguesas de tofu.

—¡Joder! ¿Por qué no haces tortilla de patatas?

—Porque eso sueles hacerlo tú, y además esta semana ya hemos comido huevos y no es sano repetir. Una cena saludable nos irá bien a las dos.

—Mucha comida saludable, pero bien que te atizas arrocitos cuando quieres, y muy regados de vino, además.

—El vino es fuente de vida. Se lo he oído decir a papá.

—No me molestaré en contestarte.

—Harás bien, como digas algo malo de papá, me chivo, como dirías tú.

Berta miró a su hermana con curiosidad. En ciertos momentos parecía que el pasado retornaba y no se habían movido de la niñez. Quizá Marta había continuado siendo un poco infantil, sin duda lo era más que ella. ¿Por qué?, en realidad solo se llevaban dos años. Sin embargo, sus experiencias vitales eran distintas. La vida de Marta se había desarrollado sin contrariedades, mientras que la suya había sido visitada por el dolor, un dolor sordo y largo como una noche sin sueño que estaba arrasando su juventud. Nada podía hacer contra eso, tan solo dejar pasar el tiempo y no desear otra cosa que no fuera seguir viviendo y trabajar.

Regresaron a casa y, mientras Marta preparaba la cena saludable, fue Berta quien se encargó de llamar a Badía. Las instrucciones que le dio fueron concretas, no dejó cabos sueltos que el periodista pudiera interpretar a su manera. Debía telefonear a la psicóloga y concertar una cita sin darle ninguna pista de que iría acompañado de la policía. Marta llevaba razón, no sabían quién era aquella mujer ni qué papel había jugado en la vida de Vita Castellá. En ningún caso podían arriesgarse a ponerla en alerta, que Badía las acompañara estaba plenamente justificado.

Cuando Berta acababa su hamburguesa de tofu, no sin algún esfuerzo, Badía le devolvió la llamada.

—Ya está, Berta, todo ha salido bien. Me ha preguntado sobre qué quería hablar con ella y he tenido que decirle que estaba recopilando recuerdos para un artículo sobre Vita. Solo hay un pequeño problema: tendremos que volver a viajar, esta vez muy cerca. Brenda me ha citado en la Universidad Laboral de Cheste a las cuatro de la tarde. Ha debido de pensar que, si de verdad tengo interés en entrevistarla, es lógico que me desplace hasta allí. Pasaré a buscaros a las tres. Si te parece bien, iremos en mi coche.

Berta regresó a la mesa e informó a su hermana de la conversación. Esta enseguida quiso saber más.

—¿No le has preguntado si notó algo sospechoso cuando la llamó?

—Con lo que le estamos permitiendo a Badía es más que suficiente. No quiero que se sienta como un auténtico policía dedicado a la investigación.

Marta torció el gesto, pero no hizo comentarios. Solo añadió:

—De postre he comprado unos zumos *detox* de pera y manzana. ¿Te apetece?

—No, gracias. Creo que, si tomo otra cosa saludable, vomitaré.

A las tres en punto del día siguiente, Salvador Badía estaba listo para hacer de chófer e intermediario policial. Ni un solo minuto se retrasó. Se le veía alegre, casi eufórico, y Berta temió que intentara hacer extensivo semejante estado de ánimo a ellas dos. Sin embargo, su hermana estaba en mejor disposición para bromear.

—¿Dispuesto a hacer de inspector honorario?

—Soy como Eliot Ness y los Intocables todos a la vez.

—¿De verdad te gusta este rollo de la poli?

—¡A rabiar! Es lo más divertido que he hecho en muchos años.

Berta interrumpió la risa de su hermana en tono irónico:

—Oye, Ness. A lo mejor hasta te fijaste en cómo reaccionó la psicóloga ante tu llamada.

—Por supuesto que sí. Fue todo de lo más normal. Al principio le costó un poco comprender quién era yo, pero luego más o menos me recordó. No tuvo ningún inconveniente en quedar conmigo en su hora libre. Nada sospechoso, jefa. Ya ves cómo funciona Ness, a pleno rendimiento.

—¿Ness no era el monstruo del lago?

—Ese era otro; nada que ver con el aquí presente.

La Universidad Laboral era un mastodóntico complejo creado en la época franquista y rehabilitado pocos años atrás. La cantidad de edificios y su distribución impactaban desde lejos; eran casi como una ciudad. Las inspectoras tuvieron simultáneamente la sensación de que encontrar a alguien en aquel laberinto sería una tarea difícil de realizar. Sin embargo, Boro-Ness se había tomado la molestia de buscar la ubicación del lugar de la cita en un pequeño plano; de modo que se anticipaba a las indicaciones del GPS exhibiendo una total seguridad.

El punto fijado era, naturalmente, un bar. Ambas Miralles comprendieron que el ejercicio de su profesión estaría casi siempre ligado a una institución nacional tan arraigada como el bar. Iba a resultar finalmente que los tópicos policiales de la ficción, bares y callejones oscuros, iban a ser ciertos en la realidad, aunque los callejones oscuros quedaban muy rezagados con respecto a la primera posición.

El bar estaba atestado de jóvenes que tomaban algo entre clase y clase. Solo en aquel momento Badía empezó a preocuparse. ¿Quedaría su imagen de hombre eficiente dañada si no lograba reconocer a Brenda Mascaró y se veía obligado a llamarla por teléfono? No ocurrió así; a pesar de que el bar era enorme y tuvieron que dar una primera ojeada general, al cabo de un par de minutos ya había descubierto a una mujer sola en una mesa que, en vez de observar la pantalla de su móvil como hace todo el mundo, escribía algo en un bloc. «Aquella es Brenda Mascaró», les susurró a las Miralles. Vieron a una chica menuda, tal y como Badía la había descrito, con el cabello largo recogido en una coleta, sin maquillar y vestida enteramente de negro. Marta pensó en la pareja tremendamente desigual que formarían ella y Vita cuando hubieran estado la una junto a la otra. Se acercaron y el periodista carraspeó para hacerse notar. La chica, que rondaba los treinta años, levantó la vista y se sorprendió al ver a tres personas cuando solo esperaba a una.

—Brenda, ¿te acuerdas de mí? Soy Salvador Badía. Hablamos por teléfono ayer.

Como ella seguía sin dar muestras de ningún tipo de reacción, Badía continuó:

—Mis amigas son Berta y Marta Miralles, inspectoras de policía. Quieren hablar un momento contigo, ¿podemos sentarnos?

Por fin la chica movió la cabeza para asentir y, solo cuando todos estuvieron aposentados, pudieron oír su voz, que decía con inseguridad:

—A la mesa no vienen camareros. Si quieren tomar algo, yo lo traeré.

—Iré yo —atajó el periodista—. ¿Todo el mundo café?

Fue Berta quien empezó a hablar, y lo hizo directamente en el estilo oficial, sin ofrecer disculpas o explicaciones por su inesperada presencia.

—Estamos realizando unos informes sobre la muerte de Vita Castellá, mera cuestión de rutina. ¿Puede contestarnos a algunas preguntas?

La estupefacción que mostraba la improvisada testigo subió en intensidad. Berta decidió no darle tregua para pensar o crear una posible coartada.

—¿De qué conocía usted a la señora Castellá?

La chica empezó a hablar con voz titubeante, pero no tardó en recuperar la serenidad.

—Conocí a Vita aquí, en Cheste. Vino para una visita oficial como presidenta de la Generalitat y yo estaba en el comité de recepción para explicarle un poco el funcionamiento de las distintas clases y departamentos.

—¿La visitó usted después de eso?

—Sí, varias veces. Nos caímos bien aquel día.

—¿Tanto como para que usted fuera a verla a su despacho en varias ocasiones?

—La señora Castellá quiso hablar conmigo sobre aspectos profesionales.

—¿De cuál de las dos profesiones, la de ella o la de usted?

—Verá, como le digo, nos caímos bien y ella quería hacerme consultas psicológicas.

—¿Para algún proyecto de la Generalitat?

Miró al suelo, dudó, volvió a levantar la vista.

—No, la señora Castellá se sentía un poco desanimada en los últimos tiempos y pensó que teniendo alguna charla conmigo como psicóloga podía aclarar las cosas.

Llegó Badía con una bandeja cargada de tazas de café y una jarrita de leche. Berta pensó que si se atrevía a decir algo en aquel momento no las acompañaría nunca más en ningún acto de servicio. Él debió intuirlo porque no abrió la boca.

—Pero usted no es psicóloga clínica.

—Ni ella estaba bajo mi supervisión. Simplemente charlábamos. ¡Si usted supiera la de consultas encubiertas que me hace la gente en cuanto se entera de que soy psicóloga!

—Entonces Castellá sí estaba consultándole cosas personales.

—Yo no he dicho eso.

—Mire, Brenda, para las investigaciones que estamos realizando nos vendría muy bien saber qué le preocupaba a Vita en el que fue su último año.

—Pero yo eso no puedo contárselo.

—¿Por qué no, si no era su paciente?

—Es una cuestión de ética...

Marta irrumpió en el interrogatorio con la brusquedad que empezaba a adquirir como costumbre.

—A ver, tía, así podemos pasarnos el día entero: puedo decirlo, no puedo decirlo, sí, no, la ética y el copón bendito. Entérate de que estamos investigando hasta qué punto putearon a la Castellá, que estamos de parte de la muerta, vaya, y que, además, entre otras cosas, como bien tú sabes, la muerta, muerta está.

—Venid a mi despacho. Lo comparto con otro psicólogo, pero hoy no trabaja.

Apuraron el café y la siguieron por los intrincados pasillos de la universidad. Por fin, llegaron a un pequeño despacho, casi tan pequeño como el de las inspectoras. No había asiento para Badía, que caballerosamente permaneció en pie. Brenda empezó a hablar, ahora tranquila y reflexiva.

—Vita Castellá tenía una personalidad compleja. No se fiaba de psicólogos ni psiquiatras, a los que no hubiera consultado jamás de no haberme conocido, pero conmigo se abrió. Estaba muy fastidiada.

—¿Por la muerte de su compañera sentimental?

—Sí, también. Pero había algo más, algo más profundo que la atormentaba, aunque no lo reconocía claramente. Se sentía culpable. Era consciente de que, bajo el mandato de su partido, la Comunitat se había convertido en, permitidme la vulgaridad, una auténtica casa de putas. Nombramientos y adjudicaciones a dedo, recalificaciones de terrenos por interés, financiación ilegal, desfalcos, sobornos, eventos multitudinarios donde el dinero pasaba como un rayo de lo público a los bolsillos privados o a las arcas del partido, la visita del papa con los billetes de banco volando hacia lo desconocido... ¡El cabrón aquel que se embolsó los fondos de la ayuda al tercer mundo! Y debía de haber más cosas, cosas terribles en las que ni siquiera se atrevía a pensar. Un día que se había tomado unos cuantos whiskies, me dijo: «A veces hay manchas en el pasado de una persona que no se podrán limpiar jamás», y se echó a llorar. ¡Vita Castellá llorando!, ¿podéis imaginaros algo así?

—Todo eso está muy bien —replicó Berta—. Pero ella estaba metida hasta el fondo en toda esa corrupción. ¿Por qué de repente se sentía culpable?

—Nada sucede de repente en psicología, todo es acumulativo. Además, ahí es donde empieza la complejidad de su carácter. Vita debía tener un déficit amoroso importante, no me dio tiempo a descubrir cuál era. Necesitaba la aceptación de los demás y no le bastaba con que la gente la votara una y otra vez para su cargo.

—¿Y no resulta más verosímil pensar que era una verdadera adicta al poder?

—¡Por supuesto, ese es el eje del problema! Utilizaba el poder para que la gente le agradeciera sus prebendas, para que la amaran por lo que les permitía hacer. Cerraba los ojos ante la corrupción de los que la rodeaban, permitía cualquier tipo de tropelía con tal de hacerse amigos incondicionales, ¡la fomentaba! A mí llegó a decirme que, si no estaba a gusto en mi puesto de trabajo, ella me haría jefa de departamento de Salud Mental, incluso consejera de su gobierno. Cuando yo le respondí que estaba bien como estaba y no tenía más ambiciones, me soltó que su ofrecimiento me haría rica, que no estaba refiriéndose a un simple sueldo oficial. ¡Y al mismo tiempo lamentaba las fechorías de toda aquella chusma de su partido! Compleja, muy compleja, a menudo incomprensible. Por otro lado, su convicción de estar haciéndoles un gran bien a los ciudadanos de la Comunitat era absoluta. Se sentía orgullosa de su gestión política. Sin embargo, había algo que la atormentaba, y se llevó su secreto a la tumba.

—Todo eso del déficit de cariño es muy conmovedor, pero no justifica que dejara nuestra tierra esquilmada y a los valencianos como un mal ejemplo para todo el país.

—Yo no la juzgo, ningún psicólogo mínimamente profesional juzga a quien le está confiando sus cuitas.

—¿Te dijo algo en concreto que la hubiera impactado, alguien con quien se hubiera entrevistado últimamente, algún conflicto que hubiera surgido?

Brenda Mascaró sonrió tristemente.

—Lo que estáis investigando es el asesinato de Vita Castellá, ¿no es así? Se la cargaron los de su propio partido. Primero la tratan como a un perro y luego la matan para que no testifique.

—No sé de dónde sacas eso.

—Es lo que piensa todo el mundo que tiene dos dedos de frente. Se le oculta a la opinión pública su asesinato, se investiga más o menos para que los aspectos formales tengan visos de legalidad y el tiempo va pasando, hasta que al final el recuerdo se esfuma en el aire. Para la posteridad, Vita Castellá murió de muerte natural.

—¡Bobadas, no te inventes historias, no es muy profesional!

—Muy bien. En cualquier caso, podéis llamarme si me necesitáis. Si puedo ser de ayuda, lo seré. He sentido mucho la muerte de esa mujer. Puede que no fuera una santa, pero era una persona singular.

Salieron conmocionados de aquella entrevista. Tanto era así que decidieron tomar una cerveza en el bar antes de emprender el regreso. Desanduvieron los pasillos eternos y el bar de la universidad los recibió con el mismo jaleo anterior al que se había añadido un fuerte olor a comida recién cocinada. Marta fue a por las bebidas y las llevó hasta la mesa que ocuparon los tres, en silencio total.

—¡Qué chica tan inteligente!, ¿no? —comentó Badía.

—Una crack —coincidió Marta con él.

Berta seguía callada. En su rostro se advertía que pensaba con intensidad. Dijo casi en voz baja:

—Algo sucedió que superó la tolerancia a la inmoralidad de la presidenta. Pero ¿qué puede ser más inmoral que robar, desfalcar, mentir, aprovecharse del poder?

—Debió ser algo que dejara lo de la mitra del papa a la altura de la boina de un pastor —dijo Salvador Badía echándose a reír a carcajadas. Berta sonrió y musitó:

—Sí, algo así.

Al recoger el coche, Boro y Marta seguían de buen humor y lo demostraban encadenando bromas de poco calado que festejaban sin parar de reír. Berta iba en el asiento trasero y era tal su concentración que ni siquiera se enteraba del jolgorio que había estallado frente a sus narices. Conocer mejor la personalidad psicológica de Vita Castellá había sido como llenar de luz una estancia oscura. Sin embargo, lo que se ofrecía a sus ojos, aun estando iluminado, no le indicaba dónde debía fijar la atención. La presidenta necesitaba cariño y ser reconocida por los demás. Obtenía esos anhelos gracias a que utilizaba su poder de manera irregular. Consideraba un mal menor ese comportamiento, ya que estaba convencida de sembrar el bien entre la población, también gracias a su poder. Muy bien, estaba claro, eso explicaba bastantes cosas, pero hubo algo que excedió la componenda de conciencia que tenía consigo misma, algo que la torturaba y la hacía sentirse culpable. ¿De qué se trataba?, ¿y qué podían hacer con esas pistas difusas para llevarlas a la concreción, a la realidad? Se mordió los labios. Fue consciente por primera vez de la angustia emocional que podía generar una investigación complicada. Era como estar frente a un lago y ver cómo la superficie se iba cubriendo de hermosos nenúfares, pero sin poder acercarse al agua para comprobar de dónde salían o si eran reales.

De repente, su teléfono sonó en el interior del bolso.

—¿Inspectora Miralles? Soy Jumilla, de comisaría.

El corazón le dio un vuelco, lo cual no era lógico, que a un policía lo llamen desde su centro de trabajo es tan normal como que al padre de un alumno lo llame un profesor; aunque para ella no era así, simplemente porque nunca la habían llamado con anterioridad.

—Inspectora Miralles, ¿está usted ahí?

—Sí, disculpe, dígame.

—El comisario Solsona dice que quiere hablar con usted y con... la otra inspectora Miralles.

—Dígale que tardamos media hora en llegar.

Al ninguneo al que estaban sometidas en su comisaría se sumaba una especie de rubor en reconocerlas públicamente como hermanas. ¿Qué sucedía, a lo mejor había una prevención sobre el parentesco entre agentes? Lo dudaba seriamente. Todo estaba incluido en aquella campaña contra ambas, ¡hasta su vínculo familiar parecía vergonzante!

—¿Adónde tenemos que llegar en media hora? —preguntó Marta.

—El jefe quiere vernos.

Hubo un silencio que Badía rompió.

—Me pregunto qué querrá.

—Supongo que no se te habrá ocurrido la posibilidad de venir con nosotras —dijo Berta secamente.

—No, por supuesto que no.

Pero Berta no se quedó muy convencida de que fuera así.

Capítulo 13

El comisario Solsona las recibió como de costumbre, leyendo la pantalla de su ordenador como si no les prestara la más mínima atención. También ellas volvieron a interpretar su papel de objetos inanimados y esperaron en silencio, de pie. Por fin, Solsona aparentó haber estado abstraído en un asunto crucial y descubrirlas de pronto con gran contento.

—¡Ah, inspectoras, disculpen! Hay un asunto importante que quería comentarles. El dispositivo de busca y captura que se mandó poner en marcha, ¿quién lo solicitó: Marta o Berta? —dijo como si hubiera perdido la memoria.

—Era yo, señor.

—Y usted es Berta, ¿no? Bueno, pues ese dispositivo ha detectado que la prófuga Manuela Pérez Valdecillas ha hecho uso de su tarjeta de crédito en un cajero automático del distrito de Patraix. Ayer de madrugada.

—¿Cuando dice Patraix se refiere a Patraix Valencia, señor?

—¡No voy a referirme a Patraix Nueva York, inspectora!

—Disculpe, me ha sorprendido, como la prófuga desapareció en Madrid...

—Vayamos a los hechos, que son los que les acabo de decir. He mandado a varios hombres para que peinen el barrio. Como ustedes no se hallaban en sus puestos de trabajo han iniciado ya el operativo. Pueden unirse a ellos desde ahora mismo. Allí está el inspector Esteban Sales, este es su teléfono.

—Estábamos investigando en el exterior. Hemos venido en cuanto hemos sido requeridas —puntualizó Berta.

—Bien, bien. Ya ve, inspectora, que, aunque usted no confiara en la labor de grupo, el grupo funciona.

—Sí, señor.

—¿Creen realmente que esa tal Manuela tiene algo que ver con Vita Castellá? A mí me resulta extraño pensarlo. A lo mejor simplemente se impresionó al haber estado de guardia el día de los hechos y por eso se dio a la fuga.

—Estamos convencidas de que es improbable que tuvieran relación personal, pero también pensamos que alguien pudo contratarla para que asesinara a la presidenta.

Solsona se tensó visiblemente, luego una sonrisa absurda apareció en sus labios y dijo:

—Los hechos, inspectoras, los hechos. Hipótesis se pueden hacer muchas, pero son los hechos lo que cuenta. ¿Entendido? Pónganse en marcha ya.

—¿Debo entender que el inspector Sales está ahora al mando de esta búsqueda en concreto?

—No, al mando siguen ustedes, pero métanse en la cabeza que la colaboración es importante. Sales les ayudará.

—Pero es que...

—¡Salgan de mi despacho! —El berrido del comisario fue tan enérgico que las asustó.

En el pasillo, mientras volvían a su lugar para recoger los bolsos, todos los que habían oído el grito de Solsona las miraban con curiosidad. Marta comentó:

—Lo has puesto de los nervios, tía.

—De los nervios estaba ya. ¿Y sabes por qué?

—¡Pues claro que lo sé! Están cagados de miedo de que encontremos a esa tipa. ¿Has visto la cara que ha puesto cuando le has dicho que a lo mejor es una sicaria? ¿Tú no crees que al comisario podría estar pagándole el partido?

—No quiero pensar eso, Marta, sería demasiado doloroso para mí.

—Te duela o no, si es cierta esa sospecha, este asesinato no se resuelve en la puta vida.

—¿Otra vez con la misma historia? Este asesinato lo resolverán las hermanas Miralles y no hay más que hablar.

—Sí, ya me imagino la placa que pondrán con nuestros nombres como homenaje. Lo malo es si la colocan en nuestra sepultura.

Tomaron el coche y se dirigieron a la calle Beato Nicolás Factor, en pleno barrio de Patraix. Las dos Miralles frecuentaban poco esa zona, que como tantos barrios valencianos provenía de aldeas independientes que la ciudad había ido tragándose poco a poco. Donde antes había existido huerta, se levantaban ahora enormes edificios de pisos construidos sin la menor gracia. Marta recordó que habían hecho una visita cultural a la plaza antigua y la iglesia cuando eran estudiantes en el instituto de Vinaròs.

Después llamó a Esteban Sales.

—Estamos en el interior de la sucursal —respondió el inspector.

Habían visto a Sales alguna que otra vez en comisaría, pero ninguna de las dos había hablado con él. Les pareció bastante simpático. Las miraba con curiosidad, como si pensara: he aquí el par de novatas que están confinadas en un despachito que es poco más grande que el cuarto de las escobas. Era la misma curiosidad que compartía todo el personal al principio, aunque después las veían entrar y salir sin fijarse demasiado en ellas. Ahora Sales las tenía delante y le despertaban cierta ternura. ¡Dos hermanas tan jóvenes! Para un cincuentón como él, la visión de las Miralles le hacía pensar en los tiempos en los que empezó a investigar. Inexperto, despistado, pero con ganas enormes de trabajar, de hacer cumplir la justicia, de arreglar el mundo en su totalidad.

—¿Qué tal, inspectoras? El director de la sucursal nos ha dejado una salita para que veamos las imágenes de la cámara de vigilancia. También nos ha informado de que en la cuenta de Manuela solo quedaba una pequeña cantidad de dinero.

—¿Tú has visto ya las imágenes? —le preguntó Marta a Sales.

—¡Pues claro que no! Sois vosotras las que estáis a cargo de esa investigación tan secreta. Yo estoy aquí de modo circunstancial.

Ninguna de las dos le creyó, pero al menos apreciaron en lo que valía su cortesía profesional. Empezaron a llegar los hombres que el colega de las Miralles había dispersado por los lugares cercanos al cajero. Informaron a los tres inspectores. Uno de ellos había recabado datos proporcionados por una vecina que vivía en el primer piso. Era una señora bastante mayor que pasaba mucho tiempo asomada a la ventana con el único propósito de distraerse mirando el tráfico y a la gente paseando. Se había fijado en la prófuga porque le pareció que se comportaba de manera extraña. Antes de empezar sus gestiones en el cajero había mirado a derecha e izquierda como si quisiera cerciorarse de que nadie la observaba. Después, la señora tuvo la impresión de que la mujer estaba nerviosa. Se pasaba la mano por la cara y cambiaba el peso del cuerpo de una pierna a la otra. Al marcharse, volvió a comprobar si alguien la había visto. Por último, la siguió con la mirada y pudo alcanzarla hasta que se metió en la cafetería del chaflán.

—¡Carajo con la señora mayor! —comentó Sales—. Hemos perdido a una buena agente en la policía.

—Aquí el compañero ha estado en el bar que la señora indicó.

El compañero aludido contó inmediatamente el testimonio que había obtenido de uno de los camareros de servicio en el bar. Al principio, aquella clienta le había pasado completamente desapercibida. Se sentó en una mesa en el rincón más apartado del local y pidió una cerveza. No le extrañó. Aunque eran las once de la mañana, muchos clientes desayunan fuerte y beben vino o cerveza para acompañar un tentempié. Ella, sin embargo, no pidió nada de comer y al cabo de un rato ordenó otra cerveza. Por si eso fuera poco, después se pasó al whisky, y se atizó nada menos que tres. Sales interrumpió al policía, molesto por su modo de hablar.

—¿Cómo que se atizó? Querrá decir consumió, tomó, bebió..., atizó no me parece correcto. Procuremos no perder las buenas formas.

«Se tomó tres», rectificó el agente. La clienta estaba como absorta en sí misma, pensando, parecía agobiada por algo. En los últimos momentos de su estancia, el camarero hubiera jurado que casi estaba llorando. Por otra parte, no molestó a nadie, ni tuvo ningún comportamiento inapropiado. Al marcharse, pagó religiosamente y salió del establecimiento sin más.

Las Miralles se abstuvieron de hacer ningún comentario frente al tercer inspector. Se limitaron a darle las gracias por su cooperación y él les aseguró que el operativo de búsqueda seguiría a pleno rendimiento. Luego, vieron las imágenes de las cámaras de seguridad, reconociendo enseguida a Manuela, y se despidieron.

Cuando estuvieron solas, Marta exclamó:

—¿Has visto cómo Sales ha puesto en su sitio a ese policía con lo de «atizó»?

—Sí, pero él bien que ha dicho «carajo».

—¡Pero él es inspector! Ese es el tipo de cosas que tenemos que aprender. A un subordinado se le reprende a la mínima que se pase de la raya.

—¿Eso es lo único que te ha llamado la atención?

—No soy tan boba. Me he hecho una idea perfecta de la situación de Manuela. Está asustada porque intuye que la seguimos y probablemente piensa que sabemos más de lo que sabemos en realidad. Le han fallado el dinero y la ayuda para escapar y ha venido a Valencia para buscar las dos cosas.

—Muy bien. El tema de fondo es este: ¿busca ayuda entre sus amistades o tiene un cómplice? O, con mucha más probabilidad: ¿viene a exigir esa ayuda a quien la contrató como sicaria? ¿Qué ha hecho con los mil euros que sacó de su cuenta?

—Demasiadas preguntas para mí. Aunque tengo un coco privilegiado, se me agolpan en la cabeza y no me dejan pensar.

—Hay que vigilar a Ricardo Arnau, Marta. Ahí está la clave de nuevo. Y lo jodido del asunto es que hemos de hacerlo nosotras. No me fío de nadie más.

—Pues quizá no sea para tanto. Arnau es un defenestrado del partido y, si nos centramos en él, el comisario no tendrá nada que decir, los defenestrados no le preocupan. Podemos pedirle a alguien que se encargue de la vigilancia.

—Ni pensarlo. No sabemos las implicaciones que esto pueda tener. Lo haremos tú y yo por turnos.

—¡Vaya palo, joder!

—¿Creías que ser poli es sentarse en un despacho a pensar deducciones brillantes como Sherlock Holmes?

—¡Pero todos los polis tienen un equipo!

—Y nosotras también lo tenemos, solo que juega en nuestra contra.

—¡A Sherlock Holmes quisiera ver yo en este *fregao*!

Aquella noche volvieron a su casa caminando. Estaban cansadas las dos y un paseo siempre lograba despejarlas un poco. En aquella ocasión lo necesitaban más que nunca. Aparte de la historia del cajero automático, habían pasado horas preparando el informe para el juez García Barbillo. Marta había ayudado a su hermana ese día, buscando los sinónimos y antónimos para que la pieza literaria saliera bien. Cuando estaban abriendo el portal de su piso, Berta hizo un movimiento rápido con la cabeza mirando hacia atrás.

—¿Qué pasa? —le preguntó su hermana.

—No sé, he tenido todo el rato la impresión de que alguien nos seguía.

—Como les echas tanta imaginación a los informes de juez, luego ya te parece que estás viviendo en una peli.

—Puede que sí, eso será.

Pusieron en marcha su personal dispositivo de vigilancia. Había que implicar al portero de Arnau una vez más. Él las avisaría de cualquier movimiento del sospechoso durante su horario habitual, también de cualquier visita que pudiera recibir. Luego, un día cada una por riguroso turno, se desplazarían al domicilio de Arnau y completarían la vigilancia hasta una hora prudencial. Las doce de la noche les pareció bien. Era improbable que saliera de casa más tarde de ese límite. Y si lo hacía, tanto peor para ellas, no les era posible acostarse más tarde, contando con que al día siguiente debían madrugar para ir a comisaría a cumplir con sus horarios de trabajo.

Marta debía ser quien se presentara en el domicilio del portero para solicitar su colaboración con la justicia. Berta le advirtió.

—Procura no decirle que si no colabora lo cortaremos en pedacitos y nos comeremos su hígado.

—No sufras, prefiero otra versión. Le diré que el hígado se lo echaremos a los perros.

El operativo de vigilancia resultaba duro, tedioso. Aquella a quien le tocaba el turno estaba ya bastante vapuleada por la tarde después de todo un día de bregar. No habían recibido ninguna llamada del portero, que había jurado colaborar con hígado o sin él, ni Arnau salía demasiado de su casa. Cuando lo veían era únicamente dando una vuelta por el barrio para comprar el periódico o ir al supermercado. Procuraban no impacientarse, habían asumido que las vigilancias son un incordio y que, a lo largo de toda la historia policial, siempre habían sido así. Por si les faltaba poco para sentir cierto desánimo, de Manuela no había vuelto a haber ninguna noticia más.

Un jueves sobre las ocho de la tarde, Berta estaba sola en casa mientras su hermana había ido a cumplir con su turno frente a la casa de Arnau. Llamaron al interfono. Era Badía. Se maldijo mil veces por haber contestado al telefonillo. Hacía días que no le veían el pelo, ¿qué demonios querría ahora?, ¿debía hacerlo subir?, ¿en calidad de qué lo invitaría a entrar en su casa? No creía que viniera a testificar, y, si su visita era como amigo, se suponía que era con Marta con quien había iniciado una relación de amistad, nunca con ella.

Cuando abrió la puerta y lo vio ante sí, gordito y poco atractivo, su primer impulso fue soltarle que estaba sola y no podía recibirlo, darle con la puerta en las narices. Se contuvo, por supuesto, aparte de por mantener las buenas formas, porque era hija de agricultores valencianos cuya máxima inapelable es: «Si alguien llama a tu casa, déjale entrar, acógelo».

—Pasa, Salvador. Marta está de servicio, pero si quieres puedo ofrecerte un café.

Le dio la sensación de que él tenía ganas de darse media vuelta y escapar. No lo hizo. Probablemente también por educación, entró en el piso balbuciendo:

—No, si enseguida me voy. Solo quería haceros una pequeña visita, aunque hubiera debido avisar, ya lo sé.

Intercambiaron varias fórmulas de urbanidad y él quedó instalado en la sala mientras Berta iba a preparar el café a la cocina. Cuando volvió con las tazas lo descubrió mirando por la ventana.

—Esta placita vuestra es muy agradable. ¡Siempre hay gente en las terrazas de los bares! ¡Valencia nunca descansa! En eso es igualita que Nueva York.

Berta soltó una risa tonta. Se preguntó si toda la conversación iba a ser así, y de qué demonios hablarían a continuación. Carraspeó y se sentaron el uno frente al otro en la mesa.

—No sabía que trabajáis por la noche también —dijo él.

—Bueno, no es lo habitual. Marta hace hoy un turno de vigilancia a un sospechoso —respondió Berta como si Badía fuera completamente ignorante del caso.

—Claro, claro, el trabajo de un policía no tiene horarios en realidad.

Se hizo un silencio lleno de incomodidad que les pesó a ambos como mil kilos de piedras. Berta, en el paroxismo de la desesperación interna, dijo que estaba bueno el café. Más silencio espantoso. «¡Al infierno! —pensó—, es él quien ha venido, que sea él quien se esfuerce por mantener la charla viva». De pronto, lo oyó preguntar.

—Berta, ¿tú crees en el amor?

Casi se le atragantó el café.

—¡Uy!, ¿y eso ahora a qué viene?

—No, verás, un día hablando con tu hermana me dijo que a ella el amor la trae sin cuidado, que le importa un comino. Vamos, vino a decirme que no existe tal cosa, que todo son intereses y acuerdos que se firman entre dos personas, aunque se disfracen de amor.

Berta soltó la madre de todas las risas estúpidas.

—¡Ja! Ya sabes cómo es Marta, tan divertida, tan radical. No creo que piense todo lo que dice.

—¿Y tú, qué piensas tú?

—Bueno, Salvador, he aprendido que lo que yo piense nunca cambia las cosas, así que sobre algunas de ellas es mejor no pensar, no tener opinión.

En aquel momento, y ante la absoluta estupefacción de Berta, Badía enterró la cara entre las manos y empezó a convulsionar levemente su espalda. Estaba llorando. Berta se hallaba tan conmocionada que no le salía la voz de la garganta. Al final logró farfullar.

—Salvador, por favor, ¿qué te ocurre, te encuentras mal?

Badía intentó serenarse y tomó la servilleta de papel que su anfitriona había puesto junto a la taza. Se sonó, pero, incapaz de controlar el llanto, siguió con el desconsuelo. Berta se puso en pie, se acercó a él y, con la misma prevención de quien se dispone a tocar un bicho que puede picar, le puso un par de dedos en el hombro.

—Salvador, te lo ruego, tranquilízate. ¿Te ocurre algo?

Su cara emergió de las manos y declaró:

—Mi novio me ha abandonado. Discúlpame, esto es imperdonable, lo siento, ya me voy.

Se levantó con la intención de cumplir lo dicho, pero Berta lo agarró del brazo y le hizo sentarse de nuevo.

—Así no puedes irte. Te traigo otra tacita de café.

Mientras desaparecía en la cocina, Badía, forzándose, consiguió abortar su acceso emocional. Estaba más calmado cuando ella volvió. Berta le sirvió el café y, dispuesta a cumplir con lo que consideraba una obligación moral, le habló suavemente.

—Salvador, si quieres puedes contarme lo de tu novio. Yo te escucho, no tengo nada que hacer en este momento.

Badía vio el cielo abierto.

—Me ha dejado definitivamente. Vivía en mi casa desde hace cinco años, por eso nunca os invité a venir, era raro con la gente. Todo iba bien, nunca nos habíamos peleado en serio. Teníamos de vez en cuando las discusiones que tiene cualquier pareja, pero nada más. Todo normal, todo pacífico, una vida feliz. Pero esta mañana va y me dice que se ha enamorado de otro, que ya no me quiere, que no puede soportar el vivir conmigo sin amor, que se va. Así por las buenas, se va. Esta tarde ha hecho las maletas y se ha largado, ni siquiera ha querido decirme adónde. Me ha pedido que no lo busque, que no lo incordie, que no lo llame, que desaparezca de su vida. No quiere saber nada de mí.

Se cubrió los ojos con la servilleta. Berta se permitió intervenir.

—Esas cosas suceden, Salvador. Es un riesgo que comporta toda relación, pero no te lo tomes así, la vida sigue.

—Habíamos pensado incluso en el matrimonio, yo... —se interrumpió para llorar de nuevo.

—Consuélate, por favor, no te dejes llevar.

—Nunca hubiera pensado que un abandono doliera tanto, es espantoso. Y encima sé que me lo tengo merecido.

—¿Por qué?

—¡Por imbécil! Él es instructor en un gimnasio. Es alto, fuerte, guapetón. ¿Cómo llegué a pensar que iba a quedarse para siempre con un tipo como yo? Soy bajito, soy feo, gordinflón. No valgo una mierda, esa es la verdad.

De pronto, Berta dio un terrible manotazo sobre la mesa, elevó el tono de voz.

—¡Ah, no, eso sí que no! ¿Menospreciarte a ti mismo porque un tío te ha dejado? ¡Y una mierda! ¡Al carajo con él! ¿Tú eres una desgracia humana porque el rey del universo ya no te quiere? ¡Por todos los demonios, que le den, que le den mil veces, que le den!

Badía se quedó mudo ante aquel arrebato temperamental, pero Berta no esperaba ninguna réplica por su parte y continuó, si bien bajando un poco el tono airado de sus palabras.

—A mí también me abandonaron, ¿sabes? De eso hace bastante tiempo ya.

El periodista pasó de la sorpresa a un interés absoluto por lo que su interlocutora parecía disponerse a contar. Ella siguió con el relato, cada vez más concentrada en sí misma, saliendo poco a poco de su indignación para ir hacia una amarga ensoñación.

—He pasado por eso y sé lo que es. Jorge tenía casi diez años más que yo. Un médico internista del hospital de la Fe. Acababa de separarse de su mujer cuando lo conocí, pensé que había sido algo casual, pero quizá él iba buscando carne fresca tras su separación y fui yo la primera que encontró. Da igual, al cabo de tres meses ya estábamos viviendo juntos. Se me echó encima todo dios: mi familia, mis amigos, hasta Marta me aconsejó que no me instalara con él. Era demasiado joven, no había acabado mis estudios, casi no sabía nada de él..., ya te imaginas todo lo que me advirtieron, lo habitual. Pero yo no me paré a escuchar ningún consejo de prudencia. Estaba loca por él, lo quería, lo adoraba. Cuando se iba a trabajar yo cogía sus camisas usadas para poder aspirar su olor. Pasaba los dedos por la taza en la que él había bebido. Me parecía un hombre fuera de lo normal, inteligente, apuesto, divertido, brillante en su trabajo, alegre. Solo se ensombrecía a veces porque sus dos hijos, que estaban al cuidado de la madre, no querían visitarlo con asiduidad. Bien, todo en orden, todo cada vez mejor en nuestra convivencia, eso creía yo. Hasta que cuando llevábamos casi un año juntos una noche se presenta en casa y me pide que hablemos. ¿Tembloroso, violento, entristecido?, te preguntarás. Pues no, nada de eso, era talmente como un papá que se dispone a contarle a su niña que los Reyes Magos no existen. Se le veía afable, comprensivo, cariñoso... Los Reyes Magos no existen y él iba a volver con su mujer. Sin más explicación, porque todas las explicaciones que me daba tenían que ver conmigo y no con él. Yo era muy joven, lo amaba porque no había conocido a otros hombres, se me pasaría pronto, no debía preocuparme, pronto volvería a mi vida real. Mi vida real, aquel año juntos solo había sido un sueño mío, una alucinación.

Se quedó callada, tragó saliva con dificultad. Badía movió el brazo hacia ella, musitó.

—Berta, no sabía nada.

—Me quedé hecha un guiñapo. Nunca había sentido un dolor igual. Deseé que el dolor se hiciera físico y se me concentrara en una pierna. Así podrían cortármela y librarme de él. Prefería quedarme coja a seguir soportando aquello. Pensé lo mismo que tú: ¿cómo se me había ocurrido que una piedrecita del camino como yo podía interesar al gran Himalaya?

—Berta, por favor...

Volvió a propinar un gran golpe sobre la mesa, que sobresaltó de nuevo a Badía.

—¿Pero sabes lo que hice? ¡Me jodí! Me jodí y hay veces que aún estoy jodida, pero te aseguro que ni una puta vez lo llamé o lo busqué. No le imploré, ni le lloré, no me rebajé a pedirle amor. ¡Y de pensar que yo era una mierdecilla a su lado, nada de nada! Yo soy la que soy y estoy contenta con mi suerte. Él es un maldito cabrón del que no quiero saber nada más. Y así acabaron las cosas.

Se quedaron un buen rato callados. Finalmente, Badía se puso en pie y, tirándole del brazo a Berta, la hizo levantarse también. Luego la abrazó y ella no repelió el contacto. Le dijo al oído:

—No te preocupes más, Berta, que, si no existen los Reyes Magos, siempre nos quedará Papá Noel.

—De momento, prefiero pasarme sin juguetes, ya veremos más adelante.

Se separaron para reír. Badía exclamó.

—¡Vaya culebrones que nos montamos, tía!

—¿Y qué es la vida sin un buen culebrón?

—¡Me largo inmediatamente! Ya te he dado bastante el coñazo por hoy. Además, como llegue Marta y nos vea departiendo y lloriqueando, le da un infarto seguro.

Se alejó hacia la salida con paso firme. Berta lo llamó:

—¡Boro!... Buenas noches.

Él se quedó mirándola, sonrió.

—Buenas noches, inspectora Miralles.

Badía cruzó la puerta con aire decidido. No era el mismo hombre que había llegado una hora atrás. Sin embargo, Berta sabía perfectamente que, cuando estuviera solo de nuevo, la tiniebla más oscura lo envolvería otra vez.

Capítulo 14

Aquella de las dos inspectoras a quien le tocaba vigilar a Arnau hasta las doce de la noche, volver a casa y cenar, al día siguiente se encontraba bastante adormilada en el trabajo. Berta era más resistente en ese aspecto, mientras que para Marta esas mañanas en el despacho, luchando contra el sueño, se habían convertido en algo insoportable. Se levantaba, salía al pasillo, daba un corto paseo hasta la máquina de café. Se ponía las gafas de sol frente al ordenador para que su hermana no viera que tenía los ojos cerrados. Apoyaba la cabeza sobre el puño e intentaba robarle al tiempo uno o dos minutos de sueño.

En aquella ocasión, Berta, quizá para despertarla, le contó la visita de Badía la noche anterior.

—Ayer vino Boro a visitarnos.

Marta se despejó instantáneamente.

—¿Boro, desde cuándo le llamas Boro?

—Es un buen chaval.

—¡Recoño! ¿Ya no es un entrometido y un plasta del que no hay que fiarse?

Berta le hizo un resumen de las desventuras que el periodista le había revelado. Marta no pareció muy impresionada al saberlas.

—Bueno, en al ambiente gay es algo que suele pasar con frecuencia. Te deja un novio, tienes otro..., todos mis amigos gays tienen ese tipo de experiencias.

—Tus amigos, gays o no, tienen la misma sensibilidad que el pellejo de un elefante.

—Berta, que te deje el novio no es...

De pronto, se percató de todo a la vez. Le resultó obvio el punto de entendimiento que se había tejido entre Berta y Badía, y tuvo la suficiente agilidad como para acabar la frase de modo diferente a como había pensado.

—... no es una cosa sin importancia, pero quizá Boro ya tenga costumbre de ser abandonado.

Berta no respondió. De pronto, le parecía injusta la apreciación de su hermana. Según ella, sustituir un amor por otro es una práctica habitual a la que no debe dársele demasiada importancia. Era injusto pensar así. Se arrepintió de haber sido tan dura con Boro hasta aquel momento y se propuso cambiar de ahí en adelante. Tras aquel propósito de enmienda, la acometió un ataque de ansiedad. ¡Basta de hablar con Marta sobre aquellos temas que ella no podía comprender! Que tuvieran que estar perdiendo el tiempo de esa manera, sentadas en comisaría sin hacer avanzar la investigación, le parecía sinceramente incomprensible. No era la primera vez que la invadía la impaciencia. Miró a su hermana, aún medio dormida.

—Vámonos, Marta. No soporto más estar aquí tocándonos las narices.

—¿Y adónde quieres ir?

—No lo sé, a la calle, a donde sea. Necesito salir de esta ratonera.

Antes de enfilar la puerta llamó al inspector Sales.

—Hola, Berta, ¿cómo estás?

—Pues preguntándome qué tal va vuestra búsqueda. ¿Hay alguna pista sobre Manuela?

—Nada de momento. Pero tengo a un policía en la calle del cajero donde la vieron y dos más peinando el barrio. Están alertadas todas las unidades. La detendrán si la ven. De momento, no podemos hacer más.

«No podemos hacer más», ese era el resumen de todo aquel maldito caso. Límites, imposiciones de silencio, esperas, sospechas de estar siendo utilizadas todo el tiempo... Si alguna vez había llegado a pensar que aquel era un asunto importante que las concernía, empezaba a perder la fe. No darían con el culpable jamás por una simple razón: a nadie le interesaba saber quién se había cargado a Vita Castellá. Había una versión oficial y seguiría inmutable por los siglos de los siglos.

Caminaron por la calle Colón. Paraban en los escaparates de las tiendas que Marta quería mirar. Berta no la apresuraba en esta ocasión, la dejaba hacer. El ambiente de la calle era festivo. Lucía el sol, como casi siempre en la ciudad. Niños de uniforme, ejecutivos acudiendo a una cita..., cada vez las ciudades se parecen más entre sí, aunque Valencia tiene sus diferencias. Los días anteriores a las Fallas, el aire huele a pólvora. No es fácil encontrar ninguna otra ciudad en Europa donde el aire huela así en tiempos de paz. De repente, aquellos pensamientos erráticos de Berta fueron interrumpidos por una impresión concreta. Le dijo a su hermana en voz baja:

—No te vuelvas, pero ese coche blanco que está en el semáforo lo he visto arrancar cuando salíamos de comisaría. Nos sigue.

Marta obedeció. Se abrió la luz verde y giraron levemente la cabeza hasta ver pasar y desaparecer entre otros el coche blanco en cuestión. Solo pudieron apreciar que lo conducía un hombre, nada más.

—¿Estás segura de que lo has visto antes?

—Juraría que sí.

—A lo mejor juras en falso. Hay muchos coches blancos por el mundo.

—Marta, es la segunda vez que tengo la impresión de que nos siguen. ¿Lo habrá ordenado el comisario?

—¡Pero la poli puede seguirnos por el móvil! No tiene necesidad de hacerlo en plan pedestre.

—Pueden localizarnos por el móvil, pero quieren saber qué coño hacemos.

—¡Te estás poniendo paranoica!

Era más un comentario que una acusación, pero Berta pensó que quizá su hermana estaba en lo cierto. Los fantasmas mentales nos acosan siempre cuando no tenemos seguridad en lo que estamos haciendo.

Comieron un plato de pasta en una cafetería y después, a instancias de Berta, se fueron a casa.

—¿Y no volvemos esta tarde al trabajo?

—Ni de coña. Nos tomamos la tarde libre y en paz. Ya está Sales investigando por nosotras, ¿no?

Durmieron la siesta felizmente. Berta cogió un libro para leer un rato. No cavilaría sobre el caso aquella tarde. Estar harta del trabajo es algo que una puede permitirse aunque seas policía, pensó. Pero no estaba harta sino desmoralizada. Ya no sentía aquella eufórica sensación que, unida al deber vocacional, solía convencerla de que resolverían el crimen contra viento y marea. Ya no. Sobre las siete de la tarde Marta apareció por su habitación.

—Ya no tengo más sueño y me aburro.

—Ahora salimos a dar una vuelta.

—¿Y el informe del juez?

—Pidió uno a la semana y estoy mandándole tres. Hoy es mejor que vea una serie de Netflix, igual le gusta más.

Se movieron por la zona de las Torres de Serranos. Callejas reconvertidas, pequeños restaurantes, bares de copas y gente joven con el claro propósito de pasarlo bien. Habían dejado sus móviles en casa. Era un modo de asegurarse de que, si el comisario las había mandado seguir, no las localizaría con facilidad aquella vez.

Comieron unas tapas, bebieron unas cañas, observaron, fueron observadas..., ese era el ritual. Aunque corría un vientecillo molesto, decidieron sentarse en una pequeña terraza para tomar la última cerveza. Esa decisión propició que pasaran por delante dos amigos de Marta y se pararan a saludar. Berta no los había visto en su vida, pero reconoció sin ninguna duda las características de la tribu de su hermana: dos varones altos y delgados, vestidos con sudaderas coloridas y pantalones vaqueros caídos sobre las caderas y calzado deportivo. Charlaron un buen rato. A Berta le llamaba la atención la capacidad que tenían para reír. Todo les resultaba divertido, cualquier cosa les hacía estallar en carcajadas. No estaba segura de si eso le parecía bien o mal, pero suponía que era un modo alegre de enfrentarse a la realidad. Sabía que muchos de aquellos amigos estaban en paro o desempeñaban trabajos precarios. Aun así, salían, se relacionaban y parecían pasarlo bomba. O tenían esperanzas en el futuro, o más bien se habían habituado a aquel modo inseguro de vivir. En cualquier caso, el tema laboral no era prioritario para ellos. ¿Un ejemplo a seguir?

En un momento dado, uno de los chicos propuso que los acompañaran a otro bar, muy barato y muy marchoso, esa fue su expresión, en el que encontrarían a más gente conocida. Marta enseguida se animó a seguirlos, pero Berta declinó la invitación. Había pensado en empalmar aquella tarde libre con la vigilancia nocturna de Arnau. Vio a su hermana alejarse entre aquellos dos mocetones y pensó que quizá debía cambiar su actitud e intentar frecuentar más asiduamente a un grupo de amigos, acudir a fiestas, retomar la alegre vida social que había abandonado desde hacía tanto tiempo. Completado ese pensamiento, lo borró de su mente. ¿Por qué debía violentar su tendencia a estar sola? No se sentía desgraciada, le gustaba su trabajo y la satisfacía dedicarse por completo a él. ¿Para qué cambiar? Los elementos que para la gente componían la felicidad no dejaban de ser cuatro manidos tópicos a sus ojos: formar una familia, sentir amor, cultivar la amistad y gozar de la vida. De todo ello podía abstenerse, solo eran palabras sin un contenido esencial que habían acabado por ser mitos inatacables. Acabó su vaso de cerveza y fue a buscar el coche. Allí permanecería encerrada frente al portal de Arnau, en espera de que se produjeran novedades.

No se produjeron y, pasada la medianoche, regresó a casa. Como era esperable, Marta todavía no había llegado. Se dirigió a su habitación para recuperar el teléfono móvil. Al abrirlo comprobó que tenía al menos diez llamadas perdidas de comisaría. Tragó saliva y, antes de contestar, quiso mirar el teléfono de su hermana. El mismo número de llamadas desde el mismo lugar. Se armó de valor. Marcó el número de la centralita.

—Soy la inspectora Berta Miralles. Tengo varias llamadas desde su número.

—¡Ah, sí, inspectora! El inspector Sales ha estado intentando localizarlas. Cuelgue, yo le aviso y enseguida la llama él desde su móvil.

Los dos minutos escasos que tuvo que esperar le parecieron horas completas. Por fin sonó el timbrazo, el aviso de su teléfono era un timbrazo y no una melodía. Casi no le salía la voz.

—¿Berta? ¿Dónde demonio os habíais metido?

—Me dejé el móvil en casa.

—¡Coño, qué oportuna! Coge el coche y persónate en el parque de Cabecera, en el anfiteatro. Ya nos verás.

—¿Ha ocurrido algo?

—Pues sí, más bien sí. Una patrulla ha encontrado a Manuela Pérez Valdecillas. Está muerta.

Notó un fuerte hormigueo en la nariz, en las puntas de los dedos también. No tenía manera de avisar a Marta. Se metió en el lavabo y se aclaró varias veces la cara con agua fría. Fría era como debía estar para vislumbrar siquiera lo que se le venía encima.

Nunca había estado en aquel lugar. Un parque abierto, de fácil acceso y completamente desierto por las noches. El anfiteatro, construido para representaciones veraniegas al aire libre, se distinguía como una presencia fantasmal. Desde lejos pudo atisbar un par de dotaciones policiales con las luces del techo de sus vehículos encendidas. Habían acordonado la zona, no se veía ni un bicho viviente en los alrededores. Aparcó y fue al encuentro de Sales aparentando decisión.

—Llegas tarde, muchacha. Aquí ya no queda ni dios. ¡Hasta el cadáver se han llevado ya! Hace casi cuatro horas que empezó la fiesta. Voy a dejar a un par de hombres y me largo yo también.

—¿Qué ha pasado?

—Patrullaban por aquí y descubrieron el cadáver. Al parecer, Manuela se ha suicidado. Un tiro en el pecho y la pistola entre las dos manitas.

—¿Se ha suicidado aquí, al aire libre?

—Si no tenía casa...

—¿Ya ha estado la Científica?

—Sí, recogiendo pruebas, que pocas han encontrado, también han estado el comisario Solsona, con un cabreo de puta madre porque no os encontraban, y el juez García Barbillo, con otro mosqueo monumental. ¿Dónde estabas? ¿Y tu hermana por qué no ha venido?

—No he podido avisarla.

—¿También se había olvidado el móvil en casa?

—Algo así. De todas maneras, no estábamos de servicio.

—¡Ni yo tampoco!, pero sí a cargo del operativo de búsqueda de esa infeliz. Ya verás lo que van a decirte: cuando llevas una investigación hay que estar siempre localizable, siempre. Te caerá una bronca o dos, pero tampoco hagas demasiado caso. Yo ya estoy acostumbrado, tú también te acostumbrarás.

—¿Y la pistola...?

—Mira, chica, yo estoy reventado. Llevo aquí la hostia de tiempo ocupándome de todo. Es mejor que nos vayamos a dormir. Mañana en comisaría ya te cuentan los detalles: la pistola, las pruebas, el cadáver y el copón bendito. ¡Hala, buenas noches!

—Dime por lo menos adónde se han llevado el cadáver.

—¿Y adónde cojones quieres que se lo hayan llevado? ¡A la morgue! ¿Qué querías que hicieran, pasearlo por la ciudad?

Lo vio hablar con el pequeño grupo de policías que andaba por allí, dar instrucciones, subir a su coche y desaparecer. Se quedó sola en aquel lugar inhóspito. El viento había arreciado y era húmedo. Tenía ganas de echarse a llorar, aunque comprendió a tiempo que el llanto no constituía la reacción natural de un policía.

La pistola utilizada era una Astra 4000, la bala fatal tenía el calibre 32. Un arma completamente nueva, sin numeración. José Angulema, del departamento de balística, les explicó que el mercado clandestino de armas de fuego se había convertido en algo habitual en Valencia.

—Hemos progresado mucho —rio—. Antes solo circulaban pipas usadas, antiguas, manipuladas, algunas provenían de la guerra de los Balcanes. Incautamos algunas que hasta databan de la Guerra Civil. Ahora los traficantes de droga, que son los que más las usan, no quieren pistolas que dejen rastro, así que las compran en el mercado negro y santas pascuas.

Marta, que se había encontrado de golpe con todo el pastel, no conseguía aclarar sus ideas y acosaba a su hermana con preguntas.

—¿Suicidado? ¿Y por qué coño va a suicidarse al quinto infierno? Un anfiteatro grande como una plaza de toros... A mí no me parece un sitio para ir a suicidarse. Si vas a matarte, no hace falta irse tan lejos.

—¿Tú has estado alguna vez en el anfiteatro?

—Yo he estado en todas partes. Oye, ¿y el resultado de la autopsia cuándo estará?

—En dos días.

—Dime, Berta, ¿tú te crees eso del suicidio?

—No me hagas más preguntas, por favor. No tengo ni puta idea de nada.

—Es que en las películas yo he visto esa artimaña. Le ponen a un tío la pistola en la mano, aprietan el gatillo y dicen que se ha suicidado. Es un truco viejo.

—¿Te parece que ese comentario sobre películas es muy profesional?

—No lo será, pero seguro que alguien quedó con ella en el parque, se la cargó y después le puso la pistola en las manos. Nadie va a suicidarse a un parque público, no tiene sentido.

Las llamaron para que acudieran al despacho del comisario. Berta pensó que había llegado el tiempo de las broncas, pero no fue así. El comisario estaba suave como un guante de seda. Las saludó y las invitó a sentarse.

—¿Qué tal, inspectoras, qué les ha parecido lo de ayer?

Era un inicio demasiado coloquial para el tema que iba a tratarse. Las Miralles se observaron la una a la otra con cierta estupefacción, pero el comisario, quizá consciente de su poco afortunado exordio, no les dio tiempo a contestar.

—Es posible que la autopsia de esa mujer nos aporte algún dato más, pero todo indica de momento que se ha quitado la vida. Y, si esa hipótesis más que factible se corrobora, creo que habría que felicitarlas. La investigación que llevaron a cabo sobre esa camarera era exacta, aunque a veces se saltaran las reglas en el ejercicio de su deber.

Berta se armó de valor.

—¿A qué se refiere exactamente, señor?

—Bueno, ¿a qué voy a referirme? Manuela Pérez Valdecillas huyó de Madrid, sacó su dinero del banco... y ahora se suicida. Es evidente que ella es la culpable de la muerte de Vita Castellá, con lo cual el caso podría darse por resuelto.

—Pero... ¿por qué mató a la presidenta?

—Hay mucho loco por el mundo, inspectora.

—Con todos los respetos, señor, en la academia nos enseñaron que un caso no está resuelto hasta que no se aclara el móvil del crimen.

—Por supuesto, por supuesto. Todo dependerá del juez instructor, si él decide que la investigación debe continuar, seguirán ustedes adelante. Por ese tema no deben preocuparse lo más mínimo. Pero vaya por delante mi felicitación, lo han hecho ustedes muy bien y con mucha discreción.

Por el pasillo Berta ya iba renegando en voz baja, y al llegar a su despacho explotó, aunque en voz baja también:

—¡Será cabrón el tío este! ¡Caso cerrado y a correr! Y, como nosotras somos imbéciles, no decimos nada y todos contentos. ¡Y una mierda! Se va a enterar. Ponte el chaquetón, que nos vamos.

—No es necesario.

—¿Cómo que no es necesario?
—No es necesario el chaquetón, quiero decir. Hace calor.
El juez García Barbillo las recibió rápidamente, como era su obligación. Cuando las tuvo a ambas delante, sintió una punzada de terror: ¡las Miralles! Llevaba más de un mes sin leer los informes del caso. Rugió para sus adentros como hace un perro antes de atacar. ¡Las Miralles en cuerpo y alma! ¿Qué coño querían, por qué se presentaban allí sin avisar? ¡Debían haber estado en su puesto el día anterior! Él no tenía nada que añadir al suicidio de Manuela. De buena gana se hubiera marchado por la puerta trasera en caso de existir una.
—Ustedes dirán —les espetó con sequedad.
—Supongo que está informado de...
—Sí, yo firmé la orden de levantamiento del cadáver.
—Estamos esperando el informe de la autopsia y...
—Sí, eso ya lo sé.
Marta le hubiera dado un puñetazo en las narices. De pronto, le soltó.
—Oiga, juez, queremos hablar con usted, así que si sigue interrumpiéndonos nos van a dar las uvas en su despacho.
Berta contuvo la respiración como si esperara el juicio final. Miró a su hermana con asombro y luego al juez con horror. Pero no había motivo para horrorizarse, el juez García Barbillo contestó en tono de rutina mal asumida.
—Está bien, está bien. Díganme qué quieren de una vez.
La mayor de las Miralles tomó la palabra con la moral en ascenso.
—Verá, cabe la posibilidad de que Manuela Pérez Valdecillas se haya suicidado, pero, aun aceptando esa hipótesis, creemos que no puede darse el caso por cerrado. Nos faltaría aclarar qué móvil tuvo esa mujer para envenenar a Vita Castellá.
—Muy bien, ¿y?
—Señor juez, lamento mucho tener que decir esto, pero nuestra impresión es que se ejerce cierta presión por parte de los mandos policiales para que el caso se dé por concluido.

Incluso hemos llegado a pensar que existan motivos espurios para semejante actitud, ante lo cual hasta sería deseable una denuncia por nuestra parte.

García Barbillo bajó la cabeza, la apoyó sobre su pecho y se quedó meditando. «¿Será posible? ¡Este Pepe Solsona es más estúpido de lo que me parecía! ¿Pero qué pretende, que nos emplumen a todos? ¡Por Dios bendito, a pocos pasos de mi jubilación, hasta sin pensión podría quedarme! ¡Las niñitas Miralles tiran con bala! ¡Mujeres, mujeres! ¿Hay algún animal más dañino en el mundo?». Levantó la cabeza de golpe y miró al techo.

—Inspectoras, no juzguen mal a sus superiores. Habitualmente hay en ellos un afán de dar por cerrados los asuntos para poder pasar a otros y hacer cumplir la ley lo más ampliamente posible. Yo, por mi parte, no veo motivo de preocupación.

—¿Eso significa que ordenará usted que la investigación continúe?

—Naturalmente, ¿de qué otra manera podría ser? No cerraré el caso de momento. Veremos si son ustedes capaces de determinar el móvil del crimen.

Marta Miralles esperó a estar unos metros alejada de los juzgados para dar un salto en el aire.

—¡Joder, tía, lo hemos conseguido! Motivos espurios, ¡la hostia! ¿Y eso qué significa? ¡Da igual, no me lo digas! Signifique lo que signifique, en cuanto el tío lo ha oído se ha cagado. ¡Eres una genio, hermanita!

—¡No seas vulgar! Espurio significa... ¡Ni me esfuerzo en explicártelo!, más te valdría leer libros y no ver tantas series de televisión.

Capítulo 15

Ninguna de las dos inspectoras Miralles había entrado nunca en el Anatómico Forense. La avenida Menéndez Pelayo las recibió tan frondosa de árboles y tráfico como era habitual. Sintieron un cierto recelo al entrar en las instalaciones. Era como si, por primera vez, se enfrentaran a la realidad de un crimen. No habían visto el cuerpo de Vita Castellá difunta, de modo que la investigación había tenido la apariencia de ser un juego, justo el juego que acababa allí. El médico forense asignado se llamaba Domingo Barrachina y frisaba los cincuenta años. Las recibió en un despachito que no parecía ser el suyo personal.

—¡Vaya! Mira que ya podemos enviar online los resultados de las autopsias a las comisarías, pero al final todos los detectives piden una entrevista personal.

—No queremos molestarle —dijo Berta como si se hubiera presentado a tomar el té sin avisar.

—Ni se preocupe, ya estoy habituado. Los policías de más edad es normal que lo hagan, pero ustedes son tan jóvenes que creí que estarían acostumbradas a lo virtual. Aunque da lo mismo, nadie está muy familiarizado con la medicina legal y siempre surgen preguntas.

—Pues nosotras que somos novatas ni le cuento —soltó Marta.

El forense sonrió y las miró con simpatía. Abrió los brazos como ofreciéndose.

—De acuerdo, adelante, pregunten lo que tengan que preguntar. ¿Han visto lo que envié a su comisaría?

—Sí, ya sabemos que el cadáver no presenta signos de violencia, que murió unas tres horas antes de que lo encontraran, que la trayectoria de la bala es coherente con la posición del arma, que no había ingerido ninguna sustancia estupefaciente ni había comido, que el balazo la mató casi instantáneamente.

—Todo eso es exacto, ¿y sus preguntas?

—Verá, doctor Barrachina, no son preguntas exactamente lo que queremos plantearle, o sí, bueno, el caso es que tenemos una posible hipótesis que usted quizá pueda descartar, o a lo mejor corroborar.

—Soy todo oídos.

—La conclusión a la que parece llegarse en el ámbito policial es que esa mujer se suicidó. Nosotras pensamos que quizá alguien la mató y quiso aparentar que era un suicidio. ¿Existe alguna posibilidad de que eso haya sido así?

El médico se concentró visiblemente en sus pensamientos.

—Sería entonces raro que no hubiera habido un poco de lucha previa entre víctima y asesino, y que esa lucha no hubiera dejado signos en el cadáver.

—Pero si ambos se conocían...

—Aun así, la reacción de la víctima suele ser de rechazo instintivo, de huida, quizá... A no ser que, en un estado de máximo terror, la víctima quedara inerme, algo así como paralizada. ¿No había huellas en el arma?

—Solo las de la víctima.

—¿Y qué les hace pensar que alguien la asesinó?

—Fue encontrada en el parque de Cabecera, en el anfiteatro, por la noche. ¿No le parece un sitio muy extraño para matarse, por qué irse tan lejos? —continuó Berta la conversación.

Barrachina acercó un ordenador que había en un rincón. Lo encendió y entró en sus archivos. Buscó la autopsia de Manuela Pérez Valdecillas y empezó a revisar el documento con el ratón, siempre sin pronunciar ni una palabra. Al fin dijo:

—Busco las fotografías de las manos. No las recuerdo muy bien. Aquí están, vamos a ver..., acérquense.

Las Miralles fueron hacia él, flanquearon su asiento y fijaron la vista en la pantalla. Dos manos exánimes, de coloración ligeramente gris, ocupaban un primer plano. El forense observaba la imagen con atención, después pasaba a otros planos de las mismas manos vistas desde una perspectiva fotográfica diferente. Cuando las dos inspectoras estuvieron convencidas de que no descubrirían por sí mismas nada que les llamara la atención, miraron al forense, que seguía escudriñando, pensando. Por fin oyeron su voz:

—Es evidente que las manos han sostenido un objeto con gran fuerza, ¿ven estas marquitas que ha dejado la pistola en las palmas? Además, el arma no salió despedida cuando se disparó. En los nudillos se aprecia una minúscula rojez, ¿la advierten? Quizá, solo digo quizá, alguien pudo ejercer presión sobre toda la mano. Pero el hallazgo no es suficientemente concluyente.

—Entonces ¿no es descartable que la víctima fuera obligada a dispararse por alguien que le presionara las manos con fuerza?

—No, no es descartable al cien por cien. Si bien tampoco es descartable que se suicidara y que, debido a la tensión del momento, apretara fuertemente la pistola. En cuanto a las rojeces de los nudillos, pudo habérselas producido en algún momento anterior al disparo. La medicina no es una ciencia exacta, ni siquiera la medicina forense. Lamento no poder ayudarlas más.

—Ya ha hecho usted suficiente. Nos vamos, doctor, no queremos robarle más tiempo.

—No pueden marcharse aún. Ustedes conocían a la víctima, ¿verdad? En estos días nadie ha reclamado el cadáver. Su comisario le pasó una pequeña información a la prensa y ha salido en la sección de «Breves» de la crónica de sucesos en los periódicos. Supongo que eso ya lo saben. Pero, aun así, nadie se ha presentado. Yo creo que es más práctico que hagan ustedes la identificación y no esperar más tiempo a que alguien aparezca. Es un simple trámite, acompáñenme.

Mientras los tres se dirigían a las cámaras frigoríficas, Berta iba pensando que el maldito Solsona podía haberlas avisado de la inclusión de la noticia en los periódicos. Marta, por su parte, solo le daba vueltas a la idea de lo desagradable que iba a ser enfrentarse con un muerto a aquellas horas, justo después de desayunar.

La perfecta ordenación de todos los compartimentos de acero inoxidable en cuyo interior se hallaban los cadáveres las impactó. No había nada tétrico ni fúnebre en aquel escenario, más bien hubiera podido remitir al almacén de una carnicería. Ambas miraban a todas partes con curiosidad, cosa que Barrachina advirtió enseguida.

—¿No habían estado antes en ningún depósito?

—Cuando mi hermana le ha dicho que éramos novatas no mentía. Este es nuestro primer caso.

—Pero su comisario me dijo que llevaban una investigación secreta. ¿Y eso siendo novatas?... Pues deben de ser ustedes muy brillantes.

—Antes de salir de la academia ya nos recomendaban para un ascenso —dijo Marta con una risa tonta. El forense también rio, y su carcajada resonó extraña en aquel recinto. Consultó su móvil y abrió uno de los impolutos cajones. Lo primero que quedó a la luz fue la parte de los pies. De ahí pendía una etiqueta que el forense leyó. Abrió la cremallera de la funda y acabó de mostrar el cuerpo. Emergió el rostro de Manuela, lívido, con las facciones marcadas, sin ninguna expresión.

—Sí, es Manuela Pérez Valdecillas —ratificó Berta.

—OK, pues vámonos. Aquí ya no hacemos nada.

De regreso hacia la salida, Barrachina iba haciéndoles comentarios con toda naturalidad:

—Espero que venga alguien a reclamar a esta pobre desgraciada. Cada vez tenemos más cadáveres que nadie quiere. Entre la gente que vive en la calle y las familias pobres que no pueden hacerse cargo del entierro, la cosa ha ido complicándose hasta convertirse en un problema.

—¿Y qué hacen con ellos?

—Esperar a que el juez autorice enterrarlos o incinerarlos. Pero es raro que lo haga antes de dos meses y, claro, a veces tenemos esto a tope. Un problema.

—¿Los entierran o queman ustedes? —preguntó Berta.

—¡No, solo nos faltaría eso! El Ayuntamiento tiene un convenio con las funerarias. Vienen a por ellos y proceden. A casi todos los incineran, es más fácil.

—¿Los queman y ya está? —sintió curiosidad Marta.

—A veces va un cura y dice cuatro oraciones, pero no es lo usual. Ni tanatorio, ni velatorio, ni coronas. Si es alguien joven, alguna de nuestras funcionarias siente piedad y le compra una flor para el féretro. Pero luego ¡todos al cenizódromo común! La vida es un desastre, ya ven.

Las acompañó hasta la misma puerta del instituto. A Marta se le ocurrió decir:

—Doctor Barrachina, quédese con nuestros teléfonos por si le viene a la memoria algo nuevo o decide darle otra vuelta al cadáver.

El médico se echó a reír a grandes carcajadas.

—¡Darle otra vuelta al cadáver, eso está muy bien, se lo diré a los colegas!

Se metió las tarjetas con los teléfonos en el bolsillo de su bata blanca y se internó en su lugar de trabajo sin parar de reír. Apenas las inspectoras habían dado dos pasos de camino al coche cuando Marta dijo:

—Me encuentro fatal.

—¿Qué te pasa?

—No sé, ver el cadáver, y todos esos cajones cerrados...

—Marta, eres policía, si no quieres ver muertos hazte bibliotecaria.

—¡Vale, tía, no hace falta que te pongas borde! Este es mi primer fiambre.

—Vamos a tomar una infusión.

Un rato después estaban sentadas en una terraza delante de sendos poleos. Berta no se sentía tan impresionada como su hermana, pero tampoco le era indiferente el espectáculo de la muerte. Había asistido al tanatorio de sus abuelos, al de alguna tía lejana, pero allí había parientes, coronas de flores, lágrimas y todas las típicas ceremonias del adiós definitivo. Sin embargo, Manuela estaba sola, metida en un cajón, y según el forense cada vez había más muertos como ella, solitarios, que desaparecían del mundo sin dejar ni una pequeña estela detrás. Era terrible, o no. Después de muerto, ¿qué más daba estar solo o acompañado? La filosofía de vida característica del valenciano era hedonista y enemiga de lo solemne. «Murió Marta, pero murió farta», y el recuerdo de ese dicho popular, con su coincidencia de nombres, le hizo mirar de reojo a su hermana, que estaba recuperando poco a poco el color. En ese momento sonó el móvil de Marta. Esta reconoció con rapidez el hablar algo titubeante del portero de Arnau.

—Señora inspectora... —Era obvio que había olvidado su nombre, pero no el temor reverencial hacia la autoridad—. La aviso porque el señor Arnau me ha pedido que le baje unas bolsas al coche. Se va una semana a Altea y como usted me dijo que la llamara...

Problema al canto, pensó Berta al ser informada. Era impensable ausentarse una semana de comisaría cuando habían forzado al juez para que la investigación continuara. Pero ¿por qué se largaba Arnau poco después de la muerte de Manuela, era pura casualidad?

—Ese cabrón se la ha cargado y ahora quiere poner tierra de por medio —opinó Marta—. Así que, si queremos controlarlo, ya me dirás qué hacemos.

Berta se quedó pensativa un momento. Luego empezó a hablar sin mucha seguridad.

—Se me ocurre una idea, pero es arriesgada, y además no sé si será factible.

—Suéltala de una vez.

—Podíamos pedirle a Boro que nos eche una mano. Si quisiera desplazarse a Altea y hacer un seguimiento mínimo del sospechoso..., por poco que lo vigilara ya sería más que no verle el pelo en una semana. A nosotras nos vendría bien y a él le serviría de distracción después del disgusto amoroso.

Tras una breve llamada telefónica, Boro aceptó verlas y las citó en su casa. Ambas sentían cierta curiosidad por ver dónde vivía, y la curiosidad se incrementó cuando lo encontraron en medio de un considerable desbarajuste. Las hizo pasar al salón y allí descubrieron un montón de cajas de cartón a medio llenar. Libros, objetos de decoración, discos, todo estaba desparramado por el suelo. Él mostró el desorden con un expresivo gesto de la mano.

—Mirad cómo me encontráis. Es como si me hubiera caído el diluvio universal sin llevar ni un paraguas. Me estoy mudando. He encontrado un piso más pequeño cerca de aquí. No es tan chulo como este, pero me acostumbraré.

—¿Luchas contra los recuerdos? —preguntó Marta tirando de sus conocimientos de canción melódica.

—Lucho contra el alquiler. Mi ex se gana muy bien la vida y yo también tenía un buen sueldo en tiempos de Vita, así que cogimos este piso, que es grande y tiene glamur. Lo pagábamos entre los dos. Al marcharse él, y habiendo bajado mis ingresos, yo solo no puedo permitírmelo. Pero os advierto que es casi mejor para mí. Como ha dicho Marta, hay que luchar contra los recuerdos, y aquí me asaltan cada dos por tres.

Insistió en mostrarles la que había sido su vivienda hasta aquel momento. Era un piso antiguo, amueblado con una mezcla bastante acertada de estilos. Pasaron por todas las habitaciones.

—Él se llevó todo lo suyo, hasta unos pósters de musculación que había colocado en la salita, y por supuesto las fotografías enmarcadas de Victor Mature. —Advirtiendo la cara interrogativa de las dos chicas, tuvo que añadir una explicación—: Victor Mature era un actor malísimo de la época dorada de Hollywood. Hacía sobre todo péplums, interpretaba a Sansón, a gladiadores..., cosas así. Era un icono gay que ahora ya ha perdido actualidad, pero a mi ex le encantaba.

Las Miralles asintieron tristemente al unísono como si estuvieran en un funeral. Badía las llevó a la cocina.

—Y esta era mi cocina, amplia y con luz. En aquel rinconcito desayunábamos. La cocina que voy a tener ahora no se puede ni comparar; pero, como voy a estar solo, no hace falta ningún rinconcito para desayunar ni para ninguna otra cosa.

Se compungió visiblemente. Marta, hábil y rápida, atajó cualquier deriva lacrimógena.

—Tío, ¿y un café no puedes prepararnos? Así nos lo tomamos en el rinconcito de los cojones.

Boro preparó café y se sentaron en el rinconcito recién desmitificado por la menor de las Miralles. Allí mismo Berta le contó el plan que lo implicaba como colaborador de las fuerzas de seguridad. Él se animó claramente al oírlo, si bien el gesto de su cara se tornó en preocupado para objetar:

—Lo malo es que tengo que dejar el piso en dos días y mirad qué atrasado voy. Nunca pensé que en cinco años pudiera uno acumular tal cantidad de mierdas.

Marta siguió en vena de aciertos al exclamar:

—Por las mierdas no te preocupes. Berta y yo te ayudamos a hacer paquetes y en un día lo tenemos todo ventilado. ¿Verdad, Berta?

Cogida por sorpresa, la mayor respondió un poco atemorizada:

—Claro, sí, por supuesto que sí.

Durante un día y su correspondiente noche, aquel equipo de seis manos empaquetó libros, cuadros, recuerdos, fotografías, ropa y todo lo que había sido calificado injustamente como «mierdas». Badía había contratado una furgoneta para que trasladara sus pertenencias a su nuevo hogar.

Solo otro día más tarde, las dos inspectoras despidieron a su comando especial. Partía hacia Altea, donde se alojaría en una modesta pensión que pagarían entre los tres. Es interesante precisar que él se sentía como el más arrojado de los generales siendo enviado a la batalla por el propio Napoleón.

Capítulo 16

Estaban seguras de que el comisario Solsona se había cabreado al recibir la orden del juez para que siguieran investigando; sin embargo, en ningún momento lo demostró. Las mandó llamar a su despacho y, aparentando interés con escasa fortuna, les preguntó qué tal iba todo y si se sentían con ánimos para continuar o preferían que las relevara de ese caso ya prácticamente resuelto. Ellas, fingiendo inocencia, le aseguraron que estaban preparadas para seguir adelante. Independientemente de que se hubiera cabreado, las Miralles encontraron a su superior bastante tranquilo. Sin duda estaba convencido de que ya no sabrían por dónde avanzar con las pesquisas. Y llevaba mucha razón. Se habían quedado sin la única pista fiable: la misteriosa camarera de hotel en la que habían depositado todas las ilusiones de resolución. Manuela no tenía motivos aparentes para cargarse a la presidenta por las buenas. ¿Por qué iba a hacerlo? Todas las razones que les venían a la mente, dejando de lado la corrupción del partido, eran hipótesis de poca entidad. ¿Se habían enzarzado en un asunto sexual? Dando por factible en esa posibilidad, ¿estaría Manuela chantajeando a Vita? ¿Dónde quedaban entonces las razones que apuntaban a una venganza, o a la ocultación de la actividad corrupta del partido? ¿Es que aquello no había tenido nada que ver en el asesinato y eran solo asuntos del pasado? Podían ser novatas, pero no habían nacido ayer.

Berta le hizo una llamada a Boro, que ya estaba vigilando al sospechoso en Altea. Subió el sonido para que en la conversación también pudiera participar su hermana. Recibieron un informe inmediato de la situación sin haberlo pedido. Todo iba normal, Arnau salía por las mañanas a comprar el periódico y a mediodía iba a comer siempre al mismo restaurante. Regresaba a casa y no volvía a moverse. A las doce de la noche se apagaban las luces de su mansión y Boro se retiraba hasta el día siguiente.

—Boro, quiero hacerte una pregunta: ¿estás seguro de que Manuela y tu jefa no se conocían?

Berta esperó una respuesta que no tardó.

—Todo lo seguro que puedo estar. ¿Por qué lo dices?

—¿No podían haber estado liadas? ¿No estaría Vita siendo víctima de un chantaje?

—¿Liadas? ¡No, qué va! ¡Ni se me ocurriría pensarlo! Mi jefa nunca se hubiera liado con alguien de clase social baja, a esos solo los quería para que la votaran. —Oyeron una carcajada irónica.

—Pero las dos eran gays.

Boro carraspeó, claramente molesto aunque no pudieran verle la cara.

—A ver, Berta, si la mitad de todos los gays del mundo se liaran con la otra mitad de todos los gays del mundo por el simple hecho de serlo, se montaría un gran follón, ¿no te parece? Te aseguro que nosotros también tenemos nuestras preferencias.

—Perdona, me he expresado mal, lo que quiero decir es que podrían haber coincidido en algún entorno común.

—Déjate de hostias, Berta —interrumpió su hermana—. Manuela era una sicaria, estoy segura, y todos los del partido sabían en qué hotel iba a alojarse Vita. La contrataron. Y, cuando Manuela se vio sola y desesperada porque la estábamos acosando, vino a Valencia. ¿Por qué? Porque quien la contrató estaba aquí. Buscaba protección, que le pagaran lo que le debían..., ¡yo qué sé! Pero el trabajo que llevamos hecho nos ha traído hasta este punto. Ahora no podemos alejarnos de él pensando en ligues ni chantajes.

—Estoy de acuerdo —dijo Boro en un susurro casi imperceptible.

Hubo silencio en ambos lados del teléfono. Por fin, Badía retomó la palabra.

—Decidme qué hago. ¿Sigo la vigilancia o vuelvo a Valencia?

—Sigue un poco más. Y dale un toque a la vecina cotilla, a ver si ha visto algo.

—Vale. Lo haré.

Berta sintió un punto de inquietud antes de colgar.

—¡Boro! No te olvides de ser muy discreto, por favor.

Las dos hermanas Miralles se quedaron solas, más apesadumbradas de lo que habían estado jamás desde que aquella pesadilla había comenzado. Se sentían como si una losa hubiera caído sobre ellas, aprisionándolas en un espacio oscuro en el que nada se podía ver ni oír. Quizá la tumba de Manuela era también la del caso, quizá los motivos de aquellos dos crímenes quedaran enterrados con ella. Marta, partidaria de convertir el abatimiento en denuestos, exclamó:

—¡Si por lo menos pudiéramos ordenar que le intervinieran el teléfono a Arnau! ¿Por qué no lo hacemos, joder? ¡Que se enteren de que estamos sobre la pista, que cometan un error los del partido, que den un paso en falso de una vez!

Berta aplacó el aire con ambas manos a la vez, como un director de orquesta que pide un descenso del volumen sonoro.

—¡Calma, piensa con la cabeza, no con el corazón! No podemos dejar al descubierto nuestras investigaciones. Si pedimos intervenir el teléfono a Arnau, el comisario abortará toda nuestra estrategia. Arnau puede ser un simple eslabón de la cadena, el partido puede estar detrás, haberlo utilizado.

—Pues no comprendo por qué no se lo han cargado todavía.

—Tampoco pueden ir dejando un reguero de muertos.

—¿Y a Manuela no se la han cargado ellos? ¡¿Quién la ha matado, dime, quién?!

—No lo sé, Marta, no lo sé.

—Pues apaga y vámonos.

—Exacto. Vámonos a dormir, estoy cansada.

—¿Sin cenar? Creo que quedan unos tomates. ¿Preparo una ensalada?

—Yo no cenaré.

—Esto es un puto desastre. Nos hemos saltado los turnos de cocina, comemos cualquier mierda, la nevera está vacía y tenemos al pobre Boro viendo al sospechoso entrar y salir de su casa tranquilamente sin papar ni una mosca. ¿Sabes qué te digo?, ¡que me importa tres cojones quién se cargó a Vita Castellá! Por mí, puede pudrirse en el infierno.

—En ese caso, no tienes más que dimitir.

—Dimitiré cuando me salga de las narices. *Bona nit.*

Berta vio desaparecer a su iracunda hermana en la cocina y cerrar de un portazo. No se inmutó. Conocía muy bien su carácter explosivo, y lo envidiaba también. Siendo valenciana, sabía que hacer ruido como un petardo es en el fondo un modo de alejar los fantasmas.

Una de las ventajas de la juventud es que el sueño resulta de verdad reparador. El problema que te atormentaba por la noche parece más liviano al despertar, lo cual no siempre es aconsejable. Se dirigieron a comisaría dispuestas a pasar allí el día y con la vaga esperanza de que alguna idea llegaría a ocurrírseles, una de esas ideas que llevan directamente a una resolución y que se han tenido siempre delante de los ojos sin percatarse de que estaban tan a mano. La idea salvadora no se presentó, y pasaron horas y horas encerradas en el exiguo despacho viendo cómo los beneficios del sueño se evaporaban, dejando como posos la inquietud y la decepción. Hubo un agravante. El comisario se interesó por sus actividades y envió a Sales a preguntarles qué estaban haciendo. La presión fue ligera, pero existió. El compañero les comentó que, dándose su caso prácticamente por cerrado, el jefe ya pensaba en una nueva ocupación para ellas. El personal en activo nunca resultaba suficiente, de modo que las horas de servicio no podían desperdiciarse. Cuando se hubo marchado, Marta comentó:

—Sí, ahora nos pondrá a limpiar los cristales, el muy cabrón. A lo mejor piensa que para eso sí servimos.

Salieron del lugar desanimadas y decidieron regresar a casa caminando una vez más. En Valencia hay atardeceres que huelen a verano, aunque falten meses para llegar a esa estación. Berta aspiró el aire y fue consciente de que le traía recuerdos agradables, de cuando la vida pesaba menos, era menos grave. Si había pensado en la vida profesional como antídoto de las amarguras de la íntima, había cometido un error. Ser policía tenía ramificaciones que se colaban en el interior de la persona y le hacían experimentar sensaciones que quizá ningún otro oficio comportaba: frustración, inseguridad, obsesión, dolor. Había empezado a darse cuenta de que las ideas geniales que surgen de improviso en el investigador pertenecen casi siempre a obras de ficción. En la vida del detective solo son los hechos los que permiten dar un paso adelante. La llamada que recibió antes de entrar en su casa fue la primera señal que tuvo de que ese pensamiento era una realidad.

—¿Inspectora Berta Miralles? Soy el doctor Barrachina, el forense. Le he pedido al policía de la puerta que retenga a una joven que ha venido preguntando por el cadáver de Manuela. A lo mejor es importante para su investigación.

—Vamos inmediatamente.

Como si de personajes mitológicos se tratara, aparecieron alas en sus pies. Berta procuró no pensar en nada durante el trayecto hasta el Anatómico Forense, tampoco Marta; si bien en un resquicio de su mente en blanco la hermana menor tuvo una certeza descorazonadora: pasarían otra noche sin cenar.

Barrachina las recibió en el hall de entrada. No llevaba la bata blanca porque su horario estaba a punto de concluir.

—La he pasado a mi despachito. Es una chica joven, pero no es fácil calcularle la edad. Está muy deteriorada. Tiene toda la pinta de ser heroinómana, me sorprendería equivocarme. Se presentó en recepción preguntando si Manuela había dejado algo a su nombre. La recepcionista me hizo llamar. He hablado un poco con ella, pero no he sacado nada en claro, está fatal. Ahí dentro la tienen, toda suya. Les advierto que huele peor que cualquiera de mis cadáveres. Yo me voy. Si quieren me cuentan mañana, siento curiosidad.

Allí estaba la chica, arrebujada en una cazadora vieja y sentada en un rincón. No hubiera hecho falta el dictamen de un forense para advertir que era drogadicta, tampoco para saber que estaba muy mal. Levantó la vista desde el suelo hasta las inspectoras y, sorprendentemente, sonrió.

—¡Uy, qué bien que sois mujeres, así no me trataréis tan mal!

Tanto a Berta como a su hermana el aspecto de aquella chica les impactó, por más que estuvieran avisadas. A la primera le costó arrancarse a hablar, pero hizo de tripas corazón.

—¿Alguien te ha tratado mal?

—No, pero no me dejan marcharme.

—Enseguida te irás, pero antes charlamos un rato, ¿te parece?

Había usado el tono que se emplea con los niños porque esa era la impresión que causaba aquella mujer. Estaba envuelta en un aire infantil a pesar del deterioro. Presentaba una extrema delgadez, brazos y piernas, los rasgos del rostro desdibujados y la tez pálida, el pelo amarillento que había perdido su color natural. Dijo de repente:

—Sois policías, eso ya lo sé. Y yo soy una persona normal. No soy mala. No he estado en la cárcel. No he robado nada.

Resultaba difícil entenderla. Tenía un hablar gangoso, impreciso, y de vez en cuando miraba en torno y hacia arriba, como si algún insecto volador la estuviera rondando. No les pareció que oliera a suciedad sino a alcohol, quizá a una mezcla de ambas cosas. Berta comprendió que aquel iba a ser un interrogatorio muy dificultoso. Intentó centrar bien la cuestión.

—No sabemos tu nombre.

—Soy Silvia.

—Silvia qué más.

—Silvia Orozco Pascual. Nada más —se rio mostrando una dentadura destrozada.

—Silvia, hoy has venido aquí preguntando si Manuela Pérez Valdecillas había dejado alguna cosa para ti antes de morir. ¿Cómo te enteraste de que había muerto?

—Un conocido me lo dijo porque lo había leído en un diario.

—Muy bien, perfecto. ¿Manuela era tu amiga? O quizá erais parientes...

Las moscas imaginarias la atacaron de nuevo, oteó un rato el aire, luego dijo:

—Sí, eso, era mi amiga.

—¿De qué os conocíais? Para ser tu amiga, era mucho mayor que tú.

—Es que era más amiga de mi madre, pero mi madre hace tiempo que se murió y entonces pues era amiga mía.

—Muy bien, de acuerdo. ¿Qué era lo que esperabas que Manuela hubiera dejado para ti?

—Dinero —soltó muy segura. Luego pensó un momento y continuó—: Porque me lo dijo ella. Yo no quería robarle, ni llevarme su dinero ni nada malo. Ella siempre me enviaba dinero desde Madrid y luego me dijo que aquí me daría más.

—¿Aquí, dónde es aquí?

—Pues en Valencia. ¿Dónde quieres que sea?

—¿Estuvo ella contigo estos días, antes de su muerte? ¿Cuándo la viste por última vez?

Se puso en pie, excitada. Se le cayó un bolsito andrajoso que tenía en el regazo. Lo recogió, se tambaleó un poco.

—¡Yo no la he matado!

Marta intervino por primera vez, elevó la voz:

—¡Pero sabes quién lo ha hecho! ¡Dilo de una vez y acabemos con esto!

La chica se tapó los oídos con las manos, se sentó de nuevo. Una funcionaria del Anatómico abrió la puerta.

—Señoras, por favor, aquí no se puede gritar.

—Disculpe —se excusó Berta, y presionó el brazo de su hermana en demanda de calma. Continuó:

—¿Tú sabes quién la ha asesinado, Silvia?

—¿Yo? ¡Pues claro que no lo sé! Es que es todo muy complicado, pero quiero una cerveza.

—Aquí no tienen cerveza.

—¡Pues vas a buscarla tú, o que vaya esa, la de la mala leche! —espetó señalando hacia Marta.

—Cuando acabemos de hablar te invitamos a cerveza, te lo prometo.

—¡Ni hostias! Me habéis puesto muy nerviosa y necesito una cerveza. O hay cerveza o me largo, no me podéis tener aquí toda la vida.

Marta se levantó y salió. Berta intentó seguir hablando, pero la chica abrió su bolsito y, en silencio absoluto, empezó a sacar las cosas que llevaba en él: unas llaves colgadas de un llavero de metal, un minúsculo perro de peluche, pañuelos de papel, unos calcetines, una polvera rota. Las sacaba y volvía a meterlas después, con la misma atención que pone un orfebre en su trabajo artesanal. Ninguna de las dos abrió la boca hasta que Marta regresó, portando una bolsa de supermercado con varias latas de cerveza en su interior. Le pasó una a Silvia y esta bebió con avidez. Paladeó.

—Todo es muy complicado —volvió a decir—. Mi padre ni se sabe. Mi madre me tuvo a mí y luego se volvió bollera. Sabéis qué es bollera, ¿verdad? Pues era bollera y Manuela también era bollera. Yo no, porque yo he tenido novios, todos los que he querido. Pues mi madre y Manuela vivían juntas y, cuando mi madre se murió, Manuela le había dicho que me cuidaría, pero como no tenía dinero se fue a Madrid y no me cuidaba, yo creía que se había olvidado de mí, pero luego encontró trabajo en un hotel y me mandaba dinero pero poco. —Se echó a reír sin motivo alguno. El alcohol ejercía un efecto fulgurante sobre ella. Berta llegó a temer que perdiera la coherencia.

—¿Te mandaba poco dinero?

—Sí, me mandaba poco y yo necesitaba cada vez más para..., bueno, para cosas mías. Y luego encontró otro trabajo muy bueno que no sé cuál era y ya me mandaba más dinero y no fallaba nunca. Y ya está.

—¿Qué pasó después, Silvia, qué pasó? ¿Vino Manuela a Valencia hace poco tiempo?

—Sí que vino y enseguida fue a mi casa a verme. Me trajo un poco de dinero, que hacía tiempo que ya no me mandaba.

—Pero no te lo dio todo y por eso tú viniste a preguntar si te lo había dejado en este edificio o lo llevaba encima cuando la mataron, ¿verdad?

—¡No soy imbécil! He venido aquí porque ella me dijo que en Valencia tenía dinero escondido y que además le debían dinero por un trabajo que hizo.

—¿Quién se lo debía, qué trabajo era?

—Quiero otra cerveza.

Marta, que estaba completamente absorta en lo que oía, despertó y le alargó otra lata sin dudarlo. Silvia dio un trago largo y cerró los ojos.

—¿Quién le debía dinero, qué trabajo era? —machacó Berta.

—Aunque me beba todas las cervezas de Valencia yo no te puedo decir las cosas que no sé porque no las sé. Manuela estuvo en mi casa esos días porque no tenía dónde dormir y en mi casa estaba a gusto y bien. Pero ella no me contaba sus cosas y yo tampoco le contaba las mías, y así íbamos tan contentas.

—¿Recibió alguna visita mientras estuvo en tu casa?

Sus gestos hacia el aire que la rodeaba se volvieron más bruscos. Las moscas imaginarias debían de haber pasado a ser avispas amenazantes.

—Vino un hombre a verla un día. Nada más.

—¿Sabes quién era?

—Ni entró en casa. Se quedó en la puerta y cuando ella salió se largaron a hablar fuera, a la calle.

—¿No te dijo quién era?

—Sí que me lo dijo, dijo que era un amigo.

—¿Un amigo y ya está?

—Eso.

—¿Cómo era, joven, mayor, qué aspecto tenía?

—Joven, supongo, o viejo, ¡yo qué sé! Oye, yo quiero irme ya para casa, que es tarde y me está entrando sueño.

Las dos inspectoras se miraron con una mezcla de interrogación y desánimo. Berta decidió:

—Te vamos a llevar a tu casa en coche, ¿qué te parece? ¿Dónde vives?

—En el Cabanyal. Si me lleváis, me viene bien. Las cervezas que han sobrado, ¿me las puedo llevar?

El Cabanyal era en su tiempo un barrio marinero formado por casitas bajas, muchas de ellas con vistosos azulejos típicos en la fachada. Fue degenerando con los años hasta convertirse en un lugar degradado, invadido por traficantes y consumidores de droga. Muchas de aquellas viviendas iniciales habían sido tomadas por okupas; de modo que a ninguna de las dos Miralles les extrañó que Silvia Orozco hubiera ido a parar allí. La casa que les mostró estaba en la calle Barraca, una de las peores. Bajaron las tres del coche y Silvia no se opuso a que entraran con ella. La puerta no tenía llave. Enseguida comprendieron que se trataba de una casa okupada y compartida. Un joven con pinta de vagabundo las saludó cortésmente y salió inmediatamente a la calle.

—¿Quién es ese? —preguntó Marta.

—Uno que vive aquí. Vivimos unos cuantos en la casa, pero cada uno tiene su habitación. Esta es la mía.

Señaló una pequeña estancia junto a la puerta principal. Entraron sin pedirle permiso. El aspecto general era desolador. Un jergón desvencijado y andrajoso estaba colocado bajo una ventana con rejas. Como únicos muebles se veían varios estantes colgados de la pared y llenos de bolsas de plástico. Las inspectoras empezaron a registrarlas. La chica las dejó hacer. Se sentó sobre la cama y abrió otra lata de cerveza.

—Aquí droga no vais a encontrar —dijo tranquilamente.

—Dinos dónde están las cosas de Manuela, el equipaje que traía.

Se puso en pie con dificultad. Moviéndose perezosamente se acercó a un rincón y señaló una mochila gris.

—¿Solo esto?

—Y ese pijama también es suyo. Es tan feo y asqueroso que también os lo podéis llevar. Yo eso no me lo pongo ni loca. Oye, ¿y mi dinero?

Berta la observó un buen rato en silencio. Al fin, le preguntó:

—Silvia, ¿tú tienes móvil?

—Lo vendí. Tuve que venderlo para pagar... el alquiler, ya sabes.

—Sí, me lo imagino. Te voy a dar mi número. Si ese hombre que visitó a Manuela vuelve por aquí, que te presten un móvil y me llamas. Es muy probable que él tenga el dinero de Manuela. Nosotras haremos que te lo dé. ¿De acuerdo?

Se encogió de hombros, cabeceó.

—¿Y, si no viene, qué hago?

—Si aparece el dinero por otro lado vendremos a traértelo, te lo prometo.

—¿Y por qué me voy a creer eso?

—Porque no tienes más remedio. Sin nosotras, ese dinero nunca saldrá de donde quiera que esté.

Metieron el pijama en la mochila, esta en el maletero, y salieron de allí a toda velocidad. No se dirigieron la palabra ni una sola vez mientras volvían a casa. Aparcaron el coche en su garaje y salieron buscando el frescor de la noche.

—Vamos a dar una vuelta. Estoy agobiada, no quiero encerrarme ahora —propuso Berta.

—¿Y vas a ir cargando con la mochila?

—Sí, qué más da, pesa muy poco.

Empezaron a pasear a ritmo lento. Las callejas cercanas a su casa estaban casi desiertas a aquella hora.

—¡Vaya tela, la tal Silvia! —comentó Marta, un tanto al desgaire—. ¿Y el barrio? No había ido en mucho tiempo al Cabanyal. Estoy deprimida, tía.

—Pues ya te podías imaginar que, siendo policía, no te ibas a mover por palacios, como tú sueles decirme.

De repente, Berta cogió bruscamente el brazo de su hermana, lo apretó.

—Hay un tío que nos sigue, y ahora estoy bien segura.

Marta volvió la cabeza a tiempo para advertir que un hombre que se disponía a dar la vuelta a la esquina echaba un paso atrás y desaparecía tras ella. Sin pensarlo ni un instante empezó a correr hacia allí. Berta la siguió y, culminando la esquina, pudo ver cómo el hombre corría y Marta le iba a la zaga a una increíble velocidad. Con los ojos como platos, observó cómo su hermana se lanzaba sobre las piernas del tipo en un placaje perfecto, haciéndolo caer al suelo y cayendo ella a su vez encima de su cuerpo. Pugnó por llegar hasta ellos lo más rápido que le permitió el lastre de la mochila.

—¡Hostia, tía, casi me matas! —dijo el hombre, aún bocabajo.

Entre las dos le dieron la vuelta y descubrieron a Paquito Colom, el ayudante habitual del inspector Sales. El pobre se levantó quejándose de la espalda y sacudiéndose el pantalón.

—¿Qué haces tú aquí? —inquirió Marta jadeando, todavía excitada por la carrera—. ¿Nos estabas siguiendo?

—Joder, podías haberlo preguntado antes de dejarme KO.

—¿Por qué coño nos estabas siguiendo?

—Oye, no es nada personal, ¿comprendes? Yo obedezco órdenes que me dan.

—¿Y no te han dicho a qué viene esa orden?

—Creo que es por vuestra seguridad o algo así. La orden es del comisario.

—Nuestra seguridad ya ves que no tendría por qué preocupar a nadie.

—¡Ya lo veo! Casi me despedazas, tía.

—Nos has seguido otras veces, ¿verdad?

Él se encogió de hombros, miró al cielo. Intentaba parecer lo menos culpable posible. De repente, parecía nervioso.

—Bueno, yo me largo. Aquí ya no hacemos nada.

Ninguno de los tres sabía muy bien cómo despedirse después del imprevisto desenlace de la absurda situación. Optaron por un «hasta mañana» que a todos les sonó extraño. Las Miralles lo vieron alejarse calle abajo. Renqueaba.

Capítulo 17

Una vez dentro de casa, a Berta le dio por reír. Se desplomó sobre el sofá sin dejar de emitir carcajadas. Tenía los ojos llenos de lágrimas y no podía parar. Su hermana la observó estupefacta.

—¿Te ha dado la vena chorras o estás eliminando tensiones? —preguntó.

Fue inútil, la mayor de las Miralles seguía desmadejada sobre los cojines y se cubría las costillas con las manos porque empezaba a sentir dolor. Marta se fue hacia la cocina rezongando.

—Vale, tú puedes seguir partiéndote, pero yo voy a cenar algo. Lo de las cenas se ha convertido en un puto calvario.

Cuando Berta pudo serenarse, fue a su encuentro.

—Perdona, Marta, pero es que de repente te he recordado saltando a las piernas del colega y te aseguro..., ¡era como una película de acción! ¿De dónde has sacado esa manera de correr? ¡Parecía una carrera olímpica de cien metros! ¡Y el tipo cayó al suelo como un maldito muñeco de trapo! Te felicito, en serio, has estado genial.

—Genial, genial, pero ahora tengo hambre y lo único que podemos llevarnos a la boca es atún en aceite. Estoy pelando una cebolla para que parezca una ensalada de verdad.

—¿Y la cara que puso el tal Paquito? ¡Ah, ha sido de chiste!

—Prepara la mesa y descongela dos rebanadas de pan —ordenó Marta con aire de mal humor, aunque había empezado a sonreír.

Cuando se sentaron a la mesa, repararon en la mochila, que había quedado arrumbada en un rincón.

—¿Y qué hacemos con eso? —preguntó Marta señalándola con la cabeza.

—Habría que llevarla a comisaría y depositarla como prueba.

—¡Y una leche! —contestó con convicción—. Después de que esos cabrones hayan ordenado que nos sigan y otras cosas que ni siquiera sospechamos, ¿vamos a hacerlo todo como manda el reglamento? ¡Pues se van a joder! En cuanto acabemos de papear, abrimos la mochila a ver qué hay dentro.

—Pueden acusarnos de destrucción de pruebas; podemos alterar huellas.

—Me importa un pito, como si me acusan de terrorismo internacional. Esa mochila se abre esta noche, ¿o es que quieres que las pruebas las destruyan ellos?

—Por lo menos deberíamos usar guantes de látex y no tenemos. Podemos ir a comprarlos al paki de al lado, que aún debe de estar abierto.

—¡Ni pakis ni hostias! Me pondré los guantes de fregar.

Berta suspiró, llevándose una rodaja de cebolla a la boca.

—¡Todo es tan poco profesional! ¿Dónde queda lo que nos enseñaron en la academia?

—Una cosa es la teoría y otra la práctica; en la policía y en la vida. A ver si te enteras de una vez.

Berta asintió tristemente.

—Ya voy viendo que es así.

Tras un par de yogures caducados que tomaron como postre, despejaron la mesa y se dispusieron a abrir la mochila de modo extraoficial. Cuando Berta vio salir a su hermana de la cocina pertrechada con los guantes de goma, de nuevo empezó a reír.

—Como te vuelva a dar otro ataque de risa, te haré un placaje que el de Paquito se va a quedar en nada.

Ya serias y en silencio, Marta procedió. Empezó a sacar de la mochila piezas de ropa que estaban limpias y bien dobladas. Un neceser que contenía cepillo y pasta dental, un peine, un desodorante y una crema hidratante. Cuando vieron un cuaderno se les aceleró el corazón. Se habían arrancado de él unas páginas y el resto estaba aparentemente en blanco. Con infinita paciencia y la dificultad añadida de los gruesos guantes, Marta fue pasando página por página. No había nada escrito. Tomaron la precaución de observar atentamente y acercándolas a la luz las páginas siguientes a las arrancadas por si alguna anotación se había marcado. Estaban lisas e impolutas. Los últimos inútiles tesoros que encontraron fueron dos llaveros de publicidad que se habían colado entre el forro de la bolsa, donde había un agujero. Uno era de Coca-Cola. El otro contenía las iniciales G. P. y un emoticono de carita sonriente. A Berta le pareció haberlo visto con anterioridad. Ambos venían envueltos en pelusas y motas diversas. Podían llevar años en aquel escondrijo.

—G. P. ¿Gran Premio, algo de coches, quizá? —comentó Berta.

—No te calientes la cabeza, podría ser cualquier cosa. La verdad única y verdadera es que todo esto es pura mierda y no nos sirve para nada. Volvamos a meterlo y mañana lo entregamos en comisaría. Verás qué contentos se van a poner cuando vean que no hay pruebas en la mochila. Supongo que iremos a protestar al comisario por lo de que vayan siguiéndonos por las esquinas, ¿no?

—Ya iré yo sola. No quiero correr el riesgo de que le pegues un mamporro a Solsona.

—No será por falta de ganas, te lo aseguro.

Cerca de las siete de la mañana sonó el móvil de Marta. Enseguida reconoció el estilo obsequioso del portero de Arnau.

—Señora comisaria, le comunico que el señor Arnau ya ha vuelto de su casa de Altea. Se ve que llegó anoche bastante tarde. Yo no lo vi, así que no pude avisarla. Me ha dejado una nota en portería para que hoy ya le recoja la basura otra vez.

Después de agradecerle el recado, Marta despertó a su hermana y esta se puso a pensar, luchando contra el sueño. ¿Era significativa la estancia de Arnau fuera de Valencia?, ¿coincidía con algo en lo que quisiera evitar ser implicado, como, por ejemplo, la muerte de Manuela? Así parecía a primera vista, aunque quizá simplemente había variado la cadencia de sus visitas a la segunda residencia, quedándose el fin de semana en la ciudad y no al revés, como era su costumbre. Mientras hacía café pensó en Boro. Había que llamarlo, pero era mejor esperar a la hora de incorporación a su puesto de vigilancia, ya habían desorganizado su vida suficientemente como para obligarle también a madrugar. Llamó él a las nueve en punto, mientras las Miralles se dirigían a pie a comisaría.

—Aquí el espía que surgió del *caloret* —bromeó—. Queridas inspectoras, me da la impresión de que el pájaro ha volado. Hoy no ha salido a comprar el periódico y también creo que las persianas de su casoplón están cerradas.

—Íbamos a llamarte ahora mismo. Nos acaban de soplar que anoche regresó a Valencia.

—Debió ser cuando yo ya había abandonado mis posiciones.

—En cualquier caso, ya puedes volver.

—Recojo mis cosas de la pensión y voy para allá. Pero antes intentaré hablar con la vecina cotilla por si en mi ausencia ha visto algo. Prometo que no levantaré ninguna sospecha. Os llamaré si me dice algo interesante.

—Boro.

—A sus órdenes, inspectora Miralles.

—Te doy las gracias. Vamos a proponerte para una condecoración.

—Pues procurad que el lazo sea azul, que es mi color preferido.

Ambas inspectoras comentaron sobre la bonhomía de su nuevo amigo, sobre lo muy seriamente que se había tomado su participación en el asunto.

—Me siento en deuda con él. Podríamos hacerle algún regalo —dijo Berta.

—¿Un regalo? ¡Lo que faltaba! Todo el dinero que nos entra por un lado se nos va por el otro: pagar la mitad de la pensión, los viajes por nuestra cuenta... ¡Menos mal que he dejado de salir con los amigos y hasta de comprarme cositas de Zara! ¡Y menos mal que hemos dejado de comer! Gracias a todas esas privaciones podemos subsistir, hasta que nos muramos de inanición, claro.

—Pues algo habría que hacer, el pobre se ha esforzado mucho.

—Ya le daré un besito, con eso estará feliz.

Berta notó enseguida que el comisario estaba violento cuando la recibió. Resultaba evidente que no podía montarle un numerito reivindicativo a un superior, pero, aprovechando su condición de joven novata, bien podía organizarle una pequeña representación emocional.

—Comisario Solsona, estamos muy disgustadas mi hermana y yo porque alguien ha mandado seguirnos.

Solsona no la dejó terminar, con una sonrisa tensa que más parecía una mueca nerviosa, exclamó:

—Me imaginaba que vendría a verme, inspectora. Supongo que sabe que yo no debo explicaciones a mis subordinados, pero en su caso haré una excepción. Lo cierto es que, dada la poca experiencia que atesoran su hermana y usted en el servicio, me encontraba un poco preocupado por su seguridad. Yo debo garantizar que todos mis agentes están a salvo dentro de lo posible, y es por eso que tomé la decisión de que un policía las tutelara discretamente.

—No me imaginaba que podíamos estar en peligro, señor. ¿Es que hay algo en esta investigación de lo que no hemos sido informadas y deberíamos saber?

Solsona empezó a alterarse.

—¿Cómo se le ocurre semejante idea, es que no han llevado la investigación como les ha dado la gana, no han tenido total libertad de acción?

—Yo no he venido a protestar, comisario. Lo único que ocurre es que tememos que se nos haya retirado la confianza y eso es muy doloroso para nosotras.

El rostro del comisario se relajó de pronto.

—¡Pero ¿qué me dice?! ¡En absoluto es así! Al contrario, estamos muy contentos de cómo han llevado el asunto y de cómo se ha preservado por completo la confidencialidad. ¡Vamos, vamos, Berta, no sea tan tiquismiquis y reincorpórese a su trabajo! No habrá más seguimientos, se lo aseguro. Ya hemos comprobado que saben velar muy bien por su seguridad, sobre todo lo ha comprobado el pobre Colom, que acabó un poco vapuleado.

Soltó unas carcajadas de mal actor. Berta intentó hablar de nuevo.

—Cuando sucedió eso íbamos tras la pista de una sospechosa que nos indicó el doctor Barrachina y...

—Lo sé, lo sé. Hagan el informe escrito con los detalles y, como siempre, no olviden pasárselo al juez.

—Para el caso que nos hace...

—Bueno, compréndalo, el juez García Barbillo es un hombre mayor, cercano ya a la jubilación. Necesita un poco de descanso. ¡Todos necesitamos un poco de descanso! ¿Sabe lo que vamos a hacer? Mañana es viernes y voy a darles el día libre para que a usted y su hermana se les pase el disgusto.

El mal actor volvió a actuar, pero Berta apenas atendió a sus carcajadas; estaba razonablemente contenta. Había vuelto a comprobar que el chantaje no explícito que le hacían a su jefe seguía vigente. Marta la observó, interrogativa, cuando entró en el despachito.

—Todo bien —dijo Berta—. Lo he puesto en su lugar.

—¿En el estercolero?

—Calla, que te van a oír. Nos ha dado el viernes libre.

—¡Coño, qué bien, podré quedar con mis amigos!

—Yo me iré a casa de mamá y papá.

—¿Y no puedes quedarte aquí? Si falto en Càlig, mamá se pondrá como una moto.

—No, yo me voy, me hace falta un poco de paz. Además, ¿sabes qué he pensado? Podíamos invitar a Boro a venir con nosotras. Ya que no le regalamos nada, por lo menos tenemos con él esa atención. Ya sabes que en nuestra familia será bien recibido.

Marta refunfuñó un poco, pero finalmente cedió.

—¿Crees que ya habrá vuelto de Altea? —preguntó Berta.

—Ahora lo llamo, con un poco de suerte a lo mejor nos invita a comer.

Badía no llegó a tiempo para invitarlas a comer, pero quedaron con él para la cena en un italiano. Estaba exultante y había perdido el aire de perro apaleado que solía exhibir después del abandono de su novio. Con una cerveza bien fría delante y notable entusiasmo, se puso a detallar la información que había recopilado.

—Señoras inspectoras, aquí el agente especial reportándose. Al final, esta misma mañana pude hablar con la vecina cotilla.

—Si es algo importante, hubieras debido llamarnos para decirlo —soltó Marta desabridamente.

—No me pareció muy importante, pero algo sí averigüé. La vecina me contó que una noche, cerca de las dos de la mañana, un hombre fue a ver a Ricardo Arnau.

—¿Y qué más?

—Hasta ahí era lo importante. Lo poco importante es que esa mujer no pudo verle la cara al hombre ni tampoco oír nada de lo que hablaron él y Arnau. La puerta del jardín estaba abierta y, al parecer, la de la casa también, porque no oyó el timbre de llamada. Vio al hombre entrar y eso fue todo. Al cabo de una hora, lo vio salir.

—¿Era joven, mayor, alto, bajo? ¿Qué coche llevaba?

—Según ella, no había ningún coche aparcado en la puerta. Le pedí que me diera la descripción del hombre y no supo decirme. Solo cree que era alto y que no era mayor, porque subió las escaleras con buen ritmo. Eso es lo único que sacó en claro.

—El hombre misterioso —murmuró Berta.

—Seguro que es el mismo que fue a ver a Manuela para ofrecerle trabajo como sicaria, y el mismo que... —Marta se interrumpió, comprendiendo que por mucho que Badía las ayudara, no podían comentar ante él toda la información.

—¿Han servido de algo mis pesquisas? —preguntó él.

—¡Por supuesto que sí! —exclamó Berta aparentando ánimo—. Luego te pagamos nuestra parte de la pensión y queremos proponerte un plan de fin de semana.

Badía aceptó encantado acompañarlas a Càlig. Conduciendo su coche de regreso a Valencia en algún momento había pensado en la vuelta a su casa recién alquilada, un lugar nuevo y vacío de significado para él. Estaba solo, aquel hombre a quien tanto había amado lo había dejado para siempre. Toda esa historia detectivesca con sus providenciales amigas Miralles no era más que una dilación. Cuando aquello acabara, si es que no había acabado ya para él, volvería a sumergirse en sus pensamientos amargos, en su profundo dolor.

Badía fue bien recibido en casa de los Miralles. Hacía un tiempo espléndido aquel fin de semana y sacaron las bicicletas con las que los tres hermanos solían pasear por los alrededores. El periodista estaba entusiasmado con el paisaje. Castellón, junto con Soria, uno de los lugares más despoblados de España, es el gran desconocido de la Comunidad Valenciana, la zona norte en especial. Badía se extasió frente a los campos de secano, llenos de olivos y algarrobos. Olió el aire impregnado de tomillo y romero. Se divirtió con los saludos de los otros ciclistas con los que se cruzaban, una afición muy extendida por el lugar: *«Com anem?», «Bé i avant»*. Todo le parecía inédito, auténtico. De vez en cuando les pedía a las dos chicas hacer un breve descanso. No estaba acostumbrado a pedalear, aunque lo que de verdad le gustaba era que se quedaran callados para escuchar el silencio. Càlig se le antojó un pueblo limpio, ordenado, de una ruralidad civilizada.

—¡Me quedaría a vivir aquí! —exclamaba a cada descubrimiento. Berta ejercía de abogado del diablo.

—Te aburrirías como una ostra.

—¡Ni hablar! Podría trabajar en casa por las mañanas. Por las tardes, saldría a pasear o en bicicleta. Una cervecita en el bar de vez en cuando para charlar con los lugareños. Por la noche, a casita de nuevo para leer el periódico, un libro o ver un rato la televisión.

—No venden periódicos en el pueblo.

—¿Y hay televisión?

—Claro, tío, no seas bruto. ¡Tampoco estamos en el culo del mundo! —le soltó Marta.

—Da lo mismo, si no hay periódicos de papel, los leería por internet. La vida en la ciudad es una mierda. Aquí volvería a ser yo mismo, encontraría la paz interior.

—No idealices las cosas, un pueblo es duro para la gente joven a no ser que trabajes en el campo, e incluso así..., cuando has vivido en la ciudad, después siempre echas en falta el jaleo, las posibilidades de conocer gente, la animación.

—Yo ya no quiero conocer a nadie.

—¡Vaya por Dios! —sentenció Marta y, antes de que el panorama se ensombreciera más, propuso regresar a casa.

Las costumbres familiares, sean las que sean, no gozan de buena reputación. Repetir los mismos actos una y otra vez junto a idénticas personas puede parecer rutinario y convencional. Sin embargo, en las familias en las que alguno de sus miembros vive fuera del hogar, los ritos compartidos tienen para estos un claro efecto tranquilizador: ayudan a comprobar que todo sigue apaciblemente igual. La presencia de Badía no alteró para nada la comida de los Miralles, en la que se sirvió de nuevo el *arròs al forn*, especialidad de la casa, se descorchó vino y cava y tras una conversación intrascendente pero cordial, todo el mundo se fue a descansar. Como Badía no tenía ganas de encerrarse en una habitación, pidió permiso para quedarse en el patio, debajo de un algarrobo. Le llevaron una hamaca hasta allí y se tumbó panza arriba como un animal feliz. Se durmió profundamente, y al despertar se dio cuenta de que hacía mucho tiempo que no dormía con semejante intensidad.

Siguiendo paso a paso los tradicionales fines de semana en Càlig, los jóvenes, incluido Sebastiá, bajaron a Vinaròs para hacer un poco de vida nocturna. El hermano había quedado con su seminovia Yolanda. Se sentaron en la terraza de un bar del Paseo. Para sorpresa general, Yolanda se presentó con un guardia civil de la comandancia del pueblo. Al parecer, quería conocer a sus colegas en materia de orden. Era alto y guapetón, chulo y varonil. Se comportaba como una especie de *sheriff*, como si toda la seguridad de la región dependiera de él.

—¿Qué tal todo por Valencia, chicas, mucho follón?

—Nos apañamos como podemos, ya ves —respondió Marta—. ¿Y tú por aquí?

—Al estar en un pueblo no tenemos casos tan interesantes como los que debéis resolver en la capital, pero siempre estamos alerta. Hubo una temporada en que nos avisaron para que tuviéramos los ojos muy abiertos, sexo raro y esas cosas, debíamos dar parte de cualquier movimiento que detectáramos. Pero la cosa quedó en nada y hemos vuelto a la tranquilidad: un poco de droga, alguna que otra detención por reyertas..., lo normal.

Berta reconoció inmediatamente la expresión que le había llamado la atención la primera vez que la oyó, en boca de Yolanda: «sexo raro». Ató cabos, aunque casi no era necesario viendo la mirada de la chica hacia el guardia civil. Se derretía oyéndolo hablar. ¿En qué demonios pensaba su hermano, cómo era posible que se hubiera hecho ilusiones con aquella mujer? ¿Es que no tenía ojos, es que no había en él la más mínima malicia, esa que se utiliza para vivir?

—¿A qué sexo raro te refieres? —preguntó Marta.

—Bueno, lo típico, trata de blancas, prostitución..., tampoco nos dieron muchas explicaciones; pero te aseguro que nos pasamos más de tres meses visitando todos los puticlubs de la zona.

En el segundo *gin tonic*, la conversación decayó. El guardia civil la había detentado durante demasiado tiempo como para resultar divertido. Berta insistió en marcharse enseguida, estaba nerviosa, estaba enfadada. Hubiera empezado a repartir sopapos. El primero se lo hubiera ganado sin duda el maldito guardia y el segundo quedaba en familia, Sebastiá habría sido su destinatario natural.

Aunque solo era la una de la madrugada y había dormido la siesta, Badía quiso irse enseguida a la cama. Afirmó que el aire del campo lo relajaba. Sebastiá también se retiró. Las dos Miralles se quedaron en el patio, sentadas bajo el algarrobo a oscuras, tomando el fresco de la noche mediterránea.

—¿Te acuerdas de cuando mamá nos hacía barrer las hojitas caídas del algarrobo? ¡Vaya palo! Como yo era la pequeña me tocaba más veces que a ti, y Sebastiá se libraba, claro, como era el único varón...

—¡Menos mal que nos largamos del campo, Marta!

—¿Lo dices en serio? ¡Mira Boro, el tío está feliz!

—Está feliz porque viene de visita, otra cosa es quedarse.

—¿Hoy te ha dado la neura urbana?

—Hablo en serio. Los que se quedan trabajando en la finca de la familia, en la casa de los padres..., todo parece más fácil para ellos, pero lo que ocurre es que siguen con las costumbres de la anterior generación, no se enteran de lo que pasa en la actualidad, no comprenden la sociedad y sus cambios, están al margen.

—¿Se puede saber qué mosca te ha picado? Nunca te había oído hablar así.

—Supongo que te has fijado en Yolanda.

—Sí, ¿y qué?

—Es evidente que está liada con ese guardia civil.

—Sí, algo me pareció notar.

—¡Y desde hace tiempo, además! ¿En qué piensa Sebastiá, tú crees que al menos se ha dado cuenta?

—No creo, es cierto que nuestro hermano está un poco agilipollado, pero ya caerá del guindo.

—Y se hará mucho daño al caer. Alguien debería abrirle los ojos. ¿Por qué no hablas con él?

—¿Yo? ¡Ni de coña! Hay una cosa que tú no comprendes. Cada uno ha de vivir su propia vida y cometer sus propios errores. No sirven los de los demás. Eres tú la que estás chapada en plan pueblo. Los mayores pasan sus experiencias a los de atrás y les dan consejos, ¿no? ¡Eso ya está anticuado, Berta, ahora cada uno se espabila por su cuenta!

—Muy bien, todo lo que tú quieras, pero ¿hablarás con él?

—Te he dicho que no. No pienso hacerlo.

—¡No tienes ni la más mínima sensibilidad!

—Eso ya me lo has dicho muchas veces, y me da exactamente igual.

—Buenas noches, me voy a dormir.

Berta se levantó con gesto airado y desapareció. Marta se alegró de que la noche fuera bastante cerrada, así no había tenido que contemplar el gesto hostil de su hermana. Se alegró también de quedarse sola. Era posible que no tuviera la más mínima sensibilidad, pero, si tenerla comportaba vivir la vida como si fuera un continuo problema, prefería seguir así. ¡Qué complicado todo, qué dramático, qué exageración! Le hubiera gustado nacer por esporas, sin hermanos, ni familia, ni ubicación fija en el mundo. Que el viento la llevara de aquí para allá hasta que germinara en un sitio y creciera con el sol. Entró en un duermevela delicioso, del que solo la sacó el picotazo de un mosquito en el pie. Se levantó medio sonámbula y se metió en su habitación.

Capítulo 18

El descanso les sentó bien después de todo. Habían comido, charlado, tomado el sol..., a nadie puede sentarle mal semejante plan. El cuerpo y la mente agradecen la distensión. Sin embargo, por muy relajadas que se sintieran, el caso había llegado a un punto muerto del que debían salir de alguna manera. En su pequeño despacho, que comenzaba a resultarles agobiante, las dos inspectoras Miralles empezaron a pensar, y sus primeros razonamientos fueron tan negativos que solo generaron preguntas y mal humor.

—¿Y ahora qué coño hacemos? —preguntó Marta—. ¿Continuamos vigilando al hijoputa de Arnau? ¿Volvemos al Cabanyal para ver qué hace la drogota? ¿Nos ponemos a buscar al hombre misterioso a ver si por casualidad se nos aparece como la Virgen? Es como si cualquier cosa que tocamos se desvaneciera en el aire, tía. Si esto es investigar, más nos valdría dedicarnos a otra cosa.

—¡Esto no es investigar, Marta, a ver si te enteras! No tenemos ayuda, no podemos confiar en nadie. Deberíamos haber dejado un retén donde Silvia la yonqui para que le siguiera los pasos, alguien debería vigilar a Arnau más profesionalmente y no con el montaje chapucero que hemos organizado. ¡Ningún policía del mundo trabaja en esas condiciones, estoy segura! Y, encima, nos ponen a un colega para espiarnos. ¿Tú crees que así se puede sacar algo en claro?

—¡Pues dimitimos!

—¡Y una mierda vamos a dimitir! Puede que nunca lleguemos a averiguar quién mató a la presidenta ni tampoco a Manuela. Pero ahora, aunque solo sea para tocar las pelotas, nos quedamos donde estamos hasta que nos muramos de asco.

—Todo eso lo suscribo, pero sinceramente te digo lo que yo haría en estos momentos.

—¿Qué? Es justo lo que me interesa saber.

—Hay que apretarle las clavijas a Arnau. Ir a su casa, interrogarlo, acosarlo, acojonarlo. Siguiéndolo en el plan que lo estamos haciendo no adelantamos nada. ¿Tú te crees que no vio al bendito de Boro delante de su casa en Altea? ¡Pues claro que lo localizó! Va y queda con el hombre misterioso a la hora que él se largaba de la pensión. ¡Es de libro, tía!

—¿Y qué quieres que hagamos, presentarnos por las buenas y preguntarle quién es el hombre misterioso? ¿Y si levantamos la liebre? ¡No tenemos pruebas, ni una sola!

—No solo de pruebas vive el hombre. Hay que hacerle cantar o procurar que dé un paso en falso.

—De lo del canto, olvídate. Hacerle dar un paso en falso... podría ser, pero hay que estudiar bien cómo. No será nada fácil, con un tío que está atrincherado en su casa...

—Algo se nos ocurrirá.

—Espero que sea pronto. De momento, ¿lo vigilamos o no?

—No. Estoy cansada de hacer el ridículo y también de que lo haga el pobre Boro.

—Pues gracias a él sabemos lo del hombre misterioso y podemos deducir que Arnau y Silvia Orozco están conectados por ese puñetero tipo.

—Suponiendo que sea el mismo.

—¿Cuántos hombres misteriosos crees que hay en Valencia?

—Si por lo menos tuviéramos una descripción física, por pequeña que fuera...

—Buscaríamos en Google.

Como siempre que una crisis seria se abatía sobre ellas, lo primero que hacían era echarse a reír en la primera oportunidad. Lo segundo, acercarse hasta un bar y tomar un café, cosa que hicieron sin dilación.

En un bar junto a comisaría empezaron a pensar seriamente. Al tercer café sin dirigirse la palabra, la sobrexcitada mente de Berta creyó encontrar no una solución, pero sí quizá una salida del atolladero en el que se encontraban.

—Se me ha ocurrido una idea, pero a lo mejor es demasiado bestia.

—Canta, hermana. En el punto en el que estamos, cuanto más bestia, mejor.

—Hemos llegado a la conclusión de que el hombre misterioso es un nexo común entre Arnau y Manuela, por lo menos los visitó a los dos.

—Eso si es el mismo sujeto.

—Sí, ya lo sé. Hay que partir de esa suposición. Aunque tampoco es imprescindible que sea el mismo. Imaginemos que Arnau conocía a Manuela o sabía de su existencia.

—Eso es mucho suponer, no parece que sean de la misma tribu urbana.

—¿Quieres dejar de interrumpirme? ¡Me estás comiendo la moral!

—No he dicho nada, adelante.

—Un modo de hacer dar un traspié a Arnau es pidiéndole a Silvia la drogota que lo visite en su casa. Puede decirle que es pariente de Manuela, o su amiga...

—¡Joder, eso sí que es bestia, sí! ¿Y con qué objeto lo visitaría?

—El objeto no sería ni relevante. Que se presente en su casa y le diga que la policía lo ha descubierto todo y anda tras él.

—¿Y si el angelito ignoraba por completo la existencia de Manuela, como es de esperar?

—En cualquier caso se llevará un susto de cojones y eso lo obligará a moverse. A partir de ese momento, habrá que vigilarlo día y noche. Ya sé que no tenemos acceso a su teléfono, pero confiemos en que intente algo que requiera su presencia, o en que a lo mejor reciba a alguien o quede citado con alguien, o incluso... que se plantee huir del país.

Marta se llevó las manos a la cara y se la frotó varias veces de arriba abajo.

—Berta, te has tomado tres cafés pero es como si te hubieras tomado tres whiskies dobles. ¿Y si los del partido se cargan a Arnau?

—Ya han tenido ocasiones y no lo han hecho. No debe de estar en su diana. Y si se lo cargaran... sería una fantástica opción.

—Me das miedo. Ya hablas del asesinato como si fuera algo de lo más normal.

—En eso llevas razón, pero ahora no quiero pensar demasiado. Dime qué te parece el plan.

—Tiene su punto pero, para empezar, ¿cómo vas a conseguir que la drogota se presente en casa de Arnau?

—Dándole dinero a cambio; no creo que unas cuantas cervezas sirvan en esta ocasión.

—¡Ya estamos como siempre! ¿Y el dinero sale de nuestro bolsillo?

—¿De dónde si no? Aunque yo creo que con doscientos euros atenderá a razones. Una vez muerta Manuela, no debe de tener ingresos y estará muy apurada sin caballo.

—¿Nos quedan fondos en el banco?

—A mí sí me quedan, tranquila. Esta cuenta la pagaré yo.

—No, Bertita; de eso nada. Yo quiero colaborar. Se me va a pasar toda la temporada sin haberme comprado ni un trapo. Cuando salgamos en el periódico por haber resuelto el caso, voy a estar hecha un adefesio.

—Pues te vistes de uniforme y en paz.

Aquella noche, en la cama, Berta no podía dormir. El plan que habían pergeñado entrañaba muchos riesgos y no obedecía a un planteamiento demasiado racional. Sin embargo, estaba inspirado en la misma filosofía que las había acompañado a lo largo de toda la investigación: la necesidad de generar movimientos que afloraran algún tipo de prueba. Ninguna de las dos inspectoras era muy consciente de haber seguido una línea premeditada, ambas se hallaban convencidas de que obraban improvisadamente dejándose llevar por los bandazos imprecisos de su intuición. Hubiera sido fácil no aceptar el caso, aunque eso las habría conducido a ser trasladadas fuera de su tierra. Habiéndose percatado muy pronto de que iban a endosarles el papel de tontas útiles, la única manera en que habían reaccionado había sido con rebeldía. Parecían muy seguras de que dos mujeres jóvenes e inexpertas como ellas eran capaces de enfrentarse a la corrupción generalizada, al partido en el poder, a criminales y sicarios, al Mal pensado y escrito con mayúsculas. Sin embargo, la rebeldía por sí misma no es ningún valor, y, aunque nos apoya en el intento de no perder la dignidad, en la mayor parte de las ocasiones lo que hace es empujar para que nos estampemos contra la pared. Y allí se encontraban ellas, despachurradas como dos polillas nocturnas en el muro de la realidad. ¿Qué se habían creído, que un par de reinas de la inexperiencia, acompañadas de un paje intermitente como Boro, iban a sacar a relucir la verdad? ¡Santa inocencia, o mejor, santa imbecilidad! Y había sido justamente ella quien en los momentos bajos de la investigación se había empecinado en continuar. Estaba segura de que, si hubiera dependido de su hermana, ya hubieran dado el brazo a torcer. Sin embargo, Marta se había dejado arrastrar por sus arengas cuarteleras: ¡las Miralles triunfarán! ¡Pura bazofia sentimental! Y ahora estaban a punto de cometer la enésima equivocación. ¿De qué serviría azuzar contra Arnau a aquella escoria humana de Silvia? De poco, de nada, e incluso la cosa podía complicarse y hacer que el azuzado fuera el comisario, y que se lanzara contra ellas. ¿Ejecutarían entonces su amenaza latente de denunciarlo por poner trabas a la investigación? ¿Y cómo sabían hasta dónde llegaba la confabulación para que no se supiera la verdad? ¿A quién iban a recurrir yendo hacia arriba, al ministro del Interior? ¿Y cómo podían estar seguras de si la orden de obstaculizarlas no partía de él? No, basta de niñerías y heroicidades de pacotilla. A la mañana siguiente hablaría con Marta y le propondría presentar de común acuerdo su dimisión. Apagó la luz y solo aquel último pensamiento le permitió dormir.

A la mañana siguiente se levantó antes de que sonara el despertador y fue a la cocina para preparar café. Cuando estuvo listo avisó a su hermana. Ambas en pijama, se sentaron a la mesa y sorbieron al unísono de sus tazones, sin hablar.

—Parecemos un ejército derrotado —se le ocurrió decir a Marta.

—Eso es justo lo que somos. Veo que tú tienes la misma impresión que yo. Marta, he estado pensando y de verdad creo que debemos dimitir.

—Ya —pronunció la hermana lacónicamente. Luego se animó a preguntar—: ¿Y el empoderamiento de las mujeres?

—Que le den.

Siguieron bebiendo en silencio. Marta dijo:

—Me jode.

—A mí también.

—¿Por qué te jode a ti?

Berta se quedó perpleja. Miró a su hermana sin comprender.

—¿Cómo que por qué me jode, por qué va a ser? Hemos sido gilipollas, es un fracaso monumental, los culpables se irán de rositas... ¿Quieres aún más razones? ¿Es que a ti no te jode por lo mismo?

—No —respondió Marta sin pestañear—. Hemos sido gilipollas hasta cierto punto, te recuerdo que hemos hecho avanzar la investigación en este tiempo. Lo del fracaso a mí me da igual, total, tampoco se puede triunfar siempre. No todos los culpables se van de rositas. Sabemos que Manuela mató a la presidenta casi con toda seguridad, y la pobre acabó también muerta.

—Entonces ¿se puede saber por qué te jode dimitir?

—¡Porque me quedo sin saber! A ver, a mí todos esos planteamientos de que somos jóvenes policías llenas de entusiasmo y que representamos el brazo incorrupto de la ley me la soplan cantidad. Para brazos incorruptos ya tuvimos bastante en Ávila con el de santa Teresa, qué te voy a decir. A mí lo que me molesta es no llegar a enterarme de qué coño pasó.

Tengo curiosidad, una curiosidad que me mata, que no me deja dormir. ¡Quiero saber!, y te aseguro que, si no somos nosotras quienes resolvemos estos crímenes, nos quedaremos en ascuas toda la vida, por siempre jamás.

—Sí, en eso llevas razón.

—¡Pues claro que llevo razón! Lo que tenemos que hacer es seguir a nuestra bola, corriendo riesgos o haciendo tonterías, da igual. No vamos a ir de heroínas ni lucharemos contra la maldad o contra el sistema, ni ningún rollo parecido. Y si la superioridad, por llamarla de alguna manera, un buen día nos dice: «Nenas, os habéis pasado con estas pesquisas. A la puta calle que vais», pues nos cagaremos en la madre que los parió y nos iremos, aunque nos quedemos sin saber. Otro trabajo encontraremos: guardaespaldas de un famoso, seguratas en un supermercado, gorilas de puerta de discoteca... Al fin y al cabo, lo de ser policías es un empleo y nada más.

En aquellos momentos Berta no sabía si reír o llorar, abrazar a su hermana o reprenderla por su manera vulgar de expresarse. Optó por no mostrar ningún tipo de emoción y levantar un dedo.

—¡Me pido primera para la ducha! Porque habrá que irse a currar, ¿no?

Naturalmente, influidas por su nueva moral, no acudieron más que un par de horas aquella mañana a comisaría. Interpretaron el papel de «mujer del César» con escasa convicción y después salieron pitando de vuelta a casa. Se suponía que allí podrían trabajar con tranquilidad. Sin embargo, el desabastecimiento de su despensa era tal que les faltaba un ingrediente imprescindible para su inspiración, tan necesaria en aquellos momentos: el café. Marta montó un pequeño escándalo.

—¡Esto es insoportable! Si ya hemos llegado a la escasez de café y de cerveza, más vale que nos vayamos a vivir a un hotel.

—Se acabó esta mañana, no te pongas histérica. Nos vamos a trabajar al bar de abajo y de vuelta paramos en el supermercado. La tragedia acaba ahí.

Suponían —su experiencia limitada solo les permitía suponer— que en los casos habituales de asesinato los hechos se encadenaban unos a otros como cerezas escogidas de entre un montón. Pero eran muy conscientes de que ahora debían crear una plataforma desde la que partir. La visita de Silvia a Arnau era el escenario que debían construir. Empezaron por las dificultades, de las dudosas ventajas para la resolución del crimen habían hablado ya. La principal era el propio acceso al sujeto. Si le mandaban a Silvia a una hora en la que el portero se hubiera marchado ya, era previsible que Arnau no le abriera la puerta ni loco. Si se presentaba en las horas laborales, habría que pedirle colaboración al portero una vez más. A aquellas alturas ya no se encontraban seguras de que accediera. ¡Por el amor de Dios!, si ellas hubieran estado en su piel, la confianza en aquella policía que insistía en hacerlo partícipe, bajo amenaza, de una investigación se hubiera desvanecido por completo. Y, para mayor abundamiento, lo que demandarían ahora de él no sería un aviso de los movimientos de Arnau, sino que le franqueara el paso a una tipa destrozada por la droga y con innegable pinta de *homeless*. Probablemente el portero argumentaría que dejarla pasar podía poner en peligro su puesto de trabajo, y llevaría razón. Todo dependía de cómo se tomara Arnau la presencia en su puerta de la chica. En cualquier caso, no había más remedio que acudir al portero. Otra dificultad no pequeña, que ya habían comentado, era la aquiescencia de Silvia al plan. Esperaban que la cifra de doscientos euros fuera suficiente para forzar su voluntad. Podían quizá aumentar el acicate asegurándole que el hallazgo del dinero de Manuela era inminente. Pero no acababan allí los problemas... ¿Qué demonios debía decirle Silvia al sujeto? Aceptando la hipótesis de que ella se viera con ánimos de memorizar una frase, pues de un párrafo entero no cabía ni pensar, ¿qué frase escogerían? Afloraron muchas posibilidades entre las dos inspectoras. Desde el un poco descontextualizado «si no dices la verdad te voy a rajar, mamón» de Marta al «hemos seguido tus pasos y tus intenciones hasta aquí» de Berta, que resultaba demasiado complejo y abstracto, llegaron a una fórmula de compromiso que rezaba así: «Soy amiga de Manuela. La policía te sigue de cerca. Sé lo de Vita y ellos también». Marta insistió en que añadieran la palabra «mamón» como coda final, y Berta aceptó, pensando que era una mera cuestión de estilo por la que no valía la pena discutir. Si lo que necesitaban radicaba en una reacción de Arnau, aquello sería suficiente para hacerlo saltar del sillón y dar un paso al frente. Esperaban que ese paso se mostrara lo suficientemente equivocado para sus propios intereses que pudieran cazarlo por fin.

Los preparativos empezaron en el Cabanyal. Al atardecer acudieron a la casa okupada de Silvia. O la fortuna les había sonreído o la chica no se movía mucho de su agujero, porque la encontraron allí, tumbada en su jergón, medio dormida, más sucia e incoherente que el día que la conocieron. Alrededor de su habitación pululaba la misma cohorte de desheredados de la primera vez. El vejete que las había saludado aquel día lo hizo de nuevo. Ambas hermanas se estremecieron ante aquel espectáculo de desolación.

Silvia tardó un poco en reconocerlas, pero al cabo de unos minutos el velo que le cubría los ojos se descorrió lo suficiente como para permitirle decir:

—¡Eh, las policías, qué alegría de veros otra vez! —Y su siguiente frase fue—: ¿Habéis traído cerveza?

Berta señaló las latas vacías que se esparcían a lo largo de la cama.

—¿No has bebido ya lo suficiente?

—No —declaró la chica—. No sé qué coño queréis, pero si no hay cerveza ya os podéis ir largando.

—No tenemos cerveza, Silvia, pero queremos hablar contigo.

—Pues vamos a la cafetería de la urbanización —dijo con una carcajada absurda—. Esperad, que me arregle un poco.

Salieron de la habitación y la chica subió varios peldaños de la escalera que debían conducir a algún tipo de letrina común que más valía no conocer. Volvió al cabo de unos instantes con la cara visiblemente mojada y el pelo más o menos en orden.

La cafetería de la urbanización era un minúsculo bar bodega que había al final de la calle Barraca. Aun sin estar acostumbradas al más mínimo lujo, ninguna de las Miralles había estado jamás en un lugar tan miserable. Berta, intentando huir del hediondo interior, propuso que se sentaran en las mesas de fuera, donde no había nadie. Hasta allí salió la oronda patrona teñida de rubio platino.

—¡Anda, Silvia, siempre vas de invitada, no sé cómo te lo montas! Y hoy no es un tío sino dos señoras. ¡Vaya chollo, ¿no?! —le espetó a la chica dejando tres latas de cerveza sobre la mesa.

—Habla demasiado pero es buena mujer —les dijo Silvia cuando estuvieron a solas.

Entre Marta y Berta le explicaron el plan. No les sorprendió que lo entendiera a la primera sin hacerles repetir ni una palabra, lo que las dejó pasmadas fue que no manifestara la menor curiosidad por saber por qué debía hacer lo que estaban pidiéndole. Su interés se extendía en otras direcciones.

—¿Y si ese tío me da una hostia? —quiso saber.

—No corres ningún riesgo. Le dices la frase y te vas. No le contestes a ninguna pregunta, no hables con él.

—¿Y los doscientos euros?

—Cien ahora y cien cuando hayas cumplido. Luego te vas a tu casa y nosotras nos pasamos por allí para darte el resto del dinero y que nos cuentes qué tal te fue.

—¿Y por qué no me esperáis a la salida con la pasta?

—Porque tenemos que quedarnos vigilando a ese tío para ver si hace algo.

—No será un asesino, ¿verdad?

—No, más bien un ladrón. Él sabe dónde está el dinero de Manuela.

Puede que las creyera, puede que no, pero el hecho firme de tener dos billetes de cincuenta euros en sus manos pareció un estímulo suficiente como para ponerla en acción. Su única exigencia era que le escribieran la frase de marras en un papel para poder aprendérsela de memoria o, si se olvidaba de alguna palabra, utilizarlo como chuleta.

—Pues nada, tranquilas, que yo a las cuatro de la tarde de mañana estaré en esta dirección. Os lo juro por lo más sagrado. Ahora jurad vosotras que luego vendréis a traerme los cien pavos.

—Verás que hay un portero, pero está avisado y te espera. Solo dile que eres Silvia. ¿Todo claro?

—No.

—¿Tienes dudas?

—No habéis jurado.

—Te lo juro —dijo Marta.

—Por lo más sagrado.

—Por lo más sagrado, sí.

—¿Y ella? —dijo la chica señalando a Berta con la cabeza.

Berta sintió un nudo en el estómago. ¿En esto consistía su deber, en mentir, saltarse la legalidad, aprovecharse de la gente débil como aquella infeliz?...

—Te lo juro por lo más sagrado —declaró.

Las Miralles le escribieron en un papel la frase que debía repetir, se levantaron y se fueron, casi sin decirle adiós.

No hubo tiempo para autorrecriminaciones, para dudas o arrepentimientos. El siguiente paso del plan era hablar con el portero. Conduciendo con cuidado, pero a considerable velocidad, enfilaron la avenida del Cid. Marta subió a casa de aquel hombre mientras Berta la esperaba en el coche. La vio reaparecer un cuarto de hora después.

—¿Qué tal te ha ido?

—Bien, la dejará pasar.

—¿Qué has tenido que decirle?

—¿De verdad quieres saberlo?

—No, mejor no.

—Pues vámonos para casa. Con un poco de suerte, algún supermercado del barrio estará abierto aún.

Capítulo 19

Pasaron la mañana en comisaría, donde no se produjo ninguna novedad. Comieron someramente en un bar, y una hora antes de las cuatro de la tarde ya estaban las Miralles aparcadas frente al edificio de Ricardo Arnau. No se fiaban demasiado de que Silvia cumpliera con su parte del plan. Cabían muchas posibilidades que podían dar al traste con todo. La chica quizá se había conformado con cien euros y se había drogado o emborrachado con ellos, tal vez al final le había dado miedo hacerlo... Con una persona de sus características, cualquier cosa era factible.

A las cuatro menos cinco Berta la vio aparecer. Avisó a su hermana, medio adormecida tras la espera. Nunca hubieran imaginado que se alegrarían tanto por su presencia. La observaron atentamente. Bien, no caminaba con paso titubeante, no hacía eses, no ejecutaba ningún movimiento extraño. Se desplazaba con su lentitud característica y su aspecto era tan desaliñado como de costumbre. Bien, Arnau sufriría un shock solo con mirarla, lo cual potenciaría el impacto definitivo que esperaban que padeciera después de oírla pronunciar la frase. Silvia comprobó el número del inmueble y entró en el portal. Aquel momento era también importante. Su salida inmediata significaría que el portero se había achantado ante la eventualidad de perder su trabajo. Esperaron con la vista fija en la puerta. Marta contó en voz baja hasta diez, después hasta veinte, hasta treinta... Silvia no reapareció, el portero seguía colaborando con la ley.

Los minutos de espera se les hicieron eternos. No habían hecho cálculos precisos sobre lo que le llevaría a Silvia cumplir con el encargo y volver a salir de la casa de Arnau. ¿Cinco minutos, diez quizá? Dudaban de que el tipo la invitara a pasar, de modo que tenerlo delante y soltarle la frase no podía llevarle mucho más tiempo. A los quince minutos empezaron a inquietarse. Silvia no salía. Imágenes horribles les venían a la cabeza, aunque no se las comunicaban entre sí. ¿Y si finalmente el tipo la había agredido?, ¿y si la chica le había contado el plan? A la media hora Marta no pudo aguantar la tensión.

—Deberíamos subir.

—Espera un poco más.

—¿Y si se la ha cargado?

—Sería una manera de cerrar el caso.

—¿Habiendo mandado a esa desgraciada al cadalso?

No dio tiempo a que Berta contestara, simplemente exclamó:

—¡Ahí está!

En efecto, Silvia salió del portal tranquilamente y sin hacer ningún aspaviento comenzó a caminar a su ritmo hasta que desapareció por la esquina. Las Miralles dieron un soplido de alivio, las dos a la vez. Marta dijo:

—Ahora veremos si todo esto ha servido para algo. Como Arnau se limite a reaccionar hablando por teléfono...

—Por teléfono no hablará.

Encadenaron la cuarta espera angustiosa de aquel día, pero fue corta. Veinte minutos después, vieron salir a Arnau de su guarida. Iba a pie. Bajaron del coche y lo siguieron a una distancia prudencial. Caminaba con rapidez, iba hacia el centro. Vieron cómo se dirigía hacia El Corte Inglés y franqueaba la puerta principal. Perfecto, obviamente había escogido aquel lugar transitado para reunirse discretamente con alguien. Y no tan perfecto para ellas, puesto que a aquella hora la gente empezaba a salir de trabajar y podían perderle el rastro entre el bullicio. Lo siguieron. Subió por las escaleras mecánicas hasta la planta de Caballeros. Allí se acercó a la sección de calzoncillos y empezó a observar los modelos expuestos. Los tomaba en las manos, los descartaba. Se acercó un dependiente y vieron cómo Arnau le sonreía y negaba con la cabeza. El dependiente se alejó. Ellas se instalaron en la cercana sección de camisas e hicieron lo mismo que él: dejar pasar el tiempo con la apariencia de curiosear los géneros expuestos. El dependiente llegó hasta ellas.

—¿Puedo ayudarlas en algo?

—No, lárguese —le soltó Marta desabridamente. Berta lo arregló como pudo.

—Estamos mirando un poco, luego le llamamos.

El chico se fue, quién sabe si mosqueado o no. En ese momento advirtieron cómo un tipo se acercaba hacia los calzoncillos. Era de mediana edad y alto. No pudieron saber mucho más sobre su aspecto: llevaba las solapas de un chaquetón elevadas sobre la cara, una bufanda le tapaba la boca y los ojos estaban velados por unas enormes gafas de sol. Era evidente su interés en no ser reconocido. Se colocó a unos dos metros de Arnau y fue mirando y tocando camisetas en un expositor. Al cabo de un instante los vieron hablar entre sí con disimulo. No era prudente acercarse, y a la distancia que estaban las Miralles, resultaba imposible oír nada. De pronto, Marta desplegó un par de camisas y estiró una de ellas con los brazos abiertos.

—Sácale una foto a las camisas. Así le preguntamos cuál le gusta más —dijo levantando la voz.

Berta comprendió enseguida, sacó el móvil y buscó la ubicación ideal.

—A ver, échate un poco más a la derecha, ahí me da un reflejo —respondió en el mismo tono.

Ambos hombres estaban lejos, pero salían al fondo del encuadre con bastante claridad. Disparó varias veces.

—Ahora coge la otra, yo creo que es más de su estilo —vociferó—. Ponte allí, se ve mejor.

No le dio tiempo a hacer una nueva batería de fotos desde otra posición. Arnau y el hombre enmascarado habían acabado de comunicarse. El primero se quedó donde estaba y llamó al dependiente, dispuesto a comprar. El otro se dirigió a los ascensores. Las inspectoras lo siguieron, procurando no acercarse demasiado. Caminaba a una velocidad casi imprudente, sorteando clientes y maniquíes. Ellas fueron detrás, tratando de no llamar la atención. Lo vieron esperar, nervioso, frente a la puerta del ascensor.

—¿Entramos con él? —preguntó Marta en un susurro.

—Si entra solo lo habremos perdido.

Aceleraron el paso, pero imprevistamente un hombre se puso frente a ellas obligándolas a parar.

—Lo siento, señoritas, pero tendrán que acompañarme.

—Pero ¿qué demonios?, ¡déjenos pasar! —se desesperó Berta.

Rápidamente un nuevo individuo, un auténtico armario que era sin duda un guardia de seguridad, se plantó a su lado.

—¿Hay algún problema? —le preguntó al otro hombre.

—Las señoras se están llevando una camisa sin pasar por caja —dijo señalando el bolso de Marta.

De repente, Marta miró hacia su bolso bandolera y vio que colgada del asa estaba la maldita camisa que había tomado para la foto.

—¡Hostia! —exclamó. Acto seguido, sacó su placa policial al tiempo que Berta hacía lo mismo—. ¡Déjennos pasar, imbéciles! —rugió, echándoles encima la camisa.

Demasiado tarde. Cuando fijaron de nuevo la mirada en la puerta del ascensor, el hombre misterioso había desaparecido. O se había montado, como parecía que iba a hacer, o bien se había dado cuenta de la escena de la camisa y se había largado a pie. En cualquiera de los dos casos, las posibilidades de darle alcance eran remotas. Lo intentaron. Llamaron al ascensor, que les pareció más lento que una tortuga herida. Al arribar a la planta baja, otearon el panorama sin ver nada que no fueran apacibles clientes. Salieron a la calle. Ni rastro del hombre misterioso. Una moto de gran cilindrada pasó por su lado bastante deprisa.

—¿Era él? —preguntó Berta—. Me ha parecido reconocer su chaquetón.

—Puede ser, pero con el casco... ¡quién sabe! A lo mejor tenía la moto en el aparcamiento. De todos modos, da igual, ya se ha largado. ¡Hay que joderse!

—¡Mira!

Arnau salía de los grandes almacenes con una bolsa en la mano, ajeno a cualquier cosa que no fuera caminar. Lo siguieron pacientemente, sin decir palabra. Desanduvo el camino hasta su casa. Se internó en su portal. Ellas quedaron en el extremo de la calle, como un par de turistas despistadas. Estaban tensas, excitadas y, al mismo tiempo, decepcionadas, tristes, exhaustas. Entraron en el bar de enfrente, se sentaron en una mesa. Pidieron cerveza. Ninguna de las dos rompía su mutismo. Después de varios minutos Marta musitó:

—Lo siento. Soy una estúpida. Cuando me hiciste cambiar de camisa no pensé en dejar la otra, me la colgué de cualquier manera en el asa del bolso. No estaba atenta a lo que hacía.

—Olvídate.

—¿Cómo voy a olvidarme? ¡Perdimos un tiempo precioso!

—No está tan claro que hubiéramos podido seguirlo. Si es el tipo que nos pareció ver y tenía la moto en los alrededores, no era prudente acercarse a él en un lugar vacío.

—¡Pero a lo mejor hubiéramos podido tomarle la matrícula!

—Deja de atormentarte. Tenemos las fotos. Arnau ha hecho el movimiento en falso que queríamos. Ahora sabemos que está conectado con Manuela, y que el hombre misterioso está conectado con él. No es un mal resultado.

—¡Si hubiéramos podido oír qué se decían! Hay aparatos modernos que usan algunas policías. Captan las conversaciones desde bastante distancia. A lo mejor hay alguno en nuestra comisaría.

—Ya. No podemos permitirnos ni pinchar un puto teléfono y tú piensas en artefactos de 007. Olvídalo. Tampoco es posible ir a reclamar las grabaciones de las cámaras de seguridad de los alrededores. Levantaríamos sospechas en comisaría.

—¡Joder, joder, joder!

—¿Quieres dejar de desesperarte? Continuaremos como hemos llegado hasta aquí, paso a paso. Ahora estamos cansadas y nerviosas. Nos iremos a casa, tomaremos una ducha, comeremos algo, descansaremos y, ya por la noche, rumbo al Cabanyal a ver qué nos cuenta la drogota. ¿Te parece bien?

Marta asintió varias veces, aún contrita. Pidió otra cerveza y se la bebió con avidez.

Su piso les pareció un remanso de paz. Llevaron a cabo los planes tal y como Berta los había enumerado. Tras la ducha y un rato de descanso se sintieron mejor. Marta preparó unas hamburguesas de lentejas de las que se había aprovisionado el día de sus compras y una ensalada con aguacate. Berta se zampó la cena sin rechistar, no estaba de ánimo para protestas o ironías. Cuando hubieron acabado de reponerse, lo único que les apetecía era irse a dormir, pero no podían permitírselo aún. Para cerrar la operación que habían realizado aquella tarde, faltaba el testimonio de Silvia. Si esperaban, la chica se inquietaría pensando que no iban a entregarle la segunda parte del pago o incluso podía darse el caso de que, tras un par de borracheras, olvidara los datos que Arnau hubiera podido facilitarle.

—¿De verdad crees que ese tipo le ha dicho algo que nos vaya a interesar, Berta?

—Sinceramente, no lo creo, pero quiero saber cómo ha reaccionado delante de ella. Preparo un café y vamos a su casa.

—¡Me da una pereza...!

—A mí también, pero el deber es el deber. No podemos retrasarnos más. Ya son las diez y cuarto.

Tomaron un café cargado y fueron en busca de su coche. Condujo Berta, que estaba más despejada. Ya no había mucho tráfico a aquellas horas, de modo que llegaron pronto al Cabanyal. En la calle Barraca había un ambiente extraño que fluctuaba entre marginales y vecinos dentro de lo normal. Ignoraron a la gente una vez más. En el portal de la casa okupada vieron al vejete de siempre, sentado en los escalones. Las saludó al pasar. Llamaron a la puerta de Silvia pero nadie contestó. Interpelaron al vejete. Las miró sonriendo, con su habitual aire ausente.

—¿Silvia? ¡Sí, Silvia! Es muy buena conmigo. Esta mañana me invitó a un tercio de cerveza. Luego se fue y ahora no está.

Se dirigieron a «la cafetería de la urbanización». La patrona las miró con desconfianza.

—¿Para qué la queréis?

Le enseñaron la placa policial.

—Ya me parecía a mí que erais de la poli. ¿Qué ha hecho ese encanto ahora?

—¿Ha estado aquí?

—Sí, ha estado aquí dos veces. Esta mañana con el viejo ese que huele tan mal. Debe haber pillado pasta porque luego ha venido a la hora de comer y se ha pedido un plato combinado. ¡Lástima de dinero! Le ha dado cuatro bocados y se lo ha dejado todo. Los de la droga nunca comen bien. Esta chica acabará tirada en cualquier parte: o la mata una sobredosis, o algún tío de los que le pagan por follar la dejará seca cualquier día.

—¿Y no ha vuelto a verla hoy?

—Pues no.

Esperarla a su puerta parecía el único modo de dar con ella. La gente las miraba al pasar. Más allá de las once y media desistieron de continuar allí. Estaban inquietas.

—¿Y si le ha pasado algo? —inquirió Marta.

—¿Algo como qué?

—Igual Arnau ha pagado para que le den una paliza.

—No nos pongamos nerviosas, Marta. Puede estar en cualquier parte, haber hecho cualquier cosa.

—¿Y pasar de los cien euros restantes? ¡Muy mal tendría que estar!

—¡De acuerdo, ya has conseguido contagiarme el nerviosismo! Tú que te las sabes de memoria: ¿qué comisaría está cerca de aquí?

—La del Distrito Marítimo.

—Pues vamos a ir a preguntar si han encontrado a alguna chica drogada o apaleada. ¿Te quedarás más tranquila?

—Algo más.

En la comisaría del Distrito Marítimo no había mucha animación. Enseñaron sus placas al equipo de guardia. Les buscaron el nombre de la chica. Naturalmente, no figuraba entre las incidencias del día. Intentaron encontrarla por características personales: cercana a los treinta años, estatura media... Tampoco de ese modo apareció.

—Puede estar en un hospital, inspectoras, y si no hay nada sospechoso ni entra en algún protocolo establecido no tienen por qué avisarnos. ¿Por qué no esperan a mañana? Ya habrán pasado unas horas y contaremos con más información. Aparte de que, por lo que me cuentan, esa mujer puede estar durmiendo la mona en cualquier parte, en cualquiera.

A Berta aquel barrio había empezado a parecerle horrible, fantasmal. Caminaban por las calles desiertas en silencio, sin atreverse a hablar.

—¿Te acuerdas de dónde hemos aparcado el coche? —preguntó Marta. Berta asintió con la cabeza.

—¿Se puede saber por qué estás tan callada?

—Por lo mismo que tú.

—¡¿Por lo mismo que yo?! —estalló Marta—. Ya has oído lo que acaban de decirnos. Esa tía está durmiendo por ahí. No hace falta angustiarse tanto ni montar un drama en tres actos. Mañana la encontraremos, le preguntaremos lo que haya que preguntarle, le soltaremos sus cien euros y en paz.

No hubo respuesta. Berta encontró el coche a la primera y se puso al volante.

—¿Adónde vamos?

—¿Cómo que adónde vamos? ¡A nuestra casa! ¿Dónde coño vamos a ir? Oye, ¿estás bien? ¡Pareces un robot! Deja que conduzca yo. Ahora solo faltaría que nos diéramos una hostia.

—No. Estoy bien.

Una vez en casa, Berta rechazó tomar la leche caliente que su hermana le ofreció. Le dio las buenas noches y se retiró a su habitación. Marta la vio cerrar la puerta como un alma en pena. Renegó para sus adentros: «Ya está convencida de que la drogota está muerta y enterrada. Así es ella, de todas las opciones posibles, siempre escoge la peor. ¡Seguro que no pega ojo en toda la noche!».

Acertó por completo con su malhumorada suposición: Berta no pegó ojo en toda la noche, aunque lo que no había supuesto sucedió igualmente: ella tampoco pudo dormir.

Alrededor de las siete de la mañana Marta entró como una tromba en la habitación de su hermana. Esta se sintió zarandeada y salió automáticamente del duermevela en el que había caído.

—¿Qué pasa?

—Despierta. Me ha llamado el doctor Barrachina.

Saltó como una autómata de la cama. Miró en torno a sí como si hubiera perdido el juicio.

—Le han llevado el cadáver de Silvia. ¿Es eso?

Marta afirmó varias veces con la cabeza. Berta se echó pesadamente sobre las sábanas.

—Date prisa, Berta. Me ha dicho que está acabando la guardia y ya se va a su casa. Vístete, ya desayunaremos después.

Marta se lavó la cara con agua fría, se peinó, abrió el armario y se puso la primera ropa que le vino a la mano. Al salir, su hermana no estaba esperándola. Miró en su habitación y la vio acostada, tal y como la había dejado. Se había cubierto la cara con el embozo. Le dio un grito descomunal.

—¡¡¡Berta, levántate ahora mismo!!!

—Lo hemos hecho mal. Perdimos un tiempo precioso. Es como si la hubiéramos matado con nuestras propias manos.

—¡Levántate, vístete! ¡Déjate de hostias ahora! —Fue hasta el armario y sacó unas prendas de ropa. Las lanzó con violencia sobre el cuerpo de su hermana. Al ver que no se movía, la tomó por el brazo, que estiró con todas sus fuerzas.

Berta quedó medio recostada sobre la alfombrilla del suelo. Siguió gritándole.

—¡Basta, basta, reacciona! ¡Yo no he matado a nadie ni tú tampoco, pero vamos a averiguar quién ha sido! —bajó la voz para añadir—: Muévete, por favor.

Berta por fin reaccionó y empezó a vestirse a toda prisa. Ni siquiera pasó por el cuarto de baño para echarse un poco de agua que la despejara. Bajaron atropelladamente por las escaleras. Esta vez fue Marta quien condujo hasta el Anatómico Forense, la cara de espectro que tenía su hermana lo aconsejaba así.

El doctor Barrachina fue muy directo, las había llamado porque le sorprendió que la responsabilidad de la investigación hubiera recaído en la comisaría del Distrito Marítimo, concretamente en un inspector llamado Ernesto Chivert.

—Le dije que ustedes llevaban una investigación en la que estaba implicada la chica. Quedaron en que informarían ellos mismos a la comisaría de Russafa, pero, como nos conocíamos personalmente y previendo que pudiera haber dilaciones, decidí llamarlas yo.

—Gracias, doctor, mil gracias. ¿Cómo ha sido? —dijo Marta.

—No le corresponde la autopsia hasta pasado mañana, pero les cuento lo que sé. La encontraron en la calle Pescadors del barrio del Cabanyal, sobre las tres de la madrugada. Solo llevaba muerta una hora, a lo sumo dos. El agresor le destrozó la cara de un golpe, es posible que usara una maza, un bate, un palo grueso..., algo sin duda de extraordinaria contundencia. Por la fuerza debía ser un varón, alto y fornido. Aunque no lo he estudiado a fondo todavía, juraría que la golpeó solo una vez.

—¿Se defendió?

—Imposible contestarle aún. Veremos pasado mañana. Lo que sí hemos encontrado a simple vista es un polvo blanco adherido a los tejidos de la cara. Por la pinta: cocaína. ¿Quieren ver el cadáver?

—¿Lo han puesto al lado del de Manuela?

Barrachina sonrió tristemente.

—No lo sé.

Se levantó, dispuesto para acompañarlas al depósito. Marta fue tras él, mientras Berta se quedaba sentada donde estaba. El forense volvió la cabeza:

—¿No viene, inspectora?

—Si no le importa, prefiero esperar aquí.

Cuando Barrachina dejó a la vista el cuerpo de Silvia, Marta no pudo sino apartar los ojos. La masa informe en la que se intuía una cara humana le impactó de tal manera que no fue capaz de mirarla de nuevo. Y, sin embargo, era Silvia, con total seguridad: su pelo desvaído, la fragilidad de sus miembros, la boca destrozada mostrando unos dientes negruzcos.

—No es agradable, ¿verdad?

—No, no lo es —susurró la joven policía.

—Pues entonces vámonos —concluyó el médico cerrando la funda resolutivamente.

Mientras regresaban al despacho, Barrachina le preguntó el motivo por el que su hermana no había querido ir con ellos. Marta le contó, sin entrar en detalles, que se sentía culpable por aquella muerte y los errores que les habían impedido evitarla.

Sentados todos de nuevo, el forense no tardó en preguntarle a Berta.

—La veo muy apesadumbrada, inspectora Miralles. ¿Le ocurre algo?

—Si hubiéramos hecho las cosas bien, esta muerte no habría sucedido.

—Su hermana me ha comentado algo. No creo que deba culparse demasiado, esa chica que descansa ahí llevaba todos los números para acabar como ha acabado. Además, aunque no hubiera sido asesinada, puede apostar a que sus órganos internos estaban tan deteriorados que no habría vivido mucho más.

—Entonces hubiera muerto de muerte natural.

—¿Llama muerte natural a atiborrarse de drogas y alcohol?

—La han asesinado, doctor Barrachina, y si nosotras hubiéramos...

—No siga por ahí —la interrumpió—. Hace años que soy forense y he asistido a muchos casos de asesinato; de modo que puedo asegurarle que en una investigación policial el tiempo verbal que ha utilizado no tiene cabida. «Si yo hubiera, entonces el otro habría...». Esa manera de hablar no sirve, es inútil. Nunca se sabe cómo ni cuándo ni de qué manera parar a un asesino. Quizá no la habría matado ahora, pero lo hubiera hecho después. Si su intención era matar, créame que habría encontrado la ocasión. Su intención y la de su hermana, como la de cualquier policía honrado, no era que esa mujer muriera, pero ha muerto. A partir de ahora su obligación es descubrir quién le ha dado un final tan cruel.

Como la vez anterior, las llevó hasta la salida de las instalaciones con toda amabilidad.

—Enviaré el resultado de la autopsia a su comisaría —dijo al despedirlas.

—Envíenoslo directamente a nosotras también —respondió Marta previniendo complicaciones que no estaba segura de que no fueran a presentarse.

Para colmo de imprevistos casi previstos, el portero de Arnau llamó a Marta. El encartado se iba unos días a su casa de Altea.

Capítulo 20

El comisario Solsona aceptó reclamar el caso desde la comisaría de Russafa. No puso inconvenientes, pero, como de costumbre, dio a entender que la petición de sus subordinadas las Miralles le parecía innecesaria. Esta vez las trató con una condescendencia ni siquiera disimulada.

—Es un claro asunto de drogas, inspectoras. No veo la relación entre lo que ustedes investigan y este asesinato.

Berta y Marta habían dilucidado cuidadosamente lo que debían aflorar y ocultar frente a su superior.

—Tenemos sospechas bastante fundadas de que quien mató a Manuela es el mismo hombre que mató a Silvia Orozco.

—¿Qué distancia puede haber entre sospechas y pruebas? ¿Tienen testigos, fotografías, huellas? ¿Tienen idea de cuál sería el móvil de este crimen? ¿Piensan que aún guarda relación con el de Vita Castellá?

Un tanto apabullada por la batería de preguntas de su jefe, Berta respondió:

—No contamos con pruebas claras, señor, pero estamos siguiendo una estela.

—Una estela de muertos, según ustedes.

—Estamos convencidas de que...

En consonancia con sus reacciones habituales cuando hablaba con las Miralles, el comisario pasó de la condescendencia a la crispación.

—A ver, inspectoras, no colmen mi paciencia. Toda la estela que han seguido consiste en una mujer que casi con toda seguridad se ha suicidado y una drogadicta que ha muerto de un golpe en la cara. ¿Saben cuántos adictos mueren por sobredosis o por reyertas en Valencia al año? Si quieren puedo echar mano de la estadística, pero estoy en condiciones de decirles que son bastantes, muchos en realidad.

—Pero...

—No hay pero que valga, Berta Miralles. Aun así, sin pruebas, sin ni siquiera teorías articuladas, me piden que reclame el caso de esa chica. Muy bien, no hay problema. De ninguna manera quiero que puedan decir que he obstaculizado su investigación por el simple hecho de que son novatas. No. Cuando el juez cierre el caso o lo dé por sobreseído espero que no se les ocurra afirmar que no lo han tenido todo a su favor.

—Se lo agradecemos, comisario.

—Sin embargo, este caso será investigado paralelamente por la policía judicial, que se ocupa por ley de los asuntos de drogas. No quiero que mientras ustedes siguen sus estelas en el cielo, el cabroncete que se ha cargado a esa mujer se quede sin su castigo. Tienen derecho a consultarles lo que estimen oportuno. ¿Me han entendido?

—Sí, señor.

—Ya pueden retirarse.

—¿Y para conocer los detalles del crimen?

—Hablen con el inspector Chivert, él tiene el sumario. Voy a repetirles una cosa: ya pueden retirarse.

Esperaron a estar en su despacho para iniciar la ronda de comentarios, que comenzó Marta con un exabrupto.

—Manuela se suicidó y el de Silvia es un asunto de drogas, un cabroncete que se la tenía jurada. ¡Hala, tócate los cojones, problema solucionado!

—Tampoco puede decirse que le hayamos planteado una hipótesis razonada.

—Porque te empeñas en no hablar de Arnau.

—Marta, por ahora es mejor no darle a conocer cualquier indicio que pueda relacionar el crimen de Vita con el partido. Sí, ya sé que Arnau es de los desahuciados, pero no me hagas repetirlo, puede haber sido una mano ejecutora.

—Lo que tú digas, no vamos a enfadarnos ahora, bastante tenemos con lo que hay.

—Ten confianza en mí. Vamos bien, Marta, vamos bien.

—Directas al abismo.

—Es posible, pero yo no pienso dejar las cosas tal y como están.

—Por lo menos te veo más animada.

—Quiero creer que lo estoy.

Chivert quedó con ellas en el almacén donde se encontraban depositados los objetos personales de Silvia Orozco. Era un tipo en la cuarentena, un guapo tradicional, de mentón cuadrado y cabello negro azabache. Las miró con una indulgencia rayana en el desprecio. Ambas se preguntaron si él también estaba en la red que intentaba entorpecer sus pasos. Quizá ni siquiera fuera necesaria la connivencia, verlas mujeres, jóvenes y novatas en la profesión era suficiente para que las considerara criaturas inferiores que, sin embargo, se hacían acreedoras de un poco de comprensión. La formulación de su primera pregunta ya las puso en alerta.

—¿Qué queréis saber, chicas?

—Todo lo que sepas tú, tío —contraatacó Marta sin pensárselo dos veces.

El aludido tío sonrió, demostrándose a sí mismo que su comprensión era infinita.

—Vale. El tipo, porque debe de ser un hombre, la abordó por delante y la golpeó de frente con un objeto pesado. No se sabe si ella se defendió o no, pero pensamos que no le dio tiempo. La ropa de la chica se ha llevado al laboratorio respetando escrupulosamente la cadena. Allí la analizarán por si hay algún resto. Pruebas aparentes, ni una. No se recogieron colillas, ni fibras textiles en el suelo ni nada de nada.

—¿Algún testigo?

—Calle completamente desierta a aquella hora. Nadie vio nada desde las ventanas.

—¿Y la cocaína que tenía en la cara? —preguntó Berta.

—¿Cómo sabéis eso?

—Culturilla general —le espetó Marta, convertida en la portavoz de los desplantes.

—No está claro. Quizá discutieron por droga y él se la tiró a la cara antes de agredirla..., no tiene mucha más explicación, a no ser que el tipo fuera bien colocado y le diera por ahí en plan venganza. Todo eso la policía judicial nos lo explicará mejor. A lo mejor hasta es posible que el atacante fuera un traficante ya fichado que siempre opera así. El móvil suelen ser las deudas.

—¿Ya te has enterado de que la judicial también va a investigar?

—Son órdenes de vuestro comisario.

—Sí, eso también lo sabemos nosotras.

—¿Queréis ver sus objetos personales?

Las pertenencias de Silvia estaban metidas en bolsas de plástico transparente de diversos tamaños. Berta reconoció inmediatamente el ajado bolsito y recordó aquella sesión casi hipnótica que había sucedido ante sus ojos: la chica sacando y metiendo sus cosas: las llaves, la polvera rota, los calcetines... Cuando vio el perrito de peluche, ennegrecido por el roce, sintió un profundo ramalazo de tristeza que fue interrumpido por la voz firme de Chivert.

—En el monedero llevaba trescientos euros.

Semejante afirmación dejó a las hermanas estupefactas. Marta enseguida saltó.

—La matan por una deuda de drogas y no le quitan el dinero. ¿Cómo se come eso, Chivert?

—A veces ocurre. Quizá el tipo oyó un ruido y se asustó, o puede que pasara alguien y se viera obligado a aligerar la faena...

—Pero no hay testigos.

—¿Crees que la gente corre a denunciar cuando ve algo raro? ¡Y menos a según qué horas y según en qué lugares! De todas maneras, el móvil de este tipo de crímenes es más la venganza que el robo o la restitución del dinero. Y la venganza tiene sus motivos: sirve de escarmiento y ejemplo para los adictos y camellos. El que la hace la paga, o sea que no la hagáis. Es sabido.

A Marta la incomodaba enormemente el tono didáctico chulesco del compañero, pero no se le ocurrió ninguna impertinencia que contestar. Berta andaba en sus pensamientos.

—¿Podemos sacar fotos de sus objetos?

—No serían pruebas directas si hay un juicio. Por lo tanto, no creo que haya inconveniente. Os espero fuera. Voy a encender un pito.

—¡Valiente capullo! ¡Se cree que es el gran sabio! —exclamó Marta en su primer instante de soledad.

—¡Déjalo en paz, solo nos falta ponernos a mal con los colegas!

—¡Qué colegas ni qué carajo, este es un espía del comisario!

—Vayamos a lo nuestro. Fotografía las cosas de la izquierda, yo empezaré por aquí.

—¿Al dinero también le hago foto? Por cierto...

Con un gesto, Berta le dio a su hermana una orden de silencio, que ella enseguida acató. Cuando su objetivo estuvo cumplido, se despidieron de Chivert.

—Muchas gracias, Chivert, ya nos veremos —dijo Berta.

—¿Lo habéis dejado todo como estaba?

—No, yo me he embolsado los trescientos pavos para mercarme un disfraz de Barbie —soltó Marta con una carcajada mordaz.

—¡Vaya, nadie me había dicho que fueras tan graciosa! —contestó el policía con retintín.

—Espero que tú sí se lo digas a los demás. Nunca viene mal un poco de fama.

Berta le propinó un leve y discreto codazo. Salieron los tres. Chivert propuso llevarlas de vuelta en su coche, pero ellas pretextaron que querían pasear.

—¡Maldito machirulo cabrón! Nos ha tratado como si fuéramos las más burras de la clase y él el catedrático mayor del reino. ¡Gilipollas, de buena gana le hubiera dado un puñetazo en los morros!

—Marta, cálmate, por favor. Vamos a meternos en un bar y te invito a una infusión bien caliente.

El bar era grande y destartalado, pero a Berta parecía no importarle en absoluto. Todo su interés estaba centrado en encontrar una mesa aislada. En cuanto dieron con una y hubieron pedido té, la mayor de las Miralles sacó su teléfono móvil y se puso a buscar.

—¿Qué coño haces?

—Creo haber encontrado una coincidencia curiosa. Mira esto.

Le mostró la fotografía de las llaves de Silvia.

—Es el mismo llavero que encontramos en la mochila de Manuela, con la inscripción G. P.

Marta observó la pantalla sin demasiada emoción.

—Sí, no me había fijado. No le veo la gracia al descubrimiento. Manuela se alojó en casa de Silvia. Es un llavero de publicidad. Manuela tenía varios y le regaló uno a la chica. Punto final de la coincidencia. ¿Y eso qué nos indica?

—El llavero de Manuela lo encontramos olvidado en el doble fondo de la mochila, y es más viejo que este.

—Te repito la misma pregunta: ¿y eso qué nos indica?

—No lo sé.

—Pues entonces es un hallazgo sin importancia. Más me mosquean los trescientos euros intactos en su bolso. Ya te imaginas de dónde los sacó.

—Sí, claro. Eso explica por qué tardó tanto en bajar Silvia de su encuentro con Arnau.

—La cabrona nos hizo doble juego. Doscientos euros por aquí y trescientos por allá ya habrían sumado quinientos. Un redondeo bien guapo. ¡Para lo que pudo disfrutarlo! Lo que me extraña es que Arnau no le dijera al hombre misterioso que le trajera de vuelta la pasta.

—No creo que esa cantidad signifique gran cosa para él. A mí lo que me sorprende es que el hombre no le cogiera el bolso entero.

—Como ha dicho el capullo, pudo asustarse y largarse corriendo.

—Si el hombre misterioso está asesinando a las órdenes de Arnau es que se trata de un sicario, ¿y un sicario se asusta cuando alguien se acerca al lugar del crimen?, ¿y no se le ocurre siquiera arramblar con el bolso de la víctima?

—No será un sicario titulado.

—Lo dices de cachondeo, pero puede que sea verdad. No es un profesional del delito. Tampoco Manuela lo era.

—Sicario mata a sicario hasta que no queda nadie.

—Más que el último sicario.

Berta volvió al móvil, buscó la fotografía de Arnau y el hombre alto que habían tomado subrepticiamente en El Corte Inglés. Ni ella ni su hermana se habían molestado en revisarla de nuevo. Entre la distancia y el embozo que portaba, era imposible verle la cara al sujeto. Arnau se distinguía con facilidad porque lo conocían e iba a cara descubierta. Dudaron de que aquella fotografía sirviera como prueba en caso de necesitarla.

—¿Tú crees que la mala potra existe en las investigaciones, Berta?

—No sé qué contestarte a eso.

—Pues yo diría que existe y que nosotras la llevamos colgada del mismísimo cuello.

—Hemos dado muchos pasos, Marta, muchos pasos.

—Pero todos nos estampan contra la misma pared.

—Hay avances.

—¡Joder, pareces budista! Yo ya le hubiera metido mano a Arnau con todo lo que sabemos.

—Pues la habrías cagado y ya no hubiera sido posible comenzar otra vez.

Sonó el móvil de Marta. Respondió sin mirar quién era. Habló brevemente. Se interrumpió un momento para preguntar a su hermana.

—Es Boro, que ya no le hacemos ni puto caso, que si queremos cenar esta noche con él en su casa.

—Dile que sí.

Salvador había hecho progresos en su nueva vivienda. Se los mostró a las inspectoras, bastante orgulloso de sí mismo. Había mandado poner unos paneles de madera en el salón que, según él, le conferían un poco de empaque y originalidad. Después pasaron a la cocina. No se le habían ocurrido muchas ideas para convertirla en un lugar íntimo, pero, aun así, una mesita verde a juego con las baldosas ocupaba un rincón antes vacío. Vieron que un viejo reloj de cocina había sido colocado en la pared principal.

—Ese reloj está hecho caldo, ¿no, Boro? —opinó Marta. El periodista se escandalizó:

—¡Por Dios, Marta, es lo único que tiene un cierto valor en esta casa! Lo compré en un *brocanteur* y me costó una pasta. Perteneció a un restaurante de París que se llamaba Le Plaisir à la Bouche. Finales del XIX garantizado.

—¡Ah! —Fue el lacónico comentario de la pequeña Miralles. Berta terció:

—No le hagas mucho caso, su sentido de la decoración pasa por poner pósters de actores clavados con chinchetas.

—Tú sí te habías dado cuenta de que es una antigüedad francesa, ¿verdad, Berta?

—*Absolument!* —exageró Berta el acento francés.

Los tres se echaron a reír.

La cena era simple, pero sabrosa: una gran ensalada y un plato de pasta cocinado con bastante acierto. El vino lo habían aportado las Miralles, dejándose llevar por su intuición. Charlaban amigablemente sin centrarse en ningún tema, hasta que casi a los postres Marta le comentó a Boro:

—Te veo más animado.

—La animación es lo que se ve. Por dentro las cosas no van tan bien.

—Pero, hombre, ya te has reorganizado, vives en este piso que no está nada mal, no te falta trabajo... ¿Qué más puedes pedir?

Salvador bajó la vista y la voz con tristeza.

—Me acuerdo todo el tiempo de él. No puedo quitármelo de la cabeza. —Recuperó momentáneamente su vivacidad y, dirigiéndose a Berta, añadió—: Te prometo que no le he llamado ni una sola vez, no he rondado por su lugar de trabajo para hacerme el encontradizo, no he preguntado a los amigos comunes, pero...

—¿Pero?

—Esperaba que lo hiciera él. Una llamada para enterarse de cómo me encuentro, para informarme de su nueva dirección... No sé, lo que se conoce por «dar señales de vida».

—Te entiendo muy bien. Yo estuve esperando esas señales mucho tiempo, demasiado, hasta que me di cuenta de que lo que de verdad esperaba era que volviera a mí. Entonces y solo entonces perdí toda esperanza y me dije: nunca volverá. Fue más fácil a partir de ese momento.

Boro se compungió. Marta salió al quite para evitar el sesgo sentimental.

—Bueno, chicos, sois un par de plastas con ese rollo del amor. El amor está sobrevalorado.

—Lo dices porque nunca te has enamorado de verdad —objetó su hermana.

—¿Que no, que yo no me he enamorado de verdad? ¡No tienes ni idea! ¿Y aquel holandés que apareció un buen día haciendo turismo por Vinaròs, aquel con pinta de hippy que parecía san José? ¡Me colgué de sus barbas como una mala bestia! ¿Y aquel de Logroño que pimplaba como un cabrón? ¡Enamoradísima estuve de él!, hasta que se acabó el vino que trajo de La Rioja, claro. A partir de ahí mi amor disminuyó, será porque entonces lo vi tal y como era, un palurdo como una catedral.

El objetivo de la joven inspectora se cumplió: Boro se reía como un crío, mientras Berta agitaba la cabeza como dejando a su hermana por imposible. Al salir poco a poco de sus carcajadas, el periodista preguntó:

—¿Y el caso de Vita cómo lo lleváis?

Las dos se miraron interrogativamente, sin saber qué podían revelar. Boro se percató enseguida y se explicó.

—No me digáis nada. Solo sentía curiosidad, como hace tanto tiempo que no me pedís ayuda...

Berta enseguida respondió:

—Hemos hecho avances importantes. Todo sigue apuntando a Arnau, pero todavía no tenemos suficientes pruebas para meterle mano.

—Ya sabéis que, si volvéis a necesitarme, yo acudo en un rato.

—No lo descartes, Boro, no lo descartes.

Fue una noche agradable, los tres charlando en santa paz. De vuelta a su casa, las dos sabían que, pasara lo que pasara, Boro siempre sería un buen amigo común.

Capítulo 21

Tenían una ardua labor por delante: poner en orden todos los datos sobre el asesinato de Silvia Orozco. Hicieron un trabajo inicial de despacho. Los informes elaborados por el inspector Chivert parecían correctos y coincidían con todo lo que les había comunicado verbalmente. El informe de la policía judicial referente a las drogas se hacía esperar. En el fondo las dos lo temían. En el momento en que recibieran un papel declarando que la víctima era una conocida camello a quien había dado muerte un conocido traficante al que había traicionado, su castillo de naipes se derrumbaría por completo. Esa eventualidad acabaría con la relación de causa y efecto de los últimos dos crímenes. Se habían prometido a sí mismas no conjeturar con la peor de las opciones: que los de drogas mintieran abiertamente para acabar con su investigación. No, no podía ser, no tendrían semejante cuajo. Eso sería una enormidad, una abominación. Ninguna policía es tan corrupta, ni siquiera las que aparecen en el cine o las series televisivas son un hatajo total de canallas. Siempre hay un rincón de pureza, alguien que se salva, alguien que vela por la integridad moral. Lo malo era que justamente ellas parecían ser esos ángeles excepcionales y nadie más. Y, si eso era así, entonces apaga y vámonos.

Tras aprenderse bien todos los informes, pasaron a la acción. Había cosas importantes que el equipo de Chivert no había tocado. Volvieron al Cabanyal, aquel barrio que se había convertido en otro enclave relevante en su investigación. Regresaron al domicilio de Silvia, en la calle Barraca. Buscaban a su viejo loco vecino. Puede que no estuviera en sus cabales, pero debían interrogarlo con tranquilidad porque era un auténtico centinela del edificio. Se pasaba muchas horas sentado en las escaleritas de la entrada. Si alguien había ido a buscar a Silvia, si la había obligado a salir de su casa, las probabilidades de que el viejo hubiera visto algo eran francamente altas. Algo muy distinto sería conseguir que hablara, y, si lo hacía, que su discurso resultara coherente.

Allí estaba, en su puesto, viendo pasar la vida desde su escalón miserable entre efluvios de vino barato y vaharadas de desgracia ancestral. Era preciso hacer las cosas bien, debían conseguir que las acompañara a la «cafetería de la urbanización», atraer su atención lo máximo posible, centrarlo, preguntar con precaución.

—Los cuerpos policiales que salen en las películas tienen psicólogos. Si nosotras contáramos con uno, sabríamos cómo abordar a ese tipo.

—¡Joder, Marta, te pasas la vida diciendo qué tienen los demás y qué nos falta a nosotras! ¿Por qué no lo haces al revés?

—Porque acabaría enseguida.

—Nos dejaremos guiar por nuestro instinto.

El primer paso era averiguar cómo se llamaba el viejo para poder interpelarlo por su nombre. Según Berta, ese detalle generaba una confianza instantánea. La perspectiva del interrogatorio se ensombreció cuando comprobaron que incluso eso resultaba laborioso.

—Pues me llamo..., según.

—¿Segundino?

—No, según quién me llame. Del nombre entero no estoy muy seguro porque es largo y hace muchos años que me lo pusieron.

—Mira, eso da más o menos igual. ¿Cómo te llama la gente?

—Según qué gente.

—Por ejemplo, la gente del barrio, la de esta calle.

—Paco.

Se estremecieron de felicidad ante el avance. El tipo sonreía encantado de la vida, era muy posible que desde hacía años nadie se hubiera interesado por él hasta el punto de preguntarle su nombre.

—Paco, queremos hacerte unas preguntas.

Se encogió de hombros en lo que podía ser una aceptación.

—¿Quieres que vayamos al bar y tomemos un cafelito?

—Yo soy más de vino blanco, o de ginebra. ¿Vosotras sabéis eso? Si la bebida es blanca puedes tomar toda la que quieras porque no te hace daño. Lo malo son las negras. El tinto y el coñac, ni probarlo.

Habiendo aprendido el «algo nuevo antes de acostarse» de aquel día, se desplazaron al bar. Paco, fiel a su teoría, pidió una ginebra a palo seco. La paladeó en su boca desdentada y se animó al instante. Las inspectoras se pertrecharon de paciencia y café.

—Paco, te acuerdas de tu vecina Silvia, ¿verdad?

—Sí.

—Pues ahora está muerta.

—Todos hemos de morir.

—A ella la han asesinado y buscamos al cabrón que lo ha hecho.

—Los jóvenes tienen la manía de la droga. Se drogan, se drogan... ¡Ya son ganas! Todas las drogas son malas, no hay blancas ni negras.

—¿Crees que la mató alguien de la droga?

—¡Pobrecita, ahora me da pena!, pero todos hemos de morir.

—¿Tú viste a alguien hace un par de días rondando por aquí? ¿Alguien vino a verla, a buscarla? ¿Un hombre a lo mejor, un hombre alto y fuerte?

—Si lo veo, le daré dos puñetazos en la boca.

—¿Pero lo viste, Paco, fue a buscarla a su casa?

—¿Me invitáis a otra copita? No va a hacerme ningún mal.

Pidieron otra ronda de ginebra y café, conscientes de que se agotaban las posibilidades. Un alcohólico como aquel perdería la poca coherencia con la que contaba si bebía un poco más. Pero si le negaban la copa, daría por zanjada la conversación.

—Paco, ¿alguien de los que viven en vuestra casa le prestó el móvil a Silvia, la viste hablar por teléfono?

—El móvil es un invento tonto. Yo no me compro ninguno. Yo voy al banco a recoger los cuatrocientos euros que me tocan y me vuelvo aquí y ya está. Soy feliz como una perdiz.

—Paco, piénsalo bien, es muy importante. ¿Vino algún hombre a ver a Silvia, se la llevó con él?

—Si lo veo, le doy una patada en la cara.

—¿A quién, Paco, a quién?

—A ti no, cariño, que tienes una cara muy guapa.

—¿A quién entonces?

—Sé cantar jotas.

—No, ahora no, Paco.

Se arrancó a cantar una jota a pleno pulmón; luego se levantó y empezó a caminar haciendo eses. Iba directo a su casa. Apareció la patrona entre las mesas exteriores, con la intención de cobrar antes de que se complicaran las cosas.

—A ese no vais a sacarle nada, ¿no veis que está hecho una mierda? Lo que más me jode es que cuando se lo encuentren muerto igual me toca a mí llamar a los municipales, como aquí todo el mundo pasa... ¡Ah, y no se llama Paco!

—¿Cómo se llama?

—Nadie lo sabe.

Pagaron y volvieron a la casa okupada. El viejo sin nombre se había sentado en los peldaños de nuevo. Se apartó para que entraran como si no las hubiera visto jamás. La habitación de Silvia no estaba cerrada. La registraron de arriba abajo sin encontrar nada. Fueron subiendo piso a piso. Interrogaron a los que estaban presentes. Inútil, habían penetrado en el mundo de los ciegos, los sordos, los mudos. Ante dos policías: ni ver, ni oír, ni hablar.

Al salir, el viejo estaba dormido. Lo esquivaron como pudieron para no hacerle daño. Cuando habían caminado unos pasos, oyeron la cascada voz del presunto Paco:

—¡Eh, chicas! No le daré una patada en la boca, lo que haré si lo veo es romperle la moto.

Retrocedieron inmediatamente. Se acuclillaron a su lado.

—¿Tenía una moto el tipo que vino a ver a Silvia?

Parecía haberse dormido de nuevo. Le repitieron la pregunta. Abrió los ojos, sonrió como si hubiera entrado en un trance feliz.

—Una muy chula. La dejó aparcada allá lejos, al final de la calle.

—¿Vino aquí y salió con Silvia?

—Sí, pero no la subió en la moto.

—¿Regresó al cabo de un rato solo, subió en la moto y se largó?

—Sí, la moto hacía un ruido muy bonito.

—¿Tú entiendes de motos, Paco?

—Antes sí. Era mecánico de motos.

—¿Serías capaz de saber de qué marca era la moto de ese hombre?

—Antes sí.

—¿Y ahora, si piensas un poco?

Se reía como un bendito y negaba con la cabeza. Quizá se había agotado su momento de lucidez.

—¿Sabrías dibujar en un papel la forma que tenía esa moto?

—Dos ruedas redondas —dijo emitiendo una carcajada.

—No estamos de broma. ¿Podrías decir algo sobre esa moto?

—Era bastante nueva. El motor cantaba muy bien, como una niña en el coro de la iglesia. A lo mejor es italiana, que suenan diferente.

Berta buscó la fotografía de los dos hombres en la sección de calzoncillos. Puso la pantalla frente a los ojos del supuesto Paco.

—Ya sé que la cara se le ve muy mal, pero céntrate en el aspecto, en la altura..., ¿es el hombre de la moto?, ¿por lo menos se le parece?

El viejo hizo varios esfuerzos por fijar la vista y al final lo consiguió.

—A lo mejor sí que es, pero a lo mejor no. Tengo mucho sueño y me voy a meter en mi casa y después a la cama, que es tarde.

Sabían que era inútil pedirle que las llamara si recordaba algo nuevo, sabían que en ese momento no diría nada más. Sabían que quizá todo lo que les había contado era un invento, el producto de una mente que había perdido la cordura tiempo atrás. Cuando estaban a punto de alcanzar su coche, vieron cómo se levantaba de su puesto habitual. Las llamó por segunda vez.

—¡Eh! —dijo desde lejos—. ¡Me llamo Agustín Rodríguez Galván! Para servir a Dios y a usted.

Lo saludaron con la mano. Subieron al coche.

—Está como una puta cabra el pobre —comentó Marta.

—Puede que sí, pero nos ha dado la pista definitiva. El hombre de El Corte Inglés mató a Silvia y probablemente a Manuela también. Sin ningún género de dudas, es el sicario de Arnau.

—Como comprenderás, el testimonio de este tío es inútil.

—Pero tenemos la moto. Una moto bastante nueva.

—¿Te fías de ese dato?

—Absolutamente. Estaba muy cuerdo cuando nos lo dio. ¿Tú sabes cuántas tiendas de motos hay en Valencia?

—Ni idea, pero seguro que hay un montón.

—Descartaremos las de segunda mano. Paco Agustín dijo que era bastante nueva.

—Aun así, es un curro del copón. Y ni siquiera sabemos cuándo la compró ese tipo.

—No se venden tantas motos de gran cilindrada, digo yo.

—Un curro del copón. Podemos decirle a Boro que nos ayude.

—¿Te has vuelto loca del todo? Una cosa es que un amiguete nos haga de vigilante y otra bien distinta que se haga pasar por policía. ¿O te crees que le van a dar la lista de clientes a cualquiera que la pida?

—¡Joder! ¿Y no habrá algún compañero que pueda echarnos una mano?

—Demasiado tarde para pedir ayuda oficial.

Se dirigieron a la calle Pescadors. Buscaron el lugar en el que Silvia había sido agredida. Había muchas casas bajas, punteadas aquí y allá por edificios de no demasiada altura. Resultaba difícil creer que no hubiera ni un solo testigo de la agresión, pero era posible, había sucedido durante la noche y probablemente Silvia no gritó. Ese pensamiento hizo que Berta se estremeciera.

Quedaba descartado volver a recabar testimonios casa por casa. Sin embargo, escogieron unas cuantas que abarcaban aleatoriamente la calle entera. No podían fiarse al cien por cien de sus colegas. No obtuvieron resultados. Todos los interrogados dijeron haber recibido la visita policial y haber declarado que no oyeron ni vieron nada la noche del crimen. Por una parte, estaban contentas: no había una confabulación general en su contra. Por otra, se esfumaba la improbable posibilidad de un testigo no consultado que aportara un dato, por mínimo o irrelevante que fuera.

Observando la calle en su conjunto dedujeron que no había nada especial por lo que el asesino la hubiera elegido para cometer su fechoría. Sin duda, si le hubiera propuesto a la víctima un lugar apartado y desierto al que ir con él, esta se hubiera negado o hubiera intentado huir, sospechando algo. La calle Pescadors era lo bastante tranquila como para no arriesgarse a que alguien los viera. El tipo había seleccionado bien entre los emplazamientos cercanos a la casa de Silvia.

—¡Maldito cabrón hijo de la gran puta! —explotó Marta de pronto—. Se me hiela la sangre solo de pensar la maldad que hace falta para engañar a esa chica, traerla hasta aquí y destrozarle la cara.

—Me pregunto dónde escondería el arma. Un bate de beisbol o una tranca grande no son fáciles de ocultar, y no podía llevarla en la mano como si tal cosa.

—Ya lo he pensado. Quizá la dejó antes en algún alcorque y cuando llegó con ella la recuperó.

—Demasiado arriesgado. Además, mira los alcorques, están descuidados pero no tanto como para contener un palo sin que se vea desde fuera. Cabe la posibilidad de que viniera vestido de motorista, con uno de esos pantalones acolchados en cuyo interior podría disimularse un objeto largo pero delgado.

—Sí, eso está bien pensado. ¡Maldito cerdo asqueroso! ¿Y los vecinos, de verdad te crees que nadie ha oído nada, ni un grito, ni un crujido? ¡Joder con la solidaridad ciudadana!

—Una drogadicta no provoca solidaridad. La gente piensa que no se la habrían cargado si no hubiera estado metida en el lodazal. Una menos, deben decir.

—¡Vaya mundo de mierda, hermanita!

—Es donde hemos escogido trabajar.

—¿Y tú crees que el trabajo de un policía hace al mundo mejor?

—No —respondió Berta.

—Ya —dijo Marta.

Antes de que la depresión hiciera mella en sus corazones en medio de aquel lugar ajeno y marcado por la tragedia, resolvieron irse a casa cuanto antes. Cuando caminaban desde el aparcamiento hasta su piso les pareció que habían recuperado la tranquilidad, pero en el fondo sabían que la imagen de Silvia siendo conducida hasta la muerte de un golpe brutal perduraría mucho tiempo en sus mentes.

Por la mañana temprano recibieron la llamada del doctor Barrachina. A aquellas alturas, el forense no les anticipaba los resultados de las autopsias por mera cortesía, sino que la impresión inicial de que las Miralles eran ninguneadas por sus superiores se había afianzado en él. También la sospecha de que podían estar bombardeando su investigación desde los estamentos oficiales había cobrado fuerza. En definitiva, Barrachina era uno de sus pocos aliados en la clandestinidad.

—Si pasan por aquí, puedo comentarles algunos detalles.

Tomaron un café rápido y en menos de una hora habían llegado al Anatómico Forense. El médico las recibió con su cordialidad habitual. Las hizo pasar a su despacho.

—Todas las primeras impresiones se han visto ratificadas por la autopsia, inspectoras. La atacó un hombre corpulento con un objeto romo. El golpe fue tan fuerte que no necesitó ensañarse. Pero hay dos hallazgos sumamente interesantes. El primero, la cocaína que tenía la víctima esparcida por el rostro la aplicaron después de que fuera asesinada. Un puñado pequeño que se le adhirió a la herida y se diseminó en menor medida por el inicio del cuero cabelludo.

—Nos esperábamos algo así. Igual que se intentó disimular el asesinato de Manuela fingiendo un suicidio, ahora el crimen viene en forma de tráfico de drogas, pero tampoco es verdad —afirmó Berta, categórica.

—Esa deducción es suya, pero no entra en mi negociado. Tampoco estoy seguro al cien por cien de que la muerte de Manuela no fuera un suicidio.

Berta negó con la cabeza, casi de un modo desesperado iba a replicar el comentario del forense, pero este la interrumpió exhibiendo su índice derecho con autoridad.

—Déjeme terminar, inspectora. Falta el detalle más importante que ha surgido en la autopsia, y le aseguro que es esperanzador.

Las dos Miralles quedaron calladas y expectantes. Barrachina continuó.

—En un principio, no aparecían signos evidentes de que la víctima se hubiera defendido de su agresor. Sin embargo, en el estudio minucioso del cuerpo, hemos encontrado material orgánico debajo de un par de uñas de la mano derecha. No pertenecen al mismo cuerpo, casi con total seguridad. No es un hallazgo masivo, pero será suficiente como para determinar el ADN del sujeto al que pertenece.

Un resoplido mitad sorpresa, mitad alegría surgió de las bocas de ambas jóvenes. Miraron al forense con auténtica ansia de más palabras.

—Todo lo que voy a decirles a partir de ahora ya no forma parte de ninguna prueba científica, sino que es pura teoría que añado yo. ¿De acuerdo?

Asintieron moviendo las cabezas a toda velocidad.

—Es posible, y solo digo posible, que la víctima intentara sujetarse al cuerpo de su atacante antes de caer, y que de ese modo sus uñas lo arañaran levemente en el intento. Supongo que la zona afectada sería un brazo o antebrazo, es lo más lógico que cabe pensar. Así que estamos de enhorabuena. Si el individuo está fichado y figura en la base de datos de ADN, sabrán enseguida quién es. Y, si no aparece en el registro, cuando detengan a algún sospechoso tendrán dónde contrastar. Es una buena noticia, ¿no les parece?

—¿Cuánto tardarán en hacer el análisis de esos restos? —preguntó Marta.

—Lleva su tiempo.

—¿Y si lo pedimos con el trámite de urgencia?

Barrachina las miró con intensidad. Tardó en contestar un momento. Por fin dijo:

—Sus superiores se enterarán inmediatamente de esa petición. ¿Eso les interesa?

Intercambiaron miradas cómplices. No sabían qué contestar. Berta hizo un amago de mentir abiertamente, pero enseguida rectificó, buscando una solución de compromiso.

—Verá, doctor. Nuestros superiores no siempre comparten nuestra línea de investigación; y, sin embargo, nosotras pensamos que vamos bien encaminadas. Ya que los resultados del análisis no les serán ocultados en ningún caso y considerando que aún no hemos arrestado a ningún sospechoso, quizá lo más prudente será esperar hasta que el ADN llegue en el plazo habitual.

—Me parece una decisión muy acertada. En cuanto tenga un dictamen definitivo, las avisaré.

Berta ofició de portavoz de las dos una vez más.

—Le agradecemos de verdad lo que hace por nosotras, doctor Barrachina. Es usted una ayuda enorme y nuestro único apoyo moral.

—De moral va el asunto, inspectoras. Estoy harto de corrupción y secretos oficiales. Los valencianos no somos así. Así que, en nombre de todos, soy yo quien les agradece su empeño y su labor.

Tanta solemnidad provocó un incómodo silencio, que el médico enseguida palió.

—¿Quieren que las avise si alguien viene a reclamar el cuerpo de la víctima.

—Sí, doctor, gracias. Pero no vendrá nadie a reclamar a Silvia. Si acaso, ¿podría llamarnos cuando los servicios funerarios pasen a por el cuerpo? Me gustaría estar presente y llevarle unas flores.

—Descuide, no se me olvidará.

Capítulo 22

Desde el descubrimiento de la materia orgánica en las uñas de Silvia —desde su conversación con el doctor Barrachina en su totalidad—, se había instalado en las hermanas una clara moral de victoria. Alguien las comprendía, alguien aprobaba su obstinación. Marta daba saltos de alegría en el salón de su casa.

—¡Tararí, tarará! ¡La cosa está chupada, hermanita! Se acabó el coñazo de andar buscando pruebas. Nada de darle a la lupa como un par de cabronas. Desde ahora: ¡a cazar! En cuanto cobremos la presa de ese cerdo hijoputa..., comparación de ADN y ¡a correr, ancha es Castilla, abajo las corrupciones oficiales, viva la revolución! Nuestro trabajo ya solo consiste en hacer una buena batida: dos tiros en la chepa y ¡al zurrón! Vamos a cazarlo como a un maldito conejo, como a una puñetera perdiz.

—No te pongas tan eufórica, la cosa no ha terminado aún.

—¡Qué pesadez!, ¿no? Lo que más me ha sorprendido de este rollo de investigar es lo que se tarda, ¡joder! En las pelis y las series, de cuatro patadas ya tienen al asesino servido con perejil en la boca. Claro que, si fueran a tiempo real, la gente se saldría de la sala o apagaría la tele. ¡Hasta las pelotas, acabaría!

—Marta, ¿puedes tranquilizarte un poco? ¡Me llenas la cabeza con tus historias! Hay que volver al punto en el que estábamos.

—¡Pero con la carabina cargada! Por cierto, con tanta emoción se me ha olvidado el punto en el que estábamos.

—Yo te lo recordaré y poca gracia te va a hacer. Hay que investigar cuántas tiendas de motos nuevas existen en Valencia y empezar a peinarlas una a una.

—¡Y con peine de oro si hace falta!

—Volveremos a comisaría y prepararemos el terreno desde allí. Hace días que no pisamos el despacho.

—Vale, le voy a dar un beso en los morros al comisario en cuantito que lo vea. ¡Solo pienso en la cara que va a poner cuando se entere de que hemos resuelto el caso!

La cara del comisario traslució una cierta sorpresa cuando las vio aparecer en el pasillo. Era como si se hubiera olvidado de su existencia y no le hiciera ninguna ilusión recuperar su recuerdo en cuerpo real. Se acercó para exhortarlas.

—Inspectoras Miralles, ¿cómo es que no han pedido novedades al equipo de drogas?

—¿Es que hay alguna, señor?

—No, pero su deber es contactar con ellos de vez en cuando. Están juntos en esta investigación. ¿Por dónde han parado últimamente?

Berta respondió sin ponerse nerviosa, aparentando inocencia.

—Visitando el lugar del crimen, revisando testimonios, viendo los objetos de la víctima..., ya sabe, lo habitual, señor.

—Bien, bien —dijo Solsona de modo ausente, y se retiró sin dar ninguna orden o consejo más.

Marta susurró llena de malicia:

—Espera un poco y verás cómo te explota el petardo en la cara, mamón. «Estamos juntos en esta investigación», ¡y una mierda! Todos estáis juntos para que no podamos avanzar.

—¡Marta, por favor, para el carro un ratito!

—Es que ahora que contemplo el final se me llevan los diablos por todo lo que hemos tenido que pasar.

—¿Contemplas el final?

—Claro como un claro de luna.

—Pues yo no contemplo un carajo todavía.

—Porque no tienes fe en nuestras cualidades detectivescas.

Berta se echó a reír y, al verla, Marta la siguió. De pronto la mayor dijo, volviendo a la seriedad:

—Marta, dime que sí, dime que vamos a resolver todos los casos que han ido enlazándose en la investigación. Te doy mi palabra de que, si no lo conseguimos habiendo llegado tan lejos, me quedaré hecha un trapo, me moriré, abandonaré la policía. No podré soportarlo.

Marta se quedó mirando a su hermana después de que hubiera lanzado tan dramática parrafada.

—No desesperes, paloma mía. Y ahora sería cuestión de ponerse a trabajar. Enchúfate a internet. Vamos a ver dónde venden motos nuevas en esta jodida ciudad.

—Yo tengo que hacer un informe para el juez. Hace tiempo que no sabe ni una palabra de nosotras, y te aseguro que no se me ocurre nada que contarle.

—¿Quieres que lo escriba yo? Entre lo del «claro de luna» y el «paloma mía» me doy cuenta de que hoy me he despertado con inspiración poética.

—Déjalo, que igual vas y te pasas de rosca.

Se zambulleron cada una en su ocupación, procurando no distraerse mutuamente. A mediodía dieron por terminadas sus labores. Entraron en un bar del barrio para comer un menú.

—¿Qué tal te ha ido con el escrito del juez?

—Si se entera de algo leyéndolo es que tiene una mente superior a la media. ¿Y a ti?

—No creas que estoy demasiado contenta. He encontrado varias tiendas de motos potentes. He seleccionado las más grandes, conocidas y con mayor volumen de clientes. Pero las incógnitas me martillean. Dejando al margen el hecho de que partimos del testimonio de un viejo loco sobre el canto de un motor, que tiene bemoles la cosa; hay otras dificultades. Por ejemplo, hay talleres que pueden haber remozado una moto nueva que haya sufrido un accidente y haya sido vendida. También podría provenir del mercado negro o ser robada.

—Me extraña que ese tío vaya cometiendo crímenes por ahí con el riesgo de que le detecten la moto robada. Centrémonos en lo más normal. ¿Cuántas tiendas importantes hay?

—Siete.

—Es abordable. Ahora tenemos que elaborar un protocolo de preguntas para sacar el máximo partido de las visitas.

Regresaron a su despacho y pasaron la tarde enfrascadas en el posible cuestionario. Al final, se toparon con un problema que derivaba de su extraña situación profesional. Cuando el dueño de la tienda les facilitara la lista de clientes del último año, lo primero que debían hacer era comprobar si alguno de los nombres contaba con antecedentes penales. Pero ¿a quién acudir para tal comprobación sin destapar el estado real de su línea de investigación? Si se lo pedían a Solsona o a cualquier miembro de su comisaría, habría que dar un cúmulo de explicaciones y, probablemente, el resultado final sería que el comisario les quitaría el material de las manos y adiós muy buenas. Era obligado buscar un cómplice dentro de la policía.

Llegar a aquella conclusión las sumió en el desánimo. ¿Quién? Debía ser alguien con el rango adecuado para poder pedir datos oficiales y con el que hubieran tenido una mínima relación. Su aislamiento en comisaría era tal que solo se les ocurrían dos nombres, ambos inspectores: Sales y Chivert. El último quedó inmediatamente descartado. Con Esteban Sales cabía una posibilidad. Había visto cómo el comisario las había mandado seguir de manera infamante, del mismo modo que comprobó en las carnes de su acólito Paquito Colom cómo no eran un par de timoratas niñas mimadas, sino alguien que podía presentar batalla y ganar. Eso siempre es del agrado de un policía profesional.

—Yo hablaré con él —se adelantó Berta—. Ya encontraré la manera de hacerlo reaccionar.

—¿Y si nos traiciona?

—Eso significaría que aquí todo dios es corrupto, y ya te he dicho muchas veces que en eso no quiero pensar.

—Vale, pues empecemos por el principio. ¿A qué tienda quieres ir primero? Hay una aquí, en Russafa.

—No, iniciemos la ronda con la que esté más lejos. Ya iremos acercándonos.

—A ver..., pues arreando para el barrio de Torrefiel.

Las indagaciones no se presentaban demasiado fáciles, pero al menos en aquella primera parada pudieron constatar que el protocolo que habían preparado estaba bastante bien. El dueño se encontraba presente en la tienda. Primero fue todo amabilidad, pero cuando le enseñaron sus placas policiales entró en juego la desconfianza. Hubo que explicarle que quizá alguien que había cometido un delito había comprado una moto en su establecimiento. Eso lo tranquilizó un poco, aunque quedó desconcertado cuando la primera pregunta fue:

—Por el ruido del motor, ¿puede saberse si la moto es nueva y cuánto tiempo hace que está en funcionamiento?

Incapaz de contestar por sí mismo, llamó a su mecánico, que trabajaba en un pequeño taller adjunto. Era un chico joven que se rascó los pelos rapados antes de responder.

—Sí, claro que se puede notar si la moto es nueva por el ruido del motor.

—¿Aunque no seas mecánico?

—Un mecánico lo nota muy rápido y un buen aficionado también. Pero si lo oye un tío que no tiene ni idea...

—No es el caso. ¿Durante cuánto tiempo el motor sigue sonando como nuevo?

—Pues depende, claro, de lo que se cuide, de lo que se use...

—Pongamos un uso normal.

El chico dudaba, miraba a su patrón como no queriendo quedar mal frente a él.

—Es difícil la pregunta. Podríamos poner un año, o un poco menos o un poco más. Pero por ahí debe andar la cosa.

Bien, pensaron las Miralles, habían dado en el clavo aun sin conocer el terreno que pisaban. El muchacho se retiró, bastante satisfecho de sí mismo, y continuaron con las preguntas al dueño. Le enseñaron la fotografía de El Corte Inglés. Su comentario fue lógico.

—A uno casi no se le ve la cara. ¿Está hecha en invierno la foto?

—No, simplemente se abrigó.

—Pues así vestido no hay manera de saber si lo he visto alguna vez o no.

—¿Alguien más trabaja con usted aquí?

—Tengo una dependienta, pero no entra hasta dentro de dos horas.

Esperaron y, mientras lo hacían, comprendieron que aquellas gestiones de la moto se demorarían más de lo que habían previsto. Así fue, tardaron dos días enteros en culminar los interrogatorios. Algunas veces no estaba el dueño, otras quien faltaba era un dependiente... Acabaron en la tienda de Russafa. La claridad de la foto que mostraban a todo el mundo era tan dudosa que nadie pudo reconocer a ningún comprador en ella. Sin embargo, se llevaron entre manos un ingente botín: las listas de clientes que habían comprado una moto en el último año en las siete tiendas principales de la capital. Solo un propietario les pidió la orden de un juez y, cuando le dijeron que volverían con ella al día siguiente, les dijo que daba igual y cooperó. Eso demuestra lo mal que la gente conoce sus derechos en este país, pensaron y comentaron las Miralles.

La segunda caída en el desánimo las acometió cuando vieron la cantidad de nombres que se acumularon en su ordenador. Más de doscientos. ¿Tantas motos potentes se vendían en la ciudad? Era como para tirarse de los pelos. Marta resumió muy bien la situación.

—Esto se nos escapa de las manos. Hemos calculado mal. No podemos ir tío por tío a preguntarle si es un puto asesino.

—Descartemos a las mujeres y las fechas posteriores a las que nosotras vimos la moto y la vio Agustín.

Descartaron unos cuantos nombres por las fechas recientes. Buscaron a las mujeres: siete en total. Marta puso el grito en el cielo.

—¡¿Siete, siete tías nada más?! ¿Dónde están las tías echadas p'alante de esta ciudad? ¿Qué se compran: triciclos, andadores de bebé, tacatacas de vieja? ¡Por el amor de Dios!, mientras las mujeres no espabilemos nosotras mismas no tenemos nada que hacer.

Berta aguantó el estallido crítico feminista de su hermana en silencio.

—Son demasiadas personas. No podemos abarcarlas —dijo por fin.

—Pues entonces pasemos al plan B. Habla con Sales. A ver si alguno está fichado. Pero si no lo está, o lo está pero no es nuestro sospechoso, ¿qué hacemos?

—Cerrar esa línea de investigación. Seguir por otro lado.

—¡Joder, Berta, joder! ¿A quién se le ocurrió ser policía? Preferiría ser cobradora del frac, minera, paracaidista. ¡Cualquier cosa antes que policía! Esto es demasiado para mí.

—En todo este proceso una cosa me está quedando clara. Ya sé cómo serás de mayor: una vieja gruñona. No habrá quien te aguante, Marta, ya verás.

Berta estuvo pensando cómo dirigirse a su colega, en qué términos recabar su ayuda profesional. Era arriesgado, pero debía hacerlo de forma que la investigación no se viera comprometida. Todo dependía del modo en que él reaccionara en un primer momento. Si se mostraba patriarcal, su estrategia pasaría por exhibir indefensión y dolor. Si se negaba en banda, le recordaría los sagrados deberes de un policía. Lo llamó por teléfono para quedar con él. Recelosa, así es como Berta advirtió su actitud. No aceptó que se vieran en un bar ni en ningún otro sitio público. Él mismo escogió una dependencia oficial que no fuera la comisaría común. Se encontraron en el almacén en el que se guardaban las pruebas circunstanciales, un lugar neutro, a una hora tardía. Sales no sonrió al verla llegar. Berta sí, pero eso no indicaba que hubiera olvidado la cautela con la que debía obrar en aquella reunión.

—Hola, inspectora Miralles. ¿Cómo estás?

—Resistiendo, inspector Sales, ya ves.

De pronto, se dio cuenta de que la estrategia de mover a aquel hombre a sentir piedad era humillante, y absurdo el intento de recordarle la honestidad de un policía modélico. Atacó de frente.

—Esteban, tú sabes que mi hermana y yo estamos bajo el ojo clínico de nuestros superiores, ¿verdad?

—No sé qué quieres decir.

—Nos han dado este caso porque somos novatas y piensan que no vamos a resolverlo. Tienen miedo de que se sepa la verdad sobre quién mató a Vita Castellá.

Esteban Sales miró hacia otro lado instintivamente. Berta continuó.

—No digo que los jefes estén implicados en nada, pero les da terror lo que pudiera salir detrás de todo esto. Por más que se diga que llevamos un caso secreto, todo el mundo en comisaría sabe de qué se trata, ¿verdad?

—Los rumores corren, eso es normal.

—Y quien más quien menos debe cachondearse de nosotras.

La miró por fin a la cara.

—¿Qué quieres, Berta?

—Hemos avanzado un montón en el caso, tenemos a tiro al culpable, creo que...

—No me cuentes nada. Simplemente dime qué quieres de mí.

—Es muy simple: tengo una lista de nombres y necesito saber si alguno de ellos tiene antecedentes penales. Ni yo ni mi hermana podemos pedirlo sin que conste en el sumario del caso o en el ordenador. ¿Puedes hacerlo tú sin armar mucho escándalo?

—Sí, Berta, puedo hacerlo, pero, si se descubre el pastel, yo no sé nada, ¿entendido? No has hablado conmigo, no me has hecho ninguna petición, y si hoy nos hemos visto aquí es por motivos de trabajo. Creo que está muy claro.

—Te prometo que así será. Alguien tiene que ser honrado, no podemos plegarnos todos a las guarradas de ese asco de partido. ¡Somos policías, no políticos!

—Berta, déjalo, no me eches un discurso. Ya te he dicho que lo haré. Vamos a ver, coge una prueba o dos de los asesinatos que lleváis. Vamos a justificar nuestro encuentro.

La elección de Berta no obedeció únicamente al azar. Ante las pruebas del expediente de Manuela y las de Silvia, tomó los dos llaveros de publicidad cuya coincidencia le había llamado la atención.

Firmó un justificante por ambos objetos. Sales, que no había mostrado la menor curiosidad por ellos, se limitó a recordarle:

—Aunque no sean pruebas utilizables en un posible juicio, no las pierdas, y cuanto menos salgan de las dependencias policiales, mejor.

Le dio las gracias, intercambiaron un somero adiós, y, cuando Berta había dado unos pocos pasos, Sales la llamó.

—¡Inspectora Miralles! Ojalá la jugada os salga bien. Yo también soy policía.

Berta asintió sonriendo. Se alejó, contenta con el resultado de su gestión. Al parecer, no todo estaba perdido, aún quedaban policías de verdad. Telefoneó a su hermana.

—Te invito a cenar.

—¿A estas horas? Acabo de comerme una hamburguesa de lentejas.

—Lamento habérmela perdido. Vamos entonces a tomar una copa por ahí.

—¿Tenemos algo que celebrar?

—Un buen comienzo.

La cita fraterna encontró lugar a instancias de Marta: cerca de la Almoina, tras la catedral, sabía de un bar maravilloso en el que ella podría tomarse un cóctel y su hermana cenar algo que no fuera una hamburguesa de lentejas. Podían llegar a pie dando un tranquilo paseo.

Berta había perdido un poco el apetito, era muy tarde ya. En la cocina de la cafetería solo aceptaron hacerle una tortilla y una ensalada de tomate. Mientras ella comía, Marta sorbía placenteramente un granizado de limón con vodka. Entre bocado y bocado, la mayor le contaba su conversación con Sales, de la que Marta sacó una conclusión inesperada.

—A lo mejor ha aceptado porque quiere ligar contigo.

Berta casi se enfadó.

—¿Es lo único que se te ocurre pensar? No es nada de eso. Ha aceptado ayudarnos porque aún queda un rastro de decencia en él. Le recordé que éramos policías, le dije que estaba harta de tanta corrupción.

—Pues podíamos haberlo pensado antes y quizá hubiera podido echarnos una mano y no darle tanto el coñazo al pobre Boro.

—Desde luego..., en vez de felicitarme, reaccionas diciéndome un montón de paridas.

—No te mosquees, no es nada personal.

Berta la miró con curiosidad. Creía conocerla perfectamente, pero había algo en ella que siempre se le escapaba. ¿De verdad Marta quería ser policía, en algún momento había pensado en las implicaciones morales de aquel trabajo? No le hubiera extrañado en absoluto que, pasado un tiempo, le diera por cambiar de ocupación. Prefirió no seguir con más elucubraciones. Pidió la cuenta. Le comentó a su hermana dónde había dejado el coche y le propuso ir a recuperarlo juntas. Marta tenía otro plan.

—Si lo has aparcado bien, ¿por qué no lo dejamos donde está? Volvemos a casa por las callejas dando un paseo, que a estas horas no hay ni dios. Hace tan buena noche que me apetece caminar.

Berta estuvo de acuerdo. Era cierto que la noche traía efluvios de primavera, andar les haría bien. La una al lado de la otra, sin hablar, se internaron en el entramado de calles estrechas y solitarias del barrio histórico. No habían trascurrido ni cinco minutos cuando el ruido de un petardo las asustó. Algo sibilante y veloz pasó rozándolas.

—¡Échate al suelo! —gritó Marta.

La mayor obedeció inmediatamente. Vio por el rabillo del ojo cómo Marta hincaba una rodilla en tierra y, aferrando su pistola con ambas manos, disparaba un par de veces. Acto seguido, la menor se puso en pie y empezó a correr. Berta fue incapaz de determinar hacia dónde se dirigía. Cuando pudo reaccionar siguió la estela de su hermana. Oyó ponerse en marcha una moto, aceleró el paso. En la calle adyacente descubrió a Marta mirando en todas direcciones. Jadeaba.

—¡Se me ha escapado, joder!

Retrocedió, buscando algo en el suelo. Se arrodilló de pronto, hizo un gesto a su hermana para que se aproximara.

—¡Estaba segura, le he dado! Me pareció que le había alcanzado o rozado en la pierna. Aquí hay una mancha de sangre, ¿la ves?

—¡No la toques!

Berta sacó un pañuelo de papel y, con sumo cuidado, enjugó un poco de sangre de la que, en efecto, había una mancha en la calzada. Observó a la sudorosa corredora.

—¿Estás bien?

—Sí, ¿y tú?

—Bien. ¿Has visto quién era?

—Un tío alto y fuerte, no he podido fijarme más.

Miraron a los balcones y ventanas desde donde hubiera podido presenciarse la escena que acababa de acontecer. Ni un alma. A menos de un mes vista de las Fallas, a nadie le sorprendía oír estallidos de petardos a cualquier hora del día o la noche.

—¿Y ahora qué hacemos?

—Dar parte, naturalmente —respondió Berta, guardando la sangre recogida en su bolso.

—¿Estás segura?

—Esto es muy fuerte, no se puede ocultar.

—Nos quitarán de las manos todo el asunto. ¿Qué opinas tú?

—Opino que eres una policía como la copa de un pino. Yo no he sabido qué hacer.

—¡Pero se me ha escapado!

—Quizá haya sido mejor así. Los muertos no pueden hablar.

Capítulo 23

Los hombres de la comisaría encontraron la bala encajada en un portalón de la calle: 9 mm Parabellum. Lo habitual en el mercado negro. Se envió a una patrulla para rastrear todos los hospitales de la ciudad. El resultado fue decepcionante: ningún hombre había sido atendido por herida de bala, ni por rasguños que hicieran sospechar. La Científica tomó muestras de la sangre caída en la acera. Mientras todas esas pesquisas se llevaban a cabo, las inspectoras Miralles permanecían alerta, pero sin participar directamente. Era una orden del comisario, que no tardó en hacerlas llamar a su despacho. Lo encontraron más serio que nunca.

—Siéntense las dos.

Obedecieron. Quizá sus carreras policiales habían llegado al final. Escucharon a su jefe con la respiración contenida.

—Inspectoras, lo primero que quiero decirles es que me alegro infinitamente de que estén bien. La cosa podía haber acabado como el rosario de la aurora. Y, aparte de por las obvias razones humanas, me alegro tanto porque, de haber sufrido daños, me hubiera sentido culpable.

Semejante parlamento las desconcertó, pero no impidió que siguieran esperando el hachazo final, que enseguida aconteció.

—Yo autoricé que siguieran el caso conjuntamente con una unidad antidroga. Me equivoqué. El mundo de la droga es otro cantar, lo más peligroso que existe. Jamás hubiera debido permitir que siguieran ustedes la investigación de la muerte de Silvia Orozco. Para eso tenemos especialistas avezados en el tema.

—¿Ya se sabe que quien nos disparó fue alguien de la droga? —preguntó Berta con aparente timidez.

—Inspectora Miralles, solo un traficante se atrevería a dispararle a un policía en este país, solo los traficantes disponen de armas con facilidad. Han estado siguiéndolas y el ataque muy bien puede haber sido un aviso. En cualquier caso, no pienso arriesgar la vida de dos de mis inspectoras. Por lo tanto, he decidido que quedan ustedes relevadas de este asunto. Apártense por completo de la investigación.

—Pero, comisario... —intentó protestar Marta.

—¡Basta, no quiero oír ni una palabra más! Acepté su presencia en esta historia porque siempre he notado la desconfianza que sienten hacia mí. Piensan que, por ser novatas, he querido postergarlas en el servicio. Como se trataba de su primer caso, era importante para mí no herir su sensibilidad profesional. Los nuevos policías son un tesoro en el cuerpo y los jefes sabemos que deben ser cuidados muy especialmente, pero esto ya ha pasado de castaño oscuro. Se les encargó una tarea secreta de máxima responsabilidad: el asesinato de nuestra querida presidenta Vita Castellá. ¿Y qué han hecho ustedes? Guiadas por extrañas intuiciones que no han querido explicar, se han enzarzado en casos paralelos sin la menor justificación. Vuelvan al punto de inicio, el presunto asesinato de la presidenta, y continúen, vayan avanzando si es que son capaces de ello.

—Pero... —Marta iba a iniciar una réplica, cuando su propia hermana la interrumpió.

—Comisario, ¿debemos entender que también quedamos relevadas del caso de Manuela Pérez Valdecillas?

Como siempre que hablaba con las Miralles, Solsona acababa por perder la paciencia.

—Pero ¿qué coño de caso? Ahí no hay tal caso.

—El juez García Barbillo ordenó investigar el móvil de su supuesto suicidio —objetó Berta con firmeza.

—¡Muy bien, de acuerdo, continúen con esa imprescindible investigación! La sociedad les agradecerá eternamente saber el motivo por el que se quitó la vida una pobre mujer. Y, ahora, salgan de mi despacho y pónganse a trabajar. ¿Qué estaban haciendo sobre el caso Castellá?

—Investigar a los allegados, a los sirvientes, ya sabe...

—Perfecto, pues avancen por ahí y déjense de martingalas. Pueden retirarse. ¡Ah!, y un último consejo para usted, Marta: cuidado con la pistola. Esta vez no ha pasado nada, pero podía haberse metido en un buen lío. Nunca es una buena recomendación ser un policía de gatillo fácil.

En el pasillo, Marta estaba furiosa.

—¡Gatillo fácil, tócate las narices! ¿Qué quiere, que nos dejemos matar?

Luego le preguntó a Berta:

—¿Qué significa «martingala»?

—Ni idea, será una palabra antigua. El comisario siempre dice cosas antiguas.

Entraron en su despacho. Se sentaron cada una en su lugar. Marta comentó inmediatamente:

—¡Vaya morro que se gasta el jefe! «Los nuevos policías son un tesoro», ¿no te jode?

Berta se limitó a apretarse las sienes con las manos. En ese momento entró el inspector Esteban Sales sin llamar a la puerta, y, sin que hiciera falta pedírselo, las puso al día:

—Han enviado la muestra de sangre al laboratorio.

Marta lo miró y dijo con tristeza:

—Nos han relevado del caso.

—Ya lo sé. ¿Vais a obedecer?

Berta estiró el dedo corazón y se lo mostró a su compañero. Este sonrió.

—Contad conmigo extraoficialmente para lo que queráis. Voy a ponerme ahora mismo con la lista de nombres que me disteis. Si matan o intentan matar a uno de los míos, quiero saber el porqué. Es una cuestión de supervivencia.

Les guiñó un ojo y salió. Ambas chicas se habían quedado patidifusas. La zozobra que habían sentido momentos antes desapareció casi por completo. Se miraron.

—¿Nos vamos a casa? —preguntó la mayor.

—¿Para qué?

—Hay que seguir con los amigos, familiares y sirvientes de Vita Castellá.

Marta se echó a reír, se puso una chaqueta y salió.

En la mesa del comedor, Berta volcó el contenido de su bolso. Necesitaba espacio para meter la amplia cajita en la que habían guardado el pañuelo de papel con la muestra de sangre.

—Yo creo que ya es hora de llevarle esta sangre al doctor Barrachina.

—Sales dijo que ya la habían mandado desde comisaría.

—¿Tú te fías? Igual la han sacado de un pollo del mercado.

—¡Joder, ya no tienes confianza en nadie!

—Así es como van las cosas, y te recuerdo que ahora sí estamos desobedeciendo abiertamente la orden de un superior. Si nos trincan, no sé qué dice el reglamento interno, pero me da en la nariz que o nos imponen una sanción de aquí te espero o nos echan de la poli; o incluso nos pueden poner en manos de la ley ordinaria por injerencia, por obstaculización... ¡Yo qué sé! ¿Estás preparada para lo peor?

—¡Estoy dispuesta a todo! Además, te confesaré una cosa: ¡esto está empezando a divertirme!

Mientras las inspectoras Miralles se preparaban para lo que pudiera llegar, Solsona por fin consiguió que Pedro Marzal, el jefe superior, atendiera su tercera llamada telefónica.

—¡Pedro, no hay manera de hablar contigo últimamente!

—¿Y ahora qué quieres, Pepe? Me llamaste anteayer para decirme que les habían disparado a las chicas. Esta mañana temprano me informas de que las vas a relevar del caso, ¿ha pasado algo más?

—Estoy inquieto, Pedro. Estas tías han resultado ser un dolor de huevos. ¿Tú estás informando a tus superiores de lo que va pasando?

—Yo informo de lo que tengo que informar.

—¿Y qué te dicen, hay algo que yo deba saber? ¿Pistas de quién las ha atacado, por ejemplo?

—¿Estás insinuando algo, muchacho? Porque, si es así, se te puede caer el pelo. Ni yo ni mis superiores tenemos puta idea de quién les ha disparado a esas tías, como es lógico y natural. Se supone que te toca a ti investigarlo, ¿no?

—Sí, jefe, pero y si sale algo que no tiene que salir, ¿qué hago?

—¡Pues informarme, cojones! ¿Tú les has dicho a estas pavas que quedan fuera del caso de la drogata?

—Claro, claro que lo he hecho.

—¿Y cómo han reaccionado?

—Pues nada, bien, normal. Me piden seguir con el suicidio de la camarera porque lo ha mandado el juez.

—¡Que sigan alegremente! Oye, Pepe, no te me pongas nervioso, por favor. Te escogí porque eras un hombre tranquilo y efectivo. En esta historia se requiere paciencia y nada más. Te ordené que neutralizaras a las novatas y ese es tu cometido.

—¡Pero ha habido muertos por el camino!

—Un suicidio y un ajuste de cuentas por drogas, muertos justificados. ¿Hay algo más que no me hayas contado?

—Desde luego que no.

—Pues entonces deja de comportarte como un jodido pardillo.

—Pero a este jodido pardillo le puede caer la de dios. ¡Soy el responsable directo de las inspectoras! ¡Pueden acusarme de haber intentado ocultar la verdad!

—En esa hipótesis, tú declararías que fueron órdenes mías, ¿no?

—Sí, tío, pero me jode que...

—Pepe, la conversación se ha terminado, pero antes voy a hacerte una precisión importante: a mí me hablas con el debido respeto, ¿de acuerdo? No creo necesario recordarte mi cargo. Que seamos amiguetes no significa que todos comamos del mismo plato. Espero haber sido claro.

—Sí, señor.

Cortada la comunicación, Solsona hizo una cuevecilla con las manos frente a su boca y concentró en ella la respiración. Alguien le había dicho que era un modo infalible de recuperar la serenidad.

Barrachina se sorprendió al verlas y, antes de que le hubieran expuesto lo que querían de él, se apresuró a preguntarles qué había pasado. Marta no preparó el terreno y le espetó:

—Han intentado matarnos.

Siguió el relato de los hechos, que dejó al médico horrorizado. Su primera reacción fue preguntar si se habían tomado medidas para protegerlas.

—Nos han relevado del caso, esa ha sido la protección oficial.

Cabeceó, evidenciando su censura. Berta pensó que era el momento psicológico ideal para plantearle lo que necesitaban de él. Sacó el pañuelo con la muestra de sangre y se lo tendió.

—Desde nuestra comisaría se ha pedido el análisis de otra muestra que, teóricamente, debe coincidir genéticamente con esta. Lo que ocurre es que ya no confiamos en nuestros superiores. Si no coincide, estará muy claro que se está boicoteando nuestra investigación.

—Me enteraré de los resultados de la muestra que han enviado.

—¿Y podrá analizar esta que le traemos sin que trascienda?

—Si no he entendido mal, las han relevado del caso Orozco. Tienen que comprenderme, inspectoras. Yo soy un hombre de orden, un médico que ha cumplido siempre con los deberes de la profesión. Una cosa es adelantarles datos, pasarles información sin que conste que lo he hecho, pero lo que me piden es realizar una acción completamente clandestina y, además, a sabiendas de que contraviene una orden oficial.

Marta se lanzó en tromba.

—Por favor, doctor Barrachina, por favor. Nadie se enterará. Necesitamos continuar investigando un poco, estamos convencidas de que vamos bien, de que estamos a punto de resolver varios casos simultáneamente.

El forense negaba con la cabeza, bien es cierto que cada vez con menos intensidad. Tomó la palabra Berta, bajó el tono.

—Son demasiados muertos ya. Finalmente, doctor, lo único que pretendemos es ser honestas y que resplandezca la verdad. Sabemos que nos la estamos jugando y entendemos que usted no tiene por qué arriesgarse también. Si nos dice que no, será como usted haya decidido. No le molestaremos más.

El médico bajó la cabeza, se masajeó los ojos con las manos largamente.

—Está bien —dijo—. Lo haré. Mandaré secuenciar el ADN de esta muestra por el procedimiento de urgencia. Se comparará con la muestra oficial.

—Y una cosa más —añadió Berta muy bajo.

—¿Más?

—Ambas muestras deben ser comparadas con el del tejido que se encontró en las uñas de Silvia.

—Ese informe estará casi a punto de llegar. ¿Algo más? ¿Se les ocurre alguna otra cosa que pedirme? ¿Quieren que asalte las dependencias de la Jefatura Superior?

—No, doctor, de eso ya nos encargaremos nosotras —bromeó Marta, y el bueno de Barrachina sonrió.

De regreso a su casa, Marta estaba eufórica.

—¡Otro corazón puro ganado para la causa! —clamó.

—Para puro, el que nos va a caer.

—Yo creo que lo convenciste con eso de que «resplandezca la verdad». ¡Joder, qué buena frase! Deberías haberte hecho abogada en vez de policía.

—Un buen abogado es lo que vamos a necesitar.

—¡Siempre haces lo mismo! Primero, te lanzas y, después, te achantas. Ahora que yo estoy dispuesta a llegar hasta la batalla final, ahora que me siento como una heroína, no te desmarques con comentarios cínicos. ¡Que resplandezca la verdad!

—Marta, para el carro. Pase lo que pase, acabe como acabe este asunto, puedes estar segura de que no nos van a condecorar.

—Mira, hermana. Yo no actúo para que me condecoren, y, si he de serte sincera, tampoco para que resplandezca la verdad. No sé por qué hago lo que estoy haciendo, pero el caso es que ya no puedo parar.

—En el fondo, a mí me pasa lo mismo. A lo mejor es porque somos unas cabezotas.

—Y porque no nos gusta que nos traten como a memas.

—Ni que los cabrones se salgan con la suya.

—¡Pues ya está! ¿Por dónde continuamos? Supongo que tenemos que esperar a que Barrachina nos pase sus informes y Esteban Sales los suyos.

—Me temo que habrá que hacer algo más —dijo Marta señalando la mesa sobre la que descansaban los dos llaveros publicitarios de los que se había apropiado—. Habrá que enmendar nuestros propios errores o lapsus.

—No te entiendo.

—Cuando nos preguntamos sobre las siglas que hay escritas: G. P., una de las dos, no recuerdo si tú o yo, dijo: «Grand Prix», puede ser algo de automovilismo. Pero también hay Grand Prix de motociclismo.

—Vale, pero entonces no sabíamos que el hombre misterioso iba en moto.

—Pero ahora sí lo sabemos, y hemos interrogado uno por uno a los encargados y propietarios de las principales tiendas de Valencia sin mostrarles esa prueba. Ellos pueden saber mejor que nadie de dónde salen los llaveros.

—Suponiendo que signifique Grand Prix.

—Es una seria posibilidad.

—¿Se te ha ocurrido ahora?

—No, cuando vi los llaveros en el almacén de pruebas, me vino como un flash. Por eso los cogí.

—¿Y sabes dónde nos lleva tu flash? Pues a preguntar no solo en las tiendas donde hemos estado, sino también en las de motos de segunda mano, en los talleres, en los centros deportivos, en las peñas de aficionados si es que existen... ¡Un curro de puta madre!

—Bueno, así matamos el tiempo.

—Puestas a matar, igual me pego un tiro, o te lo pego a ti.

No corrió la sangre en aquella ocasión. Con infinita paciencia, las hermanas Miralles se aprestaron a desandar sus pasos volviendo a las tiendas de motos nuevas una vez más.

Por fortuna, el interrogatorio se limitaba mucho en esta segunda ronda y no era necesario ningún protocolo complicado. Con enseñar un llavero (el otro quedó a buen recaudo en su casa) y preguntar si tenían idea de su procedencia, resultaba suficiente.

Así lo hicieron. Berta, con más ánimo; Marta, más remisa a poner toda la carne en el asador. No tenía gran fe en que alguien reconociera el llavero, y estaba en lo cierto. Ninguno de los dueños o encargados de las tiendas visitadas había visto jamás una pieza parecida. Tampoco habían oído hablar de ningún Gran Premio de motos en que se hubiera repartido entre el público como publicidad. Día perdido.

A los dos días, una mañana entró Sales en su despacho.

—Os invito a tomar algo.

Salieron hasta un bar cercano. Se acodaron en la barra. Pidieron café.

—Ha salido uno con antecedentes.

Ambas hermanas se olvidaron de respirar. Esteban Sales prosiguió.

—Cometió un robo con violencia. Lo trincaron. No llegó a pasar por la cárcel. Un delincuente menor. Todo eso pasó hace tres años, después parece que está limpio. No hay más. Se compró una Guzzi Aprilia RSV 4 hace menos de un año, un maquinón. Pertenece a la lista de la tienda Motos Turia.

—¿Y el nombre?

—Nicolás Martínez Vanaclocha. Vive en el barrio de Mislata, en la calle Antonio Molle.

—Pues para allá que vamos a ir. ¿Quieres acompañarnos, Esteban?

Sales paró con sus manos cualquier movimiento de las inspectoras.

—Un momento, un momento, si voy a meterme en esto, quiero saber.

—¿Qué quieres saber?

—Lo que os traéis entre manos. El recado que os he hecho hasta ahora no tiene importancia, pero, si he de ir más allá, necesito saber lo mismo que sabéis vosotras.

Las Miralles se miraron entre sí. Pasaban por un momento de angustia. Berta fue quien tomó la decisión de confiar en aquel compañero. Estaba segura de que iban a necesitar de su colaboración.

—Está bien. Mejor nos sentamos en una de aquellas mesas, o mejor aún nos vamos a otro bar que esté más lejos de comisaría.

Caminaron en silencio por las calles animadas de Russafa. Eligieron una cafetería grande en la que había bastante gente, eclecticismo absoluto. Una vez ubicados en un lugar discreto del local, las inspectoras empezaron a narrar todas las etapas de su investigación, los diferentes vericuetos, los muertos que en apariencia no tenían relación con el asesinato de Vita Castellá, el hombre misterioso, Arnau, las sospechas sobre sus superiores, la ayuda de Barrachina. Sales las escuchó sin parpadear hasta que finalizaron su complejo relato. Después, dio un trago a la cerveza que había pedido y exclamó:

—¡La Virgen!

Sorbió otro trago más largo antes de decir:

—¿Y hasta aquí habéis llegado vosotras solitas?

—Trabajando en condiciones precarias, sin ayudas, sin poder utilizar los servicios normales de cualquier policía, poniendo dinero de nuestro bolsillo y jugándonos el puesto —contestó Marta en tono orgulloso.

—Ya veo, ya. Y supongo que sabéis que si lográis resolver el caso no van a felicitaros, ¿verdad?

—Lo sabemos muy bien.

—Yo tenía intención de brindaros mi ayuda pero, visto lo visto, no sé si la necesitáis.

—¿No será que te has acojonado? —dijo Marta con malicia.

El inspector no saltó ni se inmutó demasiado ante la impertinencia de su colega. Muy al contrario, pareció que el comentario lo investía de una calma cargada de suficiencia. Habló pronunciando cada sílaba.

—No ha nacido aún ningún hombre ni ninguna mujer que pueda acojonarme con facilidad.

—¿Y perder tu sueldo no te acojona tampoco?

—Soy viudo, no tengo hijos y heredé de mis padres una finca pequeña de *tarongers*. Si la cosa se pone chunga, me voy para el campo y me compro un *tractoret*. Os advierto que hace tiempo que me rondaba la cabeza esa posibilidad.

—Entonces, a lo mejor sí que puedes echarnos una mano.

Capítulo 24

Antes de tener tiempo para preparar una mínima estrategia, Marta recibió otra llamada del portero de Arnau.

—Señora comisaria, el señor Arnau ya ha vuelto de Altea. Está en su piso, como siempre.

A Marta le dio la impresión de que el pobre hombre sonaba atribulado, y pudo corroborarlo enseguida cuando añadió:

—Dispense si le hago una pregunta: ¿esta historia de llamarla va a continuar mucho más tiempo?

—¡Hasta que nosotros le digamos! Ya le advertí al principio que, cuando no nos hagan falta sus servicios, se lo haremos saber —respondió Marta con toda la fiereza de la que fue capaz.

—Pero es que yo juraría que, sobre todo desde que dejé pasar a aquella mendiga, el señor Arnau me mira mal.

—Pues no jure nada y siga con su trabajo. Y si, aparte de los viajes, sucede algo raro, llámeme también. Supongo que no le apetece que lo tachen de cómplice en un delito, ¿verdad?

—No, señora, no, no. Si yo se lo preguntaba por si...

—Continúe con la vigilancia. Le doy las gracias. A lo mejor cuando esto termine será recompensado.

Colgó sin escuchar la despedida de su interlocutor. En ese momento entraba Berta en el salón de su casa.

—¿Con quién hablabas?

—Era el portero. Dice que Ricardo Arnau está de nuevo en Valencia.

—Es una buena noticia. Significa que de momento no habrá más muertes.

—El pobre estaba agobiado. Por lo visto Arnau le pone mala cara desde que dejó entrar a Silvia en el portal. Igual sospecha de él.

—¿Lo has tranquilizado?

—He sido suave como un pincel. ¡Hasta le he prometido una gratificación!

—¡Coño!, eso es un poco fuerte, ¿no?

—Llegado el caso, lo invitamos a un *arròs al forn* de mamá y se queda tan contento.

—¿Crees que es necesario pedirle a Boro que haga un poco de vigilancia en su casa?

—¿Te parece prudente?

La pregunta de Marta tenía plena justificación. En las explicaciones que le habían dado a Esteban Sales, jamás habían mencionado las vigilancias de Boro. Sales era de la vieja guardia, un auténtico profesional que nunca hubiera aprobado la injerencia de un extraño en una investigación oficial. Sí, eran conscientes de que habían ido un poco lejos aceptando la colaboración del periodista; pero su situación había sido desesperada. Aun así, si el inspector Sales se enteraba de esa parte del relato, podía reaccionar de cualquier manera, incluso arrepintiéndose de haberse postulado como una ayuda cuando tanto la necesitaban.

—¿Ahora te entra el virus de la prudencia? Sales no va a enterarse si no le decimos que ha llamado el portero.

—Quizá la jugada sería pedirle a Sales que ponga a algunos de sus hombres vigilando a Arnau.

—¡Pero, Marta, ¿no te das cuenta?! Sales ha aceptado ayudarnos a título estrictamente personal. ¿Crees que piensa poner toda la comisaría a nuestra disposición en plan clandestino?

—Está bien, no hace falta que me riñas. No eres mi jefa.

—¿Otra vez con eso? Mira, tía, aquí ya no hay jefes, ni graduaciones, ni estrellas ni galones. Esto es un sálvese quien pueda, y te aseguro que, por mucho que nos ayude, Sales es de los que querrá salvarse.

—Vale, ya hablo yo con Boro. ¿Qué horario debería cumplir?

—Desde que se pira el portero hasta las doce de la noche. Es un plazo razonable, y si Arnau recibe a alguien o queda con alguien será en ese lapso de tiempo, cuando es más difícil de localizar.

Marta suspiró y reflexionó sobre la actitud de su hermana. Ella sí que carecía de sensibilidad. Ella sí era una auténtica policía. Utilizaba a la gente sin importarle abusar de ellos hasta el límite, y todo porque el asunto que investigaban era no su máxima, sino su única prioridad. No era lo mismo en su caso, Marta había ido llamando de vez en cuando a Boro para preguntarle qué tal estaba, cómo se las apañaba en su soledad. Nunca le había facilitado la menor información sobre el avance de las pesquisas, y él jamás le preguntó. De repente, sin ningún tipo de explicación, volvían a necesitarlo y había que llamarlo de nuevo, imponiéndole un horario además. Estaba segura de que aceptaría, sabía que le haría ilusión ser requerido otra vez, pero eso no le impedía darse cuenta de que estaban tratándolo sin ningún miramiento, como a un simple peón de ajedrez.

Habló con él por teléfono. Procuró halagarlo asegurándole que era evidente que no podían trabajar sin su cooperación. Sin embargo, no hubiera sido necesaria tanta preparación psicológica, porque el periodista aceptó inmediatamente el requerimiento.

—¡Encantado de la vida, Martita! Además, eso me permitirá veros algún rato, porque de lo contrario no hay manera.

Marta se sintió agradecida hasta la médula. Al generoso talante de su amigo no se correspondía con palabras halagüeñas, ni siquiera con un fastuoso *arròs al forn.*

Habían quedado con Esteban Sales para ir a interrogar a Nicolás Martínez Vanaclocha en su propia casa. Pasó a buscarlas en su coche particular. A pesar de que habían elegido una hora en la que era muy probable la presencia del sospechoso en su domicilio, nadie contestó a la llamada del interfono.

—¿Qué se hace en estos casos? —preguntó Berta impostando el papel de inexperta total.

—Volver dentro de un rato, o aparcar delante hasta que veas llegar al tipo, o meterte en un bar si tiene visibilidad.

No había sitio libre para dejar el coche ni bares desde donde atisbar estratégicamente; de modo que Marta propuso ir a dar una vuelta por el barrio para regresar después. Se quedó atónita cuando Sales objetó que, dado que Martínez tenía antecedentes, sus posibles amigos del barrio quizá reconocían a la bofia desde lejos y podían avisarle de que merodeaban cerca de su casa.

—¡Joder!, ¿eso no es hilar muy fino? —soltó Marta.

—Chicas, un policía es como un modisto: siempre hay que hilar muy fino, no dar puntada sin hilo y, aun así, no todo es coser y cantar —contestó Sales, riéndose de su propia ocurrencia.

Acabaron donde acaba todo el mundo en España, sea cual sea la situación. El bar en el que entraron estaba varias calles separado del domicilio del sospechoso y, aunque, obviamente, no podrían verlo llegar, sí era factible hacer más llevadero el tiempo de espera con una taza de café. Al pasar por la barra de camino a una mesa vieron que se exhibía una gran bandeja de *bunyols* recién hechos y fue el inspector quien los añadió a la comanda de café. A Berta le dio por pensar que, si hubieran estado su hermana y ella solas, el hecho de arrearse unos *bunyols* antes de interrogar a un tipo con antecedentes le hubiera parecido muy poco profesional. Sin embargo, se encontraban en compañía de un agente experimentado, de modo que mojó la pasta en su taza y se la zampó con placer. Marta preguntó de pronto:

—¿Y cómo hubiéramos reconocido al sospechoso en caso de haberlo visto llegar a su casa?

Como toda respuesta, el inspector Sales metió la mano en su bolsillo, de donde sacó una hoja de papel doblada. La puso frente a las hermanas. Marta se limpió con cuidado los dedos pringosos de azúcar y la abrió. Era una fotocopia de la ficha policial de Martínez Vanaclocha. Las chicas juntaron las cabezas para distinguir mejor la fotografía del sujeto. Con respecto a su fecha de nacimiento, parecía más joven. No se le hubieran calculado más de veinte años, cuando en realidad frisaba los treinta. Tenía un rostro anguloso, la frente despejada, la boca carnosa y unos enormes ojos oscuros. En el largo cuello sobresalía la protuberancia armónica de una pequeña nuez.

—¡Es muy guapo! —exclamó Marta con total sinceridad.

—¿Te lo parece? —respondió Sales en plena masticación—. Pues aún debe serlo más en la realidad. En las fotos policiales todos salen con cara de estar subiendo a la guillotina.

Entre buñuelos y tragos de café, transcurrió más de una hora. El inspector dictaminó que debían marcharse.

—Si el guaperas trabaja en horarios normales, ya debe estar de vuelta. Si no ha llegado todavía, habrá que esperarlo por turnos. Es absurdo que nos quedemos los tres de guardia.

Regresaron a la calle Antonio Molle. Se detuvieron frente al bloque de pisos y llamaron al timbre del tercero B. Tardaron unos diez segundos en oír una voz de hombre.

—¿Quién es?

—Policía —anunció Sales sin alzar mucho la voz.

El mecanismo de apertura de la puerta se activó inmediatamente. En la entrada, Sales les indicó el ascensor con la cabeza mientras él subía por las escaleras. Berta iba contabilizando mentalmente las cosas que su hermana y ella hubieran hecho mal. La puerta del tercero B estaba abierta de par en par y en el vano se dibujaba la figura alta y espigada de un hombre joven. Tal y como Sales había pronosticado, su belleza superaba la de la fotografía policial. Sin sonreír ni un instante preguntó:

—¿Puedo ayudarles en algo?

—Queremos hacerte unas preguntas.

—¿Sobre qué?

—¿No piensas dejarnos pasar ni siquiera un momento?

—Sí, pero antes quiero darles una información: trabajo, contratado legalmente, en el restaurante La Marmita, desde hace más de un año. Estoy limpio. Si quieren pueden hablar con el dueño del restaurante y les dirá. Soy jefe del equipo de camareros.

—Muy bien, información recibida —rezongó Sales—. ¿Podemos pasar ya?

—Sí, pero dentro de media hora tengo que salir.

—Lo tendremos en cuenta.

Entraron en un pequeño salón con muebles baratos, pero nuevos y modernos. No había cuadros en las paredes ni detalles que pudieran dar pistas sobre un tipo de personalidad o modo de vida.

—Se pueden sentar si quieren, no cobro por eso.

Los tres inspectores declinaron el ofrecimiento y permanecieron de pie. Berta lanzó la primera pregunta.

—¿Conoces a una chica que se llama Silvia Orozco?

—No.

—¿Tienes una moto Aprilia RSV 4?

—Sí.

—¿Dónde la guardas ahora?

—Abajo, en el garaje. ¿Quieren verla?

Respondía con una seguridad que rozaba la provocación. Sales se apresuró a recoger el guante.

—¿Cuánto ganas en el trabajo que nos has contado?

—Eso no tengo obligación de decírselo.

—Vale, pero ningún jefe de camareros gana lo suficiente como para permitirse la moto que tienes.

—Eso lo dice usted.

—Pues sí, lo digo yo, y haz el favor de bajar el tono que estás empleando porque igual te llueven dos hostias de la manera más tonta.

Al oír esas palabras de su colega más veterano, Marta sintió plenamente reivindicada su estrategia de «las dos hostias». Nicolás cambió el registro chulesco por una sonrisa despreciativa.

—¿De dónde has sacado la pasta para comprar esa moto, de tus ahorros?

—Me la dio mi tía para hacerme un buen regalo.

—¡Joder, qué tía tan generosa! ¡Ojalá tuviera yo una así! ¿Podemos llamarla a ver si es verdad?

—Se murió hace un mes, ya estaba muy vieja. La moto era como su herencia pero sin pasar por lo legal. Menos impuestos, ¿no?

Berta sacó del bolsillo el llavero G. P. y se lo mostró.

—¿Reconoces este llavero?

El sospechoso lo miró con indiferencia, negó con la cabeza. Marta observó que en una pequeña mesa había un par de vasos sucios.

—¿Vives solo aquí?

Tardó una fracción de segundo antes de contestar.

—No, con mi novia. Trabaja hasta muy tarde. Es dependienta en un centro comercial. —Martínez hizo una pausa antes de continuar—: Me gustaría saber a qué viene este interrogatorio.

—Son cosas nuestras.

—Ya, pero yo ya estoy harto de que me tengan en la lista de sospechosos habituales. Estoy limpio, ¿comprenden? Di un mal paso una vez, pero ahora soy un ciudadano normal que lleva una vida como la de todo el mundo.

—Muy bien, ciudadano normal. Si de repente en tu vida normal se te ocurre algo que no sea normal, sería muy bueno para ti que nos llamaras. Este es mi teléfono.

Dentro del coche ninguno de los tres habló hasta que no estuvieron en marcha. Entonces se oyó a Berta decir:

—Está mintiendo.

Sus dos colegas asintieron en un gesto sincrónico. Sales le pidió a Marta, que conducía.

—Déjame aquí. Voy a volver a pie, pero antes me quedaré un rato observando si sale o llega alguien a casa de este pavo... Nos vemos mañana.

Las dos hermanas Miralles llegaron a su casa bastante desfondadas. Berta se encontraba de notable mal humor. Dejó caer el contenido de su bolso sobre la mesa de mala manera. Sacó de entre sus pequeños objetos personales el llavero de publicidad, lo hizo a un lado en un gesto brusco.

—¡Vaya mierda! —exclamó—. Seguimos dando tumbos de un lado para otro como imbéciles. Da igual que tengamos ayuda o no. Nada tiene sentido, nada concuerda, nada conduce a una solución lógica. ¡Menuda jodienda!

Marta la miró, un tanto alarmada. Recordó de pronto.

—Cuando estábamos en casa de ese tío, oí que te entraba un wasap —dijo para desviar la atención de su hermana y sacarla de su marasmo interior.

Berta buscó su móvil entre el pequeño desastre que había organizado sobre la mesa, iba rezongando.

—¡Joder, ya ni soy capaz de oír mi propio móvil!

Observó la pantalla y, sin reacción aparente, dijo:

—Es del doctor Barrachina. Dice que las tres muestras analizadas tienen el mismo ADN.

—¡Bingo! —exclamó Marta.

—Bingo, ¿qué? —respondió Berta sin variar su talante negativo.

—Pues que a lo mejor ya hemos dado con el asesino de Silvia Orozco. Hay que pasarle el dato a Esteban inmediatamente. Quizá nuestro resultado esté en el banco de ADN de la poli. Él podrá consultarlo.

—No te hagas ilusiones; seguro que pertenece a un negro del Misisipi.

—Déjate de chorradas. ¿Lo llamas tú o lo llamo yo?

—Llámalo tú, yo no estoy de humor.

—¿En serio?, no me había fijado.

Sales se congratuló por el hallazgo. Él mismo se entrevistaría con Barrachina y se ocuparía del todo el tema de las muestras biológicas. Sin embargo, puso una dificultad. Alguien debía ir al día siguiente al barrio de Nicolás. Había podido hablar con una vecina que afirmaba que el sospechoso no vivía con una chica sino con un hombre.

—Hay que completar la investigación, preguntar a más vecinos cuando el tipo se haya largado al trabajo, patear un poco la calle. Una de las dos tiene que suplirme aquí.

—Yo lo haré. ¿A qué hora voy?

—No demasiado temprano. Yo te avisaré. Quiero pasarme un rato por comisaría.

Concluyeron que, por aquel día, ya se había acabado el trabajo. Marta aparentó ponerse muy contenta.

—Bueno, tenemos derecho a descansar. Vámonos a la cocina y te hago la cena.

—Casi no tengo hambre, con el atracón de *bunyols* que nos hemos pegado no sé cómo piensas en cenar.

—Te voy a hacer un plato que te vas a quedar acojonada.

—¿Más que con tus cenas en general?

—Oye, Berta, vale que las cosas están complicadas, vale que este caso es la madre de todas las mierdas, pero que seas desagradable conmigo no va a mejorar nada, ¿comprendes?

—Lo siento, perdona.

—Eso está mejor. Mira, voy a descongelar un paquete de masa y otro de espinacas. Creps de espinacas. ¿Qué te parece?

—Suena bien. ¿Y no tardarás mucho en cocinarlas?

—Ya veremos. De momento, no tenemos nada mejor que hacer.

—Eso es verdad. De momento y quizá tampoco después.

Marta dio un suspiro paciente y se puso a la labor. Berta abrió una lata de cerveza y se sentó a esperar.

Capítulo 25

Berta creyó haber sufrido algún síncope durante la noche. Se despertó y dio un salto para sentarse en la cama. Miró a su alrededor. No reconocía su habitación ni estaba muy segura de su propia identidad. Se restregó la cara con furia. Una oleada de angustia la inundó. De pronto, ya sabía quién era, dónde estaba y qué perspectiva vital la aguardaba: muerte y asesinatos, poco más. Como estímulo para levantarse los había conocido mejores. Con un esfuerzo, lo consiguió. Con otro un poco más complejo, entró en la cocina para preparar el café matinal. Sin saber por qué motivo, recordó las enseñanzas psicológicas de la academia: no dejarse avasallar por las dificultades de una investigación, no permitir que se produzcan alteraciones en tu personalidad, dejar la mente en punto muerto, practicar la respiración diafragmática en momentos de estrés. «De acuerdo», pensó, haría todo eso al mismo tiempo aunque le saliera horrible el café.

Entró Marta, duchada y olorosa como una pimpante flor. ¿Cómo demonio se las arreglaba para que los problemas del trabajo no la afectaran en profundidad? ¡Eran hermanas, diantre!, habían recibido la misma educación en la familia, asistido a idénticas escuelas, y comido parejos arroces al *forn*. ¿Por qué ella era capaz de enfrentarse a los acontecimientos sin desmayo, de encarar el nuevo día como si no hubiera pasado nada excepcional? Quizá se encontraban envueltas en una de esas ironías del destino que la vida suele crear como por diversión. ¿Tenía Berta auténtica vocación de policía, pero no el carácter necesario? ¿Le sucedía a su hermana al revés?

—¿Pero qué coño haces, Berta? Has encendido la máquina de café pero no has puesto la cápsula.

—Es verdad. He amanecido como medio atontada.

—Un día más —rio la pequeña—. Ve a ducharte, yo acabo de hacer el desayuno. Así cuando llegue Boro ya estarás visible.

—¿Boro, a santo de qué?

—Acaba de llamar. Añora los cafés de buena mañana con nosotras. Viene para aquí.

—¡Pero tenemos que trabajar!

—Sales tardará en llamarnos un buen rato, ya nos avisó.

—No sé si es una buena ocasión.

—¡Joder, tía, solo será un momento! Mandarlo a casa de Arnau y que se pase cada día sus horitas vigilando te parece bien, pero luego te pones en plan borde por invitarlo a un simple café.

—Está bien, no empecemos el día con broncas. Me voy al cuarto de baño.

Marta cortó pan suficiente para los tres y preparó las tostadas canturreando una canción de moda. Si su hermana seguía tan alterada, habría que hacer algo, quizá mandarla unos días a Càlig para que descansara. Evidentemente aguantaba mal la presión. Sacó de la nevera varias mermeladas y un bol de mantequilla. Se llenó aparte una taza de leche con muesli. Bien estaba que su orden diario se hubiera ido al cuerno durante la investigación, pero, por poco que fuera, debía comer algo al día que estuviera de acuerdo con sus ideas alimentarias.

Cuando casi había terminado, sonó el interfono. Abrió y esperó en la puerta a que Boro la cruzara con su pinta juncal. Bajito, regordete, no demasiado agraciado, pero con la afabilidad pintada en el rostro. Se besaron en ambas mejillas y entraron en la cocina.

—Venga, ayúdame. Yo llevo la bandeja y tú mi tazón y los cubiertos.

Sobre la mesa del comedor se acumulaba todavía el desordenado contenido del bolso que Berta había esparcido el día anterior. Marta protestó.

—¡Joder, mira cómo está esto!

—No lo tenéis muy pulido —respondió el periodista riendo.

—Son prontos que le dan a mi hermana. Yo no tengo nada que ver.

La aludida irrumpió en el salón con el pelo húmedo aún.

—¿Ya me estáis criticando de buena mañana? —soltó con una carcajada.

Boro, que llevaba ambas manos ocupadas al igual que Marta, barrió delicadamente con el antebrazo los objetos de la mesa hacia un lado.

—Con perdón —exclamó bromeando.

Sin embargo, interrumpió cualquier movimiento más y se quedó mirando el batiburrillo que había desplazado.

—¿Y esto? —preguntó.

Había hecho pinza con dos dedos y sostenía el llavero de publicidad.

—¿Lo cogisteis de mi casa?

Las Miralles se miraron sin comprender. Berta dijo cautelosamente:

—En realidad, no sabíamos muy bien de dónde había salido. Debí cogerlo sin darme cuenta.

—Puedes quedártelo, tengo un saquito lleno.

—¿Ah, sí, por qué?

—Mi ex los iba repartiendo por todos lados. Los hizo fabricar su jefe como publicidad. Había un mogollón y luego no sabían qué hacer con ellos.

—¿Publicidad de qué?

—¡De qué va a ser, del gimnasio donde trabaja!: G. P., gimnasio Paterna. Su jefe es de allí.

Se hizo el silencio más absoluto. Berta esbozó una imperceptible seña con los ojos a su hermana para que se mantuviera callada. Extrañado por aquella reacción de las chicas, Boro exclamó:

—Oye, que no me importa en absoluto, ¿eh? A ver si no se va a poder mencionar a mi exnovio como si fuera a caernos una maldición.

—No has vuelto a verlo, ¿verdad?

—¡Para nada! Ni verlo, ni llamarlo, ni aparecer por su trabajo. Lo que se acaba se acaba y en paz. No le deseo que sea muy feliz, porque me importa un pito. Si es feliz o desgraciado, allá él.

—Eso es verdad —dijo Berta—. De hecho, ni siquiera nos has dicho nunca cómo se llama.

—Será por lo original que resulta su nombre. Se llama Paco.

—¿Paco a secas? A lo mejor el apellido es más glamuroso.

—De eso nada. Bartolí. Paco Bartolí. No es para tirar cohetes, ¿verdad?

—Bueno, he oído cosas peores —objetó Berta, y añadió—: De todas maneras, no te pases al extremo contrario pensando que todo lo que le concierne estaba mal. El punto equilibrado con los examores es la indiferencia, fría y total.

Badía tomó un sorbo de café y asintió distraídamente.

—Estoy en ello, no vayas a creer.

Tanto a la mayor como a la menor de las Miralles aquel desayuno había empezado a parecerles eterno. ¿Es que no pensaba marcharse nunca su amigo? Pero ambas eran conscientes de que no resultaba juicioso mostrar impaciencia. Sonrieron, comieron, bebieron y diseminaron comentarios banales en todas direcciones. Finalmente, el periodista dio por terminada su visita.

—Queridas inspectoras, me largo a trabajar. Tengo bastantes encargos que atender. Cuando acabe la vigilancia de esta noche, os llamaré para daros el parte.

En una reacción un tanto infantil, no hablaron entre ellas hasta estar bien seguras de que Boro no volvería para buscar un objeto olvidado, terminar un comentario iniciado, cualquier acción que le llevara a irrumpir de nuevo en su casa. Quizá solo era la estupefacción lo que les impedía alzar la voz. Berta se sentó pesadamente en el sofá, se llevó las manos a las sienes en un gesto muy suyo.

—¡Ostras, Marta! ¿Puedes explicarme de qué va todo esto?

Marta se encontraba absorta consultando su móvil. La única respuesta que dio a su hermana fue una dirección.

—Calle dels Tomasos, 12. Vámonos.

Estaban tan nerviosas que cualquier pequeña decisión les parecía problemática.

—¿A pie o en coche?

—El coche habrá que dejarlo en un aparcamiento. A pie tardamos demasiado y, además, hablaremos. No quiero hablar hasta que no sepamos algo más.

—En taxi —resolvió Marta.

Llegaron hasta la parada de la plaza de la catedral y tomaron un taxi. Durante el trayecto ninguna de las dos pronunció palabra. El conductor las dejó en la puerta del gimnasio Paterna. No parecía muy grande, pero era nuevo y tenía buen aspecto. Enseñaron sus placas a una joven recepcionista que abandonó la sonrisa con que las había recibido y se fue como llevada por el diablo cuando le anunciaron que querían ver al dueño.

Un hombre en sus cincuenta años, vestido con un discreto chándal negro, compareció al instante. Aplicó la fórmula tradicional.

—¿En qué puedo ayudarlas?

Se presentaron con su nombre y su cargo, volvieron a mostrar las placas de identificación. Los ojos del dueño iban de la una a la otra de modo expectante.

—Queremos saber si Paco Bartolí trabaja en su gimnasio.

El hombre se llevó una mano al pecho como si le faltara el aliento. Dijo en voz baja:

—¡Dios mío, lo sabía, lo sabía! Pasen a mi despacho, por favor.

En la puerta había una chapita dorada: «DIRECCIÓN». Acercó dos sillas a su escritorio y en tono grave, casi dramático, preguntó:

—¿Qué le ha pasado a Paco?

—¿Trabaja para usted?

—Hace muchos días que falta.

—¿Puede contarnos eso con más concreción?

Casi temblando, buscó una gruesa agenda de papel, la hojeó. Puso una página frente a las inspectoras.

—Pronto hará veinte días.

—¿Se despidió, lo despidió usted?

—¡No! Me llamó diciendo que había sufrido un rasguño en una pierna. Nada muy importante, pero que tendría que quedarse dos o tres días en casa. Me dijo que, si la cosa se prolongaba, él mismo me traería la baja del médico. Pero no apareció más. Lo llamé muchas veces a su teléfono. Siempre apagado o fuera de cobertura, como si se hubiera muerto. Hasta estuve en su domicilio. Un vecino me contó que los inquilinos de ese piso se habían mudado, pero que no sabía dónde podían estar. Le ha ocurrido alguna desgracia, ¿no?

—No, tranquilícese. ¿Puede enseñarnos la dirección del domicilio donde acudió?

Les dio las señas del piso que Boro y Bartolí compartían.

—¿Por qué no dio usted cuenta a la policía de su desaparición?

Se mostró consternado antes de responder.

—No sé, no me pareció necesario. Cuando me informaron de que se había mudado me quedé más tranquilo. La gente hace cosas raras de vez en cuando, se van sin despedirse, cosas así. Paco ni siquiera cobró el finiquito que le correspondía, y eso era alarmante. Pensé que tendría algún lío sentimental.

—¿Porque era gay?

Se quedó parado. Cabeceó, buscando la manera adecuada de responder.

—A ver, inspectora, Paco era muy buen profesor y entrenador. No recibí ninguna queja sobre él en los cuatro años que trabajó aquí. Si me pregunta por su vida sentimental, no sé nada de nada. Quede claro que no tengo ningún prejuicio sobre los gays, pero siempre he oído decir que suelen entablar muchas relaciones. Por eso pensé que se había largado con algún novio de la ciudad y aquí paz y después gloria.

—Ya le entiendo. ¿Nunca le contó nada sobre su vida?

—No, ¡qué va! Era reservado. Y, aparte de eso, hay seis entrenadores en nómina. No puedo estar al tanto de los asuntos personales de todos.

—¿Sabe en qué transporte venía Paco a trabajar?

Miró a Berta con desconfianza. Por primera vez desde que las Miralles habían llegado, su cara traslucía que estaba planteándose la posibilidad de que no fueran auténticas policías.

—Pues a pie, supongo. No vivía muy lejos.

—¿No le vio nunca en una moto?

—¿Una moto? Ya le digo que... —se interrumpió de pronto—. Bueno, sí. Ahora que lo menciona, una vez no hace mucho, yo volvía al gimnasio después de hacer gestiones en el banco y lo vi aparcando una moto en la calle. Era un cacharro bastante impresionante, así que le pregunté si le había tocado la lotería. Se echó a reír y me dijo que se la había prestado un amigo. Después, como era un poco orgulloso, me soltó: «Pero yo voy teniendo mis ingresos extra, no creas que soy un pringado».

—¿La moto era una Aprilia RSV 4?

—Ahí sí que no le sé decir. No me interesan nada las motos. Yo soy más de náutica. Me compré un fueraborda con un motor guapo y los domingos cuando hace buen tiempo salimos a navegar con la familia.

Marta sacó de su bolsillo el llavero G. P.

—¿Este llavero pertenece a su gimnasio?

El dueño sonrió.

—Sí, los hice fabricar yo hará un par de años. Encargué tropecientos mil. Eran para los clientes, para promoción y publicidad. Invertí un dinerillo, no crean, pero lo malo de estas cosas es que nunca sabes si sirven para algo o no. ¿Cómo es que tiene uno?

—Me lo dieron por ahí.

—No me extraña, corrieron mucho por todas partes. Oigan, inspectoras, a Paco no le ha ocurrido nada pero ha cometido algún delito, ¿verdad? Por el tipo de preguntas...

—No podemos facilitarle ninguna información. Más adelante, quizá.

Berta sacó su móvil del bolso. Buscó la foto de Arnau y el hombre misterioso. La amplió en la pantalla y se la mostró al dueño.

—Ahora quiero que se fije bien en esta imagen. Ya sabemos que el hombre más alto va muy abrigado y por eso se le ve mal la cara. Pero tómese su tiempo, ¿diría usted, con más o menos seguridad, que podría tratarse de Paco Bartolí?

Fijó los ojos en la imagen de modo inquisitivo. Estaba absolutamente concentrado. De pronto, pidió permiso a Berta para coger el teléfono con sus propias manos. Observaron cómo manipulaba con cuidado la pantallita. Al fin dijo:

—Sí, es él. Es él con toda seguridad.

Las cabezas de ambas inspectoras se arracimaron sobre la ampliación que el tipo había hecho. Era muy borrosa, pero lo que explicó el dueño las ayudó a distinguir. Era la mano del hombre, concretamente su muñeca. Colgada de ella, se atisbaba una fina pulsera.

—¿Ven esa esclava, la ven? —repetía el dueño muy excitado por su hallazgo—. La llevaba siempre. Me acuerdo porque tenía unas perlitas en el cierre y los compañeros le armaban a veces cachondeo. Es raro que un hombre lleve perlas. ¿Las ven, las ven en esta parte de la imagen?

Sí, las veían, las veían con toda nitidez.

—¿Cree que alguno de sus instructores puede tener su nueva dirección?

—Lo dudo. Paco se llevaba bien con todos, pero de eso a hacer amistades creo que no. ¿Quieren hablar con ellos? Ahora hay tres trabajando. Entre clase y clase tienen veinte minutos de descanso. Pueden ir llamándolos, yo les dejo el despacho.

—Sería lo ideal. Es usted muy amable.

Al quedarse solas se miraron con emoción contenida. Marta levantó el pulgar en el aire. Berta respondió cruzando los dedos. Marta dijo:

—He puesto mi teléfono en silencio. Me han entrado tres llamadas de Sales. Debe estar buscándonos como un loco para hacer la vigilancia de Martínez Vanaclocha.

—Sí, yo también tengo llamadas. Ve tú, yo me quedo rematando aquí. No quiero que piense que pretendemos cargarle todo el currelo.

Marta estuvo de acuerdo y salió del gimnasio. Llamó al inspector Sales. No estaba contento.

—¡Joder!, ¿no habíamos quedado en que estaríais esperando mi llamada?

—Surgió un imprevisto.

—Pues no me parece bien. No podéis desmadraros ahora. ¿Tú has pasado por comisaría?

—Por lo menos hace dos días que no vamos ni mi hermana ni yo.

—Para que te vayas enterando te diré que el comisario ha preguntado dónde coño estáis.

—A nosotras no ha intentado localizarnos.

—Tanto peor. Yo hace rato que hago la vigilancia del guapete. Al parecer salió temprano por la mañana, o por lo menos eso me ha contado su vecina. Debe haberse ido a trabajar, pero si es verdad que vive con un tío hay que quedarse aquí por si llega.

—Me planto ahí en un santiamén.

—Ni hablar, chica, ni hablar. Tú te largas a comisaría y haces acto de presencia para tranquilizar la situación. Ahora estoy en el mismo barco que vosotras y, si metéis la pata, igual me salpica a mí. Hago yo la vigilancia y después de comer te pasas por aquí. Está claro, ¿verdad? ¡Ah!, y dile a tu hermana que esta tarde le toca a ella estar un buen rato en comisaría, por lo que pueda pasar.

—Vale, lo haremos como tú dices, pero me parece que te preocupas demasiado.

—En cuestiones de prudencia nunca es demasiado.

Marta supuso que, si al comisario se le cruzaban los cables e intuía la investigación paralela que se llevaban entre manos, Sales sería quien más tendría que perder. Al fin y al cabo, ellas eran unas recién llegadas y les habían encomendado un caso de modo claramente irregular. Sales no, él no tenía la mínima coartada para ser exculpado de lo que estaba haciendo. Encima, se trataba de un veterano. ¡A saber qué sanciones podían derivarse de su actuación!

Entró en comisaría con una cierta aprensión. Sin embargo, todo parecía tranquilo. Antes de encerrarse en su despacho, se paseó a conciencia por todas las dependencias, se tomó dos cafés en la máquina y no paró de exhibirse hasta que en uno de sus periplos se cruzó con el comisario. Lo saludó y él correspondió rutinariamente. «Sin novedad en el frente», pensó. Sin embargo, oyó la voz del comisario tras de sí.

—¿Su hermana ha muerto en acto de servicio?

—No, señor, está contrastando unos datos. Esta tarde vendrá. —Fue lo menos estúpido que se le ocurrió.

Berta interrogó a los tres entrenadores. Los dos primeros coincidieron en la ignorancia total sobre las señas de Paco. También en señalarlo como un buen compañero y un buen profesional, aunque un hombre que no contaba nada sobre su vida. Sin embargo, el tercero aportó una información importante.

—No me dio su nueva dirección, pero sí me contó que se mudaba.

—Aunque no le diera el domicilio exacto, quizá sí hizo algún comentario sobre él: cerca de un parque, un edificio especial, un barrio concreto. Piénselo bien, es muy importante para nosotros.

—Bueno, dijo que se mudaba para vivir con un novio nuevo que se había echado.

—¿Sabe algo de ese novio?

—No. Solo dijo que estaba cañón —apuntó el testigo con una risita tonta.

—Sus compañeros han afirmado que Paco era muy reservado. Si a usted le hizo esa confesión, quizá es que era más amigo suyo de lo que usted admite.

—No, no. No éramos amigos. Solo me soltó eso porque...

Se quedó en silencio sin completar la frase. Berta se arriesgó y lo hizo por él.

—Porque usted también es gay.

El muchacho miró al suelo. Levantó la vista después.

—Lo que pasa, inspectora, es que no me gustaría que aquí se supiera. Yo creo que, en el trabajo, cuantos menos datos personales tengan, mejor. No hay ninguna necesidad.

—No se inquiete por eso. No voy a abrir la boca, esto es confidencial. Le dejo mi teléfono. Si se acuerda de alguna otra cosa, ¿me llamará?

—La llamaré seguro, de verdad.

El maldito rompecabezas se iba completando a marchas forzadas. El «nuevo novio que está cañón» debía ser sin duda Nicolás Martínez Vanaclocha. Sales había dado en el clavo, a aquel chico no se podía dejar de vigilarlo. Llamó a su hermana, que la tranquilizó.

—No te pongas nerviosa. Estamos Sales y yo vigilando su casa desde el coche. No se ha presentado por aquí, pero vendrá.

—En cuanto le echéis la vista encima, detenedlo, no le dejéis marchar. Pásale a Sales esta información.

—¿Pero es que tú no vienes?

—Me largo a comer algo. Esta tarde vuelvo al gimnasio. Me quedan tres instructores por interrogar. Antes, uno ha dicho algo importante. Pueden surgir más cosas.

—Pero Berta, Esteban dice que tienes que pasar por comisaría, y es verdad, yo he estado esta mañana y el comisario ha preguntado por ti. Está un poco mosqueado.

—¡Esta tarde no puedo!

—¿Cómo que no puedes?

Esteban Sales, que estaba junto a Marta, le hizo una indicación nerviosa para que le pasara el teléfono. Berta oyó de pronto sus palabras aceleradas.

—Berta Miralles. No sé qué coño andas haciendo, quizá es algo urgente, quizá no. Pero te voy a pedir que vayamos con calma y tranquilidad. Si en esto no andamos con calma y tranquilidad, nos vamos a la puta mierda, ¿estamos? De manera que acaba lo que tengas que acabar, pero esta tarde pásate un buen rato en comisaría haciendo bulto. ¿Me he expresado con claridad?

—Está bien, está bien, pero vosotros no abandonéis el puesto de vigilancia. Luego iré. Y si llega el tipo...

Sales la interrumpió con una cierta brusquedad.

—Si llega el tipo no saldrá de aquí. Sé perfectamente lo que tengo que hacer.

—Muy bien.

Aquel «muy bien» lo había pronunciado Berta sin que fuera realmente un signo de asentimiento. Puede que ese inspector llevara muchos años picando piedra, quizá era el mejor de su generación, pero de ningún modo sabía en aquel caso lo que tenía que hacer. «¡Joder con los colegas varones!», pensó. Todos aparentaban tener un ego como la copa de un pino, a todos se les advertía un aire de superioridad. ¿Sería debido a simple machismo o era una cuestión de edad? No perdería ni un minuto en dilucidarlo, ninguna de las dos opciones le pareció de recibo. Su hermana y ella eran jóvenes, y mujeres además, ¿una fatalidad que las condenaba a la ineficiencia? ¡Ni hablar!, estaban a punto de resolver un crimen que se extendía a dos más, y eso habiéndolo tenido todo en contra. «¡Adelante, Berta!», exclamó para sí misma. Acto seguido, sintió algo parecido a la soledad más absoluta. Se preguntó qué le aconsejaría Marta si estuviera a su lado en aquel momento, y muy segura de la respuesta fue a comerse un bocadillo de jamón.

A las tres de la tarde en punto, ya estaba frente al gimnasio Paterna esperando que lo abrieran. El dueño no tardó en aparecer con total puntualidad y enseguida fueron llegando los empleados: la recepcionista y los instructores a los que Berta no había podido interrogar. Quiso quedarse un instante en el exterior para comprobar qué pinta presentaban. Ninguno se le antojó demasiado especial: altos, fuertes y con los músculos pectorales estirándoles los botones de la camisa, lo habitual.

La suerte que le había sonreído por la mañana se mostró completamente esquiva esta vez. Ninguno de los tres conocía intimidades de Paco Bartolí. El mayor acercamiento que habían tenido con él consistía en haber compartido algún café en el bar. ¿Temas de conversación?, ni idea: comentarios sobre algún alumno, debidos a su habilidad o torpeza, las consabidas disquisiciones sobre fútbol, el frío o el calor..., nada. A aquellos tipos les importaba poco si su compañero estaba casado o soltero, si vivía solo, acompañado o tenía un sobrino en Honolulú.

Tuvo que tranquilizar de nuevo al dueño prometiéndole que le informaría sobre el destino de su exempleado. No estaba enfadada consigo misma por el poco éxito cosechado con aquella segunda visita. Los temas había que agotarlos y no darlos por sabidos. Además, de aquel gimnasio había salido un dato muy sabroso: «El nuevo novio cañón».

Solo de pensar que debía perder media tarde pasando por comisaría se la llevaban los demonios, pero a prudente nadie le iba a ganar. Entró en las instalaciones policiales, saludó, se exhibió y alguien debió soplarle al comisario que ella estaba presente, porque trascurrida una hora desde su llegada se presentó en su despacho.

—Hola, inspectora Miralles. Hace días que no tenía el placer de encontrarla. ¿Qué ha estado haciendo?

—He estado esta tarde hablando con el juez —mintió.

—Eso me parece estupendo. Supongo que han calibrado las posibilidades de la investigación. Yo también pienso entrevistarme pronto con él. Estará usted de acuerdo en que la cosa no da mucho más de sí. Ustedes hostigaron a la culpable y esta puso fin a su vida. Conocer las motivaciones que la llevaron a ese extremo empieza a ser un tema irrelevante, sobre todo si no hay avances que apunten a una solución. Una mente extraviada y ya está, como por desgracia tantas hay hoy en día. Las figuras con alcance público corren un riesgo que no existía años atrás. Vivimos tiempos convulsos, los seres anónimos sufren en silencio sus delirios mentales y luego vuelcan su locura en cualquiera, cuanto más destacado, mejor. ¿No le parece?

—Sí, señor.

—Hablaré con el juez para pedirle que dé por cerrado el caso. Veremos qué opina él. En lo que a su hermana y a usted respecta, debo decir que lo han hecho bien. Han agotado todos los recursos, demostrando celo y buen criterio en el trabajo, a excepción de algunos pequeños malentendidos que provenían de su falta de experiencia. ¿Está de acuerdo conmigo?

—Sí, señor.

—En cuanto el juez lo determine, pasarán a llevar un nuevo asunto. Le aseguro que en esta comisaría hay mucho que hacer, y lo que faltan son agentes con ganas de trabajar.

Después de un tercer «sí, señor», Berta entró en combustión interna como si hubiera sido un poderoso volcán. «Hijo de la grandísima puta», se dijo mientras su jefe abandonaba la estancia. «Vete con tus discursos a otra parte porque, con un poco de potra, esta agente te va a joder como no te imaginas». A pesar de su estado preeruptivo, aguantó toda la tarde confinada en su rincón.

Cuando salió, el cielo estaba oscuro y ella cansada de no hacer nada, de esperar, de llevar aquel doble juego infernal con enemigos y pretendidos partidarios. Llamó a su hermana.

—Supongo que todavía estáis vigilando.

—El tipo no se ha presentado. Además, estoy sola, o sea que ven pronto.

—¿Se ha ido Sales? ¿Adónde?

—A su casa, supongo.

—Pues vaya huevos, ¿no? Hubiera podido esperarme.

—Cuando llegues te lo contaré.

—¿Es que ha pasado algo?

—Algo, sí. Pero date prisa, por favor, llevo horas aquí tocándome las narices.

En el interior del coche olía a sudor, lo cual le extrañó mucho a Berta, que conocía muy bien la afición de su hermana a usar colonias y desodorantes. Debía haber sido una tarde dura, pero no pensaba apiadarse por cuestiones olfativas; sobre todo porque su nariz estaba siguiendo otro rastro: algo había sucedido entre Marta y Sales que la primera se mostraba remisa a contar.

—Desembucha. ¿Por qué se ha largado el colega?

—¡Carajo, tú que siempre hablas de sensibilidad! No me das ni las buenas noches.

—Ya nos hemos saludado por teléfono. ¿Puedes decirme de una vez qué coño ha pasado?

—Pues que he tenido que contárselo todo y se lo ha tomado fatal.

—¿Contarle qué?

—Pues todo el tema de Boro: que nos hace las vigilancias de Arnau, que tiene un novio del que sospechamos, lo del llavero... En fin, toda la parte que no le quisimos decir.

—¡Hostia, Marta! ¡Qué cagada!

—Conque una cagada, ¿eh? Tú te largas y yo me quedo horas aquí encerrada con él, y el tío, que no es imbécil, empieza a preguntar: ¿qué está haciendo tu hermana ahora, con quién ha ido a hablar, por qué tenemos tanto interés en localizar a Vanaclocha, qué pasa por fin con Arnau? Le faltaban datos obvios y los ha preguntado.

—Y tú se los has cantado de pe a pa.

—Te digo que no es imbécil, no he tenido más remedio. Tampoco es para tanto.

—Y dices que se lo ha tomado mal.

—Sí, tía, no lo entiendo. Se ha puesto como las cabras. Me ha dicho que infiltrar individuos en la policía es un tema gravísimo, que no sabemos lo que hacemos, que somos un par de novatas y que, cuando se nos caiga el pelo, él no quiere estar allí.

—Y se ha largado.

—Sí, supongo que no piensa ayudarnos más. Pero no es tan importante que nos ayude. Hemos llegado hasta este punto estando solas.

Berta repitió una vez más su gesto de máxima pesadumbre: se llevó las manos a los ojos y los masajeó. Dijo en voz baja:

—Sí que es importante, sí. Más que su ayuda concreta, lo que necesitábamos de él es que estuviera de nuestra parte, aunque no fuese de nuestro equipo. Era una especie de testigo oficial, un hombre de confianza en comisaría dispuesto a negar que estemos locas o que en esta investigación hayamos obrado de mala fe.

Marta miró al cielo por la ventanilla del coche, estaba a punto de llorar.

—Lo siento, Berta, lo siento.

—No tienes nada que sentir. Como bien has dicho, Esteban no es idiota. Tarde o temprano, había que desvelarle la verdad completa. Y como has dicho también: hasta aquí hemos llegado solas. Pues, bueno, seguimos igual.

—Te recuerdo que tenemos a Boro —respondió Marta con un hilo de voz.

Berta se volvió hacia ella con sorpresa agresiva y quedó desarmada por su sonrisa cómplice.

—Sí, es verdad —dijo, y ambas se echaron a reír. Luego Berta le zarandeó el brazo.

—Vete a casa. Yo me quedo aquí.

—¿Crees que vale la pena?

—Vendrá, ese maldito cabrón vendrá. No ha tenido tiempo de sacar nada de su casa, ningún vecino lo ha visto trasportando ningún bulto. Además, su moto está en el garaje. Todo es cuestión de paciencia, vendrá.

Marta salió del coche, estiró las piernas, que tenía agarrotadas, aspiró el aire de la noche y echó a andar hasta la parada del autobús.

Capítulo 26

Esteban Sales se encontraba de verdad enfadado. ¿Era posible mayor desfachatez? Aquel par de niñatas se atrevían a burlar las órdenes del comisario, continuaban investigando un caso que no les correspondía y, encima, metían a un desconocido en el entramado policial. ¡Para matarlas! Las expulsarían del Cuerpo, no le cabía la menor duda, y se lo habrían merecido por individualistas y alocadas. Claro que... habían expuesto sus vidas, y poco faltó para que el atacante acabara al menos con una de las dos. Y, sin embargo, siguieron adelante, demostrando inconsciencia y... valor, sin duda valor. Un valor que nacía de sus convicciones e idealismo. Él también había sido así, pero sabía a aquellas alturas que sus jefes llevaban a cabo prácticas poco ortodoxas, sabía que el poder policial se había infectado de política, sabía que existía corrupción. Muy claro debían tener aquellas dos chicas que no se podía confiar en la superioridad para lanzarse por su cuenta a aquella misión suicida. Muy solas y desesperadas debían haber llegado a sentirse para pedir la ayuda de alguien ajeno al entramado oficial. ¡El jefe de prensa de Vita Castellá! ¡Había que joderse, pero si aquel tipo debía haber sido objeto de investigación en vez de participar en ella! Se quedó un momento en suspenso, repasando sus pensamientos y demorándose en el último. Y aquella historia del novio misterioso que, según las Miralles, se presentaba como el principal sospechoso. Muy extraño. ¿No sería posible que el pseudopolicía hubiera ofrecido su ayuda a las chicas solo para controlar lo que iban haciendo e informar a su cómplice? ¿No sería aquel tipejo el mismísimo asesino de su exjefa? Se encontraba a muy poca distancia de su casa, pero detuvo el coche en un arcén. Consultó en su móvil el informe del caso, buscó la dirección de Ricardo Arnau, miró la hora. Según Marta Miralles, el tipejo en cuestión prolongaba la vigilancia hasta las doce. Tenía tiempo. Puso de nuevo el coche en marcha y varió su destino final. Dar una ojeada para comprobar cómo se comportaba el sujeto no le comprometía a nada. Y allá se fue.

Sales enseguida distinguió un coche con el conductor dentro, aparcado a cierta distancia del portal de Arnau. Debía de ser el jefe de prensa. Paró en el chaflán de la calle y se quedó esperando no sabía muy bien qué.

Salvador Badía empezaba a estar cansado de la vigilancia, no solo la de aquella noche, sino de todas en general. Eran un coñazo y nunca pasaba nada que pudiera reportar a las chicas. Sin embargo, sabía muy bien que, el día que dejara de pasarse cuatro horas muertas delante de aquel edificio que ya detestaba, las hermanas Miralles desaparecerían para él, o él para ellas, sería mejor decir. Había dejado de frecuentar a sus amigos porque tenía con ellos la impresión de que lo compadecían. ¡Ah, el pobre chico abandonado!, había que hacerle caso, quedar con él de vez en cuando y pedir a Dios que no les endilgara demasiadas palizas sobre su ex. Con las Miralles era distinto, su reciente amistad había nacido en un contexto muy diferente al suyo habitual. Eran divertidas, además, y con Berta compartía experiencias y reacciones que los demás no solían comprender. Con aquel par de locas se sentía a sus anchas y, teóricamente, lo necesitaban. Nunca había sabido si la ayuda prestada servía de algo o no, pero al menos se le requería, y, en aquellos momentos de su vida, solo ese hecho ya era sumamente consolador. Sin embargo, era consciente de que aquella era una relación contra natura. ¿Qué podía ofrecerles a dos jóvenes llenas de ímpetu un tipo de mediana edad, regordete, homosexual y amargado? Nada, nada en absoluto, y, cuando hubiera finalizado toda aquella historia que parecía salida de una fantasía colosal, las hermanas dejarían de llamarlo, de verlo, de procurar su compañía o cultivar su amistad.

Miró su reloj con cierta impaciencia, y, cuando levantó la vista de nuevo, se quedó estupefacto al comprobar que Ricardo Arnau salía de su casa y empezaba a caminar por la calle. Inmediatamente telefoneó a Marta.

—Soy Boro. El sujeto ha salido de casa y va por la calle.

—¿En qué dirección?

—No lo sé, pero es raro que salga a estas horas. Voy a seguirlo a ver dónde coño va.

—No, espera, Boro, no vayas, más vale que...

No le dejó acabar la frase. Interrumpió la comunicación y puso su teléfono en silencio. Bajó del coche. A una distancia más que prudente, siguió los pasos de Arnau. El sospechoso no andaba deprisa, pero sí con determinación. No miraba hacia ninguna parte, no giraba la cabeza a derecha ni a izquierda. La calle estaba desierta a aquella hora. Por el rumbo que tomaba su marcha, Badía comprendió que se dirigía a la calle Santa Rosa. Así fue.

Tampoco en la plaza había transeúntes. Arnau se detuvo y miró hacia todos lados. Se colocó bajo la luz de una farola y esperó. No pasó mucho tiempo, quizá un minuto o dos. Desde el lugar discreto en el que se había apostado, Boro vio cómo un hombre alto y fuerte salía de las sombras. Imposible distinguirle la cara desde donde se hallaba. El recién llegado se acercó a Arnau, elevó una mano hacia él como para estrechársela. Imposible oír qué le decía. Entonces Arnau echó mano a su bolsillo. Boro no vio nada, pero oyó dos ensordecedores disparos que resonaron con fuerza en los edificios que rodeaban la plaza. El hombre alto y fuerte cayó al suelo. En ese momento, paralizado por la sorpresa y el horror, vio cómo otro hombre, pistola en mano, emergía a su espalda y pasaba por su lado casi rozándole. Gritaba como un poseso:

—¡¡Policía, al suelo, al suelo!!

Estaba hipnotizado por la escena. El policía casi había alcanzado la plaza, cuando Arnau se llevó una mano a la boca y un nuevo estruendo sacudió los cristales de las casas. Fue como asistir a unos fuegos artificiales de sangre, el farol testigo de los hechos quedó manchado por regueros oscuros. Alcanzado el lugar exacto de la plaza, Esteban Sales, aún con el arma amenazando el aire, se arrodilló junto a Arnau y lo inspeccionó brevemente. Boro había empezado a caminar como sonámbulo hacia la escena. Ya más cerca, apretó el paso dirigiéndose directamente hacia el primer caído. Ni siquiera oyó la llamada estentórea y angustiosa de una mujer que corría hacia él.

—¡¡No, Boro, no!! ¡¡Quieto, quieto!!

Llegó hasta el cadáver, se arrojó a su lado y lo tomó entre sus brazos, acunándolo como si fuera un niño. Solo decía muy bajo:

—¡Paco, Dios mío, Paco!

La inspectora Marta Miralles, jadeante y alterada, intentó inútilmente apartarlo del muerto. No parecía posible. La ropa que el periodista llevaba: una camisa blanca y un terno azul muy claro, estaba ya teñida de sangre. Sales sacó su teléfono móvil e hizo un par de llamadas. Los primeros curiosos se habían asomado a los ventanales. Salvador Badía seguía repitiendo, como en una dolorosa letanía, el nombre de su amante inerte.

Las dotaciones policiales no tardaron en llegar. Tampoco la ambulancia ni el juez. Los cadáveres fueron conducidos al depósito tras el levantamiento legal. En la ambulancia se llevaron a Boro, que se encontraba en shock emocional.

En la primera oportunidad que tuvo, Marta sacó su teléfono móvil. Vio marcadas varias llamadas perdidas de su hermana. Enseguida respondió:

—Berta, tienes que venir inmediatamente.

—No, yo no me muevo de aquí.

—¿Cómo?

—Nicolás Martínez Vanaclocha está conmigo.

—¿Por fin apareció?

—Estaba oculto en el lavabo de su propio aparcamiento. Una vecina lo encontró y se puso a chillar.

—Pues llévalo a comisaría y nos encontramos allí.

—Ni hablar, este tío va a declarar directamente al juez García Barbillo. A comisaría no lo llevo ni de coña.

—Han pasado muchas cosas, Berta...

—Me da igual. Llama al juez para que abra el juzgado por cojones, llama a Esteban Sales y os venís aquí para escoltarme.

—No es difícil, los tengo a los dos a mi lado, aunque no te lo creas.

El juez García Barbillo era más aficionado a los pensamientos maximalistas que a las blasfemias. Por eso, cuando fue despertado a aquellas horas inauditas e informado de qué trataba el asunto, se dijo a sí mismo: «Lo que no han conseguido los trabajos y desdichas de mi ya larga carrera van a lograrlo dos policías novatas sin ni una pizca de cerebro. Hoy mismo pido la jubilación. Se acabó, ya es suficiente, hasta aquí hemos llegado. Antes no pasaban estas cosas. Antes se respetaban las normas, las jerarquías, y la manera de hacer las cosas se encuadraba siempre dentro de la normalidad. ¿Y a qué se debe este cambio caótico? No puedo decirlo en público, pero lo sé muy bien: las mujeres. Las mujeres que ahora nacen como setas en cualquier profesión. Las mujeres que han entrado a saco en la judicatura, en la medicina, en la policía, en la política, en todas partes menos en el papado, aunque todo se andará. ¿Es que la naturaleza no encontró más solución que los sexos para evolucionar? ¡Dios eterno!, me jubilo sin falta, se acabó».

Después de aquel *autospeech* reivindicativo el juez se sintió mejor. Tras la ducha reconfortante, se preparó un desayuno frugal. Mientras lo tomaba rebajó el tono de su retórica e incluso prescindió de ella para pensar: «De cualquier manera, debo llevar mucho cuidado con lo que hago. Este caso está lleno de irregularidades a porrillo y no todas provienen de esas chicas. Ni siquiera está claro que el caso de Vita Castellá me corresponda a mí en puridad. Ha habido enjuagues, ha habido silencios, complicidades políticas..., ni siquiera quiero saberlo. Vamos a ver qué testigo es ese para el que tengo que abrir un juzgado que no está de guardia. Lo escucharé, a mí no me van a pillar. Pero, como sea una falsa alarma, una presunción o una simple gilipollez, a esas dos chicas las fundo, no volverán a investigar. Por más jóvenes que sean, las fundiré. Será mi último acto antes de la jubilación».

En las horas que Berta había compartido con Vanaclocha mano a mano después de su captura, se había asegurado muy bien de una cosa: lo que aquel tipo pudiera decir frente al juez no sería una falsa alarma, ni una presunción y mucho menos una gilipollez. Lo amenazó con algo de cuya certeza no se podía dudar: complicidad en tres asesinatos. El tipo estaba desesperado. Por más que en su pasado figuraran antecedentes policiales, estos no llegaban a la magnitud de un crimen. El terror se apoderó pronto de él. Juró que conocía todas las andanzas de Paco Bartolí, que estaba dispuesto a contarlas, pero puso por testigo al mismísimo Dios de que su novio nunca le habló de que hubiera matado a dos mujeres. Podía ser verdad o no, a Berta le daba igual. Ella solo quería que aquel hombre deshiciera la madeja de hechos que ellas no habían sabido ordenar con claridad. Como se encontraba sola, desarrolló el rol clásico de policía buena y policía mala a la vez; de esa forma, a la amenaza inicial añadió la promesa de ayudarlo legalmente ante el fiscal, rebajarle la posible pena, beneficiarlo en lo que pudiera si se avenía a colaborar.

García Barbillo solo le hizo una pregunta al detenido en presencia de los tres policías.

—¿Tiene abogado?

—De momento, no lo necesito —respondió él.

Después, las puertas se cerraron para ellos y se quedaron los tres en la calle. Esteban Sales había dispuesto que los acompañara una dotación de hombres, que se harían cargo del testigo cuando acabara de hablar con el juez. Miró a las hermanas.

—¿Cuándo nos enteraremos de lo que cuente?

—Yo ya lo sé —dijo Berta.

—Pues no puedo esperar ni un minuto para saberlo yo también.

—Vente a tomar un café a nuestra casa.

—Mejor no, vayamos a un sitio público. Si luego nos preguntaran, no quiero que piensen que hemos estado en connivencia, fabricando pruebas falsas o algo peor.

—¿Y qué demonios de sitio público va a estar abierto a las cinco de la mañana? —preguntó Marta.

—El bar Trina. Vámonos —contestó Sales caminando en dirección a su coche.

Fue en el bar Trina, un local muy bien pertrechado de bocadillos, dulces, bebidas, café y cualquier cosa que se pueda desear, donde Berta Miralles fue satisfaciendo poco a poco la curiosidad de sus compañeros. El aire olía a panceta frita.

—Paco Bartolí era un pájaro de cuenta desde siempre. Sin embargo, no había tenido problemas con la justicia jamás. No robaba, no estafaba, no traficaba... Por lo menos no lo hacía a lo grande. Era el típico buscavidas que picoteaba aquí y allá. Se hizo instructor de gimnasio porque tenía un físico adecuado: alto, fortachón, con buenos músculos..., pero el sueldo no le daba para caprichos, y se ve que caprichos tenía bastantes y bastante caros. Vivía a salto de mata. Cumplía con su trabajo, pero en los ratos libres hacía de todo: negocios no demasiado claros, recados comprometidos para tíos de mala vida, pedía dinero prestado y no lo devolvía... Según me contó Vanaclocha, hasta se hizo representante de colonias masculinas y se llevó todas las muestras para venderlas. Era cutre el muchacho, pero se le veía una clara predisposición delictiva, ya lo veis. Bueno, iba lampando el tío, aunque tenía otras aspiraciones. Había jurado una y mil veces que, antes que hacerse chapero, cualquier cosa. Lo de tirarse a tíos por dinero no iba con él. Era su única prevención moral. Conoció a Vanaclocha y se hicieron amantes. Todo eso pasaba mientras el partido llegaba al poder. Y llegó, claro, eso ya lo sabéis, y también la época del esplendor y los desmadres. Con motivo de la Copa de América, el gimnasio donde entonces trabajaba fue invitado a un fiestorro oficial. Estaban contratados para hacer una exhibición de musculitos y no sé qué historias. Su jefe lo seleccionó entre cinco instructores más. Paco llegó allí y se quedó alucinado con lo que veía: lujo, esplendor, orquesta, gente por todos lados, pero gente importante y bien vestida, la presidenta de la Generalitat en plan diva, el alcalde arreándole al canapé y ríos de champán francés pasando por las copas. Le gustó, ¡vaya si le gustó! Ese era el tipo de cosas con las que siempre había soñado, las que pensaba que se merecía por su planta y su forma de ser. Y, justamente en esa fiesta, tuvo los dos encuentros que marcarían su vida. Se encargó él de propiciarlos, naturalmente, ahí nada tuvo que ver la casualidad.

»Cuando los musculitos acabaron su número, que fue muy aplaudido, todos ataviados de marineritos como en los anuncios de Jean-Paul Gaultier, se sumaron al cóctel general, que para eso estamos en un país democrático y de ideas avanzadas. Bartolí comprendió que oportunidades como aquella no volverían a presentársele y, como lo que no sabía por listo la vida se lo había enseñado por experiencia, las aprovechó.

»Una de ellas ni siquiera tuvo que buscarla. Con tanta exhibición de mieles masculinas, un moscón quiso probarlas, al menos lo intentó. Tenía la ventaja de saber que, si lo rechazaban, sería discretamente. Según el propio moscón me contó un día, entre las personas homosexuales existe un sexto sentido que les indica con quiénes comparten condición.

—Supongo que el moscón al que te refieres es vuestro amigo Salvador —la interrumpió el inspector Sales.

—¡Acertó usted! Así que imaginad hasta qué punto la suerte estaba de parte de Paco Bartolí. Si el moscón hubiera sido un tipo cualquiera, no creo que le hubiera prestado mucha atención porque no se trataba de un hombre guapo sino bastante vulgar; pero enseguida le preguntó qué pintaba en aquella reunión de notables y eso de que fuera el jefe de prensa de Vita Castellá le sonó a gloria divina. ¡Tan cerca de la mujer más poderosa que había en la plaza! ¡No podía creerlo! Todas las posibilidades que le brindaba la ocasión se le agolparon en la mente, de ahí saldría algo con toda seguridad. Intercambio de nombres y de teléfonos. No podía dejar marchar a su nueva conquista sin asegurarse una continuidad. Se le ocurrió que ofrecerle sus servicios como instructor de gimnasia privado era la manera ideal de tenerlo bien a mano. Acertó con esa idea y el resto de oportunidades que se derivaron de ella supo aprovecharlas también.

»Después de algunas citas previas que imponía el protocolo civilizado, los dos hombres ligaron, como sabemos ahora. Salvador quiso demostrarle, como uno de sus atractivos, que podía hacer cosas por él. Por ejemplo, potenciar su carrera de instructor recomendándolo a sus contactos más destacados. Le presentó a la propia Vita, que naturalmente se negó a ponerse en forma o perder peso haciendo gimnasia. Le presentó al alcalde, que tampoco estuvo por la labor, y le presentó a Ricardo Arnau, que, con promesas vagas y quedándose con su teléfono, acabó por llamarlo pasado un tiempo. De aquellos esfuerzos publicitarios de Boro surgieron algunas clases con gente de menor importancia política. No era lo que Paco había esperado, pero tenía paciencia y fe. De hecho, le parecía que todo iba bien porque su novio influyente le resultaba fácil de manejar. Sin embargo, las cosas se torcieron o sería más exacto decir que se complicaron. Boro se enamoró de él como un colegial. En un encuentro especialmente serio y con visos de ultimátum, le confesó su amor y le dijo que nunca había contemplado sus relaciones como una diversión en la que se impusiera la frivolidad. O formalizaban su situación viviendo como pareja, o sería mejor separarse. No estaba dispuesto a sufrir.

—¡Pobre Boro, con lo que ha tenido que sufrir después! —exclamó Marta.

—Sí, pero los engaños amorosos no están penados por la ley. Bartolí habló con su amante, que se exculpó mil veces cuando me lo contaba afirmando que lo pasó fatal, pero al final aceptó que Paco se mudara a casa de Boro, «porque no tuvo otro remedio si no quería perderlo y porque se trataba de algo temporal», así mismo lo dijo.

—¡Qué hijoputa! —la interrumpió de nuevo su hermana.

—En cuestión de hijoputeces aún no has oído lo peor. Espérate callada y verás.

Marta recogió el dardo directo de la mayor y no volvió a interrumpir.

—Pasó un tiempo sin incidencias. Paco y Nicolás se veían de vez en cuando. Boro y Paco convivían sin problemas. Pero un buen día Paco recibe una llamada de... Ricardo Arnau. Nunca antes había solicitado sus servicios ni usado su teléfono. Pero ahora quería hablar personal y discretamente con él. Subrayó la discreción. Aquí la declaración de Nicolás Martínez Vanaclocha entra dentro de los supuestos y deducciones. Me dijo que no sabía si Arnau había olfateado intuitivamente que Bartolí era un «pájaro» o, ayudado por su poder, había investigado en su vida no demasiado correcta. Yo me inclino por esta segunda opción, pero no podemos saberlo con certeza. El caso es que quedan en un bar en el quinto infierno de la ciudad y Arnau lo sondea. ¿Es un hombre fiable, no se va de la lengua, no le gustaría ganar más de lo que gana, quizá le gustaría hacer de vez en cuando algún trabajo fácil para él? Bartolí se deja querer y acepta sin saber qué tipo de trabajo le ofrecerá, pero estando seguro de que no se tratará de algo legal y de que, desde luego, estará bien pagado; de eso se encargará él personalmente o no habrá trato. Vanaclocha se extendió sobre lo que su amante pensaba que Arnau requeriría de él. Nada demasiado complicado, aquellos pijos que estaban en el poder no sabían nada de la mala vida y probablemente necesitaban un proveedor de drogas blandas, alguien que fuera en persona a cobrar comisiones, un hombre de confianza para temas delicados que les echara una mano sin que sufriera su reputación. Pensaba que sus oraciones habían sido atendidas y que el dinero fácil iba a empezar a lloverle del cielo. Unos días más tarde, fija una nueva cita con

Arnau y ahí se da cuenta de que lo que pretende su supuesto benefactor va más allá de lo que había pensado. «Este cabrón juega fuerte», es la frase que Vanaclocha cree recordar que pronunció exactamente Bartolí. Hay ciertas fiestas muy en *petit comité*, con gente importante cuyo nombre no hace falta que sepa. Se celebran en su segunda residencia, su casa de Altea. Esas fiestas no tienen nada que ver con las que suelen acontecer en ese mismo domicilio, a las que asiste mucha gente, incluida la prensa a veces, y que son abiertas y transparentes.

—¡Las pequeñas fiestas privadas de las que nos habló la vecina cotilla! —saltó Marta sin poder remediarlo.

Como el hilo de la narración se había cortado y la tensión en los dos oyentes era máxima, Sales, que hasta entonces estaba muy callado, preguntó lleno de ansia por saber.

—¿Eran orgías?

Berta, sabiendo que la reacción de sus contertulios la obligaría a hacer una nueva pausa, contestó brevemente y calló.

—Nadie sabe lo que pasaba allí.

La reacción no se hizo esperar.

—¡Joder! —exclamó Esteban Sales.

—¡Joder, joder, joder! —triplicó Marta.

Hubo un silencio absoluto tras la explosión. Los oyentes intentaban ordenar los datos en el marco general del relato. La narradora sabía que no había llegado el final de la interrupción y no lo reemprendió todavía. Balbucieron preguntas incompletas.

—¿Pero Bartolí en eso...? —Marta.

—¿Y Vita sabía...? —Sales.

Berta hizo un gesto de apaciguamiento del auditorio que era al tiempo una petición de bocas cerradas.

—Arnau pretendía que Bartolí fuera el seleccionador de los asistentes.

—¡Es increíble! —prorrumpió Esteban Sales—. ¿Y Vita Castellá estaba al tanto de esa aberración?

—No, solo se enteró al final, quizá barruntó algo raro, pero no estaba al tanto de la cuestión.

Marta saltó de su asiento como frente al maestro hace una colegiala que se supiera muy bien un punto de la lección.

—¿Te acuerdas de lo que dijo la psicóloga? Las dudas debían tenerla mosqueada.

Berta asintió con los ojos, incluso media sonrisa se instaló en sus labios al observar el entusiasmo de su hermana. Pero Sales estaba nervioso, no sabía nada de ninguna psicóloga y le urgía conocer no los detalles sino el meollo de la cuestión.

—¿A la presidenta la mató Paco, y la camarera del hotel y...?

—¡Calma, colega, no te me amontones! —soltó Berta. Por primera vez se dio cuenta de que, aun pecando de frívola, había empezado a disfrutar de aquella situación. El desarrollo de los acontecimientos había hecho posible que fuera ella la última depositaria de explicaciones, junto con el juez, naturalmente. Cierto que se había perdido la gran escena de sangre que habían contemplado los otros dos, pero casi se alegraba, en especial por la implicación de Boro en ella, aunque esa era otra cuestión. Retomó la palabra con placer.

—Aunque os parezca mentira, Paco Bartolí no tuvo nada que ver en el envenenamiento de la presidenta.

—¡Fue directamente Ricardo Arnau! —casi gritó Marta.

—El cerebro del asesinato fue, en efecto, Ricardo Arnau. Todos sabéis cómo evolucionaron las cosas del partido en nuestra comunidad: decadencia, pérdida del poder, detenciones, juicios... En términos vulgares: toda la mierda salió a relucir. De esa época viene la mortal enemistad de Arnau hacia Castellá. El que no lo apoyara, el que lo dejara caer libremente en manos de la justicia, el suicidio de su esposa, también implicada en todos los enjuagues... El sentimiento de enemistad se convirtió en odio absoluto, en odio total. Se la tenía jurada. Tiempo atrás, había saludado en el hotel Victoria, donde paraban todos los del partido cuando estaban en Madrid, a una antigua compañera de la escuela pública de Altea. La familia de Arnau no era tan pudiente entonces como para llevarlo a un colegio privado: Manuela Pérez Valdecillas. Obviamente no había tenido en la vida tanta suerte como él, a su edad era una simple camarera de planta. Supongo, y esto es de mi cosecha personal, que en las largas noches de insomnio, carcomido por el odio hacia su antigua protectora, buscaba el modo de vengarse de ella de una manera radical. Pero hubo algo más que el deseo de venganza en el plan que se inventó: Vita ya había declarado ante los tribunales y volvería a hacerlo. Que contara los entresijos de la corrupción no le quitaba el sueño. A él ya lo habían declarado culpable una vez y vendrían nuevos juicios. Que te imputen por haber cobrado comisiones, haber asaltado las arcas públicas o cualquier otro delito monetario tiene un pase. En el fondo, toda esta panda del partido está convencida de que es un pecado menor. Pero que Vita Castellá declarara ante el Supremo que él había realizado extrañas fiestas clandestinas, eso era otro cantar. Eso significaba un estigma, una mancha. Y Vita por fin se enteró de las fiestas. Lo llamó para que él mismo se autoinculpara; de lo contrario, ella misma lo haría público en su declaración, porque incluso en alguna ocasión, me imagino, le había reconvenido por su forma de actuar. Ahí debió venirle a la memoria su antigua compañera de colegio, aquella a la que saludó una vez, aquella simple mujeruca que no había sabido llegar más lejos en la vida y que acabó siendo camarera de hotel. No la hubiera recordado más en caso de tratarse de otro hotel, pero aquel en el que prestaba sus servicios la convirtió en protagonista de su plan. Si Manuela no hubiera trabajado en el hotel Victoria, Arnau nunca habría pensado en matar a Vita, quedaba fuera de sus posibilidades.

Berta paró un momento para tomar aire y se percató de que sus dos compañeros la miraban con avidez infinita, como si quisieran apropiarse de su mente para llegar a los hechos que narraba sin necesidad de esperar a oír su voz.

—Y, bueno, ya sabéis en qué creían todos estos tipos, cuál era su única certeza y su auténtica verdad, lo que aprendieron en todos los años en que detentaron el poder: «El dinero lo compra todo».

—De manera que Arnau se decidió a comprar a Manuela —dijo Marta en un susurro.

—Y lo consiguió —remató Sales cabeceando ante aquella verdad incómoda.

—Lo consiguió, sí, pero el plan era una chapuza de principio a fin. Vanaclocha dijo algo que es absolutamente cierto: los pijos no tienen ni idea de los bajos fondos. Arnau no tenía noción de cómo hacer las cosas por su cuenta. Pensar en Manuela le pareció una idea genial. ¿Quién iba a relacionarla con él? Sabía que los del partido se esforzarían en no llevar a cabo una investigación como Dios manda. La primera sospecha recaería sobre ellos, y ¿quién estaba seguro de que algún gerifalte en activo no había ordenado que la quitaran de en medio antes de declarar? Todo estaba teóricamente estudiado. Él y Manuela dejarían pasar un tiempo prudencial y luego la camarera pediría el finiquito en el hotel, pretextando que se volvía a su tierra por pura añoranza. Viajaría a Valencia y allí Arnau le pagaría el resto de lo acordado. Lo que hiciera ella con su vida a partir de ese momento a él le importaba bien poco. Pero el plan se estropeó.

—Lo estropeasteis vosotras. A cada cual, sus méritos.

—Gracias, Esteban, no me atrevía a decirlo, pero así es. Ya te contó Marta la historia, nuestro interrogatorio y mi búsqueda después en Madrid. La tía entró en pánico por nuestra visita de cortesía, había incurrido en contradicciones al hablar con nosotras y lo sabía; al fin y al cabo no era una sicaria profesional y quizá ni siquiera fue consciente de qué sustancia estaba metiendo en el café de la presidenta. Se larga del trabajo en el hotel y del piso por las buenas y se presenta en Valencia antes de tiempo. Llama a su contratador, que se pone nervioso como un flan. Le pide dinero, más del que habían pactado, porque nadie la había avisado de tantos riesgos. Quiere un billete de avión para largarse del país. Arnau está frenético, sabe que la policía puede andar tras ella y calcula que cada paso que dé desplazándose por la ciudad coloca una espada de Damocles sobre él. Es peligroso incluso que se aloje en alguna pensión registrándose con su carnet de identidad, pero no tiene otro, la chapuza es total. Le pregunta si tiene algún familiar en cuya casa pueda quedarse mientras él lo arregla todo.

—¡Silvia Orozco Pascual, alias la Drogota! —Carcajada y palmada en el aire de Marta, que, entusiasmada con la historia, ha empezado a actuar como una niña en un cine. Berta le pide rebajar el tono con ambas manos juntas y continúa.

—Pero Arnau ya es un hombre fuera de sus cabales. No come, no duerme, es incapaz de serenarse ni un instante. Si le compra a Manuela un billete para Brasil, lo más seguro es que la poli la detenga en el aeropuerto. Solo hay una solución: librarse de ella. Naturalmente no piensa en utilizar sus propios medios, él tiene las manos limpias de sangre, ni siquiera cuenta con un arma, pero sabe que dispone de un colaborador en la parte oscura del mundo.

Marta vuelve a interrumpir, gozosa y excitada como una cría.

—¿Has visto cómo habla mi hermana, Esteban, a que habla bien? ¡Es que lee muchos libros la tía, por eso es!

La aludida reprende a la alborotadora:

—¡Marta, por favor, que esto es muy serio!

Esteban Sales las mira a las dos sin comprender muy bien. Quizá sea cierta su primera impresión de que ambas están un poco locas. Berta prosigue:

—El colaborador se queda de una pieza cuando Arnau le cuenta sus pretensiones. Matar es mucho decir, él puede haber sido toda la vida un golfo, pero cargarse a alguien son palabras mayores. Sin embargo, Arnau es convincente; en el fondo a quien tiene que liquidar es a una asesina. Tiene otros métodos de persuasión en bancos de Suiza, también aquí; nadie le ha pedido que devuelva el dinero que malversó. Como muestra de buena voluntad le entrega dinero anticipado para que se compre una moto de gran cilindrada. Da en el clavo, es la ilusión que siempre ha tenido Paco. A la tienda va su amante para no dejar huellas. Bartolí se prepara bien, no es un pardillo y tiene conexiones. Una «pipa» sin pasado y una ejecución que parezca un suicidio. Le sale bastante bien. Arnau respira... y paga. Pero, como todos sabemos, las cosas no acaban ahí. Las dos mejores policías de España, lo digo antes de que mi hermana me interrumpa otra vez, siguen la pista de Silvia, que se lo pone fácil. Nuevo encargo de Arnau que se pone literalmente histérico cuando la drogadicta se presenta en su casa. Los planes se precipitan y Bartolí tiene que cargarse a la chica sin estar convencido de adónde van a parar las cosas. Ni siquiera la nueva morterada de pasta que le suelta Arnau consigue tranquilizarlo. Nos sigue y, en el colmo del nerviosismo, intenta matarnos. Somos la prueba de que no lo consigue. Cada vez más desesperado, acude a Arnau, le da la pistola para que la guarde, no puede permitirse tenerla por si lo detienen, pero puede hacerle falta aún. Quiere que utilice sus influencias políticas para hacerlo salir del país, tiene miedo de que lo cacen intentándolo. Arnau le dice que está loco, que no tiene esa capacidad, le dará más dinero si quiere, pero Paco Bartolí ya solo piensa en huir. Telefonea mil veces a Arnau, lo acosa, le pide que lo saque del país como sea, pero Arnau no puede hacer nada... Paco le dice que lo delatará, intenta chantajearlo con esa amenaza estúpida. Ha perdido el juicio, sabe que le pisamos los talones. De hecho, están jodidos los dos. Pero ya da lo mismo, porque Arnau ha tomado una determinación. Ha llegado al final de la historia, es un hombre práctico y no se hace ilusiones de salir bien parado de aquel trance. Se acabó, le importa menos de lo que hubiera pensado. Ha jugado y ha perdido. No tiene importancia, es un hombre deshonrado, su esposa está muerta. Sabe que se quitará la vida, pero se llevará por delante a aquel hijo de su madre para que no arroje más barro póstumo sobre él. Nunca antes ha disparado un arma de fuego, solo espera hacerlo bien. El resto ya lo sabéis.

Marta se levanta de un salto y arranca a aplaudir. Berta baja los ojos. No ha probado las drogas duras jamás, pero imagina que el hormigueo de placer absoluto que le corre por las venas debe de ser parecido.

—Caso cerrado —dice Marta.

—El caso se cerrará del todo cuando determinemos el grado de complicidad de Vanaclocha en todo el entramado. No iréis a tragaros que durante todo el proceso fue inocente como una palomita, ¿verdad?

—Pero es un caso cerrado —repite Sales—. Aunque no las tengo todas conmigo de que os vayan a felicitar los superiores. Por lo tanto, me anticipo y os felicito yo. Muy bien, inspectoras, muy bien. Me quito el sombrero ante las dos.

—Con tantas formalidades me ha entrado sed. ¿Alguien piensa invitarnos a una cerveza? —dice Marta riendo.

—Yo tendré ese placer, inspectoras, y puedo añadir que será un honor.

Capítulo 27

Las muestras genéticas conservadas por el doctor Barrachina coincidían con el ADN del cadáver de Paco al cien por cien. El juez García Barbillo hizo un informe completo del caso recién cerrado. No se dejó nada sin explicar, había sido una instrucción compleja y el informe no fue fácil de redactar. Como todos estaban muertos, habría culpables pero no sentencias, tanto mejor. La que recayera sobre el presunto cómplice de Bartolí ya no le correspondería a él. Nada más presentar el informe final, el magistrado renunció a su cargo. Por anticiparse un tiempo a la jubilación, perdía un poco de la pensión correspondiente, pero le daba igual. Se sentía liviano y feliz. Adiós a un trabajo que cada vez comportaba más problemas. ¿Independencia del poder judicial? ¡Cualquier cuento infantil resultaba más creíble! ¡Adiós, muchachos, ahí os quedáis en vuestro berenjenal! Por su parte, la función había acabado, que siguieran los demás. Se largaría a su casita de Orihuela, cuidaría de los cuatro naranjos que le quedaban vivos. Afortunadamente, en aquella tierra fértil que era su comunidad, mucha gente poseía un *trosset* donde acudir y comulgar con la naturaleza. No se despediría de nadie, ¿para qué? Siempre había tenido fama de hosco y malcarado, de manera que prefería que lo recordaran así. En todos aquellos planes tan bien trazados, solo se le había planteado una duda marginal: ¿debía felicitar a las inspectoras Miralles? Era consciente de haberse portado duramente con ellas, dejándose llevar más de una vez por su mal humor. Y, sin embargo, no tenía más remedio que reconocerlo, aquellas dos recién llegadas lo habían hecho bien, se habían jugado el tipo, no habían dado nunca ni un paso atrás hasta resolver aquella espinosa cuestión. ¿Debía llamarlas personalmente? Él era un caballero, y eso tiraba de su voluntad. Al tiempo que de malcarado, siempre había tenido reputación de portarse exquisitamente con los demás.

Se acodó en su vetusto escritorio para poder pensar con más intensidad. Eso de la exquisitez estaba muy bien, pero había cosas en la metodología de las chicas que le parecían una barbaridad. Por ejemplo, los informes de Berta Miralles. Solo había leído los primeros, eso era verdad, pero, cuando se llegó al final de la investigación y tuvo que tragárselos todos de un golpe, no daba crédito a lo que tenía delante. ¡Cielo santo! Aquella muchacha había confundido la redacción policial con una novela de tres al cuarto. Aquello era un *totum revolutum* en el que no había dios que se aclarara: hechos junto a descripciones del paisaje, comentarios sobre el tiempo atmosférico, expresión de sentimientos subjetivos de la autora..., ¡pero si había hasta diálogos! Y mentiras, ocultaciones, embrollos. Verlo para creerlo. Eran como una tomadura de pelo con un claro destinatario: él. ¿Y quién podía atreverse a hacer algo parecido? Pues alguien que viera el mundo bajo un prisma deformado, una persona sin capacidad racional, un ser que se saltara a la torera las costumbres que la sociedad venía atesorando durante siglos. En una sola palabra: una mujer, una mujer de las que ahora corren por ahí. Lo que había sucedido no era un descubrimiento para él, sino una simple constatación. ¿Valentía?, las Miralles la habían tenido, pero ¿qué diferenciaba la valentía de la temeridad? ¿Constancia?, también habían hecho gala de ella, pero ¿qué es constancia y qué tozudez? ¡Ni hablar de ir a felicitar a aquellas dos cabezas locas! ¿Qué demonios estaba pensando siquiera planteándoselo? Estaba seguro de que su carrera hubiera podido saltar por los aires de haberse sabido que había dado por buenos aquellos informes en su día. Aún podía suceder. Solo esperaba que su jubilación fuera una losa que pusiera punto final a aquella pesadilla. Él se largaba. ¿Que en el futuro había una revisión judicial del malhadado caso? ¡Allá películas!

Él ya estaría en su rinconcito de Orihuela, viendo cómo florecían de nuevo los *tarongers.*

Juan Quesada Montilla voló esta vez hasta Valencia. No tenía tiempo de hacer las cosas a su manera: tomar el AVE en la estación de Atocha, viajar con calma y llegar descansado a su destino. Que este tipo de cosas le sucedieran a su edad y en sus actuales circunstancias le parecía una mala jugada de los hados. A pesar de ello, no se lamentó; era lo suficientemente reflexivo como para darse cuenta de que un montón de refranes populares suelen dar en el clavo con pocos fallos: «Quien mal anda mal acaba». «Dime con quién andas y te diré quién eres». «No juntes fruta mala con fruta sana». «Quien con niños se acuesta...».

Cuando entró en la policía se veía a sí mismo acabando su carrera como un alto cargo, en eso la realidad había sido exacta. La fantasía juvenil se completaba con su imagen como la de un hombre ecuánime, sereno, respetado y apreciado por todos. Fumaría en pipa, llevaría un traje bien cortado y resolvería los asuntos desde su propio despacho, con justicia, limpieza y elegancia. Pero en aquellos tiempos aún no era consciente de que un individuo no vive aislado del mundo. Nace en un país, una ciudad y una época determinados, y los que a él le habían tocado eran un completo desastre. No supo nadar a contracorriente, es difícil. Lo que le había deparado la vida tenía poco que ver con sus sueños, casi siempre es así.

El jefe superior lo recibió inmediatamente, por supuesto. Esta vez el tono de su saludo no fue triunfal. No hizo aspavientos con los brazos ni elevó la voz. Fue hasta la puerta en la que estaba su jefe, lo tomó del brazo y lo acompañó hasta un asiento.

Quesada lo miró de modo penetrante. Fue él quien arrancó a hablar:

—¿Qué me dices, Pedro?

—¿Qué quieres que te diga? ¡Podía haber sido peor!

—Siempre puede ser peor.

—¿Tenéis controlado el tema de los periodistas?

—De momento, sí. Todo sigue como estaba. ¿Tienes tú controlado el tema de las novatas?

—Pepe Solsona está en ello.

—Eso no me ofrece mucha seguridad.

—Va a hablar con las chicas, a negociar con ellas.

—¿A negociar con ellas? Explícame eso, por favor.

—Esas palomitas han cometido tantas infracciones durante su investigación que no les quedará más remedio que callar. Solsona les dará una de cal y otra de arena. Si hacen público el asunto, no tienen nada que ganar y bastante que perder. Supongo que las podrías trasladar a una comisaría en el culo de España, ¿no?

—Procuraría en ese caso que no volvieran a coincidir con Solsona.

—No entiendo lo que quieres decir.

—Te comunico que Pepe Solsona va a ser trasferido al Campo de Gibraltar. Esta misma mañana he firmado la orden.

—¡Joder, Juan, eso es muy fuerte! Los del ministerio no tienen piedad. ¡Y eso que no pueden quejarse, el partido ha salido con bien!

—Interior no ha tenido nada que ver, es una decisión personal.

—¿Tan grave te parece la cosa?

—Una absoluta chapuza, y esa es solo una parte de la gravedad. Lo que de verdad resulta inquietante es que alguna vez salga todo a relucir; y no me refiero a la reputación de la presidenta, ni al interrogante de quién asistía a esas fiestas de degenerados. Me refiero al montaje que ideamos para que nadie supiera quién mató realmente a Vita Castellá.

Pedro Marzal se había puesto pálido. Su nerviosismo se hizo evidente cuando empezó a producir sonoros crujidos con los dedos de sus manos.

—¿Tomamos un whiskito, Juan? A lo mejor hay que serenarse un poco. Esas chicas no van a abrir la boca, ya verás.

—No quiero beber nada, gracias. Estoy bien como estoy, aunque quizá puedas tomarlo tú.

—¿Crees que me hará falta?

—Es posible.

—¿Vas a destituirme, Juan?

—Aún no he firmado la orden, pero lo haré.

—¿Aunque las novatas guarden silencio?

—Aun así. Hay que borrar las huellas del desaguisado, hacer *tabula rasa*. Si alguien pide responsabilidades o explicaciones, no habrá nadie en activo que pueda responder.

—No me parece justo, pero como buen policía acataré tu decisión.

—Cuando sepa en qué consiste ser un buen policía, te daré las gracias, Pedro. Y ahora me voy a marchar. Esta misma tarde tengo una entrevista con el ministro. Te deseo mucha suerte en tu nuevo destino, sea el que sea.

Pedro Marzal vio salir a su jefe con la misma parsimonia con la que había entrado. El corazón le latía desordenadamente después de aquel encuentro. No tenía ánimo ni para llamar a su secretaria, de modo que rebuscó en un cajón de su escritorio. En alguna parte debía de estar la petaca de whisky que guardaba para las emergencias.

El ministro lo recibió de pie, mala señal. Su rostro traslucía más preocupación que disgusto, pero tuvo que representar su papel de jefe indignado.

—¡Vaya cagada, Juan, vaya cagada!

—Inmensa, ministro, ya lo sé.

—¿Te has asegurado de que esas tipas se queden calladas?

—Si te soy sincero, eso es algo que nunca se podrá asegurar al cien por cien.

—¿Y el juez?

—Neutralizado. Ha pedido la jubilación anticipada.

—¡Menos mal! ¿Es que ya no se puede confiar en nadie?, ¿es que yo no puedo descansar tranquilo y tengo que seguir paso a paso todas las operaciones?

—Nadie del partido ha salido señalado.

—¡Carajo! ¿Te parece poco que aparezca en los periódicos que el partido organizaba orgías?

—El que las organizaba fue expulsado del partido, y además está muerto.

—¡Hay que evitar a toda costa que esas valencianitas se vayan de la lengua! Ofréceles dinero y las echamos del Cuerpo.

—Eso no funcionaría, ministro.

—¿Por qué coño no va a funcionar?

—Porque son policías vocacionales, y bien que lo han demostrado en este asunto. Si intentamos sobornarlas, no tardarán ni cinco minutos en denunciarlo.

—¿Y por qué no van a denunciar todo lo que han descubierto?

—Han cometido muchas infracciones. Se les ofrecerá no ser sancionadas si guardan el secreto. Y, además, les interesará conservar la buena reputación.

—¿De quién, del partido?

—Puedes apostar a que no. Me refiero a la reputación de la propia policía.

—Dios te oiga. También tiene cojones que dos novatas de mierda estén manteniendo en vilo a toda la cúpula de Interior.

—El asunto era feo.

—Más feo que Picio, eso ya lo sé.

—¿Cómo vais a justificar ante la prensa la carnicería de la calle Santa Rosa?

—¡De ninguna manera! Un ajuste de cuentas entre corruptos y punto final.

—Sí, no es mala idea. Ya se sabe que la corrupción lleva a la corrupción.

—¿Qué estás, de cachondeo?

—Para nada, jefe; era una manera de hablar.

—¿Has borrado del mapa a todos los implicados en el plan genial?

—A todos, solo quedo yo.

—En ese sentido, Juan, debo decirte con todo el dolor de mi corazón...

—Ahórrate el mal trago, ministro. En este mismo momento te presento mi dimisión.

—¡Hombre, Juan, te lo agradezco! Buscaremos para ti un puesto discreto pero bueno en el que...

—No es necesario, ministro. Me falta solo un año en el servicio activo y voy a pedir la jubilación anticipada.

—Es un poco excesivo, aunque puedes estar seguro de que económicamente se te compensará aunque sea bajo manga.

—Mejor no.

—¿Qué pasa, es que quieres darme una lección de honestidad?

—Muy tarde para eso; pero no, no soy quién para dar lecciones a nadie, y mucho menos a un superior. Lo que pasa es que estoy cansado, ministro, cansado de mí mismo también. Si me jubilo ahora tendré la impresión de haber hecho algo digno, y eso tal vez me deje dormir mejor alguna noche.

—¡Muy bien, muchacho, pues viva la dignidad! Te deseo que duermas mucho y que todo te vaya bien.

El ministro dio por terminada la audiencia visiblemente ofendido. ¡A él nadie iba a enseñarle lo que eran la dignidad ni el honor de la policía! «¡Estaríamos buenos! —pensó—, un tío que llegó a donde estaba gracias a mí, y al que acabo de ofrecerle un arreglo económico para que no salga perjudicado después de una gestión desastrosa. ¡Al infierno con él!».

Lo que no sabía el ministro, porque no se había producido aún, era que el presidente del Gobierno lo llamaría personalmente un día después. De ninguna manera hubiera podido cumplir los ofrecimientos de darle un nuevo puesto discreto o una compensación económica que le había hecho al director general, porque en aquella llamada el presidente le comunicó que quedaba cesado de su cargo y relevado de toda responsabilidad. Intentó protestar ante la decisión, y nunca olvidaría la voz del presidente, su hablar farfullero y su acento característico cuando pronunció su frase final: «Todo cargo pende de un hilo, ya ves. Lo bueno que tiene el de presidente es que funciona por votación popular, y mientras la gente aguante...».

Solsona se había dejado llevar por la facilidad, por la rutina diaria, por las mil y una cosas que un comisario debe resolver cotidianamente. Además, ¿quién podía imaginarse algo parecido en el primer caso encomendado a un par de novatas? Y ya no pensaba únicamente en cuestiones de habilidad detectivesca, sino en el par de cojones que le habían echado al asunto. Recién salidas de la academia y se ponen el mundo por montera organizando una investigación paralela al margen de sus órdenes. A eso se le llama audacia, o quizá insensatez. Había pecado de confianzudo, aunque, por otra parte, ¿qué podía hacer? Le habían dicho que era preciso que aquellas chicas investigaran o al menos tuvieran la sensación de que lo hacían. Debían guardarse las apariencias, y en ningún caso hubiera sido considerado como normal que las controlara minuto a minuto. Ya se vio la vez que las hizo seguir, cuando le pegaron un revolcón al agente y sanseacabó. No, puede que en la bronca que le había tocado soportar su jefe llevara algo de razón, pero ¿quién puede salir airoso de un encargo como el que él había recibido, tan fuera de norma, tan irregular? Nadie se atrevería a hacerle reproches serios en un caso así, o al menos en eso quería confiar. De cualquier modo, ahora se veía obligado a tener una conversación con las Miralles para asegurar su silencio. Dada la importancia de la situación, lo había preparado todo a conciencia.

Las hizo entrar juntas a su despacho. Procuró no mirarlas en un primer momento y, cuando lo hizo, mostró un semblante circunspecto e imponente.

—¿Piensan quedarse todo el rato de pie? Siéntense.

Escudriñó inútilmente el rostro de las chicas buscando alguna pista sobre su estado de ánimo. No le parecieron contritas, ni arrepentidas ni asustadas, pero tampoco desafiantes o irrespetuosas. Se convenció de que habían quedado entre ellas de acuerdo para no mostrar ninguna expresión reconocible. Puso sobre la mesa la lista que había elaborado y empezó a leer sin ningún prolegómeno.

—Ocultación de datos a un superior. Falsedad en los informes. Desobediencia de las órdenes directas. Seguimientos a sospechosos sin el permiso correspondiente. Petición de intervención telefónica con objetivo falso. Aportación de pruebas periciales de tipo forense sin el conocimiento de sus superiores. Robo de pruebas almacenadas en dependencias oficiales. Intromisión en la investigación de terceras personas ajenas al Cuerpo... ¿Quieren que siga? ¡Si quieren sigo! Hay más cosas, no vayan a pensar. Pero, si prefieren que abreviemos, puedo afirmar que se han pasado ustedes todo el reglamento por el mismísimo forro de los cojones. La tipificación de «falta grave» se queda corta para englobar todas las infracciones que han cometido. Y supongo que, ya que son ustedes tan listas, sabrán cuál es la sanción para una falta grave. —Las miró alternativamente—. ¿Se quedan calladas? Yo se lo diré: puede ir desde la suspensión de empleo y sueldo por un tiempo determinado hasta la expulsión del Cuerpo. Como en su caso estamos tratando de un auténtico rosario de faltas graves, o se quedan sin trabajar ni cobrar hasta cuatro días antes de su jubilación, o se van de patitas a la calle. Bonita perspectiva, ¿verdad?

Las dos Miralles seguían tan inexpresivas como dos cariátides. Solsona empezó a ponerse nervioso ante semejante ausencia de reacciones.

—¿No dicen nada? Reconocerán por lo menos hasta qué punto se han pasado de la raya.

Berta carraspeó levemente e hizo de portavoz.

—Lo reconocemos todo, si bien es cierto que las circunstancias eran especiales.

—Las circunstancias pueden ser las que sean, pero nunca, ¿me oyen?, nunca se puede desobedecer la orden de un superior.

—¡Resolvimos el caso! —soltó Marta sin poder contenerse.

El comisario vio aquel exabrupto como una vía abierta para seguir por donde quería.

—Eso es verdad, con todos los defectos de forma del mundo, pero el caso quedó resuelto. Es por eso, y por su inexperiencia, por lo que los jefes están pensando en darles la oportunidad de continuar con sus carreras como si nada hubiera pasado. Yo no lo haría, pero, si las altas instancias así lo deciden, no me quedará más remedio que aceptar. Les explicaré. El ministro, nada menos que el ministro, ha pensado, con la sensibilidad que le caracteriza, que contar a los medios de comunicación los entresijos del caso no aportará gran cosa a la sociedad. No solo eso, sino que causará muchos perjuicios. ¿Para qué provocar un dolor tremendo en la familia de la presidenta mezclando su nombre en prácticas inmorales? En realidad, ella nunca pensó en tolerarlas y estaba dispuesta a denunciarlas, por esa razón murió. Pero imagínense el uso que la prensa amarilla podría hacer de esos datos tergiversándolos, falseándolos incluso. ¿Para qué mancillar el nombre de una mujer que siempre recibió el favor popular?

—¿Quiere decir que no hablemos con ningún periodista? —preguntó Marta.

—No hay ninguna necesidad de hacerlo. Además, esta era una investigación secreta y los resultados deben ser secretos también. En cualquier caso, los culpables están todos muertos.

—¿Y si alguna instancia superior, como usted dice, llegara a preguntarnos? —inquirió Berta.

—No se preocupen por eso, nadie les preguntará.

—¿Y si nos pregunta la Interpol? —dijo Marta a bote pronto.

Al oírla, Solsona experimentó el síndrome que siempre acababa sufriendo cuando se entrevistaba con las Miralles. Se puso de los nervios muy a su pesar.

—¿La Interpol? ¿Pero qué coño pinta la Interpol en todo esto? ¡Esos tienen más cosas que hacer que andar metiendo las narices en temas ajenos!

Marta se encogió de hombros muy tranquila y miró a su hermana; se limitó a decir con indiferencia:

—Bueno, no sé.

Berta tomó la palabra:

—Verá, comisario, guardar silencio absoluto sobre las circunstancias del caso es un asunto muy serio. Creo que mi hermana y yo tendremos que pensarlo un poco y hablarlo entre nosotras antes de decidir.

—Lo entiendo, pero piensen en lo que se juegan ustedes profesionalmente. No les estoy pidiendo que hagan nada malo, solo preservar una reputación. Mañana es sábado, tienen todo el fin de semana para reflexionar y ver lo que les conviene. El lunes a primera hora las espero aquí.

Cuando las vio salir se sintió satisfecho, estaba seguro de que todo había salido bien. El hecho de pedirle un tiempo de reflexión era una cuestión meramente estética. El lunes estarían allí como dos corderillas. Sí, estaba satisfecho, pero esa sensación de triunfo no duró demasiado. Desapareció días después, cuando le comunicaron que iba a ser trasladado al Campo de Gibraltar. Afortunadamente, nunca llegó a oír los chistes que las Miralles hicieron al enterarse de su nuevo destino. Se trataba de chistes que lo implicaban a él y a un montón de monos, y no todos eran de buen gusto.

Conclusión

Salvador Badía estuvo un par de horas en el hospital al que lo condujeron tras su shock emocional. Le dieron un tranquilizante y, cuando se aseguraron de que no iba a tomar ninguna decisión extrema, como lanzarse bajo las ruedas de un camión, lo mandaron para su casa. Al cabo de unos días la visita de las Miralles fue la primera que recibió. Marta lo llamó antes por teléfono para asegurarse de que estaba bien. Fue una conversación breve, pero muy resolutiva.

—¿Qué tal te encuentras, Boro?

—Fatal.

—Vamos a pasar a verte dentro de un ratito.

—Mejor no, no me veo con ánimos aún. Nos encontramos otro día. Yo os llamaré. ¿Os parece bien?

—No.

Después de la negativa, Marta interrumpió la comunicación. Su hermana le preguntó:

—¿Cómo lo has encontrado?

—Guiñapo total.

—¿Tiene ganas de vernos?

—¿Y eso qué más da? Lo que vamos a hacer es llevarnos un termo de café y unos bollos por si acaso no tiene nada en la despensa. Así nos entretenemos, porque seguro que nos pega la gran llorada.

—¡Joder, Marta, qué bruta eres!

—Sí, y además no tengo ni pizca de sensibilidad. Solo espero que no se ponga el plan demasiado dramático. ¿Quién prepara el café?

Cuando les abrió la puerta tuvieron serias dudas de que su amigo no se dispusiera a montarles una ópera. Estaba ojeroso y parecía no haberse afeitado en una semana. Dejó la puerta del apartamento abierta y musitó:

—Pasad.

Berta intentó desde el principio mostrarse animosa.

—Mira, hemos traído las provisiones nosotras mismas. Es como si fuéramos de excursión. Al pasar por una dulcería hemos comprado un panquemao. Una vez dijiste que te gustaba, ¿verdad?

—Sí —dejó caer el periodista como si no fuera capaz de articular ni una palabra más.

—¿Pasamos a la cocina? —preguntó Marta entrando en el lugar propuesto sin esperar ningún permiso.

—¡Caray, qué limpio lo tienes todo! ¿Es que no has comido últimamente?

—Poco.

Las dos hermanas se miraron entre sí. No sabían qué estrategia adoptar con aquel hombre que solo se expresaba con abatidos monosílabos.

—¿Dónde tienes las tazas? —inquirió Berta.

—Allí. —Señaló con la cabeza el escueto hablante.

Marta sacó las tazas y platos. Entre ambas chicas sirvieron el café que habían traído y cortaron el rutilante y oloroso panquemao. Empezaron el desayuno en silencio.

—¡Lo encuentro buenísimo, debe de estar recién sacado del horno! —intentó Berta levantar la moral con un comentario neutro.

Boro miraba su platito con su porción de dulce como si fuera algo que hubiera caído casualmente del techo.

—¿Es que no piensas probarlo?

—Sí.

Marta masticó su porción con furia y, cuando tuvo la boca vacía, estalló.

—Oye, Boro, si piensas seguir en plan alma doliente, avisa que nos vamos.

—Ya te lo advertí.

—¡Me advertiste! A ver, tío. Yo comprendo perfectamente que estés afectado, jodido y todo lo demás. Te encontraste a tu exnovio difunto, recién pasado al otro mundo de una manera muy violenta. Vale, eso son cosas que no ocurren todos los días ni a todo el mundo. Pero no puedes quedarte el resto de tus días sin comer y contestando a tus amistades con monosílabos. ¿Me captas? Porque da la casualidad de que el muerto era tu ex, y ex quiere decir que ya no estaba en tu vida, ¿o no?

Berta retuvo la respiración ante la brutalidad de su hermana, y apretó nerviosamente los dientes cuando Boro salió de su mutismo.

—Ya no era mi ex, nunca lo fue.

—¿Ah, no, pues qué era, tu padre o algo por el estilo?

—Quiero decir que no era mi ex porque nunca me amó. Enterarme de que estaba conmigo solo como maniobra para acceder a los poderosos me ha dejado vacío.

—¡Ay, venga Boro, por Dios! ¡Estás hablando como en un puto culebrón! ¡Cambia de estilo, por favor! Te enamoraste de un maldito cabrón que con el tiempo llegó a convertirse en un asesino. Vale, de acuerdo, es un fallo. Yo me he enamorado de muchos cabrones, aunque es cierto que, por lo que sé, a ninguno le dio por ir quitando gente de en medio. Pero piensa un poco: ¿un tipo como ese es capaz de amar a alguien?

—¡Bien que tenía una relación que me ocultó! De él sí estaba enamorado.

—¿Ah, sí? ¿No crees que podía estar con ese jovenzuelo por interés? ¿Quién puede asegurártelo?

Boro bajó la vista, desfondado. Cabeceó como convencido de que nadie le entendía.

—He estado ciego, el amor me cegó. Nunca tuve dudas sobre él porque no quise enterarme de nada —musitó.

Intervino Berta y, para tratar de rebajar la tensión del momento, habló dulcemente:

—Boro, reaccionar frente a los hechos del pasado como si fueran del presente no tiene mucho sentido. Todo acaba de suceder hace muy poco. Estás impactado, dolido, anonadado ante la magnitud de lo que has visto; pero no debes olvidar que ese hombre había salido de tu vida, te habías recuperado ya casi por completo de su ausencia. ¡Vuelve a ese punto! ¿Qué más da que te amara o no te amara? ¡Te has librado de un indeseable! ¡Eso es lo que cuenta!

Marta prosiguió el discurso de su hermana sin dar tiempo de reacción a su destinatario.

—¡Y, además, eres casi un policía, no un niño llorón! Gracias a tus intervenciones hemos resuelto el caso. ¡Te has vengado de ese hijo de puta!

—¿Yo?

—¡A ver quién si no! ¿Te parece poca venganza que le arreara dos tiros el otro tiparraco? ¡Bien frito que lo dejó! ¡Una venganza en toda regla! ¡Esa no la mejora ni el bestia de Rambo en una de sus pelis!

Las Miralles vieron cómo su amigo se llevaba las manos a la cara y sus hombros comenzaban a moverse convulsivamente. Quedaron en suspenso. Luego, Boro por fin desveló su rostro y comprobaron que estaba riéndose.

—¡Estáis tan locas las dos! —dijo. Acto seguido, se limpió las lagrimillas que no se sabía con certeza si provenían de la risa o el llanto, cortó un trozo de panquemao y se forzó a comerlo fingiendo un apetito voraz.

Decidieron pasar el fin de semana en casa de sus padres, y arrastraron con ellas a Salvador Badía, que sin demasiados aspavientos se dejó convencer. La estación primaveral ya era más una evidencia que una insinuación. Lucía un sol esplendoroso y los olores de las matas salvajes llegaban en oleadas con la brisa. El tomillo y el romero mezclaban sus efluvios con las flores de naranjo que empezaban a brotar. La felicidad parecía algo natural en aquel marco. No había que ir a buscarla, solo con alargar la mano penetraba a través la piel.

Marta y Berta estaban eufóricas, aunque intentaban disimularlo de cara a los demás. Tuvieron que contarles a sus familiares tantas mentiras como verdades. Entre estas estaba la principal: habían resuelto un caso difícil del que todavía no podían hablar. La mentira más importante iba dirigida a un objetivo concreto: que sus padres se sintieran orgullosos de ellas. La dijeron sin tener que elaborarla demasiado porque se trataba de algo que hubiera debido suceder en la realidad: «Nuestros superiores nos han felicitado. Están muy contentos con nosotras». Una mentira que suele adjetivarse como piadosa. ¿Qué otra información podían trasmitirles, que los jefes les habían puesto un montón de palos en las ruedas para que no llevaran a buen puerto una investigación? ¿Que las habían escogido por ser unas puñeteras novatas para meterlas en un rincón y cubrir el expediente? ¡Ah, no! Ellos no lo habrían comprendido. Sus padres eran gente de campo. Veían salir el sol cuando aparecía por las mañanas y cuando declinaba al atardecer. Si era un buen año, recogían muchas naranjas; si helaba o caía granizo, la producción era menor. Las cosas sucedían en su mundo de un modo lógico, natural y eternamente repetido. Los entresijos, las trastiendas, las segundas intenciones, las dobles versiones de un mismo hecho... eran completamente ajenos a esa manera de vivir. Tampoco en los entornos rurales se festejan en exceso los éxitos de los hijos, sobre todo si se producen en el ámbito laboral. Las chicas habían resuelto un caso satisfactoriamente. Muy bien, claro, ese era su trabajo, ¿o no estaban contratadas para resolver asesinatos?, ¿no habían estudiado para eso? ¿Para qué tantas alharacas cuando uno cumple con su deber? Aun así, la señora Miralles sacó a la mesa unas botellas de vino que eran el no va más y hubo brindis a la salud de sus hijas. El menú no varió: entremeses y *arròs al forn*. Hay cosas tan sempiternas como el amanecer.

Por la mañana, Boro se había empeñado en acompañar a Sebastiá y al señor Miralles a trabajar en el campo. Había leído en una revista de bienestar y salud que las labores de agricultura en parcelas o jardines proporcionaban una enorme paz espiritual. A la parte masculina de la familia le parecía que eso de poner a trabajar a un huésped no era de recibo, pero como sabían que la gente de la ciudad tiene otras costumbres, accedieron finalmente. Había que quitar las malas hierbas y había que hacerlo a mano con las que crecían muy cercanas a los árboles. Le dieron un sombrero de paja y una azada, le mostraron el bancal en el que debía desbrozar. Cuando llegó el mediodía, el periodista estaba en tal estado de extenuación que, tras la comida, durmió una siesta de tres horas. La paz espiritual había hecho mella en él.

Para la noche Sebastiá había preparado el plan de siempre. Bajarían a Vinaròs, pero esta vez irían antes. Como había cosas que celebrar, los invitaba a todos a comer langostinos en un restaurante. Su novia asistiría también.

—¿Tu novia? —se extrañó Berta—. ¿Es la misma que nos presentaste?

—Sí, no tengo ninguna más.

—Pero tú nos dijiste que...

—Ya, pero se ha arreglado la cosa.

—¿En un mes? ¿Cómo lo has conseguido?

—Por el procedimiento del *pagès*. Tú plantas, tienes paciencia y la planta crece seguro. Que viene una borrasca, te esperas a que pase. Que hay un vendaval, lo afrontas sin miedo, que no durará más de cuatro días. Pero no te hagas líos, yo planté ya hace mucho más de un mes. He tenido mucha, mucha paciencia.

—¿Y el guardia civil? —preguntó Marta con imprudencia.

—Bueno, es buen chaval.

Cuando se quedaron solos las Miralles y su amigo, Marta enseguida apuntó:

—Con aquello del sexo raro el puto guardia civil nos dio una pista que no supimos interpretar.

—Es evidente —habló Berta—. Alguien debió de trasladarles sospechas sobre las fiestas. Investigaron un tiempo hasta que otro alguien alertó de que las investigaciones no serían bienvenidas.

—Alguien trasladó, alguien alertó. Esta historia sigue llena de «álguienes» sin un nombre detrás.

—Y así seguirá por los siglos de los siglos.

—Amén —participó Boro poniendo punto final.

Marta se rascó la cabeza y sonrió antes de decir:

—Pues es una pena que se desperdicie al guardia civil, porque estaba buenísimo. La próxima vez que vengamos voy a hacer una visita al cuartelillo.

—De acuerdo en lo del desperdicio. Yo te acompañaré —soltó Boro y añadió filosófico—: En principio estoy en desventaja por ser gay, pero si, como vuestro hermano dice, todo es cuestión de plantar y esperar...

Rieron los tres al unísono con grandes carcajadas, pararon un momento, se miraron, y rompieron a reír otra vez. La cena en Vinaròs prometía ser animada.

Al regresar era noche cerrada. Todo había sido divertido. Boro no se había recuperado todavía de su encuentro con la azada. Se confesó deslomado y se fue enseguida a dormir. Lo mismo hizo Sebastiá. Las dos hermanas Miralles se sirvieron la última copa y salieron al patio a tomarla. Había un montón de estrellas que brillaban con mayor o menor intensidad. Era un espectáculo fastuoso. El mundo daba la impresión de estar bien hecho. De pronto, Marta preguntó:

—¿Y qué vamos a hacer el lunes, Berta? ¿Decidimos callarnos y seguir de polis, o nos vamos a cantar las verdades a un periódico y adiós muy buenas?

—No lo sé, Marta, no lo sé.

Siguieron mirando el cielo. No, puede que el mundo no estuviera bien hecho; era posible incluso que, visto desde cerca, fuera un auténtico horror. Pero ¿eran ellas las llamadas a intentar arreglarlo un poco? Siguieron pensando en eso mucho rato, hasta que el sueño las venció por completo. Y allí se quedaron pasando la noche, jóvenes y tranquilas, bajo el gran algarrobo protector.

Vinaròs, noviembre de 2021

Agradecimiento

Quiero dar las gracias públicamente a mi colega y amigo Salva Alemany, conocedor excepcional tanto de la novela negra como de la ciudad de Valencia en la actualidad. Sin sus sugerencias y sabios consejos, esta novela no se hubiera escrito igual.

Este libro se terminó
de imprimir en
Móstoles, Madrid,
en el mes de
abril de 2022